河汉

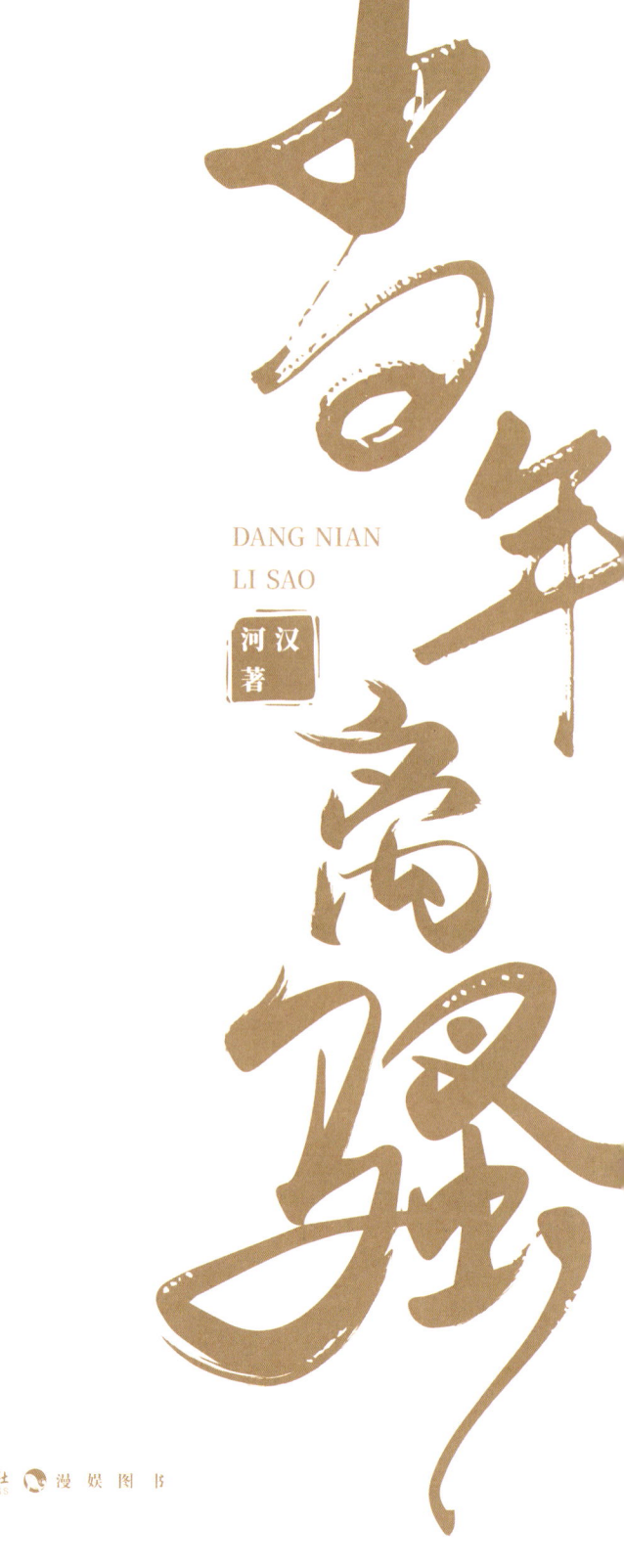

当年离骚

DANG NIAN LI SAO

河汉 著

长江出版社　漫娱图书

君初见,白马轻裘赶上殿。
谁人道,人不轻狂枉少年。
几人羡,几人厌,几人怜。

# 目录

楔子·欲断魂

卷一·谁家少年郎,绕宫墙

第一章·碗莲 —————— 010
第二章·风起 —————— 041

卷二·朱门洞敞,天阶逐凉

第三章·十里 —————— 074
第四章·越州 —————— 092
第五章·南山 —————— 122
第六章·惊变 —————— 145

卷三·玉笙吹彻风流子，吾辈钟情如此

第七章◦定北 …… 174
第八章◦牧誓 …… 205
第九章◦征和 …… 237
第十章◦离骚 …… 261

番外·云来去，数枝雪

一◦许复笔下未完书 …… 294
二◦丞相缘何不上朝 …… 304
三◦七年之后 …… 309
四◦顾问 …… 320

# 欲斷魂

YU DUAN HUN

楔子

且把那富贵荣华看三遍，
到头来，
殿前阑干惊玉裂，
离骚若当年。

大承朝征和五年。秣城。隆冬。

王二踏着寸深的雪，急急忙忙地往城西赶。

不久前他大哥替他找了份差事，虽然地段不好，但好歹能混口饭吃。今日是他第三轮当值，谁知一不小心睡过了，刚出门又碰上大雪，老母亲缝制的旧袄子难以御寒，才走了几步，已冷得他直哆嗦。清水鼻涕刚流出来就冻住了，吸进去的全是凉气，鼻子耳朵都没了知觉。口中呼出的白气一团团，几乎迷了他的视线。

远远地看见刻在石壁上的"无赦牢"三个字，那便是他当差的地方。无赦，顾名思义，进到这里来的犯人只能等死，就算大赦天下他们也不会有被释放的希望，除非天皇老子亲自来救。

王二没有入军籍，不是牢狱的守备人员，只能做些杂活，端茶送水准备饭食，简单地打扫打扫牢房，除了每个月微薄的薪俸，把这里的官爷伺候好了还会有打赏。因此虽然他不喜欢这地方，但做起来还算勤勤恳恳。

裹紧了身上的袄子，王二闷着头朝前走，尽管来了有一段时间，他还是不太适应这附近的氛围，总感觉莫名地阴冷刺骨。无赦牢的地势低洼，四围陡峭，越靠近那里就越难走，到后来几乎是举步维艰。到达换班地点的时候，王二已经气喘吁吁。

"王二，你怎么才来啊！"交班给他的胡顺抱怨道。

"实在对不住。"王二赔了个不是，"下次我代你一天班。"

胡顺占着了便宜，便把活计都丢给他，自己在火炉边烤了烤手，趁机把一个烤熟的地瓜揣进怀里，悠哉游哉地走了。

王二扫了扫灶台，烧了壶热水，见牢头唤他，就拎着壶过去，赔笑道："张牢头，刚烧好的热水，小的给您添点儿？"

张牢头"嗯"了声，把茶碗丢给他，王二小心地给他倒上水。此时张牢头对他说："今天你就不用清扫牢房了。"

"哎？"王二愣了下，清扫牢房是重活，没道理那个好吃懒做的胡顺会帮他干完啊。

张牢头道："昨晚上宫里有人过来，从里到外都彻底打扫了。"

"宫里来人做什么？"王二毕竟是个生手，还不清楚其中的利害，想到什么就问什么，也不知道避嫌。

张牢头瞟他一眼，见他一脸呆样，斥道："你算什么东西！不该问的不要问！"

王二连忙闭嘴，识相地退到一边，但还是忍不住往牢房那边瞟去。这一瞟，刚好让他瞧见一个灰白的人影从里面走出来，一时间王二竟没反应过来——那显然是个囚犯，而他们这座监牢里，从没有犯人能走着出来。

"快看快看，他真的被放出来了！"

"他手上拿的是什么？皇上的免罪谕令？"

王二听见其他官差的议论，不由自主地把目光定在那人身上。那人……好瘦，好像一碰就会倒的样子，可是很奇异的，那人的步伐一点也不蹒跚，稳稳地向前走着，走出一派儒雅平和。

张牢头匆匆赶过去，跟那人身边锦衣华服的宫人们交涉了几句，便收下了谕令，示意所有人对他们放行。

王二实在禁不住好奇，一边殷勤地添水，一边偷偷问跟他关系比较好的官差："余大哥，那人是哪个牢房的？我打扫牢房的时候怎么没见过？"

姓余的官差咳了两声，压低了声音说："那是关在坤字牢房里的大人物，咱们这样的当然见不着，就连他的饭食都是牢头亲自送过去的。"

"坤字牢房？大人物？"王二挠了挠头，"那人看起来很普通啊，他犯了什么事？怎么又被放出来了？"

"嘘！小点声。"姓余的看了看远处的张牢头，确定没什么风险才开口，"哎，他啊，他就是当今的丞相大人啊。"

"丞……丞相？"王二吓了一大跳，差点把壶里的水洒了，姓余的狠狠瞪他一眼，他连忙闭紧嘴巴，假装收拾茶碗。

此时那几个宫人趾高气扬地走出天牢，他们似乎只负责传令，不负责带人回去，因此对刚释放的那人甚是冷漠。宫人们身上厚实的裘袄令旁人好生羡慕，却衬得远远落在他们身后的那位"丞相"更单薄了。

王二还是不敢相信那是丞相大人，怎么可能呢？作为三朝元老，年纪轻轻便权倾庙堂，当今圣上最为器重的洛丞相，怎生得这样一副寻常样貌？他听说书的吹嘘，还以为是一位天神般英伟无俦的人。丞相大人又何以沦落至此？既然已经获得赦免，既然仍为丞相之职，为何他孤身一人出狱，未有一人前来迎接？如此隆冬，为何他只有一身素色轻裘裹身，瞅着还没他这个平头百姓穿得暖和？太多的疑问塞满了王二的脑袋，直到那人走到他跟前，他才愕然回神。

面前就是名震天下的洛丞相，还用一张略带微笑的脸看着他，王二顿时连手怎么放都不知道了，转过来转过去，不知该往哪儿让路。

"小兄弟，咳咳……有碗吗？"那人问他。可能因为太久不见日光，他肤色很苍白，声音低哑而虚弱，但听着很舒服，有种让人镇定的力量。

"呃……啥？"王二直发愣。

"你有碗吗？"他又问一遍，仍是那样温和，不急不躁。

"你……你想喝水？还是想吃东西？"王二慢慢平静下来，说话也利索了。原来这就是洛丞相啊，真的很寻常嘛，他不禁这样想。

"不，咳咳，我只要一只碗，空的，干净的就好。"

虽然觉得很奇怪，不过王二还是忙不迭地给他取来一只小碗，小心地递给他。其他人不敢跟他搭话，但也没人敢拦他的路，他们只是漠然地看着这名文弱书生向一个打杂的讨要一只碗。

"多谢。"这人得偿所愿，捧着碗，笑容放大了一些。

他踏着雪缓缓前行，灰白色的衣袂被带雪的寒风吹起，露出一截细瘦的手臂。他似乎一点也不觉得冷，修长的手指轻轻摩挲着手中的白瓷碗。细看的话，他的手指竟比白瓷更剔透。他一步步地向北面走去，那是皇城的方向。王二出神地看着他，不知怎么的，仿佛魂魄都跟着他走了。

耳边隐约传来官差们的窃窃私语。

"也就这个愣头青敢跟他说话，哼，他也不怕惹祸上身。"

"就是就是，放出来又怎么样，皇上只不过念他辅佐多年，才给他一条生路，像他这样的，早晚是个死！"

"……什么罪？"

"毒害皇嗣……篡位谋反……"

王二倒吸一口凉气，魂魄归位，猛地惊出一身冷汗。怪不得，怪不得没有人敢接近他，没有人来迎接他，因为他是乱臣贼子……自己竟然帮助了一个乱臣贼子？会不会被当成同党？会不会被砍头？可是……王二挠了挠头，那人真的还能作乱吗？他苍白瘦弱成那样，手指也冰冰凉凉，也许，他已经活不久了吧……

"我喜欢碗莲，小夫子，你还记得吗，你给我看的第一朵碗莲的模样。"

"记得，臣……记得。"

一步一步，洛平走得很慢很慢，走了很久也没有走出多远。比起他平步青云的一生来说，他如今走得实在太慢了。

北方，皇城就在北方。他的帝王，他的权势，都在北方……

终于，双脚彻底失去了知觉，他跌跪在地上。仰头看天，落雪纷纷，雪花在他的脸上融化，与他的泪水混合，顺着脸颊滚下，滴落在那只空碗里。再没有一点力气了，洛平侧躺在雪地中，看着碗里的点点水光，无声地恸哭，无声地嘲笑。生命被大地一点点吸走，他感觉得到，自己越来越轻，越来越困。闭上眼睛之前，他仿佛看见了一汪荷塘，那里有一个小小的孩子，以指蘸水，在地上写字。

小孩回眸一笑，软软地唤他："小夫子，你来啦……"

洛平握着那只碗，直到白雪覆盖一切。

皇上，那第一朵碗莲碎在了臣的手里。

臣用臣的一生，赔给您这最后一朵，不知它能否比得过您手里的一碗江山。

一代风云朝臣，就这样淹没在了雪地里。

而皇上呢，皇上在专心养花。皇上的枕边放着一只白瓷碗，不是官窑烧制的，亦不是进贡来的，只是路边摊上的那种极其廉价的白瓷碗。这只碗里，养了一朵莲花。

洛丞相的事情就这样过去了，一切都步入了正轨。皇帝依旧是那个严谨治国的皇帝，天下依旧是那个四海升平的天下。只不过，那只碗里的莲花未开先败，像是在预示，大承将要从盛世走向衰亡。

那夜，高福给就寝的皇上吹灯，听见皇上梦中呓语，反反复复就那一个词句："洛卿，洛卿，洛卿啊……"声如孩提泣诉。

泪落瓷碗，噗的一声闷响，跌碎在颓败的莲瓣上。

"如果重新来过，你还会为大承的天下鞠躬尽瘁吗？"模糊间，洛平听到一个声音问他。

"如果重新来过，我还是会辅佐大承的君王，直到他不再需要我。"

洛平伸出自己的手掌，下意识攥紧自己那双沾染无数罪孽的手，在心里默默立下咒誓——我会辅佐大承的君王，直到他不再需要我。只是这一回，我不会踏错一步，毁了我自己，也毁了那执掌江山之人。

## 卷一 谁家少年郎绕宫墙

SHUI JIA SHAO NIAN LANG RAO GONG QIANG

# 第一章 碗莲
WAN LIAN

春光晴好。

这么温暖的味道，多久没有闻到过了？

酒香渗进身体的每一个角落，混着清风捎来的书卷气。将醒未醒时，洛平的眼前蒙眬着一片再熟悉不过的景象，这是……翰林院的荷塘。

环顾四周，再看看自己身上的穿戴，洛平不禁恍然——这是自己刚刚及第的那一年，宣统廿一年。

这一年，他是个志得意满的状元郎。皇上对年仅十七岁的他宠爱有加，在殿试上大赞他"天资聪颖，文采斐然，无愧江南才子之称，颇有古时名士之风"，并当场封他做了翰林院修撰，一个从六品的官。

此情此景，正是圣上为他们这一批新任官员举行的赏春宴。

"洛大人，恭喜你官场得意，来来来，我李元丰敬你一杯！"

"李学士言重了，以后还要仰仗李大人多多教导。"

转身微笑，洛平端起酒杯倾倒入口，那番辛辣甘醇让他颠倒天地。罢了罢了，浮生如梦，哪管得了那么多。这一番春色，不好好欣赏，岂不暴殄天物。

推杯换盏，洛平一边忙于四处陪酒言笑，一边整理着自己脑海里的记忆。

"哎呀洛大人，原来您在这儿啊。快随奴才去后院，皇上正找您呐！"尖锐的嗓音打断了洛平的回想，大太监张喜领着他匆匆往后院行去，那里是皇上与后宫赏春游乐之处。

迈着有点虚浮的步子，洛平走过那条蜿蜒小道，心中不禁恍然。终于，要见到那人了。

后花园中，姹紫嫣红开遍，洛平踏进去，那番鲜艳的色彩就照亮了他的双眼。正前方的明黄色便是当今圣上周昱，一旁的雍容红是皇后娘娘，左侧的芙蓉粉是万贵妃。再往下依次坐着月白绣金的大皇子，红裘短袄的皇长孙，天青的二皇子，兰紫的三皇子，深蓝浅蓝的四皇子五皇子，缎黑的六皇子，还有雪肌霓裳的公主。满园的鲜花都比不上那一席人漂亮，男的丰神如玉，女的姿容妍丽，可他们脸上的神色都不大好，此时的气氛说不出的尴尬，生生破坏了融融春意，只因阶前跪着的那个孩子。

那孩子一身墨绿衣裳，布是简单的细布，也没有绣纹，在一圈绫罗绸缎中显得格外寒碜。袖口上还有一枚清晰的脚印，泛红的脸颊沾着些微灰尘，乍一眼看上去，像是个犯了错的小太监。

洛平进园子的那一刻，听见皇上怒斥："你这不知长进的东西！亏你大哥还替你求情，你却不知好歹，一篇三百字的《牧誓》，居然一个字都诵不出，真是扫兴！"

骤然撞见皇帝训子，洛平眸光一转，脚下一个趔趄，似是被皇上的威严所震慑，脸上苍白一片。洛平偷偷看了看跪在地上的孩子，又看了看端坐上方的皇帝，一副不知所措的模样。

皇上注意到他的局促，倒是敛了冷峻神色，笑道："洛卿到了。"

洛平连忙叩拜行礼："微臣拜见皇上、娘娘，给各位皇子请安。"

身侧便是同样跪着的那孩子，洛平眼角的余光看见，那孩子暗地里狠狠剜了他一眼，目光如刀。

皇上抬手："洛卿平身，这里不是朝堂，那些礼都免了，快落座吧。"

"谢皇上。"

洛平起身坐到末席，那孩子却还垂首跪在那里，一言不发。好在皇上总算顾及外人在场，没有再刁难他："棠儿，你也落座吧。"

"谢父皇。"

看着那孩子坐到自己旁边的席位，洛平心下暗叹：这人就是这样的，有什么委屈从来不讲，一句服软的话也不肯说，本来出身就不好，这下更不得皇上宠爱。

皇上端起酒杯道："这就是朕跟你们提起的洛卿，少年才子，满腹经纶，又有雄韬伟略，殿试时一篇《十策》字字珠玑，我大承得此贤臣，幸甚啊！"

这番话是说给皇子皇孙听的，洛平知道自己是被拿着作榜样，慌忙端起酒杯："微臣惶恐，皇上谬赞了。"

一口饮尽杯中酒，皇上脸色一整："棠儿，朕说你两句你还不服气。你已十岁了，跟你兄长一起去的太学院，一起听太傅的教导，至今一无所成，你看看洛卿，十七岁便是国之栋梁，身为皇子，你不觉得丢人，朕还觉得丢人呢！"

一把柔柔的嗓音传来："龙生九子各有不同，皇上，何必为了一个下人所生的孩子动气。"

万贵妃柔黄轻抚皇上的胸口，表面上息事宁人，实际上是在火上浇油。提及周棠的生母皇上就来气，一个偶承君恩的宫女，生下皇子后跟侍卫私通，给他戴了绿帽子，被发现后非但不悔过，还斥责他当初是强暴了她，诅咒大承断子绝孙，之后当场吞金而死。

这样的奇耻大辱，皇上哪里忍得下。而且说来也怪，就在那女人死后，大皇子周枫的身体每况愈下，到了冬天就只能卧床养病，片刻也离不开暖炉药罐，把皇上吓得不轻。好在四年后大皇子妃给他添了个健康活泼的小孙子，他一颗心才放下来。只是从那之后，他再也没有给过那女人的孩子好脸色，即使那是他的亲生骨肉。

看见周棠的倔强神色就想到那个女人，皇上气不打一处来："哼，果然是贱人生贱种！"

这话说得重了，眼见周棠捏着拳头直抖，大皇子周枫赶紧出来打圆场："父皇，小七子年纪尚幼，止是贪玩的时候，您也不要强求了，当心气坏了身子。"

"对啊皇上，您看您光顾着跟皇儿和臣子说话，嫣儿都向您讨了半天的酒了，您要是再不搭理她，她可要掉眼泪了。"皇后岔开话题。

公主嘟嘴道："就是嘛，父皇偏心！为何皇兄他们都能饮酒，嫣儿就不行！"

周嫣声音娇俏，话语里带着任性可爱，把皇上逗乐了："罢了罢了，今日春色大好，不提那些扫兴的事了。嫣儿你要饮酒，朕何时拦着你了，可就你那小酒量，一口就醉了，到时候你皇兄们笑你，朕可不管啊。"

"嫣儿要是醉了，就跳一曲《醉千觞》给父皇看，父皇，你说可好？"

"好好好，嫣儿的舞，谁敢说不好！"

……

洛平诚惶诚恐地与皇上和六位皇子们寒暄一阵，几杯酒下肚后，撑着半迷糊的脑袋，欣赏公主的《醉千觞》。那一曲歌舞摇曳生姿，端的是国色天香。公主还特地给洛平斟了一杯琼浆，美人如玉，酒不醉人人自醉，洛平一杯酒下肚，眼神就迷离了。

周嫣巧笑着离开，又去给别人斟酒。席上只有两人没有被她灌酒，一位是年仅六岁的皇长孙，另一位便是七皇子周棠。满园子的言笑晏晏，半点都没有传到周棠心里。他垂首坐在那里，不吃喝，不玩乐，宛若一尊木头雕像。可不知怎么的，他感觉旁边那人很不安分，好像总往他这里靠。周棠不由斜眼瞥他，然而只瞥见那人凝视周嫣的痴傻眼神。

周棠冷笑一声，讥讽道："什么国之栋梁，根本就是个百无一用的好色之徒。"

正说着，突然感觉到手心里软软的。周棠吓了一跳，本能地要抽手，却被牢牢抓住了。好一会儿他才反应过来，那是另一个人的手，温暖的，有一点点粗糙的质感。

此时不知是谁说了句："小七子也来跳一曲给大家助兴怎么样？"

公主献舞那是殊荣，让一位皇子跳舞，这显然是把他当下人使唤了，明摆着要看他出丑，而皇上也没有出面制止的意思。

周棠抿唇道："我不会跳。"

三皇子道："小七子你什么也不会，那可怎么办，要不就学两声驴叫？"

皇长孙懵懵懂懂："七皇叔要学驴叫吗？衡儿要听，衡儿还没有听过驴叫呢。"

周棠气极，一时按捺不住就要掀桌子，掌心中蓦地被放进一个尖锐事物，硌得他一痛。他偏头看见洛平敛眉尝酒，微微摇了摇头。正疑惑间，那只手就离开了，身旁这人又恢复了酒醉后的模样，一心望着公主，好像方才什么事也没有发生过。手里的东西滚了一滚，周棠感觉出那是一颗尖石子，用力一握，掌心就生疼，倒是让他清醒了不少。是啊，不能动，只能忍。这时候的万般疼痛，他能和谁去说呢，除了自己一人吞下，还能怎么办？

扶案站起，周棠微微笑道："既如此，我也不好再扫大家的兴了，就学几声驴叫吧。"

说着他"啊呃——啊呃——"地叫了两声，把皇长孙逗得开心极了："七皇叔七皇叔，你怎么知道驴子怎么叫的呢？"

三皇子替他回答："衡儿，你七皇叔住的浮冬殿靠近中厩监，日日与牲口为伴，自然就学会了。"

"哦。"周衡点点头道，"七皇叔，衡儿可以去找你玩吗？衡儿也想去见见驴子。"

他只比周棠小了四岁，宫中没什么玩伴，就想跟这个年纪最相仿的皇叔亲近。

"浮冬殿距离朝阳宫太远了，衡儿还是不要来的好。"周棠冷冷回他。

不理会侄儿失望的神情，周棠向皇上行礼："父皇，儿臣身体不适，先行告退了。"

"嗯。"皇上随口应了声，看也不看他一眼，抱过小孙子哄着，"衡儿想要看驴子？皇爷爷送你十只又何妨……"

不多时，洛平也借酒醉告退了。他回到前院，赏春宴已经散了，只剩几个宫人在清扫。

不用刻意去寻，他便知道那人在哪儿，于是径自朝着荷塘行去。果然，就在角落的假山中，看到了抱膝坐着的周棠。他站在他身后，俯视着这个瘦小的孩子，胳膊细弱，发髻凌乱，连一件像样的衣服都没有的皇子。

洛平唤他："七殿下。"

周棠身体僵硬了下，道："滚开。"

"七殿下……"

"我叫你滚开！滚开！阉人！"

"噗。"洛平一时没忍住，笑了出来，"殿下，你连骂人都不会，当真只会学驴叫吗？"

"你！放肆！"周棠抬起脸，面色通红。

洛平望着他，意味深长地说："那些驴叫，你又何须去理会呢，你学他们的腔调说话，再怎么也不会有出息的。"

周棠有点傻了。他在想，这人一定醉得不轻吧，他在说什么？他怎么敢……他怎么敢这么说话？把那些人都比作驴子？他怎么敢！

洛平在他身边坐了下来，趁他发傻的时候，为他拍掉衣服上的鞋印，用衣袖沾了荷塘的水，替他擦净脸上的污垢，又掰开他的手，仔细清理了方才被石子硌出的伤口。他说："殿下，你的衣裳真漂亮。"

回过神来，周棠搓着衣角不悦道："胡说！他们的衣裳才漂亮！"

"不，不是的。"洛平说，"殿下，你知道你这身衣裳是什么颜色的吗？"

"绿色。他们说了，我娘给父皇戴了绿帽子，我只配穿这种难看的绿衣服。"

洛平摇头："他们都是俗人。殿下，你这身衣裳的颜色，叫作千岁绿。它是千年墨玉凝成的色泽，平日里看着不起眼，有朝一日登临极高之处，便能在日光下看见它的光华。"

周棠一心听他说着，不觉入了神，再看自己身上的衣服，似乎真的流光溢彩。他忽然觉得，身旁这人也不是那么讨厌了。

"喂，书呆子。"周棠粗声粗气地喊他，"我想知道《牧誓》是什么，你说给我听。"

洛平问："殿下，在太学院的时候，太傅没有教你《尚书》吗？"

周棠道："我根本没有去过太学院！我一去三皇兄就派人放狗咬我，太傅在父皇面前只说我愚钝，其实他一天也没有教过我！你到底说不说，不说我也不要听了，你给我滚开！"

轻轻按下他，洛平正色道："想要我说给你听，就要好好向我请教，像你这样粗鲁的学生谁愿意教你？"

周棠刚要发作，蓦然反应过来："书呆子，你……你要教我？"

"你要喊我夫子。"

"哼，你就比我大几岁？我不要叫你夫子。"

"那我便不教。"

"你！"周棠急了，"那……那我叫你小夫子，你只能做我一个人的小夫子！"

"好。"洛平掩住一抹苦笑，"我只做你的小夫子。"

洛平信守诺言，给他说起了《牧誓》：

今予发惟恭行天之罚。今日之事，不愆于六步、七步，乃止齐焉。

勖哉夫子！不愆于四伐、五伐、六伐、七伐，乃止齐焉。

勖哉夫子！尚桓桓如虎、如貔、如熊、如罴，于商郊弗迓克奔，以役西土。

勖哉夫子！尔所弗勖，其于尔躬有戮！

"殿下，这篇文章说的是：决战之日，我们的阵列前后距离，不得超过六步、七步，要保持整齐，不得拖拉。我们阵列左右距离，不能超过四伐、五伐、六伐、七伐，也要保持整齐，不得畏缩不前。

"将士们威武雄壮，如虎如貔、如熊如罴，向都城的郊外前进。在战斗中，不要阻止来投降的人，要用他们来加强我们自己。

"努力吧，儿郎们！如果不浴血奋战，我们自身就将受到刑戮。"

周棠听得非常专心，他问："书呆……呃，小夫子，这是在说怎么打仗吗？这就是兵法吗？"

洛平道："不是的，这只是一篇争战檄文，是用来号召士兵们上战场的，距离兵法还差得远呢。我们慢慢来，以后我会教给你的。"

周棠没注意到自己紧紧拽着洛平的衣袖，几乎要把它撕破："你在哪里教我呢？我怎么找你呢？你不是骗我的对不对？你不是在说醉话对不对？"

"我在翰林院担任修撰，每日都会出现在这里。我不会骗你。"洛平说，"此生在世，这是我逃不过的业债。"

这天周棠起得格外早，负责侍候他的宫女和太监感到很惊讶，这小主子一向萎靡不振的，怎么今天这么有精神。两个奴仆木着脸给他端上凉透了的早膳，也不给他好好打理穿戴，随意敷衍一番就出去找人闲磕牙了。摊上这样一个不得宠的主子，他们嘴上不说，心里都是不甘愿的。宫里的人最是势利，主子得势，连带着下人也会高人一等，眼瞅着其他皇子的奴才好吃的好玩的拿到手软，而他们终日里粗茶淡饭，日子过得还不如隔壁中厩监的牲口，对自己的主子自然不会有什么好脸色。

周棠知道他们没心思伺候自己，对这种事也早就习惯了，懒得放在心上。啃了两口干硬的馒头，实在咽不下去就吐了出来，呼啦啦地喝完那碗凉粥，周棠丢下碗筷就往外面跑。

　　他记得呢，那个醉鬼小夫子说要教他念书的。想到那人昨天一字一句给他说《牧誓》的模样，他就觉得欢喜。路过太学院，里面传来曾令他羡慕不已的授课声，如今却一点也不吸引他了。因为他有小夫子了，他一个人的小夫子……

　　周棠脚下像生了风一样轻快，绕出七拐八弯的宫墙，出宫后一路往翰林院走去，到后来周棠干脆小跑起来。然而越靠近翰林院他就越忐忑不安，那个人会如约出现吗？听他昨日说话，似乎完全不把父皇和皇兄放在眼里，那样狂妄的人，可以信任吗？他会不会是想利用他，或者仅仅是在捉弄他？

　　越想越觉得害怕，不知不觉已走到翰林院的门口，周棠紧张得手心全是汗。他靠在偏殿的墙角伸头往院子里看，里面来来往往的都是待诏、编修等文官，穿的官服都差不多，哪里能分辨出谁是谁。

　　周棠有些不知所措，正在他想着要不要离开的时候，突然听见院子里起了一阵骚乱。凝神望去，他看见一人抢过待诏手中的折子，怒冲冲地就往外走。那人不顾其他人的阻拦，口中说道："吴尚书这是什么意思？他要栽赃别人，还要拖我们翰林院下水吗！我不会让皇上被这本折子迷惑的！李大人你也不用为难，我这就去面见圣上，有什么事我一力承担，绝不会牵连大人您。"接着他就在所有人目瞪口呆的注视中出了正殿。

　　就连周棠都看傻了，他认出来了，那人就是他的小夫子。他的小夫子……分明比他还要冲动莽撞，就这脾气，昨日怎么还好意思让他"忍"？震惊过后，周棠不知怎么的就笑出来了，抱着肚子笑弯了腰。就这样不上道的一个人，说要做他的夫子，他周棠是缺心眼了，才会指望他来帮自己。这种人能在官场活上几天都是问题！算了算了，回去吧。

　　周棠心灰意冷地转身，肩膀忽然被轻拍了一下。

　　"殿下，等了多久了？"

　　愕然抬头，眼前正是那个"不上道"的小夫子，周棠一下反应不过来："哎？你……你不是去见父皇了吗？"

　　"找个借口出来而已，"洛平笑道，"看见你在这儿探头探脑的，干脆过来找你。怎么，不敢进去吗？"

　　周棠张着嘴噎了半天："……你是为了我特地闹成这样的？"

　　洛平没有答他，只把他带到一处僻静的小屋子，说道："昨日我喝得有点高了，好多事没有说清楚，请殿下不要见怪。"

"唔。"

"这里是我向一个仆役借来的，寒酸了点，不过窗外就是荷塘假山，环境还算过得去。我一个朝廷命官，不太方便公然跟皇子接触，好在这里够隐蔽也够安静，不会惹什么事端。以后你就直接到这里等我吧，我会过来的。"

周棠随口应着，满心好奇地打量着他的小私塾。这间屋子里堆放着扫帚簸箕等等一堆东西，大概是个杂役房。但是显然被人细心打扫过，里面有一张木桌还有两把椅子，笔墨纸砚也都放置齐全。

周棠伸手摸摸砚台，又去闻里面的墨水，恍惚着说："好香……他们说的是真的，墨水是香的。"

洛平看见他鼻尖的一点黑墨，噗的一声笑了。

周棠问："你笑什么？"

洛平用手指了指他的鼻子："沾上墨汁了。"

洛平在水盆里沾湿布巾，递给他让他自己擦："殿下，你真是一点做皇子的自觉都没有。"

周棠红了脸，一边接过布巾一边嘴硬道："这又不是我的错！没有人告诉过我皇子该是什么样的，再说，这宫里根本就没有人把我当皇子。"

"就算所有人都不把你当皇子，你自己也要把自己当皇子看待。你要拿出威严来震慑他们，你要有皇子的举止和气量，这是你的尊严。"洛平说，"当然了，在我面前你就不要摆什么皇子的架子了，因为在我看来，你只是个一无所知的学生罢了。"

周棠听他说前半句觉得心里发热，听到后半句就心有不甘了："哼，迟早有一天我会比你还要厉害的！"

"微臣恭候那一天的到来。"

在授课之前，洛平先从怀中拿出了一个纸包。放在桌上打开来，里面是两只糯米团，还有一只白瓷碗。他说："我这里可不比太学院，没有好吃好喝的招待你，饿了的话就吃点这些垫垫肚子。茶水我会给你带，没有茶盅，将就着用碗喝吧。"

看着这一桌子吃的喝的写的用的，周棠高兴极了。之前担心这人"居心叵测""欺负作弄"什么的，全都被他丢到了九霄云外。吃到嘴里的糯米团子一直甜到心坎里，他觉得这辈子吃的最好吃的东西就是它了，相比之下那些硬馒头干包子真是难吃到令人作呕。

等周棠狼吞虎咽地吃完，洛平便从最简单的识字内容开始教起。

那天洛平教了他一个时辰后就让他自己温习，周棠问他要干吗去，他说："方才我在翰林院大闹一番，不给他们一个交代可不行。不管怎么说，皇上这一面我是一定要见的，该说的谏言也要说。"

周棠吓了一跳："你疯了吗？我当你是说了玩，你竟真要去父皇那里告那个什么尚书的状吗？你可知道，稍有不慎父皇就会斩了你的脑袋！"

洛平笑了笑："不会的，我不会有事的。"

"你怎么知道你不会有事！"一想到他会人头落地，周棠就急得不行，"小夫子你不要乱来，真要去的话，我……我就陪你一起去！"

"你那么害怕你父皇，陪我去又有何用？"洛平安慰道，"信我，我一定不会有事。皇上非但不会罚我，反而会奖赏我。"

"奖赏你？你一个小小修撰怎么斗得过那个尚书？父皇难道信你不信他吗？"

"都说圣心难测，皇上的想法，谁能猜得准呢。"

留下这句语焉不详的话，洛平就揣着那本折子去请求面圣了。周棠坐立不安地等到中午，几乎一个字也看不进去。在他担惊受怕到跳起来准备去找父皇的时候，洛平终于回来了。

洛平面有倦容，但是一脸笑意，他说："你看，我不是没事吗？"

周棠在放心的同时也气得磨牙：这个小夫子没心没肺，当真讨厌！

他扭过脸去若无其事地看书，洛平也不管他，只把几本翰林院藏书阁里的书丢给他："这都是些杂书，能看懂的话就看看。今天就到这里，下午我会有很多事，你先回去吧。"

周棠抱起书就走，把地上的小石子踢得到处乱飞。

后来周棠从旁人那里听说，那天洛平在真央殿与吴尚书正面对峙，态度强硬言辞激烈，直到说服皇上仔细调查户部那笔饷银的来历为止。一笔笔烂账被翻出来，吴尚书贪赃枉法、意图嫁祸、欺君瞒上等数罪并罚，最后落得个斩首抄家的结局。这其中种种事件和人物牵连，不过短短数日，已被皇上雷厉风行地肃清。

而洛平，这一新任官吏，被皇上当众赞赏为"忠言直谏"的贤臣，一下子成了大红人。巴结者有之，不屑者有之，质疑者有之。看他行事莽撞不顾后果，那些官场老手暗地里还是给他冠上了"轻狂小儿"的名号。但洛平始终是一副波澜不兴的样子，只有他自己知道，他是皇上一手布下的棋子，等到没用了时候，自然也会被除掉。

周棠经此一事，在心里把他看作了清高正直之人，颇为感佩。即使后来认清了此人的心机深沉，也还是会用"濯清涟而不妖"来想念他。

周棠给那间屋子起名"扫荷轩",因为他坐在里面背对扫帚,面朝荷塘。他每天最高兴的事就是去扫荷轩,就算洛平还没来,他在那里枯坐着也开心。

周棠很聪敏也很勤奋,学东西一点就通。洛平布置下的背诵课业,第二天他就能一字不差地完成,还能连带着之后几篇一起背诵给他听。所以洛平教得也很轻松,通常一天下来他只需要花一两个时辰在那间小屋里,其余的时间可以忙自己的事情。

翰林院的事情说多不多说少不少,不过他得到皇上的赏识之后,李学士就格外关照他,因而他的空闲时间就少了很多。但不管如何繁忙,他每日必会抽出时间去扫荷轩。两人的相处模式就这么定下了——授课、读书、习字、讨论、闲聊,洛平会带来一些点心,还有一壶茶水,他们就拿碗分着吃喝。

周棠觉得挺奇怪的,明明两人以前从未接触过,怎么洛平对他喜爱的口味那么了解。他爱吃黏黏的糯米,爱吃粗制的红豆沙,爱吃纯肉的饺子,洛平带来的所有点心他都爱吃。他问他为什么,洛平不以为意,只说是随便带的,凑巧而已。周棠将信将疑,他总觉得,他的小夫子好像能看穿人心一般,比他自己更了解自己。

不过月余,周棠已能识得许多字,洛平给的那些杂书也都看完了。这天他把书拿来还给洛平:"我已经全部看完了,一点也不难懂。"

洛平自顾自地看书,连头也没抬:"是吗,殿下真是聪明绝顶。"

周棠见不得他不把他放眼里的样子,怒道:"你不信吗?"

"我信,怎么会不信。"

"你分明在敷衍我!"

洛平放下书,叹了口气道:"既然如此,我考你一个问题,你若答上来了,就证明你是真的看懂了,我不信也得信。"

"好,你考吧。"周棠背着手,志得意满。

"高祖皇帝当初攻打越州的时候,破釜沉舟,一连打了九天十夜,折损了五千士兵四位将领,殿下觉得这一仗,值不值?"

周棠想了想回答:"值。越州是进入秾城的最后一道关,那时久攻不下,城里城外的百姓都饱受煎熬,高祖皇帝前无接应后无退路,唯一的方法就是硬攻,有所牺牲是在所难免的。那一役确实惨烈,但书中有云:能断大事,不拘小节。"

洛平听后,未做任何评价,只在周棠还来的那一摞书中随手翻出一本《却乱》,放在他面前说:"再看一遍,明日告诉我答案。"

没听到小夫子的赞同,周棠有些不服气,不过还是老老实实地把书带回去重读。再怎么任性,洛平的教诲他还是每句都听的。

"我最瞧不起你这样的人！假清高，伪君子！"

"想当大官又不肯给人低头，哼，我等着你倒大霉！"

孩子怒气冲冲的话语在耳边回响着，洛平知道自己在做梦。梦里的每一个场景、每一个人、每一句话，都真实得让他如临其境。

赏春宴上，由于皇上对他大加赞赏，还以他为榜样责骂了周棠，使得周棠对他心怀怨怼。周棠斗不过父皇斗不过兄长，心里憋着气，就想着法儿地给他添乱。周棠没事就跑到翰林院，偷偷把他的茶换成黄连水，或者趁他不在的时候，把他正在修撰的书籍画花。不会写字周棠就画乌龟画便便，总之非要毁了他的工作，让他被大学士责备才甘心。周棠还曾在宫门口蹲点，拿弹弓和石子射他，射中了就朝他做鬼脸。见到他跟那些官场老奸起争执，不肯低头屈就，就骂他是"假清高""伪君子"……每天一个花样，各种捣乱作怪。

不过事情终究还是出现了转折，经过吴尚书一案，皇上对他的青睐越发明显。南莱进贡了一些玉石和奇花异草，皇上心情好，就赏了洛平一朵碗莲。上等白玉雕花碗，碗里一汪别透清水，水里一朵雪色莲花，精致得让人移不开眼。那朵碗莲收在一方木盒中，洛平小心翼翼地捧着它走出真央殿，却在廊角迎面撞见了七皇子周棠。周棠见他那么宝贝一样东西，上来就说："给我看看是什么。"

洛平不理他，周棠两臂一伸拦住他的去路："是父皇给你的赏赐吧，我是皇子，想看还不能看吗！"

洛平没办法，把盒子打开让他看。周棠故意急吼吼地拉住他手腕，洛平反应不及，身体一歪，盒子里的碗和莲花一起翻了出来，哗啦碎了一地。洛平只觉得自己也跟着哗啦一声碎了，不仅仅是因为心疼，更是因为这是皇上给的赏赐，还未出宫门就在他手上毁了，这是藐视皇恩，是大不敬！

周棠幸灾乐祸地笑着："你摔坏了父皇给的赏赐，你要掉脑袋了！哈哈！"

洛平抖着手去捡一块块碎片，实在难受，忍不住骂道："七殿下，你太顽劣了！"

周棠小孩子心性，就是想捉弄他玩玩，本来挺得意的，见他骤然苍白了脸，眼里尽是痛惜，反倒不自在起来。脚尖蹭了蹭地，他嘴硬道："不就是朵花嘛，有什么了不起，这种花池塘里多的是。"

洛平不想再跟他多说一句，把碎片和残花捡进盒子，绷着脸就要离开。

周棠又跨一步挡在他面前："喂，书呆子，大不了我不告诉父皇你把它摔碎了就是了，只……只要你答应我，教我念书。"

正是从那一天起，他开始喊他"小夫子"。

梦里头，周棠背对着他在扫荷轩前面的荷塘边练字，以指蘸水，一笔一画。他喊他"殿下"，周棠尚未回头，梦便醒了。

周棠看了一夜的书，几乎把那本《却乱》翻烂了，还是没明白洛平的用意。挂着两个黑眼圈，他决定去扫荷轩问个清楚，脚步虚浮地走到浮冬殿门口，突然跟一个太监撞了个满怀，他不满道："谁呀，冒冒失失的，别挡我路！"

那太监一点也不怕他，拦在他跟前说："哟，七殿下这是往哪儿去呀，皇上在真央殿召见各位皇子呢，莫非您已经知道了？"

周棠闻言一愣，仔细看看，那确实是父皇身边的太监。皇上召见，他哪里有摆架子的权利，没办法，只能先去真央殿。

进了大殿，周棠看见殿内放了满满当当的箱子盒子，零散掉落出来的珍宝就够他眼花缭乱的了。看样子邻国使臣刚走不久，今年也进贡了不少好东西。他的目光落在其中一方木盒上，盒盖开着，隐约可以看见里面透白的颜色，不知怎么的，那么多的好东西，周棠偏偏对那个小盒子最在意，他很想看看盒子里面是什么。

皇上还没到，但六位皇兄显然已经到达多时了。周棠心下了然，传旨的太监压根就没把他放眼里，故意最后去喊他。

三皇子周朴讥讽道："小七子，你的架子真大呢，让我们几个兄长等你一个。"

六皇子周杨接口："是啊，除了我和老五，其他几位皇兄的府邸都在宫外，他们都匆忙赶来了，怎么就见你一个住宫里的皇子拖拖拉拉的，不像话。"

周棠不跟他们争辩，只道："我腿脚慢，让皇兄见笑了。"

此时皇上来了，他们赶紧收敛神色，齐声道："儿臣拜见父皇。"

"都起来吧。"皇上落座，一抬手，命大太监张喜给他们每个人发了一张笺子。

笺子上写了每个皇子的名字，还有一片留白。

"父皇，咳，这是何意？"大皇子周枫带病前来，脸色有些苍白。

"朕今日有个问题要问你们，你们把答案写在自己的笺子上，不许讨论，也不许传阅，写好后交予朕。谁的答案让朕满意，朕就有赏。"

这样一说，各位皇子都跃跃欲试。皇上偏爱长子，可长子的身体时好时坏，皇上犹豫不决，迟迟没有立太子。这回明摆着是在考验他们的资质，拿什么赏赐是次要的，给父皇留下一个"贤能"的印象才是最重要的。

"枫儿身体有恙，若是支持不住也不必勉强。"

"儿臣无妨，多谢父皇挂念。"

"既如此，那就开始吧。"

皇上出的题目是：如今最迫切的治国之略是什么？

"不要给朕看什么长篇大论，那些东西大臣们整天在朕耳边唠叨，烦都快烦死了，朕只要最简洁的答案，只要一个答案。"

皇上给了他们一炷香的时间思考，六位皇子只用半炷香不到就写出了答案，只有周棠一直磨蹭到最后。

趁着张喜收笺子的空当，周杨悄声对身边的周棠说："小七子，你怎么这么慢，是有字不会写吗？哪个字不会写，皇兄可以教你呀。"

周棠装作没有听见。他手里玩着紫毫笔，把笔杆子在手指间转来转去，这是他在扫荷轩无聊至极的时候常干的事，如今一手转笔功夫已经炉火纯青，连笔端的墨汁都能收放自如。

周杨还在奚落他："你最擅长写什么字？大？小？人字会写吗？……哎哟！"

周棠手中的毛笔灵活地转动，突然一记倒甩，一坨浓墨啪地甩到周杨的脸上。

"小七子！你！"

周杨怒了，抓起自己的笔就要反击，完全忘记了场合，被皇上大声喝止："杨儿，你干什么呢！"看到他脸上的墨汁，皇上不满道，"多大的人了，写个字还能写到自己脸上去。"

"不是，父皇，我……"

"行了。"皇上打断他，"你们的答案朕已看过了，谁答得最好，朕的心里也有数了。"

大家都安静下来，周杨只得暂时放下墨汁的仇，凝神听皇上的定论。皇上把他们的答案一字排开，大皇子周枫写的是：民为贵、减赋税；二皇子周柠写的是：清剿贪腐、整肃朝堂；三皇子周朴写的是：平流寇、安天下；四皇子周柯写的是：开辟航道、鼓励通商；五皇子周杭写的是：教化百姓、招安江湖；六皇子周杨写的是：改制科举、选拔人才；而七皇子周棠只写了两个字：定北。

周朴看到最后扑哧笑出声来："定北？小七子你这是什么意思？周家自高祖皇帝以来就是太平盛世，西昭、南莱、北凌三个附属国全都俯首称臣不敢进犯，你这时候要平定北凌，岂不是没事找碴儿嘛！"

周杨也说："就是，小七子你实在是杞人忧天了。"

眼看皇上面色沉郁，周柠已领悟过来，说道："三弟六弟，话不能这样说，所谓居安思危，七弟的回答不无道理。"

周柯和周杭也看出了门道，纷纷附和说："没错没错，居安思危。"

"小七子也是在为国事担忧啊。"

周枫斜倚在座位上，似是有些气虚，没有发表什么意见。

皇上敲了敲茶盏，止住了他们的争论，转头问周棠："你为何这样回答？"

周棠："是父皇告诉儿臣的。"

皇上斥道："胡说，朕只出了题目，何时与你们说过答案！"

周棠伸手往殿上一指："父皇在来之前，就给过提示了。"

周棠伸手往殿上一指："父皇在来之前，就给过提示了。"

放下手中的茶盏，皇上走下大殿，顺着他的手看过去，沉着脸不置可否："是吗，朕给什么提示了？"

几位皇子们也都翘首看着，心里直犯嘀咕：哪里？这小七子乱说的吧，哪里有什么提示？

"父皇，大殿中的这些箱子盒子，都是今年邻国上贡来的贡品吧？"

"没错。"

周棠走到一堆贡品中间，说："这些玉石温润透亮，想必是上好的踯躅玉，南莱盛产此玉，所以这几大箱子应该都是南莱的贡品。"接着他又走向中间那一堆贡品，"这边有很多锦囊，又那么香，定然是西昭的香料了，所以这边是西昭的贡品。"最后他走到大殿的右侧，"那这里就是北凌的贡品了。我听说北凌盛产铁矿，那里的寒玄铁铸造出的兵器最是锋利坚韧。可是很奇怪，这边尽是些金银珠宝，铁器却少之又少。"

周棠捏起一颗大珍珠："这是南海珍珠吧，虽然也很珍贵，但北凌王何必舍近求远，花那么大力气去找南海珍珠，还不如送几块特产的寒玄铁省事。"放下大珍珠，周棠说出了自己的结论，"西昭和南莱的贡品与往年相差无几，可是北凌没有如数上贡铁器，所以儿臣猜测北凌王是不是在囤积铁器。囤积铁器的最大用处，当然就是铸造兵器了，兵器是用来打仗的，那样的话，北凌王的居心不就很可疑吗？"

玉石香料铁器，这些都是他从洛平给他的杂书里看到的，什么《通州志》《大原广记》《山水注》，洛平让他当闲书看着玩，他也没费心去记，压根没想到会应用在父皇出的考题上。心里怎么想的，他就怎么说了出来。

周棠说完之后，二皇子周柠扫了他一眼，很快又移开视线，蹙眉不语。五皇子周杭连忙上前去看，拿起北凌进贡的清单，上面密密麻麻的条目，唯独缺少铁器这一项："父皇，七弟说得没错，而且往年北凌上贡的马匹至少五千，可这一次只有寥寥两千匹，那北凌王莫不是真的有反意！"

此语一出，皇子们顿时紧张起来，纷纷猜测着北凌王的野心。

皇上却不再与他们说这个话题了，他难得向周棠露出了笑意，指着满殿的宝物对他说："棠儿，这些宝贝中，你可以任意挑选一个，朕赏你了。"

"多谢父皇！"周棠连忙谢恩，欢喜地去挑选赏赐。

这是父皇第一次给他奖赏，他激动得不知如何是好。选什么呢……大珍珠？珍珠中看不中用，换一个。龙涎香？上次看见父皇送给大哥用的，应该是治病的吧，我要他何用，换一个。哇，这把匕首好锋利，要不就它吧……等等，刚刚那只小盒子呢？里面到底放了什么？绕着贡品转了一大圈，周棠最终还是选了那只不起眼的小木盒。皇上没说什么，随他拿去了。

众位皇子告退后，皇上坐在殿上，拈起周棠的笺子，若有所思。

周棠小心地捧着木盒，心急火燎地要出宫去扫荷轩，他想赶紧见到小夫子，想赶紧向他炫耀：你看，父皇奖赏我了！

洛平没见到周棠，心下奇怪。往常周棠都是早早地等在扫荷轩，有时他出现的时候，周棠已经练完几张纸的字了。可今天临近晌午都还没出现，他不免有些担心，难道是病了？心不在焉地翻了几页书，洛平还是决定去看看他。周棠要出宫见他容易，可他要入宫就颇为麻烦。守卫问起他，他只能以公务之名搪塞，幸而那名禁军头领认得他，知道他是现在皇上跟前的红人，才没有过多盘查。

路过朝阳宫时，他看见大皇子周枫正在哄着撒娇的周衡。

周衡闹着说："衡儿要跟爹爹回家，衡儿不要住在这里，这里没有人陪我玩！"

周枫身体不适，被他拽得直晃，勉强说道："衡儿听话，你皇爷爷让你住在这里是莫大的恩典，别人求都求不来，你不要任性。"

"我不要待在这里！那些老头子整天要我读书认字，还要我学什么武艺，累死了疼死了！爹爹你看，衡儿都受伤了！"周衡捋起袖子，露出一段粉白的手臂，上面有一块红印子，看样子是哪位武师教他的时候不小心下手重了点。

周枫看了有些心疼，但还是咬牙道："衡儿乖，你在宫里才最安全，听皇爷爷的话，别闹脾气，过几天，咳咳，等爹的病好了就来陪你。"

父子俩又拉扯了一会儿，周衡才放他爹离开。

洛平远远看着这一幕，心中感慨。周衡是个天真无邪的孩子，集万千疼爱于一身，可也因此被各方势力觊觎着。皇上把他留在宫中严加保护、悉心教导，说起来是圣宠眷顾，可对于他这样的小孩子来说，这样的生活未免太过枯燥无趣了。偏偏有人渴望这样的生活，渴望得不得了，却怎么也求而不得。

不久，洛平又看见二皇子三皇子他们一起出宫，心里就明白了。想必是皇上召见他们几个皇子，所以周棠才没能去扫荷轩，看来是他多虑了，不过既然已经进宫，就去看看他吧。想到此处，洛平朝着浮冬殿的方向走去。行至中廊，刚好看见周棠急匆匆匆地赶来。

周棠也瞧见他了，先是一愣，随后咧开嘴喊道："小夫子！你来找我吗？"

洛平竖起食指放在唇上示意他小点声。

周棠总算从过度兴奋中回过神来，四下瞅了瞅，见中廊附近没什么人，才放心与他说话。他献宝似的把手中的木盒凑到洛平面前："小夫子你看，这是父皇赏赐给我的！"

洛平一眼望去觉得这个盒子颇为眼熟，待周棠打开来他才恍然道："这是……碗莲？"

"嗯？这朵花叫碗莲吗，确实挺贴切的。你瞧它长在这只白玉碗里，多精致啊，而且也能养很久，就算以后花败了，我也能留着碗对不对？"

周棠兴冲冲地说着，全然没有注意到洛平的怪异神色。

"殿下，皇上怎么会……赏你这个？"

"我答对了父皇的考题，父皇让我自己挑选的啊。"

"考题？什么考题？"

把之前真央殿里发生的事跟洛平说了，周棠得意道："这回可多亏了你，你给我的那些书很有用呢。"

洛平心里咯噔一声，正要细问，此时周棠把碗莲从盒子里拿了出来。里面的清水洒出了几滴，挂在白玉碗边，晶莹剔透。

"小夫子，你喜欢这朵碗莲吗，不如我把它养在扫荷轩吧！"他笑得灿烂，洛平到了嘴边的话又咽了回去——算了，他正在兴头上，还是不要这时候与他说那些东西了。

接过那只玉碗，看着与梦中一模一样的纹路，洛平忍不住用手抚摸。白玉碗上雕着细致的莲叶，那几滴清水如同朝露凝在上面，衬着雪白的花朵，实在让人爱不释手，洛平发出感慨："真漂亮，是不是？"

"嗯。"


"皇上，你想把欠了臣的都还清吗？那您还差臣一碗莲花。"

"洛卿啊洛卿，朕不过儿时害你摔碎了一朵碗莲，至于记恨到现在吗？如今你想要多少朕便可以给你多少，你还有什么不满的？"

"回皇上，臣不是记恨。臣只是忘不掉也放不下，有些东西碎了，就再也回不去了。"

洛平看着碗莲，回想起曾出现在自己脑海里的那些片段，竟有些分不清是在梦里还是现实里。

周棠专心看的却是他，眼里映着洛平痴迷的目光，仿佛自己也跟着痴迷了。说来也怪，在挑选的时候，他明明更想要那把削铁如泥的匕首，可一看见盒子里的这朵碗莲，就觉得小夫子一定会喜欢。就因为小夫子会喜欢，他才选了它。

有廊风吹过，撩起一缕长发，掠过玉碗的上方，柔软地绕着那朵莲花的千指。周棠忽然闻见一股清甜的香味，曼妙而悠远，一时间他分不清是那朵花的味道还是身边人的味道。他伸手想抓那朵花，手指却被发丝缠住了。

洛平僵住，受到惊吓般猛地向后退去："你做什么？"

周棠还未答，只听哗啦一声脆响，木盒倾翻在地，里面的玉碗摔碎成数瓣，莲花的根茎也断了，清水流淌一地。两人都怔在当场。

周棠愣了好一会儿，眼睛发直地望着一地狼藉，还是洛平先反应过来："殿下，对不起。"

周棠看看他又看看地上，脸色先是苍白，转而变得通红："这是父皇给我的赏赐！他给我的第一件赏赐！你怎么能摔碎了它！洛平你混账！你拿什么赔我！"

怒骂着他，周棠的双眼都气红了，泪水在眼眶中打转，但就是倔强地不肯掉下来，那一层湿润看得让人心疼。

洛平把碎片和残花抬进木盒，递给他，还是那句话："殿下，对不起。"

"我不用你跟我说对不起！我不要你的道歉！"周棠也不知道自己在愤怒什么，东西已经碎了，他知道无可挽回，也知道不能全怪小夫子。可他就是止不住地难过，听到洛平向他道歉就越发难过。胸口一阵阵纠痛着，好像自己才是犯了错的那个人，好像该说道歉的应该是自己，却被洛平抢了去。

"你走开！"抱着木盒逃离这条中廊，周棠此刻不想面对洛平，也不想面对混乱的自己。

洛平望着他的背影叹了口气。世事无常，总有太多的无可奈何。这朵碗莲终究是碎了，就像一个命运的捉弄。明明只是一样微不足道的物件，可无论梦里还是现实中，他们都要为它而伤神。

天色阴沉沉的，雨点打在青石路上噼啪作响，吵得人心里越发烦闷。周棠想要开窗透透气，吹进来的风带着料峭寒意，小小的浮冬殿显得更加冷清。周棠一连两天没有去扫荷轩，说好要与洛平讨论的《却乱》放在桌上，自己想提的疑问早已忘光了。他在生气，生洛平的气，也生自己的气。他气洛平打碎了父皇赏他的碗莲，气自己拉不下脸面去扫荷轩找他。其实，他很想见他。

这两天周棠茶不思饭不想的，整日在床榻上翻来覆去。时而盯着小木盒里的碎片发呆，时而蒙着被子自己跟自己发脾气。浮冬殿里的下人原本听说主子在皇帝那儿得了赏，心想以后日子会不会好过一点了，都想着法儿地讨好主子。可一见自家主子带回来的是一堆破碗烂花，又见他一副萎靡不振的样子，就估摸着还是没什么指望，多半那赏赐也是皇帝随便丢给他的，于是浮冬殿很快又恢复了以往的冷清。

周棠从被子里钻出来，坐到桌子跟前直愣愣地盯着那本《却乱》，最后还是一咬牙，把书揣进怀里准备去找洛平。恰巧这时有人通报："殿下，翰林院洛大人求见。"

一听这话，周棠噌的一下又坐了回去，脸上绷得死紧，心里却乐坏了："传他进来。"

周棠巴巴地望着门口，他看见洛平收了伞，递给一旁的宫女，笑着对她道了谢。

洛平的相貌并不英俊，但肤色白皙、眉眼柔和，嘴角的线条尤其好看，笑起来如同微风拂面，很容易亲近的样子。加上他年轻有才气，又是皇上最赏识的新晋官吏，秣城里不少闺中少女都留意着他。这位宫女见他如此谦和有礼，心里就是一动。抬眼看了看他，红着脸一福身："洛大人，殿下有请。"

周棠噘起嘴嘀咕："色鬼就是色鬼，哼。"

鞋子和衣摆沾着泥水，走进殿内留下了一行水印，洛平的脸上也有些潮湿，发丝粘在脸颊边，衬得肤色更白。大概是冷的，他的嘴唇有些发紫。

周棠见状喊了声："芸香，奉茶！"

话音未落茶已经到了，周棠呆了呆。平日里对他这个主子都爱理不理的丫头，对洛平还真是殷勤得很。想到这里，周棠便又在心里暗骂了几声"色鬼小夫子"。

洛平走进内堂，行礼："微臣拜见七皇子殿下。"

"嗯，起来吧。"周棠故作矜持。

洛平起身立于一旁。

"你……你坐到这里来。"从没在小夫子面前摆过皇子的架子，他一下子适应不过来。

洛平恭敬地坐到他身边。

周棠问："你来找我有什么事吗？"

洛平答："我来向殿下赔礼。"

说着他从衣袖中取出一样东西，摆在周棠面前。那是一块白璧玉坠，温润透亮。

"这是什么？"周棠把它拿起来，手心里还能感觉到一丝热度。玉坠上雕刻着一只兔子，怀抱圆圆的玉石，扭头斜睨，像是守着自己的宝贝，模样活灵活现。

"这也是南莱今年上贡的贡品，名叫'玉兔抱月'，材质与那只玉碗相同，都是南莱特产的踯躅玉。微臣记得殿下是属兔的，就想到把它送给您，为上次的事情赔罪。"

周棠攥着玉石就舍不得撒手。洛平来找他，就已经让他的气消了大半，还送他这样的礼物，更是让他把愤慨纠结都丢到九霄云外去了。

凑近了又闻到一阵香气，与上次闻到的那种一样，浅淡而悠远，可是这次没有莲花在边上，周棠不禁奇怪道："咦，哪里来的香味？是你身上的味道吗？"

"并不是臣身上的味道。"洛平侧身让过，"殿下有所不知，踯躅玉的特别之处不在玉质，而在香气。玉石若是与人的体温接触，便会散发出幽香。"

周棠点头："哦，原来如此。你说这块玉是贡品，那你从何处得来？"

洛平瞅了他一眼："皇上今日召臣入宫议事，赏的。"

"嗯。"周棠轻抚着玉兔，垂首不语。他忽然发现，自己为了一朵碗莲跟小夫子闹脾气是多么幼稚。洛平为官短短数月，已获得许多赏赐。皇上随手赏给臣子的东西，都比给他这个皇子的多得多，他又何必去计较那一点点施舍。

洛平知道他沮丧，却无从安慰。人心本就是偏的，皇上恨屋及乌，这么多年下来，那种厌恶都已成了习惯。他叹了口气说："殿下，臣不便在宫中久留，就此告退。明日若是天气晴好，您便出去散散心吧。"

"嗯，我会的！"周棠抬头笑说。

什么"散散心"，为了掩人耳目，有些话洛平不好明说，但他怎会不懂小夫子的意思，明日他定然会去扫荷轩找他。

周棠用红绳子拴好那块玉兔抱月，挂在脖子里贴身放着，焐暖了它便能闻见一阵若有若无的清香。那香味似有安神的作用，这一夜他睡得格外好。梦里是某日午后，他在扫荷轩一时贪睡，迷迷糊糊醒来，眯眼瞧见小夫子坐在自己身旁看书。桌上一碗清茶一块糯米糕，窗外荷塘潋滟，那人的侧脸笼着一层柔光……

第二天果然放晴了，洛平来到扫荷轩的时候，远远地看见周棠蹲在荷塘边上玩耍，感觉有点哭笑不得：他让他散心，他还真的就跑出来散心了，也不怕别人看见了说闲话？

往前走了两步，洛平突然顿住脚步，因为他意识到，这个情景是那么熟悉。他看见周棠伸手在池塘里蘸了水，在地上一笔一画地写着什么。他甚至可以猜到，他写的是什么字。

"殿下。"他喊了一声。

那个梦境终于继续下去，周棠回过头来，笑着对他说："小夫子，你来啦。"

望着他满是依赖的笑脸，洛平好不容易整理好情绪，走过去问道："干什么呢？"

周棠侧过身子让他看："练字啊。"

地上的水迹很新，在阳光下反射着莹莹亮光，笔锋辗转，是两个端正而隽秀的字——江山。

洛平的眼神微闪，这与他记忆中的那两个字截然不同。梦里周棠在写这两个字的时候，还是个小文盲，字迹歪歪扭扭，只能勉强辨认出轮廓，而此时，他已经能把"江山"二字写得这样好。

洛平看后不动声色，舀起一捧池水，淋在那两个字上，令他们融为一体，消失不见。

"小夫子你做什么？我写得不好吗？"周棠不知他是何意。

洛平看向他说："殿下，现在我说的话，你一定要牢牢记住。"

周棠见他如此郑重，连忙点头："嗯。"

"以后不要在人前谈论江山社稷，至少在你能够出宫自立之前，不要与任何人说起你的'江山'，包括我在内……"见周棠要提问，他摆摆手道，"不要插嘴，你先听我说完。"

周棠只好闭嘴，但显然很不服气。

洛平叹息："你不明白，我会慢慢说给你听。皇上有七个儿子一个嫡孙，如今太子未定，几位年长的皇子正在拉拢朝中的大臣，各自为营，还在宫里的皇子也都想方设法讨皇上的欢心，周衡也被安置在朝阳宫里。那么多人觊觎着大承的江山，你觉得凭你的势力，能够在这场洪流中存活多久？

"我知道你天资聪颖，知道你不比其他任何一个皇子逊色，也知道你胸怀天下。但是，现在江山对你而言是忌讳，它离你不远，但你千万不要急着去碰它，眼下你该做的事，是把自己藏起来。"

"我还是不明白。"周棠忍不住说，"既然我一点也不比别人差，为什么我不可以去碰我想要的东西？我想证明给父皇看，我是值得他骄傲的儿子，我不是个一事无成的废物！前两天我不是成功了吗？父皇说我的治国之略最正确，对我刮目相看了！"

"这件事是我的错。"洛平道，"我很后悔没有早些告诫你，我现在教你的这些东西，不能用来炫耀，尤其不能在你的父皇和皇兄面前暴露出来。你若一直是个不得势的废物皇子，他们便不会对你有戒心，你就会有更多的时间来丰满自己的羽翼。"

"你的意思是让我装傻充愣？"

"是的，在你父皇和皇兄面前不要露半点锋芒，直到时机来临。"

"时机？什么样的时机？"

"一个可以让你自由的时机。"

周棠冷哼了一声："自由？出生帝王家，哪里还有什么自由？再说了，谁知道那个时机什么时候到？万一它一直不来呢，难道我还要装一辈子废物吗？"

洛平道："殿下，请相信我，那个时机一定会来临。"

周棠睨他一眼："为什么你总是这么有信心？你能预知未来吗？"

"我不能，但我一直坚信，你会成为大承的君王，大承的江山，迟早是你的。"

"这种话你也敢乱说吗？你不是说这是忌讳吗！"周棠吓了一跳，洛平分明比他猖狂多了，怎么还敢义正词严地数落他！

洛平淡笑着，以指蘸水，在干掉的地上重新写了两个字——周棠。

他说："殿下，有朝一日，让您的名字成为天下人的忌讳，便是洛平此生最大的心愿。"

深深望进洛平那双温柔而坚定的眼中，周棠觉得自己的心跳好快，身体里的血液像是烧了起来，撞击着鼓膜，耳朵里嗡嗡作响。他脑中在想的事情却很简单：他要得到自己的江山。

"小夫子，那你会一直陪在我身边吗？"他问。

"我会竭尽全力地辅佐你。"洛平回答。

明明是比自己的要求更诚恳的答案，不知为什么，周棠却不甚满意。

"好了，殿下，该去念书了。我可是以帝师的标准定位自己的，不严格一些可不行啊。"

周棠跟着他走进扫荷轩，口中讽刺道："帝师？帝师会把未来的皇帝晾在一边自己喝茶看书吗？帝师会自己一个人吃光带米的点心吗？帝师会一天只讲一个时辰的课，其余的时间全部让我自修吗？帝师会随便勾搭寂寞的小宫女吗？"

"……殿下，你怎么那么多废话。"

洛平将扫荷轩稍微打扫了一下，给自己沏上一碗茶，说道："殿下，耽搁了几天，你还记得我上次布置给你的课业吗？"

周棠点头："记得。"把那本《却乱》放在桌上，他坦白，"书都快被我翻烂了，里面每句话我都明白，可我还是搞不懂小夫子你的意思，这本书跟高祖皇帝的那一战有何关系？"

洛平缓缓道："此书是前朝隐士傅云林所著的杂谈，旁征博引了许多民间故事和古时案例，行文浅显，内涵却深远，私以为把它当作一部治世之作也不为过，你年纪尚幼，一时领会不全也情有可原。"

"治世之作？"周棠皱起脸，"隔壁家的鸡吃了他家的米，他苦想一夜，终于想出诱杀那只鸡，并把它拆吃入腹还不让邻居发现的应对之策什么的，这也叫治世之道？"按他的想法，这根本是小人行径。

洛平笑了："人性自私，他这样做，既保住了家里的粮食，又给自己和家人带来好处，有何不妥？若是用在治国上，你能设下一个让敌方不知不觉折兵损将，还奉上自己最好贡品的圈套，难道不是一件乐事吗？"

"小夫子……你觉得这样做是正确的?"

"手段没有对错之分,能达到目的才是最重要的。站在你的立场上,一味地做好人,什么也得不到。当然,仁义道德还是要做给别人看的,拿别人东西的时候,不要脏了自己的手。"

周棠有点发愣,他没想到洛平会宣扬这种理念。那个为了正义忠言直谏的清高之人,和眼前这个说着"为达目的不择手段"的是同一个人吗?他发现自己越来越不了解小夫子了。

洛平瞟他一眼:"别扯远了,我们来说说高祖皇帝那一仗打得值不值。你上次说高祖皇帝当时别无他法,只能硬攻,这话没有错。但实际上是他自己把自己逼到那一步的。"

"怎么说?"

洛平把那本书翻到其中一页,问他:"这里你读过了吗?"

周棠伸头看看:"读过了,是先机篇中的一个小故事。"他过目不忘,已能把它复述出来,"说的是一个穷困潦倒的酒肉和尚救了一个匪徒,他让那个匪徒假意追杀他,然后自己躲进山下富商家中。富商可怜他一个出家人遭此横祸,便收留他,供他吃喝,最后和尚与匪徒联手,里应外合,抢光了富商家中财物。"

洛平颔首:"那和尚的作为虽然令人不齿,但也有可取之处。他知人善用,不问出处,从一开始就掌握了先机。如果高祖皇帝也像他这样做,攻破越州,不过两三天的事。"

周棠就喜欢这些打仗的例子,一听这话来了精神:"小夫子,那你说应该怎么打?"

洛平吊他的胃口,悠悠喝了口茶才说:"当年高祖皇帝攻打越州,之所以久攻不下,是他错过了先机。他是在自己孤立无援的情况下打的硬仗。实际上,如果他之前不斩杀涂州的降将钟明,便可以联合涂州围剿越州。"

"钟明?"这个事情周棠在高祖本纪中读过,"那是个很靠不住的人吧,高祖皇帝尚未打到涂州之时,他就吓得屁滚尿流前来投靠了,这样的人怎么能信任?"

"正因为他是个胆小怕事之辈,才方便利用。"洛平解释,"钟明是奸佞之徒,背叛自己的将士,出卖自己的城池,不忠不义,确实该杀,但高祖皇帝杀他的时机不对。倘若他在攻打越州之前暂时接受他的来降,与涂州两面合围,就完全可以避免硬碰硬的伤亡,在那一战中占尽先机。所以殿下,请你看得更深远一些。"

"嗯,小夫子教导得对。"周棠想了想,虚心接受了。

令洛平欣慰的是,很快周棠就能举一反三,对于各种案例有了不少自己的看法。比如对于他父皇平西疆一事,他已能站在客观的角度评价:那不是向大承百姓昭告的"固守疆土",而是对西昭的侵略和剥削,但强者为王,正义永远站在胜利的一方。父皇的作为正是洛平所说的，拿别人的东西，不弄脏自己的手。

之后周棠一想到新的观点就说给洛平听，让洛平帮他分析，洛平便会为他逐一解惑。有时周棠的想法虽然略显粗糙，但非常有新意，若是精心设计雕琢，想必能成为一个出奇制胜的策略。他确实很有治国的天赋，这种天赋想掩盖都掩盖不了。

洛平不像太学院中的太傅少傅那样让学生摇头晃脑地念书，大多时候只是扔给他一些乱七八糟的书籍让他自己看，看不明白的来问他，看明白了的他就会出题考他。他出的题总是很刁钻，但不得不说，周棠每次解完都受益匪浅。周棠虽然很怀疑他年纪轻轻的怎么懂得那么多，嘴上也常讽刺他"什么帝师，傲慢！轻浮！色鬼！"，但他能感觉得到，洛平真的是在教他帝王之道。他在教他，怎么把那江山，把那百姓，名正言顺地放进自己的胸怀中。

洛平有点饿，他觉得周棠吃太多糕点不大好，于是就趁他专心学习的时候，把自己带来的糕点全都吃完了。等周棠回过神来，糕点盒里已经空空如也。他苦着一张脸说："小夫子，你不是带过来让我吃的吗？我正在长个子啊，你怎么能抢我的口粮，我现在要饿死了，怎么办？"

洛平舔干净手上的糕点渣，惹得周棠咕咚一声咽了口口水，也不知是馋的还是怎么的。

"殿下，你这种年纪，就该好好吃饭，别总是指望着点心填肚子。"洛平厚颜无耻地说。

"那小夫子你做饭给我吃好吗？"

洛平沉默：……

"那就这么说定了，明日你带自己做的饭来给我吃。"不等他否决，周棠便收拾好书本，跑出扫荷轩回宫了。想到自己能尝到小夫子的手艺，周棠心里那个美啊。

洛平就没他那么高兴了，他什么人情世故曲折起伏都经历过，早已成了个人精，要说他有什么事情应付不来，那就只有——做饭。不过，给周棠做一次又何妨呢，让他长点教训吧。这样想着，洛平第二天带了个扎好的食盒去翰林院。

坐得离他比较近的一个编修吸了吸鼻子道："有没有闻到烟熏的味道？"

另一人说："哎？好像真有。难道是哪里着火了吗？"

大家一下子紧张起来，翰林院藏书颇多，其中文渊阁更是历代皇帝存放重要文书的地方，失火可不是小事，严重了可是要掉脑袋的。于是所有人都忙着找火源，翰林院闹腾了一早上，可大家什么也没找到，根本没看见半点火星子，最后只能不了了之。只有洛平一人淡定地坐在那里，修着自己的书，撰着自己的稿，因为只有他知道那烟熏味从哪儿来。

周棠从窗户里看见外面吵闹了一阵,听人们嚷嚷着"哪里失火了",颇觉奇怪,往外看了看,没发现什么异常,也就没在意,殊不知引起这场骚乱的就是他家小夫子……带来的午饭。

中午时分,洛平来了。周棠翘首盼着他,毛笔在手中转得快要飞起来。洛平前脚跨进门,他就跳下椅子,一把夺去了他手中的食盒。

"咦?什么味道?"周棠皱着鼻子问。

洛平但笑不语。

打开食盒以后,周棠安静了一盏茶的时间。他终究没有勇气去吃那份饭,以及旁边还粘着血丝,似乎是排骨的东西。干笑了两声,周棠放下筷子说:"小夫子,我突然不饿了。"

洛平淡淡道:"不饿就别吃了。"

周棠如蒙大赦,心中暗暗发誓:以后再也不随便使唤小夫子了,后果太可怕。

洛平又说:"今日你不用念书了,我另外有课业交给你。"

"什么?"

"去朝阳宫。"

"朝阳宫?"周棠很惊讶,"我去朝阳宫干什么?那是父皇给衡儿安排的住处,我哪有资格去?"

"我不管你用什么办法,总之必须接近朝阳宫。"

"为什么?我干吗非要跑到那里去,我肯定会碰一鼻子灰的。"周棠很不满,皇上对周衡的疼宠和过度保护宫里人尽皆知,就连周衡的生父周枫要见他一面也不容易,更别说他这个诅咒过周家子孙的女人生出来的孽种,"我不去。"

正闹着别扭,周棠的肚子突然咕噜一声叫了出来——饿的。

洛平笑道:"你若是接近得了朝阳宫,说不定能从皇长孙那里分一顿饭食,要不然今天一天都得挨饿了,还是说你觉得自己连一个幼童也对付不了?"

"小夫子你是在用激将法吗?"

"随你怎么说吧。"洛平正色道,"我并不是在耍你玩,我要你去朝阳宫,是因为你可以在那里学到我教不了你的东西。"

"有什么是你教不了我的?"周棠对这一点很好奇。

"骑射、技击、内功。"洛平泛起一丝苦笑,"殿下,很抱歉,臣能文不能武。"

周棠也敛了说笑的神色，的确，虽说洛平称不上纤瘦羸弱，但看着也挺单薄，斯斯文文的，一看就不是习武之人。

"可是我该怎么学呢？"

"这件事，我们不能明着来，那就偷偷地做。殿下，你去那朝阳宫只要做三件事——装可怜、博同情、耍无赖。但切记，不要表现得太出挑，要把自己藏好了。"

"装可怜……博同情……耍无赖？"周棠凌乱了，这些，是一个皇子该做的事情吗？

望着周棠迟疑远去的背影，洛平揉了揉太阳穴。他有着自己的考虑，他想尽力让周棠早些习武，减轻他的痛苦，也减少他今后面对那些无休止的行刺和暗杀的危险。另外他还有一个有点贪心的愿望，他希望，周棠与周衡两人能够建立一定的友善之情。

脑子里尽是这些剪不断理还乱的事，洛平深感头痛。他拎起那个食盒，散步到文渊阁附近的书库。那里蹲着一条威风凛凛的獒犬，名叫威将军，是李学士养了看门用的，长相很凶恶，但其实很温顺，基本上起不到看门的作用。洛平心说这顿饭他还烧了排骨，还在饭里拌了骨头汤，直接倒掉实在太浪费了，于是把饭菜放在威将军面前。不一会儿，他还是收拾收拾倒掉了。真的，连狗都不吃。

周棠回到宫中，远远看了眼朝阳宫的琉璃瓦，在心里又过了遍小夫子的谆谆教诲：装可怜、博同情、耍无赖，然后毅然往浮冬殿的方向走去。

与浮冬殿一桥之隔的地方便是宫墙外侧的中厩监，里面驯养着马匹、驴子、骡子、猎犬等牲畜，周棠来到中厩监的门前，整了整自己的衣裳，踏了进去。里面的管事见是他，只稍微抬了下眼，嗑着瓜子说："哟，这不是七皇子殿下嘛。"

周棠背着手走到他跟前，冷笑道："你这奴才眼神挺好，不过看来脑筋不大好啊……"

那管事闻言一愣，趁他愣神间，周棠拂袖一扫，把他一桌子的酒菜瓜子全都扫落在地："真是狗胆包天！见到堂堂皇子还不下跪行礼，你心里还有君臣尊卑吗！你把我父皇的颜面置于何地！"

丁零哐啷一阵响，把那管事吓得一哆嗦，嘴皮子上黏着的两片瓜子壳都给震得掉了下来。他听浮冬殿里的仆役说，这小皇子不得圣宠，又没什么本事，是个好捏的软柿子，就没把他放在眼里，想不到这软柿子一来就给他一个下马威。

周棠拿皇上的名声来压他，他哪里还敢怠慢，忙不迭地跪下行礼："殿下恕罪。下官酒喝得多了，这不是一时糊涂嘛……"

周棠哼了一声："起来吧，带路，我要去挑一头驴子。"

"啊？什么？"管事奇道，"殿下你要驴子做什么？"

"我想要便要，你管我做什么！"

"可是……"

"又不是问你要战马，一只小畜生而已，至于这么拖拖拉拉嘛！"

"殿下，不是下官不给，这不合规矩……"

周棠斜睨他一眼，摆出趾高气扬的样子说："前阵子的赏春宴上父皇要送皇长孙驴子的事你总知道吧。"

"下官知道。皇上之后派人来牵了十头小驴子到朝阳宫，但不久就送回来了，说是皇长孙殿下不喜欢。"

"哼，衡儿小孩子心性，没人陪他一起玩当然不喜欢。那次他邀我去朝阳宫，父皇也是在场的，我这回不过牵头小驴子过去陪衡儿玩耍，你在这儿磨磨蹭蹭的，待会儿衡儿等不到我，一个不高兴跟父皇说起，你有几个脑袋能担待得起！"

他这样恫吓管事，其实自己心里也直打鼓。他深知这宫里没人把他当皇子，只好搬出皇上搬出皇长孙，他的面子不值钱，那两位的面子可值钱，用小夫子教的成语来说，他就是在"狐假虎威"。

就算所有人都不把你当皇子，你也要把自己当皇子，这是你的尊严——在心里不停念着小夫子的话，周棠继续威逼利诱那个管事："反过来说，若是你能讨得了衡儿的欢心，好处还会少吗？以后衡儿要是还想养个什么宠物，定会想着来找你。你借我一头驴子，能换来皇长孙的信任，这交易划不划算，自己掂量掂量。"说完他也不急着往前走，就站在那里等他想明白。

那管事算是个精明人，他看得出来，这位不得宠的七皇子也是在讨好皇长孙，估计是想借此机会多在皇上跟前露露脸。既然都是要讨好，那么他定不会害他，于是管事赔着笑脸道："殿下教训得是，下官这就带您去选一头驴子带去。刚巧上回那十头还记录在朝阳宫名下，拿去一两头也不碍事。"

"那样最好。"

牵着小驴子出了中厩监，周棠长舒一口气。第一步总算迈出去了，尽管迈得他心惊胆战，不知道接下去能不能顺利。朝阳宫……平日里他根本不敢靠近的地方，远远地望两眼，便会有好事的奴才跑去通报皇上，说"不知道七皇子又在打皇长孙什么主意了"，宫里最不缺的就是这些嚼舌根的。可小夫子居然叫他今天必须走进去，还要跟周衡那讨厌的小孩亲近，想想他就不舒服，加上饿得咕噜直叫的肚子，他就更委屈了。

他也不是不理解洛平的苦心。无论如何，强健的体魄和精湛的武艺，是一个皇子必备的条件。想要更好地保护自己，那些技能是必须要学的。兄长们在他这个年纪时早开始练习扎马步和调内息了,老五的枪法还得到过父皇的夸奖,在这一方面,他确实落后太多了。

再不甘愿,他还是站在了朝阳宫前。深吸一口气,他一改方才在中厩监的骄矜,拽了拽身后的驴子,怯生生地对门口的守卫说:"衡儿……衡儿在吗?上次他说要看驴子长什么样,我今天带来一只陪他玩……"

他话音未落,守卫便道:"七殿下,皇上有旨,任何人不得私自看望皇长孙殿下。"

周棠一哆嗦:"可……可是……我都把它带过来了。麻烦你了,能不能帮我通报一下?"

他衣服灰扑扑的,脸上还粘着尘土,瞪着和那只小驴子一样的大眼睛,好像要哭出来了。

守卫看他一个小孩子如此无助,心也硬不起来,只能软语相劝:"七殿下,你还是回去吧,皇长孙殿下什么也不缺,这只驴子你留着给自己玩吧。"

"嗯……浮冬殿没有人跟我一起玩,我……我……"垂着头,脚在地上蹭着,周棠把"装可怜"发挥得淋漓尽致。他不说走也不说不走,弄得守卫面面相觑,赶他也不是,不赶他也不是。

这时候已经有人去真央殿告知皇上了,他们心想,实在不行,就让皇上亲自来解决吧。

周棠心里火烧火燎地着急,蓦然听见周衡大叫的声音:"我不要练剑!我不要练剑!我要找爹爹去!你们都走开!走开!"

估摸着那孩子应该是在院子里习武厌烦了,正闹脾气呢。

周棠眸光一闪,心里有了打算,决定自己也耍一把小孩脾气。想到此处,他嘴巴一扁,往地上一坐,蹬着腿就开始号:"衡儿!我听见衡儿的声音了!我要找衡儿玩!你们干吗不放我进去!呜呜呜……我还给他带了小驴子过来,难道要白跑一趟吗……呜呜呜,我要见衡儿!"

守卫顿时傻了,刚刚还怯懦乖巧的孩子,现在居然撒起泼来。泪水滚着脸上的尘土滴落,周棠顺手用袖子抹掉,结果袖子上的脏污又抹到了脸上,原本白嫩嫩的小脸顿时花了。

墙里墙外号成一片,连抽噎都遥相呼应着。这场面挺滑稽的,守卫们有点想笑,但一边是七皇子一边是皇长孙,他们又不敢笑。朝阳宫乱成一团,就听见两个小孩子一个赛一个地放声大哭。

周衡也听见外面的动静了,问道:"外面……嗝……是谁?"

身边的仆人和武师都不说话，他拖着小剑啪嗒啪嗒跑到门口，隔着门问外面的守卫："是谁在外面哭？"

周棠心想差不多了，就用簪子扎了驴屁股一下，就见小驴子一蹦老高，"啊呃啊呃"叫起来，混着他的干号，更添混乱。

周衡听出来了："是七皇叔！七皇叔来找我玩了！你们快放他进来呀！"

"殿下，不能放……"

"我不管！放他进来！敢不听我的话，我就告诉皇爷爷，让他把你们的脑袋都砍掉！"

守卫已经被吵得一个头两个大了，再加上周衡的威胁，一咬牙，就把周棠放了进来。周棠立刻不哭了，周衡也立刻不哭了，小驴子也不叫了，朝阳宫终于安静下来。

暗中抹了把冷汗，周棠心想，小夫子的指点果然精辟。对付这儿的人，硬碰硬肯定是不行的，撒泼打滚耍无赖才最有效！

周棠和周衡逗了一会儿小驴子，周衡开心得咯咯直笑："好好玩啊，这只驴子好听话，比上次皇爷爷送来的那几只好玩多了！"

周棠在心里冷笑一声：笨蛋！这就是上次送来的那几只里的一只！

在武师的帮助下跨上驴子，周棠很郁闷。他在驴子上坐都坐不稳，更别说骑了，居然还没有小他四岁的周衡骑得好。这令他更加深刻地认识到自己是多么无能，也更加坚定了他要好好习武的决心。

从驴子上跳下来，周棠眼前一晕，差点栽倒在地。幸好旁边的武师扶了他一把："七殿下，您没事吧？"

周棠站稳以后，摸了摸自己的肚子说："我没事，就是……饿。"

"饿？七皇叔你怎么会饿？没有吃饭吗？"周衡在旁边关切地问。

"嗯，我去给你找驴子，一直没有吃东西。"睁眼说瞎话的同时，他的肚子很应景地叫起来，打雷一样响。

周衡听到这话感动得不行，小手一挥："来人啊，快点准备饭食和点心！我要和七皇叔一起用膳！"

周棠终于如愿以偿，此刻他心里忽然有个赌气似的想法：小夫子是把什么都算计好了吗？连让我饿肚子博同情也是他安排好的？这样折腾我，他怎么狠得下心呢……

但很快他就打消了怨念，不管小夫子是不是算计了他，他所安排的一切，都是为了帮他。他是他一个人的小夫子，只为他一个人着想。知道这一点，他就满足了。

这是一顿周棠从没享受过的膳食。精致的素菜、喷香的烧鸡、浓稠的骨头汤、软糯的白玉糕、甜脆的水果……满满地摆了一大桌，他狼吞虎咽地吃了，肚子都撑得凸起来。正当他一手摸肚子一手抹嘴的时候，外面传来太监的尖声通报，所有人心里一提——皇上来了。

周棠对他父皇一直心存敬畏，想要亲近，却又自知讨嫌，故意做过一些任性的事，试图引起父皇的注意，可到头来只是更加不得欢心。他的自卑和自弃几乎都来自这位高高在上的九五之尊。顶着皇子的身份，在宫里做一个透明人，在遇到洛平之前，他甚至不知道该如何自处。但是现在不同了，他不会再用那么幼稚的心态去面对父皇了。

拳头握紧了又松开，周棠用惊慌失措的神色迎接皇上的到来："父……父皇，儿臣给父皇请安！"

"起来吧。"

皇上的脸上看不出什么情绪，他漫不经心地瞄了周棠一眼，便坐到周衡身边，一把抱起他道："衡儿今日有用功念书习武吗？"

周衡支吾了两声："衡儿把书念完了，可是不想练剑……皇爷爷，七皇叔来找衡儿了呢，衡儿可以稍微休息一下，跟七皇叔玩玩游戏吗？"

皇上这才把目光转向周棠，见他恭恭敬敬地坐在旁边，由于先前吃得太快了，在那儿直打嗝，小花脸上憋得红彤彤的，到底还是起了点怜爱之心："棠儿，你怎么弄成这副惨样，噎着了不会喝点水吗？以后要记得按时吃饭，不要太贪玩。"

"知道了，父皇。"周棠拿过桌上的茶水喝了几大口，终于止住了打嗝。

气氛还算融洽，皇上没有责怪周棠在朝阳宫门口撒泼，也没有责怪周衡不用功习武，甚至没有降罪于那几个私自放周棠进来的守卫，跟他们闲扯了一些家常，便让周衡继续练武去。

临走时，皇上说："衡儿一个人在宫里挺寂寞的，棠儿你有空就来陪他玩吧。"

周棠欣喜若狂，面上却还是保持着恭敬和怯懦："我……我还能再来吗？"

皇上道："衡儿是你侄子，只要你不做什么大逆不道之事，有什么不能来的。"

这就算是默许他出入朝阳宫了。不过，皇上只说让他陪周衡玩耍，却没说准许他一同学习。朝阳宫里夫子和武师们不敢随意揣测圣意，都有点摸不着头脑。幸而周棠没给他们添麻烦，只一门心思玩耍，没有嚷嚷着要学这学那。于是他们心里盘算着，若是皇上问起来，回答说七皇子自己不好学，应该就不关他们什么事了。

次日清晨，周棠迫不及待地去了扫荷轩，还带了从朝阳宫带出来的糕点。

浮冬殿的下人们得知昨日主子在朝阳宫出了风头，立刻变得殷勤起来，一大早就为他准备了干净的锦衣，还熏了香，帮他把糕点都热好了用精致的食盒装好，指望他去朝阳宫多挣点脸面，也好让他们这些奴才跟着沾光，殊不知自家主子一点也不着急去朝阳宫。

周棠知道周衡早上是学文的，他去干什么？他有小夫子教他，不稀罕那些白胡子满脸褶的老夫子。

到了翰林院，出乎他的意料，洛平竟然在荷塘边等他。一大清早，还未到入朝的时间，整个翰林院里静悄悄的，晨雾还未散去，远远看见那个修长的人影立在那儿，也不知站了多久，仿佛要融在雾气中了。

小夫子在等他，是因为担心他吗？

周棠听见自己的心跳怦怦响，带动着他的脚步也越来越快。他几乎是冲到洛平身上的，撞得洛平往后退了一步才稳住身体。

"殿下？"洛平愣了愣，叹道，"殿下，你怎么如此冒失，吓了我一跳……怎么？昨日受了委屈了吗？"

他一边说着，一边揽住周棠的肩背轻轻拍抚。

周棠道："小夫子，你怎么这么早就来了？"

洛平抿了抿唇："……睡不着，就早点过来了。"

周棠追问："你是因为担心我才睡不着的对吗？"

洛平不答，只问："殿下，昨日情况究竟如何，皇上也去了朝阳宫吧，有没有为难你？"

"小夫子你先回答我，你是担心我担心得睡不着觉吗？"见洛平不肯答，周棠也不再问了，笑道，"你教得这么好，我怎么可能会失败，怎么可能受委屈呢？"

听了这话，洛平总算放下心来。安排周棠进朝阳宫，他心里也没底，就怕皇上一怒之下对周棠恶言相向，把他撵出来，或者更严重一点，直接降罪于他，好在一切有惊无险地过去了。

询问过昨日种种之后，洛平正色道："殿下，从今日起，你每天下午都去朝阳宫偷师。你要记住我的话，不要暴露自己，不要强出风头，不要……"

"好了我知道了，小夫子你怎么变得这么啰唆。"周棠不耐烦，该怎么做他都已经想好了，用不着小夫子操心。

从食盒里拿出精致的糕点，他摆在洛平面前："小夫子，你尝尝。"

洛平被他磨得没脾气了，拈了个点心放进嘴里，吃完后说："嗯，这紫沙云糕做得不错，就是蒸得有点过头，不够软糯。"

周棠眨了眨眼睛："小夫子，你怎么知道这点心叫紫沙云糕？我听说这是朝阳宫的厨子昨日刚琢磨出来的，难道你以前吃过？"

洛平心里一惊，一时不知怎么回答。幸好周棠只是随便问问，他见洛平皱眉不答，以为民间早有这种糕点，一点也不稀奇，也就没太在意。

"小夫子，下次我让那厨子做得更软糯一些好了。我们开始授课吧，中午我得赶去朝阳宫，要抓紧时间呢。"周棠说。

"嗯。"洛平收拾好微乱的情绪，翻开书给他讲解。

罢了罢了，看来很多事都不在他的预料中了。如今一切恍若笼在晨雾里，他自己也看不清晰。

# 第二章 风起

周棠进了朝阳宫一事令其他几个皇子颇为讶异。他们不明白，父皇怎么会允许小七子接近宝贝孙儿，他不是最忌惮那两人接触的吗？

其实自那日周棠殿上答出"定北"之略，皇上便对他稍加留心。他派人去太学院问了周棠的课业情况，得知周棠从未得到过正统教育，一道圣旨下去，怒斥了太学院的太傅，但并没有实质性的惩罚，也没有勒令他叫周棠来上课。太傅是何等人，一下子就明白，皇上骂他不过是做做样子，并不是真的想栽培周棠，于是领了责骂后，太学院一切照旧。

皇上确实是那样想的，七个儿子一个长孙，几乎所有人都在储君之位的考虑范围内，唯独周棠，不在其中。不是天赋与能力的问题，而是他不想。说是迷信也好，说是偏心也罢，总之他绝对不会让一个诅咒周家断子绝孙的恶毒女人的孩子登上皇位，那不等同于亲手断送周家王朝嘛！这次周棠跑到了朝阳宫，皇上本想找个名头把他赶出去，去看了之后却改变了主意。他觉得这样更方便观察和监视周棠，若是那孩子真有什么不轨心思，一旦暴露出来，他便可以将他彻底除去。

周棠获准出入朝阳宫之后，每日中午时分会过来串串门。皇上特意让周衡的夫子和武师去试探他，看看他是不是真的聪慧过人，并且志在社稷。夫子几番询问套话后，回复皇上说："七殿下确实不笨，但心不向学，经书典籍都没有读全，国策兵法更是一窍不通，只对一些闲杂书籍感兴趣。各地有哪些珠宝玉器，有哪些吃喝玩乐的地方他都很清楚，最喜欢一些志怪故事，也不知道是哪个下人讲给他听的。"

联想到周棠在赏春宴和那次考试中的表现，皇上对这话信了大半。周棠连一篇短短的《牧誓》都背不全，偏偏能答得出什么踯躅玉什么寒玄铁，想来是从哪本闲书上看到的，或者从哪个闲人口中听说的，多半是凑巧。武师也对皇上说，周衡在练武的时候，周棠不是趴桌上画乌龟，就是跌跌爬爬地骑驴子，没见他干过一件正经事，就玩耍的时候最开心。于是皇上暂且放下心来。文不成武不就的一个小皇子，能凭什么去争皇位？

周棠的乌龟图已经铺了满桌子，他还在继续穷极无聊地画着。夫子摇了摇头，叹了声"孺子不可教"，便去读自己的书了。他一走，周棠就换了一张纸，对着门外正在给周衡做演示的武师画了起来。纸上全是一个个的小人，摆着各种各样的姿势，细看，竟全都是武师所传授的招式。

武师领着周衡去马场练习骑射，周棠便牵上那头小驴子，在离他们不远不近的地方晃悠，骑在驴子上，听着武师对周衡的教导，慢慢学着平衡自己的身体。等到基本能骑起来后，他就开始观察武师是怎样拉弓射箭的。有时看得入了神，从驴子上摔下来，被那些奴才嘲笑也不管。

周衡有专用的剑和弓用，他没有，于是他从浮冬殿后面的竹林中砍了根竹子，又偷了衡儿玩坏的弓弦，那两天就总琢磨着自己给自己做一个。实践证明他实在不擅长干这种活，拿小刀削竹篾把手给削破了，上弓弦也把手给划破了，搞得两只手都是伤口，他却不敢找太医，自己用水洗了包上绸子就算完事，结果伤口发炎，疼得他握笔都握不了。周棠龇牙咧嘴地默写完一篇《过秦论》，洛平拿过来看了眼，淡淡道："殿下，这是你新练的狗爬体吗？"

周棠嘴硬道："能看懂就行了！"

见他还在强撑，洛平叹了口气："手伸出来吧，要真等到皮肉都烂了才肯跟我说吗？"

周棠面上一红，不甘不愿地把两只手摊开在他面前，嗫嚅着说："不就是一点小破口嘛，过几天就会好了。"

洛平不听他这些废话，拆开包着的绸缎，眉头就皱了起来："怎么弄伤的？"

"小刀划的……"

"你用小刀做什么？"

本来周棠没觉得怎样，可不知怎么搞的，被小夫子一问就觉得特别委屈，脾气也上来了。

"我想练习射箭！没有弓没有箭，我什么都没有！父皇明摆着不想让我有出息，他对我根本没有期待！我能怎么办？去偷去抢吗？去求周衡那小子吗！我周棠不做这种下贱的事！我不求他们，我自己做还不行吗？"他吼完了，喉咙里哽着，扭过头去不看洛平。他觉得这样的自己很丢人。

洛平没说什么，从自己的里袖上撕下一块干净的绸布，重新给他包上，之后就要起身离开。周棠一愣，下意识地拽住他的手说："你去哪里？"

洛平道："我去给你拿些伤药，你疼成这样，我还怎么给你授课？我会尽快回来的，你先自己看书吧。"周棠哦了一声，这才放开他的手。洛平走几步又回头看他一眼，看见他翻书时疼得直吸气，可见方才在他面前是硬忍着不肯吭声。他无奈叹息，这个人，身体里流着骄傲的血，无论如何都不肯对别人低头，即使是他最亲近的人。

洛平不久就回到了扫荷轩，他带来了一盒金疮药、一把乌木弓和一个箭袋。

周棠见状噌地一下就跳起来，拿过弓箭兴奋地说："这是给我的吗？小夫子你从哪里弄来的？"

洛平回答："前几日我请人做的，本想等你熟练些再拿给你，如今见你这么迫不及待，还是先让你用着吧。只是在宫里你千万要小心，不要让人看见，更不要伤到人……"

"小夫子你太好了！"周棠开心得不行，在屋里就要作势拉弓射箭。结果不小心扯到伤口，哎哟一声痛呼，箭矢掉到了地上。

洛平看他急吼吼的样子觉得好笑，调侃道："殿下，就你这技术，能射中的就只有自己的脚背吧。"

周棠红了脸："那是因为我的手……"

"你的手？你若不逞强要自己做什么弓箭，会是这种下场吗？"洛平摆出夫子的架子训话，"你是皇子，应当要学会使用自己的权力、学会利用身边的人，而不是一味去做自己不擅长的事。"

周棠沉默着不吭声，看样子正在反省。洛平便不再多说，从他那儿接过弓箭放到一边，把他的手摊开在自己面前，用绸布蘸了水重新替他清洗伤口。伤口碰到水一阵刺痛，周棠嘶嘶抽着气。洛平见他本能地往后缩，握住他的手腕，轻轻吹着气，安抚道："殿下乖啊，再忍忍，很快就不痛了，上了药就不痛了。"

凉凉的气息拂过手心，周棠觉得痒痒的，好像真的一点也不痛了。但是……

"小夫子，我，我不是小孩子了，不用这么哄我的。"

洛平挑眉："是吗，殿下已经不是小孩子了？那就更要勇敢一点了。别怕啊，马上就好了。"

周棠满脸黑线，小夫子分明还把他当小孩儿哄，绝对是在耍他玩儿呢！偏偏给那柔和的嗓音一哄，他就什么脾气也没有了。清凉止痛的药膏敷在伤口上，又用干净的纱布包好，周棠顿时觉得双手舒服多了。

浮冬殿的后面有一片竹林，穿过竹林就是冷宫，那里原是周棠的娘住的地方。周棠对那个生他的女人有一种强烈的恨意，那个女人把他当成一个耻辱生了下来，又用自己的死给了他一个受诅咒的命运，这让他如何不恨。所以他以前从不靠近那座宫殿。但是最近他常去竹林里玩耍，几乎每天傍晚都去，一直到很晚才回来。浮冬殿的下人们对他这种行为深感不安，但无人去阻止，因为他们都害怕那里。曾经有个小太监手脚不干净，偷了哪位娘娘的珠宝首饰，想要埋在这个竹林里，过几日却被人发现死在了里面，而且死状奇惨——珠宝散落一地，身体折成了不可思议的角度，身上是大片的乌紫，口中流出的都是黑血，散发着浓烈的腥臭味。由于死状实在太难看，那太监被匆匆地埋了。之后就鲜少有人会靠近那片地域，宫里的人们都说，那定然是七皇子娘亲的怨魂在作怪。

　　周棠是不信这些的，虽然他看了许多志怪故事，但他从来都觉得，人比鬼更可怕。因而他最近就挑了那片竹林，在那里练习武功和射箭。把在朝阳宫画的"小人练武图"拿出来，他照着上面的一招一式练习，削根竹子当作宝剑，慢慢地就能打出成套的技击之术。洛平送他的弓箭他也都放在这里练习，刚开始的时候他的箭矢总是轻飘飘地飞出去，练了一段时间之后，已经可以有力地射向目标了，虽然准头还有所欠缺。

　　那日他正在竹林中练习射箭，突然听见身后传来窸窸窣窣的声响，他立刻警醒地向后看去，却什么也没看见。是有人来了吗？有谁会到这里来呢？正想着，又是一阵窸窸窣窣的声音从身侧传来，周棠猛地一转身，还是什么也没有看见。他毕竟是个小孩子，难免有些害怕了，手心里渗出了汗。就在这时，周棠清晰地听见那声音就在自己的正上方，一抬头，他看见一条碗口粗的大蛇从上面垂下来，冲他吐着信子。那条蛇发出嘶嘶声，血红的信子堪堪擦过他的耳畔，大惊之下，周棠向后急退。但那条蛇显然没有放过他的意思，扭动着向他靠近。

　　周棠心想，看来那个小太监的惨死并非谣传，看这条蛇的个头，无论是被咬一口，还是被缠上，必死无疑！周棠此时叫天天不应叫地地不灵，只能靠自己了。他豁出去了，不再后退，挽起了自己的弓弦，要与那条大蛇决一死战！


　　浮冬殿内。

　　芸香备好了饭菜，等着自家主子回来。近一个月来，小主子待在浮冬殿里的时间越来越少，一大早就跑出去，中午在朝阳宫陪皇长孙玩耍，下午又去竹林不知道捣鼓些什么，用晚膳时才会回来，可今天也太不寻常了，饭菜都凉了，还是不见他的踪影。芸香算是整个浮冬殿做事最尽职尽责的了，眼见小主子逾时不归，想着要不要去跟皇上通报一声。到底是位皇子，要真在竹林里出了什么事，他们这些人的脑袋可都赔不起。又等了一炷香的时间，芸香再也按捺不住了，起身出了大殿，恰巧在殿门口撞见了小主子。乍一眼看去，把她吓得叫了出来："殿，殿下！您这是怎么了！"

只见周棠浑身是血，衣服上满是破口，发髻散乱，脸上尽是脏污，眼神中杀气未退，竟像是地狱里走出来的恶鬼。

"殿下，您受伤了吗？奴婢这就去请太医！"

周棠看见她，先是怔了怔，好似刚回过神来，随即拦住了她："不准去！"

"可是……"

"先进屋，不要声张！"

被他的眼神一扫，芸香不由一颤。不知道为什么，她觉得最近小主子变了很多，有时候一言一行中都透着股威严，让人不敢违抗。

进到屋里，芸香准备了洗澡水和干净衣物，周棠不让她伺候，挥手把她赶了出去："拿着我的腰牌出宫，去洛平洛大人府上，找他过来，不要惊动其他人。"

"奴婢遵命。"芸香躬身退了出去。

洛大人……就是上次来浮冬殿的那位年轻人吧。殿下为何要见那位大人呢？还有殿下身上的血又是怎么回事？该不会是……杀了人吧？带着一肚子疑问，芸香去了洛平的府上。洛平见到她十分诧异，听她说了个大概，脸色就有些发白，急匆匆地赶过去，招呼也没打一声就推门进了内殿。刚进去就闻到一股血腥味，又看到满满一桶血水，他心里咯噔一声，觉得自己脚底下有些发软，待看到躺在床上的周棠胸口还有起伏，才稍微松了一口气。

他坐到床边，见周棠蹙着眉头眼睛紧闭，轻轻拍了拍他，柔声问道："怎么了？怎么把自己弄成这样？"

听见他的声音，周棠猛地睁开眼，刚要说话，瞟见芸香还在屋内，便沉声道："芸香，你先出去。我没事，也没有杀什么人，你什么也不要想，什么也不要讲，回头我自会赏你。"

"是，奴婢告退。"芸香为他们掩上了门。

小姑娘出去后禁不住好奇，扒在门上看了几眼。她看见自家小主子一改刚才的严厉模样，咕哝着喊了句什么夫子，声音里带着说不出的委屈。而那位洛大人温柔地拍抚着他的后背说："没事了，别怕，别怕，我在这里。"

芸香没有继续听下去，收拾了一下院子里残留的血迹就离开了，其他下人问起，她也什么都没说。她今天才意识到，其实自己的小主子是个很需要照顾的孩子。

"殿下，看来你多少学会怎么用人了，我想芸香那丫头以后会好好侍候你的。"洛平等他平静下来，没有急着提问，先夸奖了他一句。

"哼，我不收服她，哪天你要是把她勾搭走了，我可就没人侍候了。"

洛平笑了笑："我没事抢你的宫女干吗？好了，说吧，出了什么事？"

周棠蹭了蹭衣角："我今天在竹林里，遇到一条好大好粗的蛇，它要吃我，要喝我的血，它缠着我不放，我就跟它搏斗，把它……射杀了，好多血喷出来，还是热的……"

洛平继续拍抚着他："殿下，你做得很好，你很勇敢，也很厉害。"

"小夫子，我说了，你不要把我当小孩子哄。"

"我没有哄你，你保护了自己，确实很厉害。我看看，有没有哪里受了伤？"

"它没有咬到我，就是甩了我几下，还有些划伤。"

"嗯，上次的金疮药还有吗？"

"有的。"周棠拿出小盒子，"你帮我擦。"

"奴才遵命。"洛平学着芸香的语气逗他，惹来周棠一记大白眼。

掀开周棠的里衣，洛平看到不少红痕和瘀青，为他揉开身上的瘀伤，再给伤口上了药，最后给他盖好被子说："殿下，好好睡一觉，明天就没事了。"

"你今天别走好吗？"

洛平愣了愣，本想拒绝，毕竟留宿于此不合规矩，他方才心急，又威胁了西宫门的侍卫，恐怕会有点麻烦。可被周棠那可怜兮兮的眼神一望，他心里就软了："好吧，我不走，你安心睡吧。"

周棠这才闭上眼睛，他还特地往内侧靠了靠，给洛平腾出了一块地方。洛平在床边枯坐了好久，直到烛火彻底熄灭，最终怀着一种复杂的心情闭上了眼睛。他还是个孩子，洛平想，他还不是高高在上的圣上。也许，自己还能稍微贪恋一点这样平静的时光，不用提心吊胆，不用在意朝中的流言蜚语，不用把自己的心剖开来让他欣赏。

洛平几乎一夜未眠。天刚蒙蒙亮的时候，他便要起身，谁知一下子没能起来，偏头看去，竟是自己的衣袖被压在了周棠身下。他顿时感到无可奈何，同时又觉得好笑。这孩子是故意的吗？

第二日，周棠睁开眼时，觉得头很晕口很干，身体很难受。他坐起来，被阳光晃了一下眼，就看见窗口坐着那个人。周棠咧嘴笑了起来，跳下床跑到洛平身边："小夫子，你在做什么？"

洛平搁下笔："闲来无事，随便写点东西。"

周棠拿过那张纸，看见上面写着几行清隽的字——

君初见、白马轻裘赶上殿。

谁人道、人不轻狂枉少年。

几人羡，几人厌，几人怜。

去你的枉少年!

周棠疑惑:"小夫子,这最后一句话是什么意思?"

洛平笑道:"没什么意思,那只是我今天要做的事。"

周棠昏昏沉沉的,也不知道洛平说的什么意思,觉得他身上凉凉的,就往他那边靠。洛平被他的热度吓了一跳:"殿下,你发烧了?回床上好好休息去,我让芸香去给你喊太医。"

"我不要太医,你再陪我两天就好了。"周棠借病撒娇。

"不行,我出去有点事,等办完了事就回来看你。"

"嗯,那你一定要过来啊。"

"好,我一定过来。"

周棠烧得稀里糊涂的,又爬回床上,沉沉睡去。

晨光倾泻在竹林中,微风吹过,竹叶沙沙作响。此时这里一派祥和景象,丝毫没有传言中那样诡谲恐怖。洛平快步行来,踩碎了一地光斑,衣摆匆匆扫过枯叶,沾上了一些灰尘,他毫不在意,只一心找着自己要找的东西,看起来有些焦急。须臾,他停下了脚步。蹲下身,他翻看了一下那条蛇的尸体。其实并没有周棠说的那般可怕,只比一般的蛇稍长稍粗一点,但确实是有剧毒的,瞧见那两颗毒牙,他也觉得很后怕。接着他又四处查找一番,把散乱的箭头都捡了起来。最后取出一把小铲,在地上挖了一个深坑,将一个包裹,还有蛇的尸体和箭头悉数埋入其中,用干土和枯叶掩盖好。洛平起身拭了拭额角的汗珠,长吁一口气。

蛇的尸体、箭头、染血的衣服、鞋子……他收拾好周棠留在竹林里的痕迹,又回到浮冬殿嘱咐了芸香几句,才稍稍定心。看了看日头,已临近早朝时分,不知道还来不来得及换身朝服再入宫。洛平向西宫门急急忙忙地行去,料想回家是肯定来不及的,只能就近到翰林院找一套旧官服,再赶回真央殿。穿过回廊时,洛平不期然地遇上了一个人,令他脚步微顿。

那人一身浅翠裙裳,手执一枝初绽的杜鹃花,美目流转,望着他讶然道:"咦?你不是那个洛,洛……洛什么来着?"

"微臣洛平,见过公主。"躬身一拜,洛平报上姓名。

"啊对,你就是那个色鬼状元郎。"周嫣巧笑,"你怎么这般狼狈,瞧你袖子都扯烂了,是招惹到了哪个宫女吗?"

洛平心下无奈。他不过是在赏春宴上多看了她几眼,怎么就被冠上"色鬼"的名号了,居然公主和周棠都这么喊他。假装无措了一会儿,洛平赧然道:"那日洛平醉了,如有冒犯，还望公主殿下恕罪。"

周嫣见他垂着头红着耳尖，一副要钻地洞的模样，越发起了逗他的兴致："洛大人觉得，嫣儿的舞跳得怎么样？"

洛平支吾着回答："公主的舞明艳动人，原本那天微臣并未多饮，只是殿下的一曲《醉千觞》，实在醉人。"

周嫣哈哈笑了出来："想不到你这人看着古板，嘴巴真是甜死人了。嗯，你把本公主哄得开心，这朵花赏你了。"

"多谢公主。"洛平一揖，周嫣趁机折下一朵杜鹃插在了他的束冠上，不待他回神，便大笑着跑远了。

那一袭翠色长裙曳地而过，带走了一阵清淡馨香。伸手拿下头上的杜鹃，洛平望着它，恍然中想到了些什么，轻笑起来，这是他初恋的味道，那般天真纯粹，涂抹了他的整个年少时光。

曾经在赏春宴上，他真的在周嫣的霓裳羽衣中入了迷。那时他为她赋过诗词，句句相思，柔肠百转，而她总是捉弄于他，但从无恶意。她把他的寄情诗改成打油诗，把他的相思柔肠磨成了哭笑不得。

她笑着跟他说："洛平，我终究是要嫁给振远将军的。生于帝王家的人，爱不得，恨不得。我愿你能娶到一个不会负你真心的女子，一生安乐自在。只是这世间，有哪个女子配得上你的真心呢……"

那是一段在青涩中夭折了的感情，但洛平记得，她的笑始终是那样晴朗，不似她的人生。

被公主这么一耽搁，洛平的时间更加紧迫了。若是往常也就罢了，他请个病假也没什么，可是今日不行，今日的早朝，他断不能错过。宣统廿一年五月六日，是他人生的一个转折点。

从西宫门出去，他着急忙慌地跑到翰林院找了套褪了色的旧朝服换上，又跑回来从正门入宫，一来一去，弄得他汗湿重衣。到了真央殿，有人注意到他的邋遢模样，戏谑道："洛大人，这身朝服是怎么回事，你一个新任官吏，怎么会把朝服穿得这么旧，这可是皇上赐的，你也太不爱惜了吧。"

洛平理了理衣衫回道："郭大人切莫说笑，洛平是太过爱惜了，每日勤洗朝服，奈何手拙，竟把颜色给洗掉了。我想皇上应该不会怪罪于我吧。"睁眼说瞎话，洛平把那人堵了回去。

此时皇上驾临真央殿，众人连忙跪下叩拜："皇上万岁万岁万万岁。"

"众卿家平身。"

威严赫赫地坐在大殿上，议完了黄河水患北境救灾，皇上丢下来几本奏折："右都御使张润泽，禁卫统领程正安，你们两个同时参了对方一本，还各自拉扯了几个附议的，怎么，朕这真央殿是让你们掐架的地方吗？"

那两人听见这话，慌忙跪下陈辞。

张润泽道："启禀皇上，程正安值勤期间擅自离岗，正是因此，都梁台遭贼人入侵，我都察院十三道监察御史的文书被翻得乱七八糟，望皇上为我做主啊！"

程正安道："皇上，臣并未擅自离岗，此话纯属诬陷！倒是张御史，那日被我撞见他与可疑之人交易，看样子足足有千两白银，不是受贿又是什么！"

……

两人各执一词吵吵嚷嚷，都察院和禁卫军还都有人出来附议，皇上一烦，挥手就给两人都降了罚，一个罚俸两年，受军棍一百，一个削了品级，交与刑部惩戒。

本来这场闹剧就要谢幕，洛平突然站了出来。他说："请皇上三思。古时贤相魏徵有谏言云'恩所加则思无因喜以谬赏，罚所及，则思无因怒而滥刑'。此事尚未明朗，还请皇上不要妄下定论。"

大殿上的人都觉得他疯了。谁都看得出来皇上现在心情不好，偏偏洛平还要去触他的逆鳞，这不是找死是什么？

皇上确实不太高兴："洛卿此言何意？是说朕处置得不对吗！"

洛平道："两位大人的情绪都比较激动，以他们对对方的说辞来做判断，容易有失公允，不如让他们自己叙述一遍自己当日的情形，皇上再做判断。"

那两位大人也有点蒙：咦？怎么半路杀出个毛头小子？还是个不要命的毛头小子。

不过皇上没有发作，点头允了。那两人便说起了自己当时的情况。原来程将军的母亲当日病危，他出于无奈，只能找人替他的班，回去照料母亲。恰巧那夜遭贼，贼人狡诈，用迷药把一干将士放倒，然后单枪匹马地闯进了都梁台。如今禁卫军已经领了兵部的罚，好几个兄弟都还趴在床上不能动。不知怎么的罪责却全到了他的头上。而张御史也并不是受贿，虽然难以启齿，但他还是不得已交代了出来，那天他是去给不成器的儿子还赌债，那钱是他给出去的，不是他拿回来的。都是误会一场，只是两人素来有嫌隙，就借此参了对方一本。

事情是解决了，两位当事人也都没什么事，可大家都认为，洛平这个小修撰肯定要倒大霉了。为官之道在于中庸，他这样强出风头，还顶撞皇上，定然是要吃苦头的。然而出乎他们的意料，尽管皇上脸色不大好，但他开口说出的是夸奖洛平的话："洛卿不枉少年，勇而正，敢直谏，堪比魏徵。"接着又好像是突发奇想，"洛卿，你观人观事细致入微，又有自己的见解，朕欲任命你为大理寺少卿。给你一个月的时间，熟读《大承典则》，届时由大理寺卿亲自考核你，若是考核不过，就还是从丞正开始做起吧。"

"是，微臣遵旨。"

喀——几乎能听见众位大臣们下巴落地的声音。一向不喜别人忤逆自己的皇上说出这种话是什么意思？意思就是，他就是要纵容洛平，要偏袒洛平，谁都不许有废话。大家的面部表情很复杂，唯独洛平，仍是一副不以物喜，不以己悲的样子。

有人在洛平背后戳着他的脊梁骨说："也不知他用了什么下作手段，让皇上如此亲信于他。他还真把自己当贤相魏徵了？要我说，根本就是一个佞臣。"

洛平不跟他们计较，因为他们说的没错。他就是把自己比作魏徵的，最后也真的成了他们口中的"佞臣"。什么不枉少年，去他的枉少年！皇上现在给他的，最终都会一把收回去。梦里他一无所有的时候，曾有多么"不枉少年"，就有多么"追悔莫及"。只是，既然他已知道这条路是升官的捷径，为何不走？这回他不会一无所有了，皇上若是拿回了他的一切，至少还有周棠。其他的，他也没有什么好计较的了。

早朝过后，洛平顶着众多关注走出真央殿，大理寺卿找他说了几句话，无非是好好准备之类的话，洛平恭敬地应了。还未走到西宫门，他忽然被一个太监拉住了。

太监说："洛大人，皇上有请。"

洛平微一愣神，心里已有思量——看来昨夜他私自入宫的事，皇上还是要追究的。

跟着太监来到晚照亭，皇上只留了两名宫女侍候，挥退了其他人。果然，皇上问："洛卿昨夜可是留宿浮冬殿的？"

洛平点头："是。回皇上，微臣只是……"

不待他解释，皇上便道："是怎样朕已经知道了。棠儿受了惊吓，叫你去陪陪他。听棠儿的侍女说，棠儿常让你给他讲故事，你们的交情不错？"

听到这话，洛平心下稍安，看来芸香是按他的嘱咐应对盘问的，皇上只当他是周棠闲来无事的消遣。

"赏春宴之后，臣与七殿下又碰见过几次，七殿下虽不好读书，对各地的趣闻轶事、志怪故事却颇为感兴趣，有时臣便会给他讲讲，一来二去的就熟络了。"

"嗯。"皇上不置可否，抬手让侍女端上来一只木匣，"洛卿，朕早朝时送了你一个升官的机会，这次再送你一个礼物，打开看看吧。"

心里咯噔一声，对这份礼物，洛平有不好的预感。应了声是，他上前打开木匣，看清匣中之物后，倒抽一口凉气——那是昨晚放他入宫的那名侍卫的脑袋。血浆凝固在那张惨白的脸上，仿佛把他的不甘和怨恨都凝了进去。一种熟悉的战栗漫过身体，

第二章·风起

洛平下意识地看了看自己的手。这双手上，又刻下了一笔血债。

皇上看着他："昨夜之事，朕就不追究了。"

洛平捧着木匣双膝跪地："臣，叩谢皇上赏赐。"

这个人替他顶了罪，是天子给他的宽恕，更是对他的警告。

"起来吧。擅自入宫事小，结党营私事大，洛卿好自为之。"

"臣谨记在心。"

洛平回到竹林中，把那只木匣葬了下去。他点上三炷香，静静地立在这个坟冢前，听了会儿风起风落。他会为这个无辜的人难过，但已经不会因愧疚而疼痛。大梦一场，这样的事情看得多了，心就麻木了。

收拾好情绪，他去浮冬殿看了一眼周棠。

周棠刚喝过太医开的安神药，正睡得香甜。洛平摸了摸他的额头，还是有些烫，思忖着这场病大概还得耗几天，可他不能一直在这儿守着他了。帮他掖好被角，洛平就要离开。

芸香几次欲言又止，终于还是忍不住问："洛大人，皇上没为难您吧？您，您还会过来吗？"

洛平安抚地笑了笑："放心吧，我没事的，只是最近不能来看望他了。要是殿下问起来，你就说我要忙着应付大理寺的考核，请他恕罪。"

"嗯，奴婢知道了。"芸香送走了洛平，望着熟睡的主子叹了口气。之前醒着时他就嚷着要见洛平，烧得糊涂了，怎么劝也不听。现在睡着了也不安分，口中反反复复就念叨两个词，要么是"小夫子"，要么是"色鬼小夫子"。这要跟他说洛大人不过来，指不定要发多大的脾气。

隔天，洛平奉命去三皇子府上送一卷文书。通报之后，说是三皇子正在招待六皇子，要他稍等片刻。

他在偏厅里喝茶喝了两盏，仍然不见三皇子出现，便起身去寻。

三皇子周朴和六皇子周杨为同母所出，两人关系很是亲密，他们的母亲余贵妃是左丞相的独生女，在朝中颇有势力，因而这两兄弟都有着同一个毛病：仗势欺人。周棠小时候没少受他们的排挤和凌辱，不敢去太学院也是因为三皇子当初放狗吓他。对于其他几个兄弟，周棠只是没什么感情，对于周朴和周杨，他却是极为厌恶的。

洛平穿过九曲廊桥，听见不远处传来犬吠声，便知道六皇子和三皇子在那里。左丞相一家都是爱犬之人，余贵妃在宫里养了七八只小狗，三皇子府上更多，而且大都是训练过的狼犬。六皇子倒是没养，他怕皇上说他玩物丧志，但他也十分喜爱狗，时常到三哥这儿来玩耍。

转过圆拱门便是周朴养狗的园子，洛平正犹豫着要不要上前行礼，忽然听见他们所说的话，生生停下了脚步。

"三哥，你就把那条疯狗借我吧，我会小心的！"

"不成！都跟你说了，那狗有病，咬上一口都会死人的。我正要找人杀了它，你别在这儿瞎捣乱。"

"哼，那小杂种现在本来就病恹恹的，多个咬伤有什么大不了的，到时候就说他自己生病死掉的，父皇根本不会在意。"

"说了不行就是不行，我不是怕他怎么样，我是怕你被咬到了。杨儿你不知道，那狗发起疯来三个人都拉不住。"

"那就先给它吃点什么蒙汗药啊，先让我带回宫里去，我找个合适的时间放去浮冬殿。"

"杨儿你不要任性……"

"你就把它给我吧，我保证不把事情闹大。"六皇子拉着他哥的衣袖央求道，"二哥，你不觉得周棠那小子最近越来越嚣张了吗？不说上次在殿上回答父皇问题的事，就说他如今天天跑去朝阳宫赖着。衡儿还小不懂事，难道你还看不出来吗，他就是想巴结大哥和衡儿，三哥，他这样不要脸的人，就不应该姑息！"

说白了，他还记着上回周棠甩他一脸墨水的仇。在他的认知里，周棠就是下贱的，不配做他兄弟，更不配与他们争皇位。周朴被他求得烦了，其实他也觉得周棠欠教训，再说，杨儿小孩子脾气，不把狗给他，他能在贵妃娘娘那里闹腾好久，到时候他还要被自己娘亲数落……

想了想，周朴还是同意了："好了好了，给你就是了。不过杨儿你听着，我会再给你几只好的狼犬，你把它们一起带进宫里，要真出了事，你就说自己不知道哪只狗疯了，把罪责都推到狗的身上，听见了没有？"

"嗯，我知道了，谢谢三哥！还是三哥想得周全。"

洛平退回了偏殿，手心里都是汗，他没有预料到会有这样的变故。他一心想让周棠少走一些弯路，少受一些委屈，所以给他铺了一条自以为顺遂的路。谁知正是这样的安排，居然给他带来性命之忧。

这样不行，他不能让周棠止步于此。洛平攥紧了拳，在心里思考着应对之策。把文书送给三皇子后，洛平回翰林院找了个理由入宫。听周朴的说法，好像蒙汗药的效用对那只疯狗也不大，说不准六皇子今日就会行动。而周棠还卧在病榻上，哪里有还手之力？

想到这里，洛平顾不上许多，带上浸过足量砒霜的酱牛肉就进宫了。他在浮冬殿附近等着，果然，两个时辰后六皇子带了几只狗晃了过来，好像是要去中厩监要几根拴狗的皮绳。其中有一只狗被锁在笼子里，被两个太监抬着，由于药力，那狗看起来有些昏昏沉沉，龇着牙低低地吠着，口水拖沓。

周杨让人把那只笼子放在地上，领着那两个太监抱着三只狼犬进了中厩监。洛平见机不可失，来到那只笼子前，往酱牛肉上抹了许多砒霜，蹲下身丢给了那只得了疯病的狼犬。狗儿闻到肉香，挣扎了几下抬起头，鼻子凑到酱牛肉上嗅了嗅，又看了看洛平。洛平伸手抚了抚它的脖颈，狗儿的眼睛很混沌，神志不清醒，口水滴答落到地上，吠叫声很低但充满威胁，看得出来确实已经疯了。

洛平连忙撤回手，把酱牛肉又朝它嘴边推了推："乖，吃吧。"

狗儿张嘴把酱牛肉叼进嘴里，撕扯着吃掉了。

此时洛平忽然被一股大力拉开："大胆奴才，你在做什么！"

闻声望去，原来是六皇子领着他的人和狗出来了。

洛平行了揖礼："洛平参见六殿下。此狗得了疯病，留在宫里恐怕是个祸患。"

周杨先是一愣，随即笑道："谁说这狗有病了？这是我刚从三哥府上带回来的好狗，我见七弟最近精神不太好，就想送他一只狗解解闷，关你什么事了？"

洛平正色："殿下，万万不可，这狗咬人一口就会把人害死啊。"

"哼，你说有病就有病了吗？我就说他是好的！"

"殿下，明知这是条疯狗您还要送给七殿下，难道你是要去害他吗？"

"你！"被说中了心事，周杨怒不可遏，同时心里又有些害怕，这个洛平，莫不是知道什么了？正犹疑不定，骤见那条疯狗大声吠叫了几声，随即口吐白沫，抽搐着死了。看见那笼子里剩下的酱牛肉，又看了看洛平手上的污渍，他一下慌了——这人下毒毒死了这条狗，他定是什么都知道了！

周杨心烦意乱，头脑一昏，把手里的狗绳解了，指着洛平大喊道："你这奴才当真放肆，竟敢杀了我的狗！"

那几条狼犬都是受过训练的，一看主人发了指令，便一拥而上，对洛平发起了攻击。洛平躲闪不及，一下被扑倒在地。衣裳瞬间被撕扯碎了，身上添了好几处伤口，鲜红的血渗了出来。周杨见他浑身是血，更加慌了神，竟一时呆住了。幸好此时一阵哨声传来，那几只狗立刻离开了洛平，跑回了吹哨人的身边。

周杨白着一张脸，结巴道："三……三哥！他……我……怎么办！"

周朴怒斥:"什么怎么办!救人啊!你知道他是谁吗!他现在是父皇身边的大红人!你得罪谁不好非要得罪他!"

洛平听着他们兄弟吵闹,慢慢移开了护在头上的胳膊,牵动到满身的伤口,顿时感到一阵剧痛。

"唔……"他缓缓从地上爬起来,脸上印着血痕,却仿佛毫不在意般,恭敬地说道,"无妨,不过是几只狗发了疯,与两位皇子无关。"

听他这样说,周杨才稍微平静下来。周朴早已命人去请了太医,他本不想把事情闹大,如今见洛平这么识趣,倒省了他不少事:"洛大人,今日之事都是误会,现下最重要的,是尽快给你医治。"

"多谢三殿下。"洛平说完这句话,人已经倒了下去,周朴连忙上前去扶。他讶然发现,洛平所站之处已经聚了一摊血水,破碎的衣裳中隐约可见单薄的胸口,上面有着几处深深的犬齿印。他一个习武之人看了都觉得疼,这文弱瘦削的人却愣是一声喊叫都没有,还硬撑着与他们说话。群狗啮咬,也不见洛平如何慌张畏惧,只在扶起他时,才感觉到细细的颤抖。周朴心中震撼,洛平精明隐忍又知进退,难怪听说他深得父皇的信任,昨日还被破格提拔,是新晋官吏中风头最盛的。若是能拉拢到自己麾下,想必能有不少助力吧。

此刻洛平痛得快要晕过去,神智却异常清醒。他有些好笑地想,自己总不会就这样死去吧,那岂不是要被打入无间地狱。眼帘中是澄澈青碧的天空,仿佛有神明在俯视着他。那侍卫替他挡了皇上的惩罚,他替周棠挡了这一场灾难……大概冥冥之中,真的有业报吧。

周棠很少生病,也不知怎么的,这次却连着烧了好几天。那天睡着的时候他感觉到有人在给他掖被角,有只微凉的手给他试体温,他努力想睁眼,可那眼皮像是有千斤重,怎么也睁不开。等到能睁开的时候,那人已经走了。他很不高兴,唤来芸香道:"洛平呢?怎么不见他?"

芸香回答:"洛大人已经出宫回府了。"

周棠冷哼一声:"你这丫头怎么这么不伶俐,洛大人忙碌了一天一夜,定是又累又饿,你不会留他用膳吗?"

芸香心里叫苦:就知道主子会拿她出气,她也想留啊,但哪里留得住呢?

她垂首,只能照着洛平交代的回话:"殿下您有所不知,今日洛大人在真央殿出了大风头呢,皇上要提拔他做大理寺少卿,给他下达了一个月内熟读《大承典则》的谕令，现在洛大人要忙着应对考核，实在是分身乏术……"

"行了行了，我知道了，你退下吧。"周棠不想再听，拥着被子翻过身。

"殿下，您的药……"

"我让你退下你没听见吗！"

"是，奴婢遵命。"芸香叹了口气，不敢多嘴。这小主子正在闹别扭，看来除非洛大人亲自出面，否则谁也劝不了。

周棠等侍女退出门外，抑制不住心里的委屈，小腿在被子里一阵猛蹬，直把那床铺蹬得乱七八糟，还是觉得不解气：臭夫子！大骗子！什么关心我的话都是假的！明明答应了要留下来照顾我的，现在就跑得不见人影了！不就是升官嘛，看他急吼吼的那个样子！哼！官迷！伪君子！以后我要是真的当上皇帝了，就给他全天下最大最好的官做，把他拴得牢牢的，看他还舍不舍得离开！

撒了一通火，周棠热烫的脑袋稍微冷却了一些，他又觉得小夫子大概也是不得已，毕竟从昨夜到今天，他已经很辛苦了，是该回去好好休息了，而且留宿宫里也不方便。嗯……今天就算了吧，周棠想，明天他要是过来的话，我就不骂他了。他要是给我带甜糕，我就不生气了。周棠这么打算着，抵不住头晕脑涨，随手拿了床边凉了的药，捏着鼻子喝下去，之后又沉入了黑甜乡。

可是他一直等到第二天傍晚，也没见到小夫子的影子。留了三碗药准备让小夫子来喂的周棠，一怒之下摔碎了所有的药碗。芸香要去打扫那满地狼藉，被他轰了出去："滚开！不要你收拾！你给我出去！"

"殿下，您的烧还没有退，太医说这药不能断，不吃药的话，病怎么会好呢？"芸香还要苦口婆心地劝，被周棠狠狠瞪了一眼，没办法，只好退出去。

周棠缩在被子里，握着胸口焐得发烫的蹀躞玉兔，气哼哼地说："你不来是吧，铁了心不来是吧，好，那我就是不吃药，我病死给你看！"

生病中的周棠越发无理取闹，他不相信洛平会真的丢下他不管，就故意断药。他觉得，若是小夫子知道他这么不听话，一定会过来教训他的。只要他来，他就乖乖吃药养病。然而第三日洛平还是没有来，周棠的病又加重了，也没有力气发脾气了。他只听见外面传来很嘈杂的犬吠，吵得他睡不安稳，好不容易安静下来，他迷迷糊糊中又做了噩梦。梦里面的小夫子浑身是血，还冲着他微笑说："以后我不能来看你了，殿下，你一个人要保护好自己，不要任性……"他在梦里魇住了，吓得浑身冰凉，可就是醒不过来，无论他怎么呼喊，小夫子就是不再看他一眼，转身往黑暗里去了。

周棠烧得更加厉害，双颊泛着病态的潮红，半夜里难受地呻吟着，醒来的时候连神志都不太清楚了。芸香实在不忍心看主子这么消沉下去，打定了主意，偷偷拿了他的腰牌，准备出宫一趟，把洛大人带来劝上几句，否则周棠很可能要熬不过去了。

芸香来到洛平家里的时候，被门口的阵仗吓了一跳。进进出出的都是些朝中的官吏，有几个好像还是颇有面子的大人物。哎？那个是谁？好像是三皇子？发生了什么事，怎么这些人都到了洛大人这儿来了？

芸香不明所以，想了想，还是不敢明目张胆地从大门进去拜谒，便去了后院小门。那夜洛平带她走过这条路，她还能记得。后院中倒是没什么人，洛平家的仆役也就那么两三个，大概都跑到前堂照应去了。

芸香在前堂的窗口偷听了会儿，只听见一位大夫在说话，好像在说什么洛大人尚未康复，必须卧床，不能见风。然后三皇子就让大家都回去，不要打扰洛大人养病，过几日再来探望。很快前堂也恢复了平静，想是人们都走了。

此时出来一个老妇，端着食盒往洛平的房间走去，芸香跟上去拦住她问："洛大人怎么了？生病了吗？"

老妇警惕地看了她一眼："你是谁呀？"

芸香忙答："我叫芸香，是洛大人的旧识，劳烦大娘帮我向洛大人通报一声，就说我有急事，请大人务必见我一面。"

上下打量了她一番，见她确实面露焦急，老妇应了一声："你等着。"走进了屋子。

片刻后她又出来了："老爷让你进去说话。"

老……老爷？十七八岁的洛平被叫作老爷，芸香还真有点不习惯，不过她没时间在意这些了，赶紧开门走了进去。

门就开了一条缝，立刻被那老妇从外面关上了，看样子真是一点风也不让进。屋子里是浓重的药味，还有一丝淡淡的血腥气。芸香很是诧异，才两日不见，这洛大人怎么生了这么重的病？

她轻手轻脚地靠近床边，忽听到一阵沙哑柔和的声音："芸香姑娘来了？洛某有病在身，恕不能起身相迎，有什么话，坐下慢慢说吧。"

不知怎么的，一听到这人的声音，原本躁动不安的情绪立刻平复下来。芸香坐到一旁的椅子上，隔着床帷与他说话："洛大人，您这是怎么了？"

"遇上一些意外，受了点伤，不妨事的。你特地出宫来找我，是不是七殿下出了什么事？"

"大人，殿下的病本没什么，可他不肯吃药，眼见着就越来越严重了。"芸香忧心忡忡地说，"若是大人能去劝一劝他那就再好不过了，可是现下大人这副模样……"

洛平沉默一会儿，对她说："如你所见，洛某如今连床也下不去，自然是不能进宫看他。"

"那该如何是好？"

"劳烦姑娘为我拿来纸笔，洛某修书一封，姑娘带回去让他看了，之后他吃与不吃，你就不要再管了。"

"也只好这样了。"芸香无法，依言将桌上的笔墨和宣纸递进床帷。

洛平似乎连执笔都很费力，短短一段话，竟写了很久。写完后他将纸张折好递出来，芸香去接时，吓了一大跳。那只伸出来的手臂上，包着厚厚几层纱布，可血色还是漫了出来。还有露在外面的那一小截手腕，上面居然有一个深可见骨的伤口，皮肉都外翻出来。那截手腕上挂着一圈染红的棉布条，看样子是洛平为了方便书写，不得已把它拆了的。

光是这只手臂上的伤就够可怕的了，不知洛平的身上还有多少这样的伤口。芸香看了觉得心疼，指尖微颤地收下那封信，关切道："洛大人，您的伤……"

洛平却笑着打断她："有劳姑娘传信了，洛某还有一事相求。"

"……请说。"

"洛某现在的情况，不要透露给七殿下半个字。"

"为什么？"

"那对他只有坏处没有好处，暂且让他什么也别想，安心养病。"

芸香抿唇，点头应了下来："我知道了。"

出了这间屋子，芸香到底抵不住好奇心的驱使，拉住等在门口的送饭老妇，问道："大娘，洛大人究竟出了什么事？"

老妇回答："摔伤而已。"

芸香知道这是敷衍，在宫里混得久了，她别的本事没有，套话的本事是厉害的："大娘你不要骗我，我见洛大人手臂上的伤口深得很，不像是寻常摔伤，倒像是被什么东西咬的。"

老妇见忽悠不过去，又改口："确实是咬伤，不过老爷不让说……"

"大娘，您不必防着我，我与前堂那些达官贵人不一样，我不是来试探什么或者献殷勤的，我是真的担心洛大人的身体。您瞧洛大人不是亲自见我了吗，说明他也不防我吧，只是我看他似乎倦极，不想多打扰，才来问您的。"

洛平平日待人虽温柔有礼，却冷淡疏离，鲜少与人在内室谈话，老妇见她确实跟老爷很亲厚的样子，想来是可以信任的人，便松了口："姑娘，不瞒你说，我家老爷身上的伤，都是让狼狗给咬的。"

"狼狗咬的？"

"是啊，咬得全身都是伤，昨天大夫给换药的时候我偷偷看了眼，好几处挺吓人的口子，都是让狗牙撕的！"

"哪里的狗这么凶狠？"

说到这个老妇冷哼了一声："哪里的狗？全天下就那皇宫里的狗最凶最狠！咬了人还不能喊疼！不能申冤！"

芸香心里一惊：宫里的狗？宫里哪来的狼狗？转念再一想，已有了些头绪。昨日下午，中厩监附近吵吵闹闹的，听到好几声犬吠，当时她也没在意，现在想想，洛大人莫不是就是在那边伤到的？

回到宫里，芸香先去了中厩监，她打听了一些事情的细节。听中厩监的管事说，昨日洛大人不知怎么弄死了六皇子的一条狗，那条狗似乎有疯病，一直被关在笼子里。之后六皇子手底下的狼狗就伤了洛大人，据说是意外。但那管事掩嘴叫她当心点，他说那疯狗原本是要送去浮冬殿的，六皇子绝非善意。她心里有了底，但还是谨守着对洛平的保证，没有多嘴。

进了主子寝殿，周棠似乎刚醒不久，听见她的动静又要发火赶她走，这回芸香却不理他。她跪在床前，把洛平写的书信递上去："殿下，您可以不听芸香的劝，但洛大人的亲笔信，您好歹也看一眼吧。"

一听是洛平的信，周棠立时坐了起来，忍着头晕眼花，连忙把信纸展开——

七殿下亲启：

听闻殿下近日抱恙，却不肯用药，洛平深感失望。

洛平十年寒窗一朝入仕，求的是为朝廷为天下倾尽绵薄之力，没有余力去辅佐一个只会作践自己身体的懦弱皇子。不过一场小病，殿下就如此无理取闹，将来必然是欺软怕硬，只会躲在别人荫蔽之下的胆小鼠辈。恕洛平直言，这样的人，不配做我的学生，更不配与我论江山谈社稷。

望殿下好自为之。

慕权敬上

周棠刚看完就把信给撕了，大小纸片从天而降，令芸香一愕。她不知那信里写了什么，竟没让殿下欢喜，反倒更加生气了。

"慕权，慕权，好你个洛慕权！你要升官，就去巴结能让你做大官的人吧！你看不起我，又何必来招惹我！大骗子！伪君子！"骂完这一通，周棠胸口剧烈起伏着，过了半晌，他对跪在地上发蒙的芸香说，"愣着干什么，快去给我拿药啊！"

"啊？哦，是，奴婢遵命。"

芸香一头雾水地把药端来，周棠二话不说就喝个精光，喝完就要吃东西，一副怒气冲冲但精神十足的模样。周棠吃饱喝足，又叫芸香拿了糨糊过来，自己把刚刚撕碎的纸张一点点粘了起来，看到上面熟悉的字迹，他还是十分恼火，不过没有再把自己好不容易粘起来的作品撕掉。

他知道这是洛平用的激将法，他要把它留作证据。等到他有一天执掌江山，他就要把这封信拿出来嘲笑他："看，你当年如此瞧不起我，如今还不是要乖乖听我的话？"

他知道洛平喜欢做官，虽然那人从未在他面前说过，但他感觉得到，那人喜欢权势，喜欢把权势攥在自己手中，再去做自己想做的事。而他就要做那个唯一能升他的官罢他的官的人，让他再不能这么激将自己，再不能这么教训自己。再不能，这么丢下他一个人。

洛平躺在床上，在脑中描画着周棠看到那封信的样子。他会气得把信纸撕掉吧，或者留下来，作为以后证明自己的证据？想到这里他不禁笑了起来，脑海里那孩子的每一分神态都清晰无比，画面那么生动，竟让身上的疼痛都减轻了不少。

周棠是个很坚韧的孩子，会任性耍脾气，但绝不会示弱认输，不会轻易被击倒。所以，洛平觉得自己对他不能太娇纵了，言辞激烈一些，应该不妨事。可仔细想来，又觉得有些失落。那是个他一手教导的孩子，他喜欢他的孩子气，私心上他一点也不希望他成长为那个精明决断的周棠。但他也知道，那是个必须坐上龙椅的男人，他的身边，不该有依靠。

洛平不会让自己再那般自负了，以为自己可以为他撑起半边天，到头来，却发现那人早已不需要他的支撑。怪他，是他太贪心了，贪了权势，还要贪人心……胡思乱想得多了，心境也跟着起伏，梦境与现实夹杂在一起，排山倒海的记忆，弄得人越发昏沉。

"大夫！大夫快来呀！老爷他又发高烧了！还有这里的伤口，好像已经溃烂了，怎么办啊大夫！"

"孙大娘，你别慌，我没事的。"

"什么没事！人都瘦了一圈了还没事？快让大夫看看！"

大夫拎着药箱过来给他诊治，看了看手臂上的伤口道："不成，还是得把这一片的烂肉都剜掉，不然这伤口还得恶化下去。"

"剜掉吧，都剜掉吧。"洛平说，"剜得越干净越好。"

如果能把那些旧事也从心里剜得干干净净就好了，剜肉的剧痛中洛平这样想着，这样的痛，总比陈年累月的溃烂要轻松许多。

周棠乖乖吃了两天药，身体好了很多，渐渐恢复了往日的精神，甚至还能偷跑到竹林里拉拉弓练练剑。

清晨，他扎了一个时辰马步，耍了一套简单的剑法，觉得神清气爽。抹掉头上的汗珠，他回到浮冬殿，瞄了几眼桌上那张粘得歪歪扭扭的书信，终于还是耐不住性子了，抬腿就要去翰林院。芸香一见他这架势，连忙拦在了门口。

周棠挑眉："你这是做什么？"

芸香道："殿下，您的病还没全好……"

"我的病早好了。"

"可是洛大人他……洛大人他要准备应对大理寺的考试，比较忙……"

"他忙不忙与你何干？"周棠有些不高兴，"芸香，你干吗非拦着我去见他？你跟他该不会有事瞒着我吧？"

问这句话的时候周棠其实在心里暗骂着"色鬼小夫子"，可听在芸香耳朵里又是另一番意思了。洛大人的伤，还有六皇子的预谋到底该不该说呢，她了解洛大人的苦心，他怕自己说出来之后，周棠会做出什么冲动的事。皇子之间起冲突终究是不好的，更何况七皇子还没有靠山……

见芸香迟迟不回答，周棠更加疑心："怎么？你们真有事瞒着我？"

芸香有些慌乱地劝道："殿下，您还是不要去翰林院了吧。"

周棠哼了一声："翰林院怎么了，别说他现在还没升官，就算他真的进了大理寺，我堂堂皇子难道还没资格去找他吗！"

"不是这个意思！"芸香急了，把心一横，还是决定把一切都告诉他。想到洛平身上狰狞的伤口，她就觉得一阵难过，声音都带着哽咽，"殿下，您听我说，洛大人不在翰林院，这些天他都抱病在家，根本连下床走动都做不到！"

周棠乍一听没有反应过来："你说什么？他生病了？"

芸香摇头："并不是生病，是负伤。"

周棠吃了一惊："负伤？他怎么会受伤？谁伤了他？"

芸香四下看了看："殿下，我们进屋说。"

芸香把自己了解到的事情一五一十地告诉了周棠，原本她以为自家主子听过之后定然沉不住气，不是要去洛大人府上探望，便是要去找六皇子理论，她甚至已准备好劝他的说辞，谁知周棠的反应意外的冷静。

他只是拾起了那张支离破碎的信纸，指着上面一处角落说："这是他的血，是吗？"

芸香愣了愣，凑上去看了眼，发现在纸张的边缘，晕染了一点极浅淡的红痕，若不仔细看根本看不出来。她回道："嗯，可能是洛大人腕上的纱布蹭上去的。"

周棠把纸张放回了原处，像对待一件珍宝一般小心翼翼："他受了很重的伤，但这并不是他不来看我的理由。他还被父皇威胁过，是吗？他让你守着我好好养病，让你什么也别对我说，是吗？"

芸香不知该如何回答。周棠用的是问句，却并没有在问她。他今日去过竹林。那里的一草一木他都很熟悉，竹林里多了一处微微凸起的土包，他已知道，那里面埋了一个宫门侍卫的头颅。洛平为了他，背负了那个人的枉死。洛平为了他，承受了六皇子的嫉恨。

"不要把我当傻瓜……不要把我当一无是处的小孩，小夫子，我不会再做让你失望的事……"

芸香听见自己的主子轻声喃喃，她望向他，本欲出声安慰，要说的话却硬生生吞了回去。那不是一双十岁孩童的眼睛，芸香为那双眼中的杀伐狠戾而胆战。从这一刻起她明白了，自己的主子不是个需要安慰的人。即使需要，也只能来自于一个人。

这一天周棠没有出宫。

六皇子周杨在用晚膳的时候，发现多了一道很特别的菜色。那是个看起来不太好看，闻起来也不太好闻的菜。说不清是什么肉质做的，不知是厨子的手艺退步了还是怎么，那肉的表面有的地方焦黑一片，有的地方却还是生的，散发着一股腥臭气味。

六皇子出于好奇尝了一口，立刻吐了出来："这什么东西！太难吃了！"

余贵妃看了也没食欲，便命人倒了它。

那奉命倒菜的小太监认了出来："这好像是……狗肉？"

身为爱狗之人，周杨和余贵妃差点呕吐起来："快点拿走！"

"是，奴才遵命。"那小太监连忙退了出去，他听园丁说过，牡丹花可用肉汁沤肥，于是把菜倒在了园子里的牡丹花下。不承想，当晚，那几株开得正盛的牡丹花尽数萎蔫，再看那倒菜的地方，竟死了无数只蚂蚁。

得知此事，余贵妃大惊失色，连忙叫来太医给周杨诊治，虽然那一口没有吃下去，但周杨到底还是碰了，贵妃娘娘十分担心，好在太医说六皇子并无大碍。余贵妃又让太医去查那倒了的肉汁，太医一验，讶然道："这是被砒霜毒死的狗肉，断断不能吃啊！"

一旁的周杨脸色煞白，似是受到了极大的惊吓。余贵妃见他脸色不对，便问他怎么了，周杨咬紧牙关不回答。余贵妃要派人彻查此事，他也死活不让，闹得厉害了，贵妃娘娘也只得作罢。

第二日清晨，六皇子寝殿中传来一声凄厉惨叫。众人推门而入，只见周杨的床头挂着一只半腐的狗头，犬牙参差，极其狰狞。而六皇子坐在床榻上，已吓得傻掉了。直到三皇子进宫来，才把事情压了下去。由于牵涉到自己的图谋不轨，他们没敢声张，散布了一阵疯狗复仇之类的谣言糊弄过去。六皇子蒙了好久才恢复神志，只是之后一看到狗便会吓得魂不附体。余贵妃无法，只好割爱，把自己的七八条爱犬也都送回了娘家。

洛平虽然闭门不出，对于宫中的情况却都了然于心。听闻六皇子出了那样的事，无须多想，他就知道那是谁的手笔，一时间百感交集，宽慰之余，更多的是担忧——周棠成长的脚步太快了，他学会了隐忍，学会了报复，学会了用心机。对于一个十岁的孩子而言，这是何等残酷而不可思议。

洛平知道，这些都是他教的，可他并不想让周棠学得那么快那么好。他还仅仅是个孩子，他不想那最后一点点天真，也这么快就磨光了。在矛盾中，他迎来了并不意外的重逢。

周棠不提洛平隐瞒自己的事，不提他设计六皇子的事，只待在他身边，小心地查看着那些伤口，看见特别可怕的，便轻轻吹吹，问他："还疼吗？"

洛平闭着眼，摇了摇头。

周棠说："小夫子，你知道吗？这些天我有多想见你。我已经把《孟子》念完了，你继续给我授课好吗？"

洛平点了点头。

"小夫子，你为什么不睁眼看看我呢？"

洛平睁开眼，望着他，唤了声："殿下"。

周棠很高兴的样子："小夫子，从今往后，我不会再躲在你的庇护下了。我会保护我自己，也会保护你。你相信我，好吗？"

洛平又点了点头。明明没有碰到任何伤口，他却感到一阵揪痛。

"小夫子，以后我们单独相处，你不要叫我殿下，叫我小棠好不好？"

洛平不答。

"好不好？"

"……好，小棠。"他情不自禁地答应，尽管他知道，这个亲昵的称呼，也许不过数年，他就再也不能提起。这声"小棠"就好像年少时昙花一现的梦，回想起来那么美，伸手触碰，却会痛彻心扉。那是天下人的忌讳，他也不能不忌。那是英明神武的圣上，再不是缠着他问"好不好"的小棠。

他却不知此时周棠心里所想，周棠并不是在敷衍，更不是在哄骗。他唯一想做的，就是成为帝王，要给洛平最大的官做，还要给他最与众不同的地位。这是他给自己的承诺，也是给洛平的誓约。为此，他强迫自己快快长大，把曾经的幼稚都收起来，只在这个人面前留一点。

两人各怀心思，有一搭没一搭地说着无关紧要的话，直到洛平因疲倦而睡去。

在大夫的悉心治疗下，洛平的伤没有再恶化，其间三皇子送来好些名贵补品，洛平没有推却，但也没有使用。孙大娘瞅着好几支雪山参放在那儿落灰，觉得很是浪费，犹豫了几天便问道："老爷，这参您不吃吗？"

洛平笑说："近几日燥得慌，不想吃这些大补之物，你要是喜欢，就拿回去吃吧，放在我这里实在是糟蹋了。"

孙大娘也不跟他客气，高兴地应了，拿回家给老伴炖了锅雪山参鸡汤，吃得她老伴满面红光。其他达官贵人送来的吃的用的，洛平大多让周棠带回了宫里。

说起来那些来探望他的人，好多都比他的官职高得多，这也没什么稀奇的。大家都知道，官场复杂多变，今日他洛平是个小小的修撰，仗着皇上恩宠，明日他就可能成为自己的顶头上司，因而都趁着这个机会献殷勤表关怀。洛平对这些做作派早就习以为常了，谁的礼能收不能回，谁的礼能收必须回，谁的礼既不能收也不能回，他心里边清清楚楚。

洛平这种谁也不交好谁也不得罪的态度，让原本说他是"轻狂小儿"的臣子闭上了嘴巴。他现在的一句话能让皇上看得极重，太子之位又悬而未决，众臣都在等着看他站在哪一边，可他的态度一直不明朗。就连三皇子纡尊降贵亲自来拉拢，也未见他怎么热情回应，不过三皇子好像也不怎么在意的样子。

洛平这场病拖拖拉拉了大半个月，已经养好了七七八八。

周棠有时会来看他，但并不频繁，而且除了第一次过来，其余时候他都和旁人一样，从正门进来拜访，作出一副想献殷勤又没什么东西拿得出手的窘态，被人嘲笑便气哼哼地回宫，把一个不得志的皇子扮演得惟妙惟肖。所以今天他从后门悄悄潜进来时，洛平颇感讶异。

放下手中的书，洛平笑问："怎么？今日不做样子给他们看了吗？"

"不去了，看见那些人就心烦，同样的讽刺说上一百遍也不嫌累！"周棠又道，"不如来给你搽药膏。"

"药膏？什么药膏？"

周棠从怀里取出一方小瓷盒，献宝似的说："我从万贵妃那里弄来的。前阵子万贵妃手被划伤了，生怕留下疤痕，父皇宠她，就给了她一盒仙凝脂，说是可以消除疤痕的。"

洛平看着他："万贵妃的东西，你是怎么弄到手的？"

"我自有我的办法，小夫子你就别瞎操心了。"

"我一个大男人，怕什么留疤，真是多此一举。"

"不行，我见不得你一身狗咬的伤疤，一定要搽！"

洛平拗不过他，只得任他摆布。他心里琢磨着，昨日听前来探病的李学士说，万贵妃脸上身上出了疹子，完全不能见人，太医诊断是花粉过敏，想来这事与周棠也脱不了干系了。万贵妃对栀子花过敏，这是谁都知道的事，而周棠带来的这盒药膏里，正散发着一股栀子花的香气。

洛平心中暗叹，后宫里两位贵妃娘娘，一个是三皇子和六皇子的母亲余贵妃，一个是皇上的新宠万贵妃，除了太后和皇后，就是这两个女人最尊贵最有手腕，可她们如今都被周棠设计戏耍了一番，还如坠云里雾里。洛平也不知是该夸奖周棠，还是该责备他。

搽药膏时，周棠见那些新长出的嫩肉愧疚道："对不起小夫子，我……"

凉凉的药膏很快压住了疼痛，洛平不忍见他愧疚："没关系，不是很疼。药膏用完了，你该回去了。"

"哦……嗯。"周棠起来掸了掸衣裳，诺诺地说，"那我先回去了，小夫子你好好休息。"

洛平康复后不久，就接受了大理寺卿的考试。

周棠难免有些担心，他见洛平枕边床前都是些乱七八糟的闲书，从没看他好好读过那什么《大承典则》，而且这一个月来他都是抱病在床，压根没有能力专心复习，真不知会考成什么样。反观洛平，从头到尾都是一副淡然的模样，周棠暗地里问他有没有把握，他笑笑，语气轻松："没点本事，我怎么做帝师？"

结果也的确证明了他很有点本事，大理寺卿捧着几乎完美的答卷呈给了皇上。说是几乎，因为洛平有一道题目空着没答，而是在旁边做了批注——典则第三百零一款所述有遗漏，此案可断却不可判。

皇上阅卷完毕，大为满意，当场就封了洛平做大理寺少卿，并赞他："学识渊博，可正典律。"

大理寺卿也十分佩服他，那试题他并未出得很刁钻，但范围极广，而且烦琐细碎，若不是对律法极为专精，很难答得全面，而洛平交出的答卷，准确中又带着灵活变通，简直比标准答案还要令人信服。

洛平新官上任，适逢皇上寿辰，宫里又热闹起来。

晚宴上，周棠仍旧坐在众皇子的最末位，洛平在群臣中虚与委蛇，两人似乎毫不相干，只偶尔有一眼碰撞，很快就被面前的纷扰打断。周棠光明正大地把目光放在洛平身上时，是因为所有人的目光都聚焦在洛平身上。不过与旁人看热闹的心态不同，周棠是有点憋屈的。

事情是这样的。宫灯流转中，公主照例为她父皇献上了一支舞，名叫《福寿安康》。一舞婆娑，无人不为公主妖娆婀娜的舞姿倾倒，步履纷沓，水袖曳过之处，已醉倒了一片。那么多俊朗才子想要为佳人赋词一首，偏偏周嫣谁的账也不买，莲足随着鼓点声挪移，竟是朝着一个方向去的。鼓声骤停，她刚好一记轻巧的转身，倚在了洛平的酒案边。她问："洛大人，嫣儿想要问你一句，你平生所见最美的舞是哪一曲？"

眼见所有人都在关注着这里，洛平心中微叹：这位公主，无论何时，都以捉弄他为乐呀。饮下杯中酒，洛平唇边浮起浅笑："回公主殿下，洛平所见最美的一支舞，名叫《落凰》。"

"《落凰》？"公主讶然，"那是什么舞？我怎么没听过？"

不仅是她，宴会上的所有人都很惊讶。这洛平也太没眼力见了吧，居然当着公主的面说这世上有更美的舞？没见过如此不解风情的傻瓜！不过大家也都很想知道，什么样的舞能让洛平说出这种话。就连满脸不高兴的周棠也无暇腹诽小夫子的好色了，生生被他所说的《落凰》勾起了好奇心。

"世上只有一人跳过那支舞。"洛平说，"那是洛平心中最美的女子，用生命去献祭的舞。落凰一词，是舞名，也是对她的赞誉。"

"真的吗？"望着洛平的眼眸，周嫣有些迷离，"这世间真有那样的女子和那样的舞吗？"

"有的。"洛平温柔地告诉她。

周棠愣在那里，他从没听过洛平提起过那样一个女人，也从没见过洛平那样哀戚的眼神。宴会结束后，他迫不及待地去找洛平，而洛平似乎知道他会来一样，就在西宫门那里等着他。

更漏声响，黑漆漆的夜色中，那人静静地站着。周棠扑上去问他："小夫子，那个女人是谁？你在哪里见过她？"

洛平没有回答，只是蹲下身，在他耳边轻轻地说："小棠，你不要害怕，我不会丢下你。我会让你成为大承的帝王，无论中途会失去什么，不管要付出什么代价。"

即使是她。

周棠抬眼，看见小夫子眼中映着漫天星光。温柔得，像是要落泪了。

洛平去大理寺任职之后，整日都很繁忙。待处理的卷宗摆了满满一柜子，审完一些又来一些，好像永远也不会减少。饶是他这种早已洞悉案件结局的人，也无法感到轻松。不过在旁人看来，他这样的断案效率，已是令人瞠目结舌了。而且人们渐渐发现，洛平处事雷厉风行，半点也不像他外表那样谦和。

一宗在京城里闹得沸沸扬扬达两年之久的连环凶杀案，洛平重翻旧卷，审问了看似微不足道的几个证人，就下令缉拿了凶手。原本大理寺卿的注意力一直放在城郊几个流寇团伙身上，不承想洛平缉拿回来的居然是个文弱女子。

有个小丞正不相信，质疑道："死的那几个都是身强体壮的成年大汉，你抓回来的那女子不过是个唱曲的伶人，手无缚鸡之力，如何能杀死他们？"

洛平道："杀人与斗殴不同，斗殴需要力气需要狠劲，杀人却未必要费那么多功夫。一个男人再怎么强壮，总会有放松警惕的时候，尤其在一个与他共赴云雨的女人面前，破绽就更多了。"

他语气淡然，一旁听他说话的人就没他那么淡然了。那还是个未经人事的少年官吏，红着脸瞟了瞟刚被押解上堂的女子，只瞟到一袭背影，却也能看出是个秀美可人的女子。迅速转过脸来，小丞正看着面前的上司发愣：明明洛平与自己同岁，怎么说起这种事来没羞没臊的……

洛平哪管他心里想什么，当即就去堂上协助大理寺卿断案去了。那女子在堂上抵死不认罪，哭得梨花带雨我见犹怜，案子一时定不下来。最后大理寺卿只得命人暂时把她关进大牢，宣布改日再审。此时洛平起身一拜，请求大理寺卿让他拷问囚犯。再三要求他不得违规逼供后，寺卿同意了他的请求，但派了那个小丞正协助并监督他。

当晚，那小丞正神色仓皇地从牢房里奔了出来，口中喃喃着"魔鬼""没人性"之类的咒骂，跑了没多远，便扶在墙角呕吐起来。寺卿得知后问起他，他只摇头，说洛平并没有违规，也没有用刑过度。第二日再审时，那女子已完全变了一个模样，目光呆滞，面色青黄，只在看到洛平时，眼中流露出怨毒和惧怕。她对自己的杀人事实供认不讳，很干脆地画了押，寺卿给她定了罪，这个案子就这样了结了。有知道那晚拷问细节的官差说，洛少卿看似温和，实际上有一副铁石心肠，正直公正是没错，但手段太过阴狠毒辣，恐怕那副皮囊里流动的血，都是冷的。

这些流言传到皇上那里，只博了一笑。皇上说："洛卿为人，朕心里有数。既然大理寺卿都说他并无不妥之处，想必那些话都是些小肚鸡肠的人传出来的，不足为信。"

更不信这些流言的是周棠。这些日子他已不再去扫荷轩，洛平不在那里了，那地方对他而言就没有了任何意义。他把那里的笔墨纸砚、桌子椅子，还有那只喝茶用的小碗通通带回了浮冬殿，每日上午自己看书学习，下午去朝阳宫晃荡，傍晚去竹林练功，过得也挺充实，只在没书看或者有问题要解惑的时候才去找洛平。

周棠从不大摇大摆地进大理寺找人。大理寺与翰林院不同，布局没那么多弯弯绕绕，没有文人偏爱的什么亭台楼阁、假山荷塘之类的，全部的建筑都是方方正正中规中矩的，大院子里也没有任何装饰，什么人走上去都看得一清二楚，周棠不想冒这个险，暴露自己和洛平亲近的关系，他还记得那个被洛平埋在竹林里的警告。于是他要见洛平时，就在大理寺后门的门当上垒三个小石块，洛平看到后，便会在晌午时来到大理寺外的一处民居，在那里见他。

这一日，周棠在屋里巴巴地等着，看见自家夫子掩门进来，眯眼笑道："小夫子，我们这样是不是就叫作暗度陈仓？"

洛平脚下一绊，瞅着他哭笑不得："瞎说什么呢。"

周棠兴致勃勃道："我听说你前阵子破了一起连环凶杀案，是一个女子色诱了几个壮汉，把他们挨个儿杀了？"

这是周棠从芸香那里听来的版本，芸香主要强调的是洛大人如何神武断案，而他从其他地方听来的版本中，说的却是洛大人怎么冷血无情。他当然不相信小夫子冷血无情，只是他很想知道，那些流言是怎么来的，难道小夫子得罪了什么人，故意污蔑他吗？

洛平淡淡瞥了他一眼："你想问我什么，不用拐弯抹角。"

周棠顿了顿，忙道："你别误会，那些人说你的坏话我一句也不信的，我就是想问，你是怎么逼那个女人招供的……"

洛平坐了下来，翻看着周棠带来的纸张，那上面是他上次出的题，以及周棠给出的答案。他不说话，周棠也不敢多说，坐在一边静候他开口。

洛平对周棠给出的答案很满意，在上面用朱笔圈了几处说："这里的想法很好，你进步很多了。"

得到小夫子的夸奖，周棠很是高兴，没想再提那件案子的事，最后倒是洛平重新提起。他叹了口气说："五年前那女子一家被杀害，父兄被弃尸荒野，姐姐被强暴致死，凶手便是那五个被害的男子。这两年，那女子处心积虑要给家人报仇，不惜以身色诱，将那几人逐一杀了。然而就在两个月前，她杀了最后一个人后，竟发现自己怀孕了，她把那贼人的孩子打掉了，我找出她的线索，便是三日前为她堕胎的大夫。"

周棠颔首，可他还是不明白，小夫子怎么就被说成冷血无情了。

洛平看他仍旧疑惑，也不打算隐瞒，接着说："那天在堂上，我的证据不足，她又不肯招供，我只好去逼供。"

"你用火钳子烫她了吗？"周棠所知的刑罚中，他觉得这个最疼。

洛平摇头："没有，我没有对她动刑。"

周棠松了一口气，就是啊，他的小夫子这么温柔，怎么会伤害一个弱女子，果然那些人都是瞎说的。

"我从那个大夫那里找来了她堕掉的胎儿，在她面前搭了一口锅，如果她不招供，就拿胎儿相要挟。"

周棠愣在当场："……小夫子，你开玩笑的对不对？"

洛平笑了笑，在纸上为他布置下新的课业："这几天，你就把《战国策》好好看看吧。"

周棠回去的途中一直在想，小夫子到底是个怎样的人。那个给他温暖拥抱的人，那个会心软哄他睡的人，那个牵着他一步步往前走的人，怎么忍心在自己的双手上留下这样的罪恶？他明明是那样干净的一个人啊。

听洛平亲口说出这件事，周棠并没有感到恐惧。在那一瞬间，他体会到的是一阵刺骨的疼痛。洛平那个无所谓的笑容，像是硬生生在他心上砍了一刀。究竟是什么样的过往，可以让一个人把自己的人性都藏起来。那样的人心，难道不痛苦吗？

周棠想了很久，终于理清了思绪。他想，自己根本没有资格去评判小夫子做得是对是错。因为小夫子也许不是一个好人，但他是这个世界上，待他最好的人。他只愿自己快点长大，以后再遇上那些不得不为的罪恶，就由他来代替他残忍，由他来代替他担当。他的小夫子，永远都是干干净净的。


三年后。大理寺。

洛平伏在案边，提笔，又落笔，似乎在为什么事犹豫。

一旁恭候着他的青年颇感奇怪，他很少见洛平如此犹疑不定："寺卿，这个案子怎么了？"

洛平摇了摇头："没什么。"

说是没什么，可他的眉头一直蹙着，那青年就有些担忧："是不是他们哪里出错了？"

"谁也没错，是我自己拿不定主意。"洛平放下笔，展颜一笑，"袁序，你帮我沏杯茶来可好？抱歉，总是劳驾你这个少卿给我沏茶，只是其他人沏的茶，我实在喝不惯。"

"那是因为没人知道你要喝那么浓的茶！真是的，累到非要喝浓茶才能提神，你就不嫌苦吗！"袁序数落着他，不过还是老老实实给他沏茶去了。

茶端来时，他看见洛平仍旧对着那本卷宗出神，劝道："寺卿，这案子也不急于一时，若是觉得难办，过几日再考虑吧。"

洛平接过茶盏抿了一口："好，我知道了。"

知道他压根就没听进去，袁序无奈叹气。从前他不了解这个人，见他断案狠绝，便以为他是铁石心肠，好一阵子都在跟他暗中作对，可相处得久了，他慢慢知道，洛平有一颗极柔软的心，只是他把自己炼成了铁石，来隐藏这颗心。

三年时间，洛平已从当初从六品的修撰，晋升为正三品的大理寺卿。当年骂他是"没人性的魔鬼"的小丞正，竟成了他身边最得力的助手，顶替了他原先大理寺少卿的位置。

三年时间，朝中局势大变，皇上立了长子周枫为太子，臣子们开始重新考虑拥护谁继位的问题。曾经最受宠的万贵妃，由于私下与臣子结党，意图干政，被打入冷宫。现在后宫中最受宠的，是马太师的女儿，被封淑妃。

三年时间……洛平想，唯一没有大变化的，恐怕就是他的小棠了。那个仍旧在浮冬殿韬光养晦的孩子，虽说已经成长得可以应付宫里的权势漩涡，但还是让他很不放心。

轻轻敲着面前的卷宗，洛平犹豫着。到时候了，已经到了皇上把他这颗棋子丢弃的时候了。这些年皇上利用他这个承蒙圣恩的大理寺官员，清除了不少阻碍太子的党羽，有些是当真有罪，有些是怀璧其罪，洛平一一按照皇上的意思办了。偶尔，他也上书为谁求过情，只是他自己也知道，那不过是做做样子，皇上就没搭理过他的那些求情。现在这份卷宗，该是他接手的最后一个案子了。他会与预想中的一样，为这个皇上亲手造就的巨大冤案代笔写诉状。他会给皇上一个理由，一个把他彻底逐出官场的理由。这样他才能自由，才能在周棠最需要他的时候，去他的身边。

只是……他现在被罢官的话，周棠必须要在宫里独自撑一年。不知他能不能撑得住这暗潮汹涌的一年呢。

周棠刚刚听闻那个消息的时候，以为自己听错了。他逮着芸香再三确认后，又跑去了朝阳宫打听，得到同样的结果。之后他又去了洛平的府邸，那里已空无一人。他还是不相信，最后直冲进了大理寺。

大理寺一个叫袁序的少卿告诉他："是真的。洛寺卿被罢官了。"

"为什么会这样？"周棠急问，尽管他已经听了不下五个版本，他还是想再确认一遍，确认一遍这不是真的。

"寺卿为一个案件代写诉状，触到了皇上的逆鳞。皇上在真央殿龙颜大怒，我们本以为寺卿要获罪砍头了，幸好皇上开恩，只让他罢官十年，说他太过年轻莽撞，十年后再来任职。"

"十年……"周棠脑中一片空白。

十年，十年没有洛平的日子，他要如何度过？震惊过后，强烈的愤怒涌进他的脑中，他听见自己理智的弦绷断的声音。

十年！那人不是说永远不会丢下他吗！那人不是说要守着他直到他得到自己的江山吗！为什么食言……

为什么要离开……他的小夫子……到哪里去了？

袁序看着七皇子一副天塌下来的表情，也吓了一跳。寺卿离开，他也很难过，毕竟那是朝夕相处的人，是最爱喝他泡的茶的上司，可这个深宫里的皇子怎么比他还难过？怎么好像死了爹一样难过？

"呃……"他不知道怎么安慰，只能赶紧把要说的话说完，"七殿下，寺卿临走时说，如果您来找他，就告诉您，他在扫荷轩给您留了一封……"

话没说完，就见七皇子一阵风似的跑了。袁序呆愣了一下，心说扫荷轩在哪儿，秣城有这么个地方吗？

踏进扫荷轩的时候，周棠原本烦乱纠葛的心情一瞬间沉淀下来。时光荏苒，他刚刚意识到，自己已有三年没有来过这个地方。只是个房子而已，他一直没觉得有什么值得眷恋的，然而今天再次走进来时，蓦然发现这里留下了他太多的怀念。这个落满灰尘的屋子，仍旧是那时候的样子，破扫帚堆放在角落里，墙壁上有一些难看的霉斑，本来还算完好的柜子，如今一条腿断掉了，歪歪地立在那里。有一扇窗开着……那里是唯一纤尘不染的地方。

周棠走过去，在窗台上看见了洛平留给他的东西。小瓷碗中盛着一汪茶水，水已经完全凉掉了，不过茶叶的香气犹存。不单单是碧螺春的味道，还夹杂着一股熟悉而悠远的清香。周棠记得，小夫子曾给他沏过一碗这样的茶。由于那时他一路从宫中小跑而来，到扫荷轩后口干舌燥，端起碗就囫囵喝了下去，小夫子见状心疼无比，是心疼他的茶叶："我就不该给你留一碗，真是暴殄天物！"

他一头雾水，问怎么了，小夫子说，这茶是他用纱布袋装了，在黄昏莲花将要合拢时放入花心中，待到次日清晨莲花初绽时取出，把熏染一夜的茶袋以热水冲泡而成。如此麻烦又如此雅致的茶，就被他当白水喝了，他能不心疼嘛。后来小夫子就没那份闲情给他泡这茶了。

周棠端起茶碗喝了一口，清苦混着香甜，不知不觉心就静了，唇边溢出一个微笑。小夫子花费一场黄昏一场清晨，为他准备了这么一碗茶，就说明他从没打算要不辞而别，说明他即使离开，也是把他放在心上的。

茶碗下镇着一封信笺。周棠是怀着慎重而紧张的心情打开这封信的，他以为，小夫子定会给他一个详尽的解释，也许篇幅会很长，也许会有大段对他的不舍……而事实上，这封信只有寥寥几句话。

小棠亲启：

皇命难违，洛平领命罢官十年。鄙人戴罪之身，京城中无栖身之地，不如归隐，君无须焦急挂念。如今朝中风云变幻，望君务必加倍小心谨慎。

必再相见，静候佳期。

慕权敬上

乍看见这么简短的留书，周棠差点一气之下又把信纸给撕了。不过他望着那句"必再相见，静候佳期"，终于还是没能下得去手。佳期……何时才是佳期呢？真要他等上十年吗？

那个一直陪伴他支撑他的人，就这样消失了？不告诉他去了哪里，只留下一句不知何时兑现的承诺，就这样退出他的生活了吗？这让他，怎么接受得了呢。

碗中的茶水一饮而尽，清甜的最末端，却是漫长的苦涩。柳枝轻拂过轩窗，周棠的目光缠绕着那抹嫩绿，停驻在窗棂的刻痕上。那次他不小心把一本藏书撕坏了，洛平骂了他，罚他抄书。他心里委屈，在窗台上刻了一幅画，是小夫子拿书要敲他头的模样，一旁还歪歪扭扭地标注着三个字——臭夫子。现在那里多了一些东西，在臭夫子的旁边，有一个抱头躲闪的小人，眉眼弯弯地笑着。小人的旁边标注着三个清隽的字——死小棠。

"噗！"周棠不由喷笑出来。他没想到，一向稳重的小夫子也有这么孩子气的时候。那刻痕还很新鲜，分明刚刚刻好不久。抚摸着那些粗糙的木渣，周棠把额头抵在"臭夫子"的身上："小夫子，我不想让你失望，但我怕……我没有你想得那么坚强。"

他知道，自己不能总是把小夫子当作自己的依靠，这三年来，他也在慢慢学着独立处理一些麻烦。可他从来没有想过，有一天小夫子会真的不在身边。一个在心里生了根的人，不是说拔就能拔掉的。

周棠把扫荷轩打扫干净，把原先的桌椅都搬了回去。尽管只有他一人待在里面，他还是放了两把椅子。每日早晨他会过来读书习字，有时会下意识抬头看看对面那把椅子，总觉得小夫子就坐在那里，或是看书，或是浅眠。

　　这样的感觉很奇特。因为自从洛平进大理寺任职后，他们就鲜少有机会如此对坐了。可不知为什么，洛平离开后，这样的记忆却一天比一天清晰。于是他就像上瘾了一样，不来扫荷轩坐坐，就浑身不舒服。

第二章・风起

## 卷二 朱门敞 洞阶凉 天透

## 第三章 十里

　　秋去冬来，天黑得早了，北方刮来的寒风更加刺骨，冷不丁还飘起了雪。

　　方晋抬头看了看天，又在心里盘算了下，不禁有些懊恼：看来今日是进不了秾城了，与其在城墙根底下喝西北风，还不如暂且找个地方落脚。只是京郊这样偏僻的地方，不知有没有客栈。

　　客栈是没找到，不过他很快就在距离官道不远的地方看到了一家酒肆。推门进去，里面还挺热闹。酒肆里的人大多与他一样，都是赶着进城却被风雪绊住的，三三两两聚在一起喝酒吹牛，使得这小小的酒肆里暖烘烘的。

　　方晋四处打量了一下，唇边勾起一抹笑。这家的老板倒是挺有本事，酒肆开在官道边，四方来客同堂聚，没有雅座，没有上房，官差在一边，黑商在一边，江湖人在一边，老百姓在一边，各歇各的，互不相扰，还真是一派其乐融融的景象。

　　跑堂的伙计过来招呼他，见他孤身一人，便伶俐地把他引到靠近掌柜的角落，周围都是平头百姓，两个书生不胜酒力睡倒在邻桌，正是最不惹是非的地方。他向伙计道了谢，点了一碗牛肉面几个小菜，又要了一盅酒。一旁的卖唱女见来了个这么丰神俊朗的男子，时不时向他送来羞涩倾慕的目光，他只当看不见，自顾自地安静吃喝。

　　此处虽是角落，但视野极好，几乎整个大堂他都能看到，正当方晋津津有味地看着两名官差划拳，一个奸商噼里啪啦拨算盘，三个小孩争牛肉的时候，酒肆的门再次被推开。来人一身素衣轻裘，穿得很单薄，脸上被冻得有些发红，不过没见他冷得直哆嗦的样子。那人收了纸伞，掸了掸肩上白蒙蒙的残雪，扫了一眼酒肆，发现几乎没座了，便径直向掌柜这里走来。

　　方晋觉得有些奇怪，那跑堂的见那人进来，竟没有上前招呼，而是跑到了后堂。不一会儿，后堂里走出一位老妇人，手里捧着食盒递给那人，那人接过食盒，向老妇

人、掌柜的和跑堂的说了几句什么，三人喏喏应了，那人就要离开。

此时方晋已明白了，那人不是什么赶路人，而是这家酒肆的老板。他一时兴起，想要会会这位老板，便起身走到那人身边，一揖道："在下方晋，也是路过此地稍事休息，兄台若是不介意的话，与在下同桌共饮可好？"

那人闻言转头看他，脸上忽然浮现出极度惊诧的表情，虽说很快收敛起来，但还是被方晋察觉了："怎么，兄台认识我吗？"

那人摇了摇头，脸色有些发白。

老妇人插嘴道："客官你可能误会了，这位不是客人，是我们老板。"

方晋心说我就是猜到他是老板才来搭讪的，面上故作讶然："啊，那真是冒昧了。"

"孙大娘，你去忙吧，我在这里吃也行。小李，王掌柜，你们也招呼客人去吧。"那人打发了自己的几个伙计，冲着方晋谦恭一笑，"阁下盛情邀请，洛平怎敢推却，入座吧，这一顿，当我请你了。"

洛平没有料到，自己居然会在这里遇见此人。他曾在梦境中见过此人，那时他被罢官十年，郁郁寡欢地回到故里，一心只想着怎么重回官场，并没有像现在这样在京郊开设酒肆做生意，所以也没有遇见那时的方晋。如今想来，此人并不是凭空出现在周棠身边的，原来早在这一年，他就开始涉足大承的朝政了。

共饮了几杯酒，两人表面上相谈甚欢，其实各怀心思。方晋是在琢磨洛平的来头，洛平是在琢磨方晋的目的。两人都是聪慧机敏之人，很快就有了各自的结论。方晋已然想起，近几年朝中有个极得皇上器重的洛寺卿，听说年初获罪被罢官十年，看来就是眼前这位温和谨慎的酒肆老板了。而洛平也探听出了方晋想要投奔的势力："太子殿下？"

方晋侃侃："正是，在下虽是一介莽夫，但也想为国尽忠，为大承的江山社稷谋福。听闻太子殿下仁厚贤德，便想前去做其幕僚。"

洛平摇头笑道："阁下若是莽夫，那大承就没有贤士了。"

方晋："洛兄谬赞了。在你面前，方某哪敢自称贤士。"

洛平摆摆手："都是过去的事了。"顿了顿又说，"洛平已不在朝堂，按理说不该多言，不过与阁下一见如故，还是想要劝阁下一句话。"

"但说无妨。"

"太子虽然贤德，确是值得辅佐的继承人，但可惜……"

"可惜？"

"可惜，福寿不够啊。"

轻叹般地说完这句，洛平起身要走，方晋伸手拦住了他："洛兄此话怎讲？莫不是知道什么变故？"

洛平拂开他的手腕："洛某言尽于此，阁下好自为之。"刚往前走了两步，谁承想又被再度拦下，洛平无奈看向他。

方晋却没有再问太子之事，而是关切道："洛兄这样出门，不觉得冷吗？"在他看来，洛平穿得实在太少，他有内功护体尚觉得外面寒冷，不由担心他这样的书生体质能不能吃得消。

洛平淡笑："不妨事，我不畏寒的。"

"不畏寒？可你的手这么冷！"

"嗯，可能是以前习惯了吧，不怎么难受。"

放走洛平之后，方晋陷入了沉思。他想起初见时洛平的满眼惊诧，好像许久之前就认得他一样，可他自己没有印象。不提他过目不忘的本事，按理说这样一个妙人，只要见过，他无论如何也不会忘记的啊……

第二天雪停了，但天气仍然阴阴的。

跑堂的小二睡得迷迷糊糊，忘了添火炭，被孙大娘的擀面杖敲醒。酒肆里没醉的伸着懒腰往外走，醉了的被人拖着往外走，还有那不想走的，还在接着要酒喝。方晋就是那个不想走的。私心上，他还想再见一见洛老板。思忖了一宿，他还是想向洛平求教一下，如果太子殿下真如他所说的"福寿不够"，那么他还有什么其他的选择吗？比如说……深藏不露的二皇子殿下？他看得出来，洛平绝不是一个甘心做区区酒肆老板的人物。他跟他有着同样的野心，还有对权势同样的向往，而且他比他更了解当今朝堂的局势，没道理会止步于此。所以他想说动他，与自己一同前往秭城。

方晋没有白等，不久，洛平走进酒肆，把食盒还给了孙大娘，要了一碗粥两个包子，吃起了早点。看样子他不住在酒肆中，但每日都来此处用膳。方晋正要上前搭话，洛平刚巧看见了他，先是一愣，随后笑道："我家的酒这么好喝吗，竟让阁下舍不得进城了？"

方晋顺着他的调侃接话："倒不是你家的酒有多美味，只是到了别处，恐怕喝不到这样不要钱的酒了。"

洛平面露疑惑："不要钱的酒？这话怎么说？"

方晋做出吓了一跳的样子："洛老板难道忘了吗？你说过，这一顿，是你请我的。"

洛平哭笑不得，心说从昨晚一直吃到临近晌午，你这一顿也吃得太狠了点。不过想想也是，方晋是从不让自己吃亏的，宁可他负天下人，也不会让天下人负他，占别

第三章·十里

人便宜也能被他说得理所当然。丢开这些扯皮的话，洛平知道方晋等在这儿是为了什么，但他没有给他开口的机会，便道："差不多该进城了，再晚恐怕又要有风雪，洛某祝阁下一路顺风，就不送了。"

一听他下了逐客令，方晋急道："洛平，你不与我同去吗？你年纪轻轻，满腔抱负，就这样被罢官，甘心吗？"

洛平敛了笑意，正色道："皇上说得明白，罢我十年的官，如今一年未过，你让我回到京城里去，不是平白让我被笑话嘛。再者，我若真的又搅和到官场中，便是抗旨不遵，洛某可背不起这样的罪名。"

他一番慷慨陈词说完，方晋瞅了他半响，忽而轻笑出来："洛平啊洛平，你骗得了别人，却骗不过我，你可不是什么安守本分的人。你不肯进城，绝不是因为什么圣旨……"

"阁下多虑了。你我不过刚认识一天，我如何想的，你怎么会知道。"

"不远不近地栖居在京城郊外，守着官道做生意，洛老板，你究竟在等什么呢？"

"与阁下无关。"

两人对望着沉默，一时间有种剑拔弩张的气氛，竟把一旁再度打起瞌睡的跑堂小二惊醒了。小二见势头不妙，噌地就跑到后堂去叫孙大娘了。

最后还是洛平先开口缓和："洛某还有事，就不耽误阁下行程了，如果阁下以后需要什么帮助，就来酒肆找孙大娘。"

他执意不肯相告，方晋也别无他法，深深看他一眼，只得告辞离开。此时真正一手打理酒肆的孙大娘出来了，询问自家老板怎么回事，洛平道："以后此人若是再次前来，就好好招待他，酒菜的钱也都免了。"

孙大娘微怔，应了声知道了，没有多问。

洛平看着方晋离去的背影，心中颇多感慨。虽然他们算是政敌，在许多事情的见解上有分歧，大大小小的争执也从来没消停过，但不管怎么说，周棠要成大业，少不了此人的帮助。

这一年的冬天格外寒冷。洛平坐在窗边，给自己斟了一杯茶，望着外面的鹅毛大雪，不知在想些什么。

又起风了。寒风刀子一般刮进来，吹满袍袖，猎猎作响，洛平一杯冰茶下肚，惶惶然才感觉到寒意，拢了袖口，关上窗，止住了赏雪的心情。就在这几日了吧……他心算着，太子殿下的寿限，就要到了。

宣统廿四年冬，太子周枫病逝。朝中各股势力再次掀起翻天覆地的变化，太子的幕僚纷纷谋划着另投明主，此时尤以三皇子周朴最为活跃，他以礼贤下士的姿态四处招揽能人，府邸整日门庭若市。与他恰恰相反的是二皇子周柠，自太子去世后，周柠始终闭门不出，谢绝任何来访。奇怪的是他这一方的支持者并不比周朴少，甚至还有原太子的幕僚主动要效力于他。

在新的太子人选中，二皇子和三皇子的呼声最高，其他几位皇子也都在忙于应付家族里的期盼与要求，即使没有争皇位的打算，也不得片刻清闲。此时的秣城就像一个巨大的漩涡，而整个漩涡的中心，就只有一个人最悠闲自在，那就是七皇子周棠。

扫荷轩。

"小夫子，你又要考我吗？"

"在我看来，较之老三那种高调的做派，还是老二更聪明更能洞悉事态。老三虽然招揽了不少支持者，看似羽翼丰满，其实根本就是虚张声势。要说太子之位，最终还是父皇说了算，可他现在算是把父皇彻底得罪了。太子丧期未满，老三就开始大张旗鼓地挖墙脚，说明他始终没有把太子放在眼里，甚至还有点盼着他死的意思。父皇最疼爱的儿子就是大哥，他是绝对不会青睐这样不念兄弟之情的皇子的。

"而老二就厉害了，不管他是不是真的为太子之死伤心难过，至少他做出了服丧的样子。表面上闭门谢客，实际上暗中笼络了不少太子的死忠，我才不信他那个小宅院像外面看上去那样风平浪静呢。不过啊，小夫子，我觉得他们这些做法其实都没什么大用处。"

"怎么？你不信我看出来了吗？"周棠嘴角弯弯，颇为自负的样子。

"我可不会那么肤浅地看待这件事，要我说，父皇根本早就做好打算了。在他立周枫为太子的时候，就已经把一切都布置妥当了。

"我说得对吗，小夫子？"

料峭春风拂过对面的白瓷碗，碗里的茶水荡开一圈圈涟漪，一根立起的茶叶旋转着沉了下去，轻轻落在碗底。星目流转，独坐在那里的少年板起脸，不满道："小夫子，你到底是点头还是摇头呢。我说得这么辛苦，你不奖赏我一下吗？"

依旧是一室沉寂，少年眼中渐渐浮起一丝怨怼。已是一年过去了……小夫子，时间实在过得太慢，剩下的九年，你还要让我空对一碗清茶自言自语吗？你怎么忍心呢！我周棠发誓，若是再让我遇上你，我一定要尽无赖把你缠住。什么九年十年，都滚一边去！你一日是我的小夫子，终身都别想逃掉了！

周枫的丧期既过，皇上下旨召见了所有皇子。由于年事已高，又逢痛失爱子，皇上的气色很不好。面颊有些灰白，时而咳嗽，不过双眼仍是炯炯有神，半点不显混沌。

关于父皇召见他们有何事，各个皇子心中都有揣摩，只是他们没有料到，事情居然会如此没有回转的余地。此时的真央殿中，只有周棠的脸色看上去还算正常。因为他本就没有什么期盼，所以能更加冷静客观。事实上他在心里嘀咕着：小夫子你看，我猜得一点也不错吧？

皇上拿出了一份诏书，还有一册附在《大承典则》中的折子。他先把折子让所有皇子看了一遍，不理会他们或震惊或愤怒或淡然的表情，径自说道："这是一年前由朕亲自授意，由曾经的大理寺洛卿拟定的律令……咳咳，所谓长子继承制，想必你们应该明白，父传长子，长子传长孙。历代嫡庶之争，无不闹得大承鸡犬不宁、山河破碎，朕不希望看见你们也变成那样，故而有此制度。"

三皇子周朴沉不住气了，惨白着脸向前一步："可是父皇，衡儿尚且年幼，恐怕难以担当国之重任啊！"

"所以就需要你们做叔叔的多多提点他啊。"皇上轻叹，"枫儿走得早，膝下唯有这一个独子，子承父志，于情于礼都无不妥。况且衡儿并非愚钝之辈，自幼又由名师教导，是决计不会丢我们大承的脸面的。"

"可是……"

周朴还要再说，被皇上厉声打断："朴儿，你在枫儿死后做的那些小动作，别以为朕不知道，你大哥尸骨未寒，难不成你还要与自己亲侄子相争吗！"

皇上的这番话，封死了周朴的退路，也给其他皇子传达了警示。周棠这时候想的却是，原来小夫子的离开不是因为给什么冤案代写诉状，真正的原因，是他一手草拟了那份长子继承制度。皇上罢了他的官，是为了防范他与其他皇子相互通气，从而妨害大皇子和皇长孙的利益。不过，这样做某种程度上也算是对他的保护，毕竟在皇权争夺的中心，想要全身而退几乎是不可能的。同时周棠更加确信，这一切都是父皇处心积虑了多年，一步步安排好的，他们的那些花花肠子，绝对动摇不了这个决定。果然，皇上接下来让他们看的那份诏书，便是立周衡为太孙的诏书，还有要求他们几个皇叔尽其所能地辅佐周衡云云。他当着他们所有人的面，给诏书盖上了玺印——尘埃落定。

之后皇上询问他们有什么打算。在那份长子继承制度中，出于对皇太孙安危的种种考虑，要求其余皇室子孙分驻各州，只留两位皇子在京中扶持太子势力，连尚未成年的皇子也是一样，不得逗留宫中。于是皇上让他们自己选择要去哪里。

二皇子周柠站出来说自己要留在秣城，尽心竭力辅佐皇太孙，皇上允了；三皇子周朴跪地悔过，向天子起誓，今后必定忠心对待周衡，请求皇上让他留在京中，出于对左丞相一族的牵制，皇上也允了；四皇子周柯请命去滨州，他的外公是滨州定海大将军，他说想在那里多多磨砺，为大承的海防尽力，皇上赞他有志气，欣然允了；五皇子周杭最是随意，他问皇上大承何处风景最雅美人最多，皇上说青州，他便嚷着要去青州，皇上虽然骂他顽劣风流，但还是笑着允了；六皇子周杨其实很想跟三哥一起留在京城，皇上自是不会同意，不过出于爱护，让他去了距离秣城较近的延州，那里的官员大多是左丞相的门生，也好照顾他。

问到周棠时，周棠上前一拜："父皇，儿臣想去越州。"

"越州？"

"正是。"

"为何想去越州？"

越州虽说不是什么偏僻之地，但长年匪患成灾，百姓不得安居，皇上多次下旨剿匪，可收效甚微，是个极难管辖的地方，不知周棠为何要去那里。

"因为儿臣听闻那里的山水皆有灵性，有人说在那里见过仙人，还有人说山中有种果子，名叫厘儿果，吃一颗可以百病全消，吃两颗可以延年益寿，吃三颗就可以得道成仙，儿臣想去寻找看看，若真有此果，便带回来让父皇品尝。"

听了周棠的话，皇上一时哽住。他怎么也没想到，众位皇子之中，唯一把"孝"字放在心中的，竟是这个几乎从未得到过他关爱的孩子。皇上定定地看着周棠，眼前有短暂的迷蒙。失去爱子的痛苦，让他意识到父子情是多么弥足珍贵，他忽然有些愧疚起来。他刚刚发现，这个孩子的个头居然蹿得这么高了。他也刚刚发现，几个孩子中间，原来周棠的眉宇最像自己。皇上当即答允了周棠的请求，还赠了他一把北凌寒玄铁铸造的宝剑，供他防身之用。尽管在他的印象中，周棠并不会武。

周棠不卑不亢地谢过，退到一边。越州啊……他的嘴角勾起一个弯弯的弧度，那里是小夫子的故乡。

周棠不知道小夫子去了哪里，但他想，那封留书中的归隐，应当是指重回故乡吧。他在书里看到过，越州是西昭与大承往来的咽喉要道，常有大批的商队通过，西昭年年进贡也是要途经这里的。越州又多山林，仗着地势复杂，常有匪寇洗劫商队财物。这种空手套白狼的买卖吸引了许多亡命之徒，久而久之，越州的匪患成了个巨大的毒瘤，时刻威胁着百姓们的生活。选择去这样一个地方，其实周棠心里还是挺没底的，不过一想到小夫子会在那里，他就觉得没什么好犹豫的了。

临行时已过了清明。皇上封他为"越王"，赏随行侍卫二十人，奴仆四人，车驾一座，骏马六匹，还有其他金银零碎两大箱，虽然比起其他有势力的皇子还差很大一截，但也算是不错的临别饯礼了。

浮冬殿原来的仆从中，只有芸香一人自愿与他同行。周棠也不强迫，随他们去了。

芸香替周棠收拾行囊时，发现他把两样东西珍而重之地放在了一起。一个是皇上赏赐的宝剑，另一个，却是用织锦秘密包裹着的奇怪物件。她一时好奇，想要拆开来看看那是什么，被踏进内殿来的周棠大声喝住了："别动！"

芸香吓了一大跳，硬是僵在了那里。周棠急急忙忙跑过来查看，看见东西好好地在那里，轻舒一口气。

"殿下，这是什么？"芸香问，心说不知是什么宝贝，让他这么紧张。

周棠剥开一点织锦让她看了一眼："一张弓。"

"弓？"

"嗯，洛平给我的。可是我把它用坏了，不把它这样绑紧，就要断掉了。"周棠把它仔细包好，然后警告说，"芸香，回头见到他，不准提弓要断了这件事，他要问起来，你就说我很爱惜它，不舍得用它。"

"是，奴婢知道了。"芸香忍笑答应，心里却又有些黯然，殿下满心期待要见到洛大人的，若是到了越州发现人并不在那儿……哎，罢了，多想无用，走一步算一步吧。

周棠一行人本来要从东城门出城，谁知走到半路撞见了同样要走东门的六皇子。瞧那阵势，浩浩荡荡的一大帮子人，把街道都堵严实了，老远就能听见余贵妃在软轿里哭得死去活来。周杨一身华服，骑着一匹纯白色的骏马招摇过市。听见母亲哭泣，就在软轿边安慰了母亲几句，结果倒把自己说得也要哭了。左丞相与身边几名心腹交代了些什么，又拉过周杨絮絮地说话，看样子不送个十几里路他们是不会消停的。

周棠喷了一声，拉住马儿的缰绳。他身后的侍卫仆从也都跟着停了下来。

"真是的，看了就闹心。"周棠对身后的一干人等下令，"改道，从北城门出城！"

"可是殿下，从北城门出去要多绕一大圈。"有人劝道。

"绕圈就绕圈，总比看这些人表演十里哭别要舒服。"说着周棠掉转马头，当先一步往北面去了，众人赶紧跟上。

相比东门的热闹，北门就显得苍凉得多。周棠头也不回地往城外行去，身后没有一人相送，就好像没有人记得他曾在这座皇城里存在过。而那个理应记得的人，此刻又不在身边。他的背脊一直挺得笔直，春风拂面，吹起一袭千岁绿的襟袍，带着他在这里拥有过的所有，在官道上渐行渐远。

走了大约十里，芸香有些累了，就吊在队伍的后面拖杳地跟着。队伍突然停下的时候，她满心欢喜地以为可以休息了，正想坐下喝口水吃点东西，却发现大家都没有松懈下来的意思，她不禁有些惶惑。

怎么了？天子脚下，难不成还有人拦路抢劫吗？她往前走了几步，越过重重人头马头，总算看到了前方的事态。这一看，她整个蒙掉了——确实有人拦路，但不是抢劫。

他们的前方只站了一个人，书生模样。那人一撩衣摆，行了跪拜大礼："七殿下，罪臣洛平在此恭候多时了。"

周棠坐于马上，一时不敢相信眼前所见。手中的缰绳被捏得嘎吱作响，他用指甲掐着自己的掌心，生怕这是什么幻觉。那人就跪在他的马前，声音清冽喊他"七殿下"，在距离皇城不过十里的地方，说已恭候他多时了。多时？是有多久呢？一个时辰，一天，或是一年？

"起来吧，你……等我多久了？"

"回殿下，不多不少，一年。"洛平遥指官道边的一处房屋，那里杏花盛开如雪，"殿下不去鄙人的酒肆休息一下吗？"

在众人面前，洛平仍是一副谦卑的姿态。周棠忽然觉得很嘲讽。这多像一个笑话啊。他在城中等他回去，他在城外等他出来。等了那么久，日夜忧愁，其实不过一个十里，一个一年而已。

重逢的喜悦令周棠几乎控制不住自己的情绪，可是在那份喜悦中，也掺杂了他整整一年的怨恨：这个狠心的小夫子，就这样把他一个人扔在宫里！而他自己居然在外面逍遥地开起了小酒馆！

不过他很快意识到奇怪之处：洛平在北城门等他出城？皇城四大城门，他为什么偏偏就在北城门？何况他今天本来是要从东门出去的，完全是临时起意改了行程，如果他还是选择从东门出城，那么洛平岂不是要空等了吗？这是巧合吗？还有他在北门开了一年酒肆，也是巧合吗？怎么感觉，好像他一开始就料到会有此局面了。

"小……呃，洛平，你怎么知道我会走北城门？"

"算的。"洛平答得高深莫测。他洞悉前尘往事，怎么会不知道周棠要去哪里，要从哪个城门出来。

"算的？这怎么算？"周棠狐疑道。

"东汉有诸葛孔明可观星相推命数，为何我就不能呢？殿下，我还懂得许多奇门术数，不如殿下带上我一路同行可好？"

周棠只顿了片刻，立时反应过来。洛平半真半假地回答，有一半是在做戏。戏目是一个被罢官的落魄书生，想要借此机会攀附上皇子殿下，给自己另谋出路。出于报复，周棠赌气回绝道："本王不缺侍从，为何要带上你这么个百无一用的书生？还是个大色鬼，一个不负责任的半吊子。"

纵然被这样贬低，洛平半点不着恼。他上前几步，仰望这个高坐在马上的孩子，他温和地笑着说："为何不带上我呢？我虽不是卧龙那样的能人，却也同样可以为殿下效力啊。"

　　"你能帮到本王什么？"

　　"我可以帮助殿下……"洛平的声音不大，却极为坚定，"翻手反排命格，覆手复立乾坤。"

　　当然，即使他此刻什么也不说，周棠也一定会带上他的。就算绑，他也要把这个人绑在自己身边。不过他对小夫子的话也颇感兴趣，他确实感觉得到，小夫子好像总能预知什么。也许，他真的可以反排命格、复立乾坤呢？

　　他们一行人在洛平的酒肆休息过后，精神抖擞地再次上路了。这回周棠不肯再骑马，他坐进了马车，还把小夫子也硬拉进马车里陪着他。洛平拗不过他这个"越王"，只能顶着其他侍从诧异的眼光坐上马车。

　　周棠几乎是扑进马车里的，洛平差点坐不稳："小棠，你看看你现在还有一点王爷的样子吗？"

　　"小夫子，我就知道，你肯定逮着机会就要管教我的。"

　　"那你还敢把我拉进来？"

　　周棠半晌仰起脸，眉眼弯弯："小夫子，你想不想我？"

　　不知为什么，明明是想笑的，洛平却觉得喉中有什么哽住了。他的小棠成长得真快，仅仅一年，个头已经蹿到他的脖颈了。他回答："嗯，我很想你。"

　　周棠忽然不说话了，只定定地望着他。

　　"怎么了？"洛平问。

　　"没什么。"周棠摇了摇头，忍下了那漫到眼眶的潮热。


　　路途颠簸中，洛平想起漫漫长梦里的情景。他回到故乡，一年后周棠来了越州。但他那时候因罢官而倍受打击，整日浑浑噩噩，自己的未来都是空白，根本没有心思去理会周棠。而且那时他只是对这个孩子有些怜惜而已，并没有对他抱有太大期望。但这次不一样，这次他是为协助周棠而来。只为周棠，所以他没有半点迷惘。为了掩人耳目，他已在皇城外隐姓埋名了一年，如今是时候了，是时候带这个孩子去领会海阔天空了，他的小棠，绝不会是一只井底蛙。

　　这是一段悠闲惬意的旅程，周棠心情始终很好。心情好的时候他就拉着洛平在马车里说话，心情特别好的时候他就与洛平骑着马并排同行。踏着一路春光，他们渐渐接近了越州地界。

这一日，周棠终于按捺不住好奇，问洛平他的家人在越州的什么地方，是怎样的。洛平说其实他家在越州的边缘，距离主城还是挺远的。

"是靠近辉州交界那一带吗？"周棠问。

"不，是另一边，靠近西昭的那一边。"洛平回答。

"小夫子，我们先去看看你的家人吧。正巧让我绕着越州绕一圈，也好了解一下当地的情况。"周棠振振有词。

"不行，你一个王爷，会吓到他们的。"洛平不同意。

"谁说我是王爷了？我不是你的学生小棠吗？"

洛平：……

是的，小棠耍起无赖，总是很管用的。

"你不答应，我就用王爷的身份去吓唬他们。"

一年不见，周棠要挟人的本事也是突飞猛进，洛平无奈，只好答应。

越王一行人途经辉州到达越州之后，没有直奔主城通方，而是从外围迂回到了越州的另一边，一座名叫勾凉的小城。勾凉位于越州的关卡附近，再往西就是与西昭接壤的边城，此处是大承与西昭通商的必经之路，也是各个商队落脚整肃的集中地。侍卫们没有向周棠的行程提出异议，但都分外紧张。毕竟他们的职责是保护越王的安危，要把他平安送到通方。这样绕远路，无疑给他们增加了压力。而越王还要求他们低调行事，脱去皇族侍卫的外衣，伪装成过路的商队，美其名曰"微服私访，体察民情"。当然，贴身侍候的芸香是知道的，主子搞得那么复杂，无非是想跟小夫子多多逍遥几天，顺便陪他回老家省亲。

马车中。洛平手捧一本书，安静地读着。周棠百无聊赖地坐在一边，时不时拿眼睛瞅瞅他，小声嘀咕着"怎么有看不完的书"，看样子他是有话要说，但又不敢打扰。洛平发现了，只是佯装不知，故意磨他的性子。好不容易等到小夫子看完了这本书，周棠赶紧凑过去，一本正经地发问："小夫子，你老实告诉我，你家里是不是很穷困？"

"什么？"洛平放下书，一时没有反应过来。

周棠不让他再去拿别的书，道："你听我说，你的老父亲是不是为了让你安心读书，日日辛苦劳作贴补家用？你的老母亲是不是夜夜挑灯织布，给你筹集上京赴考的盘缠？别担心，虽然你被父皇罢了官，没有俸禄养家了，但我会帮你照顾他们的。进了家门，你一点也不用难为情。"

洛平眨了眨眼，心想原来周棠死乞白赖地要去他家，是有着这样的打算。他没有推辞，展颜笑道："那真是……多谢殿下了。"

勾凉的街市比周棠想象中要繁华得多。道路两旁有不少摊贩，酒楼客栈生意兴隆，甚至有不少客商就地做起了生意，拖着箱子当街叫卖自己的货物，也不怕有人来捣乱哄抢，整个城镇看上去热闹而祥和。

这里百姓的服饰迥异于秣城，很少有人穿广袖襟袍。女子的衣服多缠轻纱，飘逸灵动，男子的襟口袖口和腰间有着繁复的花纹，雅致又不失大气。芸香刚进城就被这些漂亮衣服吸引了，杵在成衣店跟前拽都拽不走。周棠实在没办法，准了她一个时辰置办衣服首饰，自己和小夫子坐到茶楼上稍事休息。

周棠问出了心中的疑惑："小夫子，不是说越州盗匪猖獗吗？可这里看着一点也没有盗匪的踪迹啊。"

洛平给两人倒上茶水，细品了一口家乡的茶味，缓缓解释道："因为这里紧邻边城，边城虽然叫作城，其实是大承将士驻守关卡的军营，盗匪再猖獗，也不敢在官兵眼皮底下轻举妄动的。"

"原来如此，幸好幸好，看来小夫子你的家乡还是很和平的。"周棠接着问，"那么盗匪最猖獗的地方是在哪里呢？"

"在越州的东南面。那里多山林，又是商队通行的咽喉处，易于拦路抢劫，更易于隐蔽和防守。你赴任之后，最难对付的就是那一块。"

两人又谈论了些越州的风土人情，不知不觉一壶茶就饮干了。

此时芸香总算回来了，两手拎满了东西。她抬起左手说："殿，哦不，少爷回去试试这几件衣裳，入乡随俗嘛，按照您的身形买的，您穿着肯定好看！"接着抬起右手说，"洛大哥，你是这儿的人，我们中间就你最能穿出这里的韵味来了。呐，我给你买了一套，你可一定要穿出来让我看看啊。"

洛平颔首："有劳姑娘了。"

周棠眉头一皱："慢着，你叫他什么？洛大哥？"

芸香闻言立刻向洛平投去了求助的目光，洛平接收了她的求助："是我让她这么喊的。芸香姑娘还想喊我大人，我哪里受得起，不如喊大哥来得亲切，出门在外，也比较方便。"

周棠撇了撇嘴："随便你吧。"转身下了茶楼。

等他听不见了，芸香噗的一声喷笑出来："洛大哥，少爷也就在你面前才这么听话。"

洛平摇头："有些话即使是我说的，他也未必会听。"

"怎么会呢？"芸香不信。

洛平笑笑没有多说，也下楼去了。

穿过一片梅树林，他们来到一座古朴气派的宅院前。虽没有雕梁画栋那般精致，但也能看得出来，此处的主人较为富裕，很讲究格调，看着像是个书香门第。洛平介绍说："这就是我老家了。"

周棠愣了好一会儿，气得跳脚："小夫子！你欺骗我感情！你家一点也不穷困！"

洛平淡淡道："这话怎么说的？我什么时候跟你说过我家里很穷困了？"

"那天我说……"

"你一厢情愿地这么想，我也不好推辞不是吗？更何况有这样孝敬的学生，为师也是颇感欣慰啊。"

周棠抿唇不说话了，他觉得很丢人，准备了一堆吃的用的，又加上大把的银票，满心打算好好贴补一下洛平的家人，谁知现在根本没有他表现的机会。倒不是真的希望小夫子家穷得揭不开锅，他只是觉得，自己从小夫子那里得到太多了，想要借此机会报答小夫子的教导之恩。现在这个机会破灭了，他实在有些沮丧。

洛平被他这副样子逗乐了，安抚地拍拍他的背："你有这份心，我就很知足了。走吧，去我家里坐坐吧。"

周棠怀着跟自己赌气的心情进了院子，刚踏进去就是一顿。不同于外面梅树林中的蓊郁苍翠，这间院子里的梅树刚进入盛花期，开得一片绚丽。花朵是层层叠叠的殷红，不似秣城梅花的软玉温香，这里的梅树像是把整个生命燃烧了起来，浓烈得让人移不开眼。不过让周棠怔住的不是这些梅花，而是梅花树下那个娉婷的女孩子。那女孩挎着腰箩在梅花中穿梭，时不时俯下身来捡拾落花。她着一身勾凉的寻常女装，没有多少娇饰，只有腕上的轻纱随着拾花的动作轻轻飘摇，可她看上去比那满树的花朵还要妍丽，尤其她转过身来看向他们时，脸上浮起诧异，明眸潋滟，直把几个跟来的侍卫都看呆了。这女子的容颜几乎可与公主相媲美了，而且她信步闲走的样子，也有几分起舞般的婉约灵动，当真可称得上是倾城的美人。

美人的目光落在洛平的身上，忽而绽开笑靥："平哥哥！你回来啦！"她丢下腰箩提起裙裾跑来，带着一身梅花的幽香。

洛平笑着拭去她腮边的汗珠："这么多客人呢，你也不去好好打扮一下。"

"有什么关系，平哥哥你不是说过吗？蘼儿就算不打扮，也是最漂亮的。"她说得娇俏，挽着洛平的胳膊甚是亲昵。

周棠眉峰一跳，轻哼道："小夫子，你曾经提过的《落凰》，就是这个女人吗？"

洛平微怔，琢磨了下这句话才反应过来，他没想到几年前的一句无心之言竟让周棠记到现在："不，并不是她。"

周棠的眉峰又是一跳："怎么，还有另一个吗？哼，色鬼小夫子！"

　　洛平哭笑不得，不知怎么解释。此时屋里的人听到外面这么热闹，也都出来了。那是一对中年夫妇，洛平上前见礼："爹，娘，身体可还好吗？"

　　夫妇看到他很是欢喜："好，好。"

　　女孩赶紧把方才丢掉的腰箩拎过来，递给男子道："爹爹，这么多够了吗？可以做梅花酿了吧？家里来客人了呢，可能要开几坛了。"

　　开了酒坛，满室梅香。那酒清甜爽口，周棠忍不住要多喝几杯，被洛平拦下了，说是这酒的后劲大，让他少喝点，于是他很听话地没有再喝。

　　洛平的父亲赞道："小公子真有教养，平儿有这样聪慧明理的学生，很是幸运啊。"

　　一句话把周棠夸得那个心里美。

　　洛平接过话茬，撒谎不带打顿："是的，罢官之后，多亏少爷收留我，否则我恐怕要露宿街头了。"

　　"小夫子学识渊博，教会了我很多东西呢，离了他我真不知道该怎么办了……"周棠继续卖乖，自从知道那女孩是洛平亲妹妹后，他的心情好了很多。这兄妹二人长得一点都不像，不过见过他们爹娘后倒也能理解了：洛平长得像父亲，洛蘼长得像母亲，就是这样而已。

　　洛平的家不像周棠想象中那么穷困，洛平的父母也不像他想象中那么沧桑。从言谈中他了解到，洛平的父亲是个商贾，有一支置换西昭与大承货物的商队，而洛平的母亲，那个美丽温婉的妇人，其实是土生土长的西昭人。

　　"所以小夫子，你算是半个西昭人咯？"

　　"是的，不过我从没去过西昭，母亲也很少提及西昭。"

　　"哦，这样啊，可惜了，我还想让你教我西昭语呢。"

　　"抱歉，我对西昭的了解仅止于书中所述，其他一无所知。"

　　"没关系，我只是一时好奇而已。"周棠不甚在意地说着，没有注意到洛平的解释略显生硬和多余。

　　他们在这座宅院里歇了一宿。夜里，周棠辗转反侧睡不着，空瞪了床帏一会儿，他还是抱了枕头，决定去找小夫子。不想让门口的侍卫们看见他这么有损形象的样子，周棠选择了翻窗。猫着腰从后面潜行到小夫子的窗下，正要敲窗，忽然听到小夫子在跟人说话的声音。似乎是很平常的对话，可他忍不住偷听了几句，发现那些话怎么听怎么奇怪。尤其小夫子的语气那样坚决，坚决中甚至带着一丝凄然。

洛母此刻正坐在房中的小桌边，拉着洛平的手絮絮地说话。周棠就着窗棂的缝隙，看见她要往小夫子的手中塞一样东西，可是小夫子推辞着怎么也不肯收下。

洛母埋怨道："你这孩子真是的，就这样糟蹋为娘的一片心意吗？"

洛平摇了摇头，把那件东西放回桌上，周棠这才看出来，那是一只香囊，一只典型的西昭式样的香囊。

洛平说："娘，这香囊的味道太特别，我又是个男子，带着难免引人注意。"

"这有什么的，你父亲不也戴着一个吗？这么多年了，也没见他被什么人取笑，再者说，这种香囊味道清幽，半点女气也没有，怎么就不能戴了？"

"哎，与其送给我这个不识货的，不如您送给蘼儿吧，她最喜欢这些东西了。"

"那丫头的香囊都摆满一大箱了，你爹宠她，每次做生意回来都给她带好些小玩意，倒是你，孤身一人背井离乡的……"

"可是娘，我真的不能收下它。"洛平很是为难，有些欲言又止，"它……它可能会给我带来麻烦的。"

洛母不高兴了，撇了撇嘴说："瞎讲八道！我们西昭的香料从来都是趋吉避凶的，还没见过有谁说会带来灾祸的。你当真一点也不了解为娘的苦心吗？"

洛平见母亲动怒，不敢顶嘴，只得低头听训。

"你祖父苦读一生圣贤书，临了也没考取功名；你父亲当年也是几度求官不得，不得已弃文从商；到了你这一代，好不容易考上了状元，谁承想没几年就被罢了官。我找人算过，说是洛家祖先不知做了什么孽，煞了子孙命中的官运。这香囊和你爹那个都出自西昭国师之手，当年他赠予我时说过，戴着它可保官运财运亨通，保一生平安的。"

"娘，这些怪力乱神的话怎可轻信……"

"平儿！不准这样说国师！"洛母呵斥道。

"是，孩儿知错了。"洛平连忙道歉。

周棠在外面听着，虽说对小夫子被训的模样很感兴趣，可他还是抓住了更重要的事情：西昭的国师？小夫子的娘亲与那样的人有交情，想必在西昭的地位也不简单。止想着，房里隐隐传来啜泣声，周棠凝神看去，原来是洛母被气哭了。洛母有没有真的掉眼泪他不知道，不过他知道，洛平现在是真的慌了。

洛母嘤嘤说道："你这孩子实在固执，娘的话你就是不肯听吗？你父亲佩戴了那个香囊后，做生意太平多了，别家会被盗匪洗劫，他却一次都没遇上过。娘见你不如意，也是为你好，没想到你竟然……"

"好了好了，娘，想来这香囊确实是有些功用的，我这就佩戴起来。"洛平一边哄着她一边把香囊收进了怀里，洛母这才止住了哭泣。又交代了几句，洛母便回去了。

周棠在外面扒了一会儿，被一阵夜风吹得打了个哆嗦，犹豫着是退回自己房里呢，还是继续找小夫子。他瞧见小夫子把那个香囊拿了出来，愣愣地看了会儿，长叹一口气，就要放在烛火上烧了。也不知怎么的，周棠突然看不下去了，推窗翻了进去。洛平听见动静吓了一跳，手一抖香囊就掉在了地上。

周棠眼疾手快，上前把它捡了起来，拍拍灰尘，放在鼻端嗅了嗅道："很好闻啊，是股清香呢，一点也不腻，很适合你啊小夫子，为什么要烧掉？"

烛光下，洛平的半边脸隐没在阴影中，周棠直直盯着他，竟发现他目光在躲闪。周棠把自己的枕头放到床上，爬上去冲他招招手，洛平收拾了一下情绪，走到床前正要劝他离开，被周棠拽住胳膊跌下来。

"小棠！"

"小夫子，别赶我走好不好？我都在外面吹了半天冷风了。"周棠可怜兮兮地说。

洛平听了他的话全身一僵："你一直在外面？"

"是啊，我听见你被你娘狠狠训了一顿。"周棠边说边观察着他的脸色，他想知道他为何坚决不肯收下这个香囊，可见他脸色煞白，立时就打消了这个想法，"小夫子，你的手好凉。"

洛平此刻就像丢了魂似的。那只香囊就在枕头中间，身畔萦绕着香囊的味道，周棠觉得很安心，很快就要昏昏入睡。全身慢慢回暖过来，洛平把目光挪到周棠的脸上，周棠还是少年模样，脸颊已有了较为深刻的轮廓，但下颌仍有些稚嫩。幸好，他还不是梦里那个一道圣旨把他打进无赦牢的君王。

曾经洛平怎么也没想到，这只母亲赠予的香囊，竟成了令他罪上加罪的铁证。他想要为自己辩解，却发现无论他说什么那人都不会听了。可是现在不一样了，如果他现在就向他辩解呢，在他还对自己满心信任的时候，会不会减轻他的罪名呢？

"……小棠。"

"嗯？"周棠有些迷迷糊糊的。

"小棠，你醒一醒。"洛平推了推他，"陪我说说话。"

"唔，好。"周棠强打起精神，揉揉眼睛望向难得任性的小夫子，"怎么了？"

洛平踌躇道："小棠，你好好听我说。"

"嗯，我没睡，我听着呢。"

"我的母亲……她是西昭王族的血脉，当年爱上了我父亲，便义无反顾追随他来了大承，如今已和西昭彻底断绝了关系。我和我爹的香囊是她那年私逃出来时，西昭的国师赠予她的，说是可保一生平安富足。国师亲手制作的香囊气味很独特，只有西昭王室才能佩戴。说来也真是神奇，母亲带着香囊，竟真的一路避过了王族的追捕，后来这件事渐渐平息下来，父亲的生意也兴隆起来，而我也考取了功名。"

"原来洛夫人出身西昭王室啊，难怪会有这样珍贵的香囊。不过要我说，小夫子你考取功名才不是什么香囊的功劳，"周棠皱皱鼻子说，"你是真的有真才实学，而且一定是有神明把你派来我身边的。"

洛平笑了笑，心说确实有人派他来，不过不是神明："小棠，我跟你说这些，是希望你相信我，不管我的母亲是什么身份，我是大承的子民，这一点不可磨灭。我承认我贪权，我想做大官，但我永远不会做背叛大承的事情。"

"这么说，小夫子你是怕我怀疑你私通西昭王室出卖大承吗？我怎么可能会这么想呢？你真是杞人忧天了。"

"是，我杞人忧天了。"洛平苦笑，若真是杞人忧天，那梦中又是谁给我降下这项罪名的呢……

周棠拎起那只香囊细细看着，绢面上绣着两只可爱的灵兽，看得出来那是一公一母，神气活现的，很是别致。不知他又想到什么，突然问道："小夫子，我问你啊，这个香囊这么好，你会不会把它当作定情信物送给以后的妻子？"

"什么？"洛平还没从往事中回过神来。

"或者你心中已经有要送的姑娘了？你在进京赶考之前有没有青梅竹马什么的？她有没有让你考取功名之后回来迎娶她？有没有'衣锦还乡日，洞房花烛时'之类的约定？你会做一个负心汉吗？"

洛平斜眼看他："小棠，你又在看许公子的小说了吧。"

周棠缩了缩头："嘿嘿，路上买了本许公子的新书，叫《蒹葭记》，说的是……"

洛平敲了他额头一下，佯怒道："好的不学，尽看这些淫词艳曲。"

"小夫子你要看吗？我可以借给你。"

"……行了，不早了，赶紧睡吧。"

洛平无奈，心中那点伤感就这样被弄得烟消云散了。他轻轻拍着周棠，像在哄一个孩子。周棠想要表示不满，结果因为太舒服了，很快就睡着了。

第二天，周棠与洛平向洛父洛母辞行。

洛蘼抱了一坛酒，踩着满地落花笑吟而来："彼尔维何？维棠之华。彼路斯何？君子之车……"

周棠接过酒坛愣了愣，没明白什么意思。

洛蘼讶异道："怎么？你居然没有看过许公子的《蒹葭记》吗？我这是在为你送别啊，书里的祝莹莹就是这样送别那个负心汉的啊。"

噗——不知是谁笑了出来。其他人笑也就算了，周棠看见小夫子也在笑他，脸上不禁红了红："什么负心汉，我才不是负心汉！"

说完拉着洛平就往外走，不理会洛蘼在背后的调侃，洛平安抚道："别气了，我妹妹跟你开玩笑的。"

"哼，我才不跟小丫头片子一般见识。反正我不会是负心汉的，谁对我好，我就十倍百倍地回报他，小夫子你要信我。"

他脸仰得高高，手攥得紧紧，洛平抿着笑，回握住他的手："嗯，我信。"

临出小院时，周棠望了一眼那满园的红梅，问洛平："这梅树是什么品种，竟能开出这样轰轰烈烈的气势？"

洛平也回望了一眼，答道："红尘。这些梅树叫红尘，来自西昭。"

"哦，名字真美。"周棠赞叹。

小院的门扉在他们身后阖上，洛平被周棠牵着往前行去，把那片往日红尘，断在了身后。

# 第四章 越州

前往越州的主城通方时，为了让自己显得更合群一点，也为了满足芸香对边陲服饰的执着，周棠一行人换上了在勾凉买的衣装。周棠选了一身墨玉色镶银边的小长袍，襟口处的花纹华贵却不张扬，衬得脸庞更加俊秀。他少年风姿，策马缓行，顾盼之间熠熠生辉，招惹得阁楼上的闺秀们探窗偷瞧，有那胆子大的，直接往下丢自己的香帕。然而周棠对飘下来的帕子视若无睹，他眼里残留的全是今早小夫子穿上家乡服饰的模样——那一刹那他差点没有认出小夫子。

看来芸香说得对，一方水土养一方人，只有土生土长的勾凉男儿，才能把这衣服穿出那样的韵味来。那身月白色深蓝纹饰的罗袍，真是再适合他不过了。长发简单地在脑后束起，别有一番洒脱俊逸，一点也不似往日那般古板，甚至还带了点异域风情。此时洛平就在他的侧后方，安安静静地骑马相随，周棠时不时回头瞥上两眼。洛平看见了，便对他打眼色让他好好看路，次数多了，他就赶上前来数落他："怎么心不在焉的？别仗着自己马术好就掉以轻心，当心摔下来，骨头都能裂了。"

周棠扭过头正了正身子，心下叹息：哎，果然，无论外表变成什么样，洛平始终都是那个爱管教他的小夫子。可是……这样的管教也让他觉得很开心。走着走着，周棠忽然想起一件事，探着身子凑到小夫子身边使劲嗅了嗅。洛平怕他跌下去，赶忙与他靠得近些："又怎么了？"

"小夫子，你没有佩戴那个香囊吗？"周棠说，"我觉得你穿这身就该把它戴上，那真是完美了。"

洛平摇了摇头："娘送我是一番心意，我收着就是了，没必要天天戴着。"

"哦。"周棠没有追问，他看得出来，小夫子对那个香囊确实有很深的芥蒂。他还记得那晚洛平跟他说的话，只是他怎么也想不通，小夫子为什么钻进那样的牛角尖里去了。

　　一路平静。保险起见，洛平没有让周棠从越州的东南面走，而是取了北面的道路。尽管从北面到通方要绕很大一圈，还要渡一条宽河，十分耗时，但他宁愿多走几十里路，也不能让周棠面临盗匪洗劫的危险。

　　经过通方城门时，守关的士兵仔细验证了他们的文书和玺印，确认他们的身份后，火速派人通报了知州大人。谁知他们等了大半炷香的时间，连个人影都没瞧见。他们没有事先知会突然到来，可能的确有些仓促，但那知州大人迟迟不来迎接，任他们在城门口喝西北风，显然是不把这个"越王"放在眼里了。

　　众人正不耐烦时，远远地跑来一个小厮，说是知州大人事务繁忙抽不开身，让他来给他们引路，去与知州会面。听了这话，洛平的眉头皱了起来。

　　周棠冷哼一声："既然知州大人忙到无暇分身，那本王又岂敢去贵府打扰？直接带本王去王府宅邸吧，会面之事，明日再说。"

　　那小厮犹豫了一下才躬身道："是，奴才遵命。"

　　跟着小厮在城中七拐八绕时，洛平把手落在周棠的肩上轻轻拍着："这儿的知州要给你下马威，你如此回敬他，做得很对，不要与他怄气。"

　　"小夫子，我没有怄气，我早料到会这样了。而且我想知州大人恐怕也不是在孤军奋战，他肯定招揽了不少当地官员想要架空我这个王爷呢。"

　　"是的，这也是我最担心的。"

　　"你不用担心，我会想办法把他们一个个收服的。"周棠侧过头对他粲然一笑。

　　瞅着他的这个笑容，洛平心中反倒有些五味杂陈。他的小棠真的长大了，已经学会先一步忖度人心、算计对手了。

　　虽说做好了充分的心理准备，可当他们来到那座所谓的"王府"前时，所有人还是为眼前所见感到震惊。

　　芸香忍不住问那小厮："喂，你是不是带错路了？"

　　小厮回答："没有啊，就是这里。"说完他捡起一块斜倒在墙边的牌匾展示给他们看，"喏，上面写着越王府啊。"

　　这下周棠的脸色是真的不好看了。皇上的敕封数月前就传了过来，这么长时间，他们就给他准备了这么个破败不堪的住处？连牌匾上都结满了蜘蛛网，说不准还是前代越王留下的。他好歹是个皇子，受到这样的待遇，他怎么能咽得下这口气！

　　那个小厮不知是怎么被他主子教导的，也目中无人，带他们到了目的地转身就走。

周棠知道拦他无用，就随他去了。黑着脸，他推开府邸的大门。吱呀一声响，门刚开了一条缝，突然被人从里面大力拉开。周棠吓了一跳，向前踉跄一步差点跌倒。洛平见状赶紧伸手去扶，谁知宅子里头蹿出来好几个人，撞得他也站立不稳，反倒是被周棠扶住了。

"怎么回事！"周棠大喝一声，侍卫们立刻把那些人围了起来。

此时正值黄昏，侍卫们出鞘的刀上反射着夕照的光芒，刺得那几个人慌忙用胳膊遮住眼睛。还有人两腿打战，当场跪了下来。

周棠本就一肚子火，冷不丁又被这些来路不明的人惊吓到，更是怒上加怒，呵斥道："你们都是些什么人！报上名来！"

洛平见他们头发披散衣衫褴褛，而且个个骨瘦如柴，已经看明白了。他上前拦住咄咄逼人的周棠："他们不过是些借宿此地的流浪儿，你不要为难他们了，让侍卫们放下刀吧。"

周棠仔细看看，确实如此。想来这个宅子空置了很久，又无人看守，那些无家可归的人就到这里来休息生活了。小夫子开口求情，周棠还算听话，挥手把他们放了，来一个眼不见为净。只是心里那个怒火啊，烧得他脸上都发红了，胸口剧烈起伏着。

"好了好了，别气了。这宅子打扫打扫还是能住的。这几日我找人好好修葺一下，保证给你一个漂亮气派的王府可好？"洛平知道他委屈，放柔了声音哄道。

"小夫子！他们欺人太甚！"

"是，我知道，可我们现在只能忍。"洛平安慰他，"一切都会好起来的，他们会为今日的怠慢和轻视付出代价的。"

仆从和侍卫们大气也不敢出，他们知道，这种主子大发脾气的情况，只有洛平摆得平，其他任何人插嘴都是找打。洛平好不容易安抚好周棠，正要往里走，居然又从门里出来一个人。

周棠气不打一处来，推了那人一把："还有完没完了？你把本王的府邸当茅厕吗！磨磨蹭蹭的！快滚！滚！"

那人个子很矮，看着还是个小少年，身板又瘦弱，被他这么一推，整个人跌在了地上。周棠还要赶他，被洛平喝止住了："小棠，不要闹了！你没见他腿脚不好吗！"

周棠愣了愣，看那少年艰难地爬起来，拖着一条腿一步步往前走着，也知道自己有点过分了，没有再为难他。可他觉得洛平为这么个人教训他，语气也太重了，绷着脸就有点不高兴。甩袖进了宅子，他命令仆人们赶紧把府邸里里外外都打扫干净。

趁他坐在庭院的树下生闷气的当口，洛平重新给仆人们下达了任务："今晚就把几个房间收拾出来能住人就行了。"

"可是王爷说……"

"没关系，他要问起来我会解释的。你们做自己的事去吧，王爷心情不好，不要在他面前晃。"

"是，知道了。"有他作担保，仆从们放心多了，当晚收拾出了一间主卧两间厢房，还有几个大通铺，芸香去买了些吃的喝的，一行人就这样凑合着住了。

晚上就寝时，周棠还有些闹别扭，自己回房间蒙头就睡。洛平知道他只是一时憋屈，想开了就好了，摇了摇头也就睡觉去了。

"小夫子，你已答应为我写即位诏书了，为何还不过来？

"小夫子，你来我身边好不好？过来吧，那里都是火，你的衣角要烧着了。

"洛慕权！算我当初看错了你！

"佞臣啊！

"当时年少不知愁，恰逢君，似彤云出岫。未曾想，如今恨怒权作酒，烈焰焚天，烧不尽我亡国仇！"

梦境里的火焰从衣角烧上来，一层层的，带着浓烈的焦臭味，热气蒸腾，把他眼里的愧疚和悔恨都蒸干了。好热……洛平挣扎着从梦境中醒来，睁眼一看，犹以为自己在梦中。四围火光大盛，烧得木质房屋噼啪作响。

洛平一下子翻身坐起，被熏得猛呛了几口。他猫着腰赤着脚跑了出去，大喊道："都醒醒！着火了！快救火！救火！小棠！小棠！"

不管不顾地往周棠所在的房间跑去，他听见自己擂鼓一般的心跳声。幸好，刚跑到那间房门口，就撞上了罩着棉被从里面出来的周棠："我在这里！小夫子，我好好的，什么事也没有。"

"嗯，没事就好，没事就好。"洛平心中稍安。

"你怎么样，受伤没有？"

"没有，我也没事。"

不知这场火是怎么烧起来的，大家起先都忙着救火，可眼看正殿几间房子实在保不住了，为了安全着想，也就放弃了。周棠知道扑灭无望，丢下水桶要往外跑时，突然发现一直在身边的洛平不见了。他喊了几声没得到回应，脑子里轰隆一声，变得一片空白，被芸香拽着跑了出去。

"小夫子呢？他人呢？"他逮人就问。

周围一片杂乱，没人知道洛平在哪儿。周棠急得发疯，甩开侍卫就要再冲进去找人，此时终于看到洛平从里面跑了出来。

洛平手中似乎抱着什么，他的中衣衣角上着了火也顾不得扑灭，好些头发被烧得蜷曲起来，脸上也被熏得乌黑，好像还带着血迹。

"小夫子你去哪里了！"

"我去救人。"洛平喘着粗气，放下怀抱中的东西说，"这孩子大概实在没地方去，又回来偷偷睡在偏殿的屋檐下了，他腿脚不好，又被火势困住了，根本跑不动，我就⋯⋯"

周棠定睛一看，竟是之前那个被他推了一把的小瘸子。转眼再看到小夫子一身狼狈，面颊上的血滴滴答答落下来，当下就火了："就为了这么个无关紧要的人，你连自己的命都不要了吗！"

洛平皱眉："无关紧要？这是人命啊，你怎么能这么说？"

"你不是答应过我吗！你是我一个人的小夫子！对其他人那么好做什么！你要是出了事我怎么办！就为了这个瘸子，你就不管我了吗！"

"小棠你不要无理取闹！这孩子是无辜的，是人都有怜悯之心，难道不该救他吗！"

周棠气得口不择言，脸上浮起一个冷笑："怜悯之心？你也有怜悯之心吗！装什么大善人啊，在大理寺的时候，死在你手底下的冤魂还少吗？"

洛平的脸色倏然变白，嘴唇微微颤抖着，抬手就要给他一巴掌。然而这一巴掌，终究没有扇下去。他慢慢放下了手臂，转过头对众人说了句"我去找大夫"，便拉起地上受了惊吓的孩子，走出了巷口。

"小夫子，我⋯⋯"话刚出口周棠就后悔了，此刻他的脸色也是煞白，他知道自己错了。

他知道的，小夫子在大理寺的时候也是身不由己，大多数案件他都是秉公办理的，所以虽然有人说他无情，但风评一直很好。就算真的有冤案，罪魁祸首也不是他。他只是⋯⋯看到小夫子对别人好就害怕，他害怕自己最珍贵的宝物要被人抢走了。他想让小夫子只关心自己一个人，这样强烈的嫉妒，烧掉了他的理智。

望着洛平隐没拐角的身影，他忽然觉得心里一痛，随即追了上去，可是又不敢搭话，只好亦步亦趋地跟着。而洛平就像不知道他跟在身后一样，扶着那孩子径直走向了一间药铺。周棠抿了抿唇，小夫子生气了，但这不要紧，他总能让他消气，他不会让他失望，不会让他伤心，他要把小夫子抢回来！

洛平听见身后走走停停的脚步声，觉得胸口发闷，好像那一步步都踏在他心上一样。周棠的这句无心之言，把他记忆里最难堪的部分翻了出来。确实，他的怜悯之心早就被狗吃了。梦里在他面前死去的人数不胜数，那都是与他有过交情的人，有的甚至是他的恩师旧部，可他只能见死不救，连一点努力都没做过。他眼睁睁看着他们葬身于秾城的火海。他们殉了国，而他殉了良知。洛平并不是在气周棠的口无遮拦，他气的是，原来自己现在竭尽全力地试图矫正错误，到头来最先看不起他的，竟然是自己一手教导的学生。

手掌拍上药铺紧闭的木门，洛平高声喊道："大夫，大夫开开门！有几个伤患要请您看一下，大夫！"

隔了好一会儿，木门打开了。开门的是个须发斑白的老大夫，一边披衣一边抱怨着："三更半夜的，扰人清梦啊。"

洛平连忙道歉："对不住了大夫，劳驾您先给这孩子包扎一下胳膊上的伤口，他流了很多血。然后再跟我跑一趟越王府，那边还有几个人被火灼伤了。"

"越王府？灼伤？"老大夫看他们破衣烂衫的样子，很是吃惊，"那宅子不是空了好多年了吗？什么时候住人了？还有你们是谁？怎么搞成这样？"

洛平正要解释，身后传来一个清亮的声音："本王是当朝七皇子，皇上亲封的越王，今日刚到此处，不想宅邸无故起火，现下情况紧急，请大夫赶紧施救吧。"

他说得谦恭却威严，虽是一身狼狈，但那样傲然而立，与生俱来的贵气完全把那老大夫震慑住了，丝毫没有怀疑他的身份，大夫颤巍巍地说："草，草民拜见王爷。"

周棠扶起他："不必多礼了，救人要紧。"

"是。"老大夫不敢耽搁，让那个小少年坐下来，仔细查看起他的伤势。

小少年的胳膊上有道很长的伤口，还有焦黑的烧伤，看样子是被燃烧的木茬划伤的。大夫给他包扎的时候他一声也不吭，事实上从头到尾他都一声没吭过，只用一双隐在杂乱头发下的大眼睛瞅着洛平。

周棠狠狠瞪了他一眼，站到他与洛平之间隔开他的视线，心中愤愤：哼，臭瘸子还是个哑巴！然而面对洛平他又是另一副模样，撇着嘴委委屈屈地啜嚅道："小夫子，你坐下来休息一下好不好？有没有哪里受伤？额头好像流血了，痛吗？"

老大夫正在挑木刺的手微微抖了一下，心说这王爷变脸变得真快，刚才还盛气凌人的架势，瞬间就烟消云散了，看来那个和和气气的年轻人来头也不小啊。

"那不是我的血，是那孩子的血。"洛平语气冷淡，"我没受伤，不劳王爷费心。"

听他称呼自己"王爷"，周棠更委屈了，拿了人家大夫的干净布巾，沾了水凑近洛平："那我给你擦擦脸好不好？"

洛平见他这样低声下气的，心里也不好受，干脆扭过头不理他。周棠咬咬牙就当这是默许了，硬是拉他坐到椅子上，小心翼翼地给他擦脸。老大夫用来清洗病患伤口的布巾被占用，当然是不敢抗议的，只得重新拿来一条。

敷药时小少年哼了一声，大概是疼得狠了。洛平问了句："没事吧？"

小少年还是不吱声，老大夫代为回答："没事的，这药里头稍微加了一点盐，促进愈合的，就是会有点痛感，很快就会消下去。"

周棠又瞪了那孩子一眼，谁知这回那孩子居然瞪了回来，气得他差点把布巾扔他脸上。

大夫顺道看了看小少年的脚，发现并不是陈年顽疾，而是最近被毒草划破了，没有得到及时的救治，导致瘀肿化脓，还是有得治的。他把这情况跟洛平说了，洛平让他给小少年先处理一下，等去过越王府看过其他伤患之后再好好医治。于是大夫又给小少年包扎起了脚踝。

说到脚，周棠突然想起来，小夫子是光着脚出来的！他光着脚去喊自己，光着脚灭火，光着脚救人，一定硌得很疼！周棠看了看洛平的脚，上面果然都是细小的伤口，布满脏污。他想了想，对老大夫道："给那小子包扎完就先看看他的脚。"见小夫子满脸不赞同，他解释说，"那边烧得浓烟滚滚，与其让大夫赶过去，不如把人都带过来。那些不能走的，就让人抬过来，你就不用担心了。"

大夫回说是，洛平没说话。周棠转身跑回去，此时越王府的火灾已经惊动了周边的一些百姓，怕受池鱼之殃，大家纷纷提水救火，这会儿火势倒是下去不少。周棠冷静地指挥人们运送伤者，同时叫芸香找来一双软靴，急急忙忙又赶去了药铺。十几名伤者占满了大堂，却不见洛平和小瘸子。问了忙得团团转的大夫，回答说在后堂休息呢，周棠便又跑去了后堂，刚进去，映入眼帘的画面差点让他把肺给气炸了。

洛平坐在那里，微微侧着头。那个小少年单脚立在一边，撑着洛平的肩，伏在他身侧，与他靠得极近，很亲近的样子。

"臭瘸子你干什么！"周棠看不下去，走上前一把拉开小少年，不过这次他考虑到他的脚伤，没有直接把他扔出去，而是揪到了旁边的椅子上。

"王爷！"洛平喊了一声，语气很是不悦。

周棠假装没听到，笑着从怀里拿出软靴，蹲下身轻轻给洛平套上，尽可能不碰到那些被纱布包裹的伤处。洛平觉得有些尴尬，下意识地往后退了退："不用了，我自己穿就行了。"

周棠却固执地亲手给他穿好，仰起脸说："小夫子，我给你赔罪。我那时候急昏了头，说的尽是混账话，对不起，你不要生气了好不好？你不理我我好难受……"

被他那样乞求的眼神望着，洛平再硬的心肠也招架不住。他拉起周棠，替他拍了拍衣摆上的尘土，叹了口气道："小棠，你这样像什么样子，堂堂越王，向我一个平民百姓卑躬屈膝，你也不怕别人说闲话。"

周棠一听洛平开始数落自己，顿时心花怒放。他就知道，小夫子肯定不会恼他太久的。表面上硬邦邦的，其实小夫子对他一向心软，这感情可不是什么突然出现的来路不明的流浪儿能攀得上的。斜眼瞥瞥那个小少年，周棠露出得胜的笑容："谁会说闲话？这个哑巴吗？"

洛平道："谁说他是哑巴？"

"啊？他会说话吗？那装什么哑巴，说一声来听听啊。"周棠不屑地看向他，谁知那孩子比他更不屑，在洛平看不见的地方用力剜了他一眼，剜得他一怔——这眼神太欠抽了！

"他只是怕生，胆子小，刚刚你过来时他正在跟我说话呢。小棠，你别一会儿瘸子一会儿哑巴地喊他，他有名字的，叫廷廷。"

周棠气急反笑："廷廷？那好，廷廷，你刚刚跟他说了什么，再说一遍给本王听吧。"

廷廷安安静静坐着，又一声不吭了。真是越看越不爽！还是把他扔出去吧！正当周棠的火气噌噌上涨的时候，洛平的一句话让他瞬间冷静下来："他告诉我说，他知道是谁纵火烧了越王府。"

"廷廷，别害怕，把你刚刚说的再说一遍吧。"洛平对小少年笑了笑，鼓励他开口。

周棠也收起了挑衅的语气："喂，你真的看到有人纵火吗？是谁？什么模样？"

廷廷终于肯说话了，不过声音还是很小："有……三个人，他们在寝殿的西南边点的火，我睡在那边的偏殿，火烧起来以后他们就跑了，我想去扑灭，但是……"

"你认得出他们的脸吗？知道他们是什么人吗？不要急，慢慢想。"洛平不自主地拿出大理寺卿的威严来，廷廷觉得有点紧张。

"太暗了，我……我没有看清他们的脸，但我听见他们说，要给新来的什么大官一点颜色看看，告诫他不要招惹匪寨。"

"匪寨的人？"周棠蹙眉，"他们怎么知道我来了？"

廷廷看起来很是惊讶："你就是那个大官吗？"

周棠又想把他扔出去了："我不仅是大官，我是越王！"

廷廷低头想了想，单脚跳到洛平身边，凑近了小声说："你的官一定比他大吧，我看他那么怕你。"

洛平脸上没绷住，扑哧一声笑出来。周棠也听见他说的了，瞅了瞅洛平，脸上微微发红，有点哭笑不得。

"好了，说正事，廷廷，你听到他们提到是哪个山寨吗？"洛平问。

"他们没有说，但我看见他们脑袋上都缠着红巾子。我听人家说过，这样的人都是红巾寨的盗匪,可凶悍了。"

"红巾寨……"洛平总觉得哪里不对劲。

这时芸香从门边探了个头出来,周棠道:"进来吧。"

芸香感到气氛有点怪异,来回看了三人几眼。

"有什么事?"

"王爷,奴婢方才在王府的匾额上看到了这个,想着可能是挺重要的物件,就拿来给您和洛大哥过目。"

说着她递上手中的东西,那是一方深红布巾。

洛平接过它翻看了下,随即展颜:"这就对了,我就在想该有这么个东西,否则他们房子不是白烧了吗。"

红巾子里包着一封恐吓信,无非是叫越王当心点,不要随便在他们地盘上撒野云云。

"哼,越州的这些匪寨当真猖獗,通方的知州是吃白饭的吗!有盗匪进城里杀人放火他居然一无所知,净想着要与我作对!"

洛平道:"越州的地方保护一向很严重,对于地方官来说,你这个京城来的王爷恐怕还没有盗匪亲切。所以你今后要更加小心,两者都要防。"

"嗯,我知道,问题是那些盗匪怎么知道我来了?难道是知州给他们通风报信?那岂不就是官匪勾结?"

洛平沉吟一会儿:"未必,不能这么早下判断,也许是我们巡游时被他们的人撞见了,起了疑心,一路跟踪也有可能。明日会面时,可以试探一下知州的态度。"

他的梦里并没有这场灾祸,很可能是因为当时他们没有做什么引起盗匪注意的事,而这次他们大大方方地巡游越州,难免会被人察觉身份。这间屋子里的气氛更加严肃压抑,廷廷和芸香都很不安。

半晌,周棠忽然笑了起来,眼中光华流转:"小夫子,我明天不去见知州了。"

"不去见?这不太好吧。"

"我堂堂越王何必巴巴地去见他?说来说去不过是个礼数,我决定散发请帖,宴请通方大小官员,以父皇的敕封为名义,在宴会上一一召见,这也算是给了他们大面子了吧。"

洛平点头,认为这个法子很好,可是:"我们在哪里宴请官员?通方的官员少说也有数十号人吧,要向知州大人借用宅邸吗?"

周棠负手而站:"小小的知州宅邸怎么行?本王不是有自己的府邸吗,只不过被烧得有些脏乱罢了。正好请他们来参观一下,知州大人给皇子安排的住处是多么别出心裁。"

脑中想象出那副场景，洛平勾起一抹笑意，摇头叹道："小棠你真是……"

"我真是怎么？"

"真是……太淘气了。"

周棠眉眼弯弯地挨到他身边，小夫子原谅他了，这比什么都重要。他心情大好，只除了一件让他不开心的事——

"洛公子，带我一起回那个大房子吧。"廷廷央求道。

"关你什么事啊！"周棠横眉竖目。

"好了小棠，这孩子之前就闹着要向我报恩，他无依无靠的一个人，也挺老实的，不如就让他到王府里做个小厮吧。这几日府里忙乱，他也可以帮忙打打下手啊。"

"我养不起他！"周棠坚决不同意，"什么老实，我看他根本一肚子坏水！"

洛平叹气："既然这样，那就不麻烦你了。他就做我的小厮吧，孙大娘留在京城了，正好我身边缺一个照顾的。"

"小夫子，你这么偏袒他干吗！"周棠快被怄死了。

不过小夫子终究是小夫子，一句话就把他摆平了："因为他跟小时候的你很像啊。"

周棠愣了愣，没有再激烈地反对，但还是不屑道："他又丑又脏，哪里跟我像了。"

洛平笑说："他的性格跟你一样，越想跟谁亲近，就越要跟谁抬杠。"

"啊？"周棠看了躲在洛平身后用力瞪自己的小少年，半点也没理解小夫子说的什么意思。

折腾了一晚，大家都没睡好。清晨时回到越王府，火已经熄灭了，只是正殿全塌了，周棠和洛平的房间也都给烧没了，整个王府里尽是断壁残垣，惨不忍睹。不过当下谁也没工夫感慨，各自到偏殿扫出一块地方，倒头就睡。受了一夜惊吓，再加上救火、抢救重要物资、救人，谁也没那精神去照看别人了。芸香给周棠扫出一块干净地面，然后不知从哪儿找了些旧褥子铺在上面，侍候着他睡了，自己在一旁的桌上趴着，很快也睡得不省人事。

洛平守在周棠身边，一开始怎么也睡不着，就拿出那块红巾包着的恐吓书仔细看起来。寥寥几句话，被他看了数十遍，倒真是看出一点门道来——写这封恐吓信的人，绝不是寻常的山野莽夫。对方字迹工整干净，力透纸背，措辞显然也是斟酌过的，甚至有些大家风范，不知那究竟是个怎样的人物。做着不着边际的猜想，他也不知自己是怎么睡着的。这一觉睡得天昏地暗，想要睁眼时，是肚子叫得太响，把自己给吵醒了。刚醒来洛平就听见外面吵吵嚷嚷的，还有大伙儿吃东西的呼啦呼啦声。周棠、芸香和廷廷大概都在外面。

洛平正要起来，房门就被推开了，不过没人进来，他看见两个少年在门口掐起架来。周棠手上捧着一碗粥，而廷廷正在跟他抢。

"你干什么啊，快放手，放手！小夫子肯定饿坏了，我去端给他吃，你滚一边去！"这是周棠。

"凭什么我煮的粥要让你端去啊，你不要抢我功劳，你这个又傲慢又臭屁又讨人厌的混蛋！"这是廷廷。两人拐着对方谁也不肯让步，像两只龇牙咧嘴的小豹子。

洛平走过去接过饭碗："行了，别吵了，我自己端。"

两个少年齐齐扭过头去，后脑勺冲着对方重重哼了一声。芸香在旁边憋了半天实在憋不住了，捂着肚子笑倒在地上。洛平也觉得挺有意思的：周棠从小到大都没有一个可以互相扯皮互相挖苦互相掐架的朋友，有廷廷陪着他闹，才显出一点年少气盛的模样。而廷廷原本很阴沉话也很少，这下终于放开来打闹了，很有点阳光少年的样子。

这碗粥煮得很到位，清香软糯，配着用盐渍过的细碎小菜，让人吃得相当舒坦。边吃边欣赏两个少年斗嘴，洛平觉得，收下廷廷这个小厮真是太值得了。

之后的几天，王府里做了大幅度的修缮和清扫，变得像样很多。牌匾重新让人裱过，雕梁画栋什么的也让人重新上过色，整个门脸看上去颇为气派。可一旦跨进门里……照壁断了一半，上面还都是黑灰，正前方的大殿乱七八糟地摊在那儿，有一半偏殿跟毁容了似的歪歪扭扭地立在那儿，都是周棠故意让人不要清理的。另一半偏殿和后院倒是修缮一新，还加上了亭台楼阁，煞是好看。于是在一圈整洁大气、美轮美奂的建筑中，那几处特别丑陋的房屋就显得格外扎眼。

与此同时，洛平为周棠拟写了请帖，用上"共沐皇恩、祈福大承"之类的让人无法拒绝的话，以及皇上敕封越王时说的几句厚望，一并送到了越州各个官员的手中。

在宴会举行的前一天晚上，洛平不大放心，过来找周棠长谈了一番。他问周棠："明日你要做些什么？"

周棠笑着把他拉坐下来："小夫子，我就知道你今天要来考我，我早就想好了。"

"说来听听。"

"我明日要做的只有一件事——立威。"

"如何立威呢？"

"那要看针对什么人了。"周棠的眼里发着光，"对那些暗地里要跟我作对的，恐吓；对那些光明正大触我霉头的，施恩；对那些油腔滑调的墙头草，还有压根就没胆子过来赴宴的，放一些有利于我们的消息，他们自然就会倒过来。"

洛平点头:"那么……你想过怎么对付知州大人吗?"

周棠敛了神色:"就是这个杨知州我还没想好怎么对付,他这两日都派人来问候我了,不过人都被我挡在了外面,他这样若即若离的态度,很难办啊。"

洛平替他解惑:"对这个杨旗云,你暂时什么也不用做。"

"哎?怎么说?"

"他不是在集结自己的势力吗?我们作为外力,想要攻陷他们的联盟很难,但是如果来一场反间,用他自己的势力对付他,就会容易得多。所以,把他放在最后吧,只要收服了他手下的几个心腹,他自然会倒台。"

周棠听后恍然大悟的样子,殷勤地为洛平斟了杯茶:"小夫子说得对!就这样办!"

洛平抿了口茶,缓缓说道:"小棠,其实你自己早就想好了吧。"

周棠几不可察地僵了一下:"嗯?小夫子你在说什么啊。我要是想到了才不会请教你,肯定要显摆给你听的。"

洛平摇了摇头,没说什么,只余清茶的苦涩慢慢滑入喉中。不得不说,周棠已经能够独当一面了。现在不是他离不开他,而是他习惯于这种依赖,在假装离不开他。洛平想,他不能再自以为是了,当帝王完全不需要自己扶持的时候,一定要及时抽身,再不贪恋那最后一点温情和最后一点虚权。

宴会是在后院布置的,要到后院,必须要经过那一堆烧成灰的正殿。周棠一想到那些官员看见越王府正殿时的模样就笑得肠子打结——所有官员都是一副极度震惊的表情,尤其是被冠上"多谢知州大人赠予晚辈的豪宅"这句话的杨旗云,脸色黑得跟锅底似的。

在芸香的特意装扮下,周棠着银白云纹广袖袍,配洒金古朴垂丝带,将秣城与越州的服饰融合在一起。衣服十分合身,衬得他面如冠玉,如出尘的仙林童子,一身少年身形尽显,犹带一丝天真无邪。周棠自己不甚满意这套装束,事实上他更喜欢千岁绿的衣服,只是那套衣服是小夫子建议的,小夫子说,初次登场,不要给他们留下成熟深沉的印象,这样单纯弱势的装束,可以瓦解他们的一部分戒心。于是他就老老实实听话了。

开席时,周棠端起酒杯敬所有官员:"今日本王诚邀越州各位官员,一来是想与大家一起感念皇上福泽,二来是想向大家请教一下关于越州的风俗人情,三来是想和大家共同祈愿,望天地眷顾我越州河山与百姓,佑越州兴盛,大承万昌!"

"佑越州兴盛,大承万昌!"

他这几句话说得谦逊,给足了越州官员面子,同时也很有深意:本王既然来了此处,便是身负皇命天命,谁要与我过不去,就是和皇上过不去。因此即使有些人不大情愿附和他，也不得不张嘴饮一口酒。

洛平身无官职，只是平头百姓一名，自然无法坐于席上。他偏安一隅，在角落里静静注视着高处的周棠，眼中映着他自信傲然的丰姿，心里颇为欣慰——自己教导的孩子，终于长成了这样优秀有担当的人。

菜过五味，周棠缓步走下高阶，芸香在他身旁捧着酒壶跟随，看样子是要敬酒。先敬知州，他说了一堆客套话，却只字未提火烧正殿之事。再敬通方知府，他慰劳他治理通方费心费力，那知府正满面红光道谢时，他却又冷不丁说："就是治安似乎有些疏忽啊。"

知府愣了愣，在众人目光的注视下不得不硬着头皮问："王爷何出此言？"

周棠饮罢杯中酒，故作怅然地望了眼正殿的方向："数日前本王初来此地，还没在自家宅邸睡上一宿，便遇上了纵火之事，当晚火势很大，小半个城的人都惊动了，却未见知府大人派一人前来营救，本王不由猜测，那场火莫不是通方欢迎本王的某种仪式？此乃越州风俗？是本王少见多怪了吗？"

他话里藏刀，把这个怯懦的知府说得手中酒杯直抖，半天说不出一句话。倒是一旁的知州插话了："王爷误会了，这几日我与知府大人对此事展开了调查，发现纵火之人与红巾寨匪有关，和我们并无瓜葛。"

周棠转而一笑："那真是多谢杨知州了。"

他要的就是这句"并无瓜葛"，当着这么多人的面这样说，若是真无瓜葛，到时就该两相合作共同剿匪，若是被查出有个什么瓜葛，他便可以借此治他官匪暗结的罪，看那时还有谁敢护他。

众人原以为他只会敬知州知府两人，谁知周棠居然一个个敬了下来。大到守城大将军，小到九品县令，他一个也没落下。而且他当真贯彻了自己所说的第二件事：详细询问越州的基本情况，风俗人情，时不时面露讶异，诚恳请教。

"哎？西昭有些商人是持有免查的通关令吗？"

"东边的树林常有沼气？那么那边的居民如何生活呢？"

同时他也不忘与官员们聊些轻松的话题。

"风铃县的西瓜真那么好吃吗？下次本王定要亲口尝尝。"

"哈哈，吴县令正直清廉，断案果决，让本王想起一位秣城的故人啊。"

……

遇上政绩斐然的官员，周棠便大赞其功，还赏他一些秣城的精致特产作为治理越州的答谢。遇上那油腔滑调的墙头草，他就说两句同样油腔滑调的话。周旋于数十位官员之间，几乎所有人都被他顺了毛，对他的印象由高傲稚嫩的皇子变成"也许可以交流一下"的王爷。

只有一个人，在暗处慢慢蹙起了眉头。洛平看他酒杯一遍遍倾倒，不由有些担心：周棠尚不知自己酒量深浅，饮了这么多，不知醉了没有。周棠席间时常向他飘来征询的眼神，大概是想向他确认自己做得对不对。当他敬完最后一个人向他投来注目时，洛平知道自己的担心应验了——完了，用力过度，真的醉了。

周棠醉了。他双颊晕着酡红，步履有几不可察的飘忽。此刻洛平只能希望他保有最后一点理性，坚持到宴会结束。好在周棠总算控制住了自己的言语和行为，面带微笑地送走了各位官员，没有表现出什么异常。芸香注意到主子的醉意，等到客人都走后，扶着周棠站起来。果然，这一下周棠根本没站稳，堪堪向前扑倒过去。芸香一下子没有拉住，就听咚的一声，越王的脑门磕在了案几上。

周围的侍卫连忙过来搀扶，周棠被那一磕缓过点神志，冲他们摆了摆手："不用，本王可以自己走。"

他不肯在这些部下面前示弱，那只能死要面子活受罪。一步一踉跄，拖得芸香都吃不消了。洛平无奈，上前扶起他，对侍卫和其他仆从说："交给我和芸香吧，你们布好王府的防卫就行。还有，明日一早就让人来修葺正殿和偏殿，不要耽搁。"

"是！"

芸香事先准备了醒酒汤。可大概是酒的后劲上来了，周棠一碗醒酒汤刚下肚，转瞬间就吐了出来。宴会上他压根没吃几口菜，看他吐的几乎都是清水，洛平在旁边直皱眉。

"芸香，去打点热洗澡水来。"洛平架着干呕的周棠说。

"不要……热的……好热，我要冲凉……"周棠迷迷糊糊地提出要求。

洛平理都不理他："别听他的，要热水。"

芸香知道这时该听谁的："好的，我知道了。"

芸香一出去，周棠就开始耍起了无赖，洛平也弄不清他是在借酒发疯还是什么，总之他一刻也不得安生，蹬着腿嚷嚷："我要冷水！我要喝冷水！"

周棠喝了点温水，又道："小夫子我今天表现怎么样？你夸夸我吧。"

洛平便夸他："之前你表现得很好，很有皇家气度，又不显得高高在上，把好些人都震住了呢。但现在你的表现糟透了，小棠，你给我坐直了。"

周棠自动忽略了他的后半句："哈哈，我看你的眼神就知道你很满意了。"

洛平也不动，瞅着他眯眼打盹的神情。于是芸香和廷廷抬着水桶进门的时候，看见的就是周棠耍赖的样子。廷廷毫不客气地大笑起来："哈哈哈哈，看他那个样子，哪有下午半点神气，这样撒娇，他也不嫌害臊！"

周棠虽然不是很清醒，但跟廷廷拌嘴的力气还是有的："你进来干什么！嚯，本王的房间也是你进的吗？快出去！嚯，真是的，整个屋子都变臭了！"

"哼，这破房间我才不稀罕进来呢！"廷廷不屑道，迈着高傲的小步子出去了。

"芸香你也出去，本王要洗澡了！"

"奴婢遵命。"

周棠洗澡一向不需要她服侍，不过今天有点特殊，芸香抬眼看了看洛平。

洛平笑笑说："你也累了一天了，早点歇息去吧，这边我来照看着就好。"

"是。"芸香这才退下。

周棠直接把自己往热水里一丢，起先还没什么反应，紧接着就跳起来往外爬："热死了热死了，我说了要冷水！怎么不是冷水！"

洛平抱臂看他乱扑腾："你不想染上风寒的话就老老实实待着。"

周棠见硬的不行，就开始用软的磨，用水汪汪的眼睛盯着洛平道："热死了……"

被热气一蒸，他脸上绯红一片，额头渗出了密密的汗，加上乞求的小眼神，确实挺有杀伤力的。洛平让步了，不过也没让多少，拿布巾在冷水里浸了浸，覆在他额头上。

周棠稍微舒服了一点，也没力气得寸进尺了，就靠了水桶边缘养神。直到空气中散发出蒸腾的酒气，周棠才把自己擦干，裹着被子倒到床上，就跟蚕茧一样躺在那儿，说了两句胡话就睡着了。

洛平长长舒一口气，时辰还挺早，但这时候他也没有精力好好打点自己了，随便抹了抹身上的汗水，坐在了周棠身边，打算在他起夜或者要水喝的时候照顾他。想是这样想的，大概是真的累坏了，洛平没想到自己今晚睡得那么熟。

第二天，周棠浑浑噩噩地爬起来，额角还有点突突地疼，但总体来说还算精神。刚睁眼就看见小夫子背对着他坐在椅子上发呆，他忽然起了玩心。悄声穿好鞋子，他蹑手蹑脚地走到洛平身后，一把蒙住他的眼睛。令他失望的是，小夫子一点都没有被吓到。

他悻悻地松开手："小夫子，既然知道我醒了，你怎么不回头看看我呢？"

洛平微微侧头："王爷，你是不是觉得很无聊？那我跟你说说正事吧。"

周棠的眼神忽然一凝："咦？小夫子你的耳朵和脖子怎么了？怎么都红肿起来了？被虫子咬的吗？"

"对，虫子咬的。"洛平冷淡地说。

周棠摸了摸自己的脖子："我怎么就没有？小夫子，看来你很招虫子啊。明日我便让他们点上驱虫的薰香。"

"不用这么麻烦，我自己的房间里没有这种虫子，我睡那儿就行了。"

周棠皱着眉头说："最近你一不在我就会做噩梦，梦见什么也记不清了，就觉得梦里面特别冷，就好像躺在雪地里一样。"

洛平稍有些愣神，没有答话。

周棠喊了芸香一声，说要吃早饭，芸香回说知道了。然后他转向洛平："小夫子，你刚刚要跟我说什么正事？"

洛平道："对于红巾寨，你打算怎么办？"

周棠想也没想地回答："剿杀。"

"你打算什么时候剿杀呢？"

"等我收服几个将军吧，才好借用他们的兵力。时间当然是越快越好，他们为非作歹杀人放火，早一日除掉早一日清净，我想，大概在今年年末吧。"

洛平摇了摇头："不可。"

"为何不可？"

"我调查过他们的一些事情，红巾寨是越州第一大寨，自成立以来，短短三年，吞并了台良山大大小小十四个匪寨，如今有各个专门的机构，有负责打探消息的、有负责打劫的、有负责分赃的，这等规模，他们的实力不容小觑。你初来此地，根基未稳，尚不能跟他们抗衡。"

"那怎么办？我总不能什么都不干吧。"

"你现在要做的就两件事。一件是安抚饱受匪寨骚扰的百姓，争得民心；另一件是……"洛平的指尖轻叩桌面，"等。"

"等什么？"

"等一个人。"

"等人？那人是谁，什么时候来？"

"大约明年此时吧。"洛平心算了一下说。他不敢妄自居功，协助周棠破去十数个匪寨的人并不是他，而是另一个人。他没有信心可以保周棠全身而退，但他相信，那个人一定可以。梦里，那人就是那么突如其来地出现在了周棠身边。

又是一年深春至。

青年牵着马匹入城，缓步走在通方的街道上。他一身朴素布衣，却难掩那番俊逸脱俗，眉宇间似有道不尽的自信与风流。与越王那样锋芒毕露的少年英姿不同，这位青年的风采很是内敛。他身材高挑挺拔，眼眸中沉淀着稳重，一步步行来，并不十分引人注目，但和他擦肩而过的女子常会驻足回望，悄声询问同伴："那是谁家的葛衣郎？"

青年行至繁华集市，在一处路边的茶摊停驻。大概是旅途劳累饥渴，他连喝了两大碗茶，润了润喉咙，他温文有礼地询问茶摊老板："请问越王府该往哪里走？"

老板一边收拾邻桌一边笑答："不远了，就在前面的朱巷里头。"

"多谢。"青年又叫了一碗茶，这次慢慢地喝着，顺便跟老板闲聊了几句。

"这阵子好些人打听越王府呢。"老板说。

"哦？怎么讲？"

"最近几天越王发了张招勇榜，说是要集结有志之士一同剿匪，现在隔三岔五就有人要去拜访。"

"是吗，难怪通方看起来这么热闹。"青年不置可否，只是抿茶的嘴角微微弯了弯。他也是听说了越州招勇榜的事才不远千里过来的，不过，那并不是最主要的原因。他问："这么说，那个越王是个了不得的大人物？"

老板抓了抓头："也谈不上什么大人物吧，反正我看着还是个孩子呐，不过确实有那么点本事吧。半年前他刚来的时候，就在通方闹了不小的动静呢。"

"他干什么了？"

见他露出感兴趣的样子，老板趁机又给他添了一碗茶："我跟你说啊，他刚来的头一晚，王府就起火了。他命大没被烧死，但按常理说，总该受点惊吓吧？谁知他没两天就大宴宾客，而且就在那个成了废墟的王府里。你说，这个越王是不是挺不同寻常的？哎，说起那场火啊，那叫一个大，半个通方都照亮了……"

不同寻常？确实挺不同寻常的。那个在京城一事无成的七皇子，为何一到这个偏远的地方，就变得不同寻常了呢？还是说，果真如他所想，从头到尾都有那么一个人在他身边出谋划策？

青年走到朱巷中，这里反倒没有外面那么热闹，红色的大门紧闭，两个侍卫威严赫赫地把守着。他皱了皱眉，暗忖道，这哪里有招贤纳士的样子？莫不是那些老百姓夸大其词了。

行至门前，他上前一揖，正要说话，被其中一名侍卫打断了："阁下不必拘礼，今日不巧，我家王爷有要事不见客，还请明日再来。我家王爷说了，若是有什么不便之处，明日定当亲自赔礼。"

守门的侍卫虽说样子吓人，但说起话来恭顺有礼，半点也没有仗势欺人。青年愣了一下才反应过来，心中不由笑叹，这个越王果然有一手。什么不便之处，什么亲自赔礼，说白了就是：不管有钱没钱，你先去客栈住一宿吧，账可以赊着，明天由我来付。

看来越王也知道，以自己现在的威信，前来投奔的未必是什么大贤士，多半是过于穷困或者走投无路的人，这些人不为别的，就为混口饭吃。不高看自己，也不高看别人，放得下架子，认得清现实。这个不满十五岁的越王，究竟是怎么做到如此滴水不漏的？

青年的脸上绽开一抹谦和的微笑，抱拳道："兄台可能误会了，在下并非前来拜见你家王爷。"

"嗯？"侍卫有些摸不着头脑，"那你是……"

"在下方晋，到此处是来寻访故友的，请问贵府是否有位名叫洛平的人？"

"你是洛先生的朋友？"侍卫上下打量了他一下，面露讶异。

"正是。"方晋道，"看来他确实在这里落脚。无论如何，请帮我通报一声，就说秣城酒肆的故友求见，望他务必出面一晤。"

侍卫犹豫了一会儿，方晋也不急，神情极是诚恳。终于，其中一人对另一人点点头，那人便进门通报去了，留下的那人对方晋说："阁下请稍待，若是洛先生想见您，我们便会放您进去的。"

"多谢。"根据他们对那人的称呼以及对他的态度，方晋更加确定了心中所想：洛平在越王府的地位非同一般。

很快方晋就得到了回复："那个，洛先生请您进去……"

方晋道过谢就进了王府，没有听见大门再次合上后两名侍卫的对话。

留下守门的说："放行就放行，你这什么表情，说话也欲言又止的，怎么回事！"

进去通报的那人苦着脸道："那是我话还没说完啊！"

"洛先生请他进去的，你还要说什么？"

"洛先生是要让他进，可是王爷不让啊！王爷还把我劈头盖脸骂了一顿，你说我委屈不委屈！"

不知为什么，暮春的风忽然萧瑟起来。幸好两人很快看开了，这种时候，洛先生的意志是可以压过王爷的意志的，所以按理说，他们大概不会被强制加班或是扣薪俸。

方晋一路被指引着来到后院，给他带路的丫鬟本想把他领至洛平房中，抬眼看见洛先生已坐在院中亭台，便福了福身退下了，由得方晋自己去见。望向园中的亭台，方晋有些意外——那个声称"有要事不见客"的王爷，此刻就坐在洛平的身边，端着个雕花小碗硬往洛平嘴里塞。

洛平蹙眉直躲:"不要闹了,我见完他就喝,现在这样像什么样子!"

周棠却是寸步不让:"不过是个故友,你这么上心干吗?现在你好好养病才是最重要的,快点喝吧,一会儿药就凉了。"

"这点小病,不喝药也会好的,你先回避一下行不行?"

"不行,你不喝药我就不走。"

"你这时候闹什么别扭!"洛平有些急了,说话间轻咳了几声,"你就是这样当王爷的吗?一点威信也没有,怎么服人!"

"你就知道教训我,生病了还不乖乖吃药,明明是你更欠教训,就这么急着见那个什么晋吗!"周棠往边上一坐,放下药碗,忽然哎呀一声,"花瓣都掉进药碗里了,这碗药不能喝了,算了算了,再叫人重新煎一碗吧……"

正抱怨着,方晋已踏上亭台。他对这两人尊卑不明的对话感到非常诧异,但还是很快收敛心神。无视一旁眯眼看他的周棠,他手指轻触药碗中的花瓣,面对洛平含笑道:"正所谓,落花时节又逢君。"

洛平微愣了愣,哂然回应:"分明是,似曾相识燕归来。"

周棠来回看看他们。什么东西?什么又逢君燕归来的,这个人到底是从哪里冒出来的!他轻咳一声:"小夫子,既然是你的朋友,不为我介绍一下吗?"

方晋,字仲离,丰州人士。洛平大致介绍了一下自己与方晋的相识,周棠听后没有说什么,静静地坐在一边等他们叙旧,没有表现出很大的兴趣,但也一个字也没有漏听。

方晋见洛平仅仅披了一件薄衫,双颊晕着不正常的红,发髻也有些微凌乱,料到他是卧病中,便不想多打扰,寒暄了两句就劝洛平多多休息,要起身告辞改日再来,不承想竟被洛平硬留下来:"仲离且慢,慕权有话要说。"

被拽住衣袖,方晋只得坐下来,瞥了眼越王不怎么好看的脸色,觉得真挺有意思的,他面上不动声色:"有什么事吗?"

洛平也看了眼周棠,这一眼把周棠看得怔住了。怎么了?小夫子在犹豫什么?担忧什么?

方晋耐心等着。半晌,洛平开口道:"我不意外你会来,但是我很意外,你居然这么快就来了,能告诉我为什么吗?是京城那里发生了什么事吗?"

"没有,京城一切如常。"方晋回答。

"既如此,你为何要到这里来?"

"慕权忘了吗，当日我要辅佐太子殿下，是你劝我另寻明主，如今我寻来了，你为何心存疑虑呢？"

"凭你的本事，在二皇子身边定然如鱼得水。"

"你错了。"方晋苦笑道，"我也曾这么认为，但我后来明白了，京城是个巨大的漩涡，任谁在里面搅和，最终都会迷失方向。二皇子为人严谨，太过严谨了。他身边的能人众多，谏言多，可选择的路也多，他的严谨令他难以抉择，最终裹足不前。很可惜，我也是裹住他脚步的人之一，我厌倦了这样的局面。"

洛平笑了起来："确实，你这样骄傲的人，怎会甘做他的裹脚布。那你又是如何找到这里来的？"

"我去问了孙大娘你们的行踪，慕权，你当真待我不薄，那家酒肆至今未收我分文，说是老板临走时特地交代的。"

洛平对此事一带而过，接着问道："你是要来投奔越王吗？"

方晋又看了周棠一眼，仍是不咸不淡地道："我说了，我是来寻访故友的，不是来拜见越王的。"

"哦，是吗？"洛平勾唇。方晋可以骗得过侍卫，可以骗得过周棠，可以骗得过其他人，却绝对骗不过他。他们是同样的人，他了解他。一个热衷权势的人，是不可能仅仅为了友谊跋涉千里的。他是来见越王的，只不过，他还没有下定决心。

感到有些困倦，洛平端起药碗，吹开漂浮的花瓣，他把慢慢地把药喝完了。周棠张嘴要制止，被洛平轻轻一瞟逼了回去。浓烈的苦涩在口中徘徊，洛平的思绪稍稍清晰了一些。

按理说，方晋是在周棠到达越州的一年后出现的，那时候是冬天。那年冬天，二皇子听信别人的谗言，把身边最得力的谋士逐出了府邸。彼时，方晋便是以一颗被丢弃的废棋的身份来到周棠身边的。如今却完全不一样，他明明还在京城混得风生水起，却突然撂下了挑子，两袖清风地来到这里，只因为他们之前的一面之缘。洛平不由得想，难道天意真是可以更改的吗？只因为一些微不足道的改变，有些事就真的与梦中截然不同了？不管怎么说，此时方晋的到来对周棠是有百利的。至于他与方晋之间那么长久的针锋相对，暂且放在一边吧。给方晋一个台阶下，而他也不用一个人硬撑了。

洛平起身站了起来。由于生病体虚，他微微晃了下，周棠下意识地想去扶，被他摆手拒绝了。出乎在场所有人的意料，洛平竟然对方晋行了躬身大礼。他说："本以为你再过半年才会来，没想到这么快你就来了。仲离，慕权有一事相求，请你一定要答应。"

方晋连忙伸手去扶:"快请起,仲离万万受不起!"待洛平重又坐下后,他才详问,"不知何事令你如此挂心?"

"越州山匪。"洛平道,"我想恳请你,帮助越王清剿匪患。"

事到如今周棠也知道了,这个方仲离便是小夫子要他等的人,他看向方晋的目光带着犀利的估量。

"我还想请你……"未等他回答,洛平接着说,"请你收小棠为徒,传授他烛山门的武艺。"

一句"越王",一句"小棠",两句托付,重重压在了方晋的身上。周棠的眉头皱了又松开,没有说话,只直直盯着他的小夫子。不知沉默了多久,药碗底部又落了几朵残花。

方晋转向周棠,行礼道:"慕权的要求对我来说是莫大的荣幸,但为了不辱师门,在下有几个问题要问王爷,问完之后,再决定是否答应。"

洛平听方晋这么说,面色微沉。他抬眼看了看周棠,张口想要说些什么,被周棠抢了先。

"小夫子,外面风大,你先进屋休息吧。"周棠冲他安抚地笑笑,"不就是入门考试吗?我应付得来的。"

"但是……"那方晋是只道貌岸然的狐狸,洛平担心周棠会吃暗亏。

"难道你还不信我吗?"周棠不听他的反驳,招手唤来芸香,"芸香,你随小夫子回房去,好好照看,别让他又着凉了。"

"是,奴婢知道了。"出宫后的越王锋芒毕露,芸香现在可不敢把他的吩咐当儿戏,于是她上前福身,大有洛平不动她就不动的架势。洛平无法,深深看了眼一旁好整以暇的方晋,才转身离去。

待他走远了,方晋笑道:"王爷,看来你的小夫子对我还真是不放心啊。"他听见周棠对洛平的称呼,心中已是敞亮。这么一来,宫中懦弱无能的七皇子突然变得这么精明慧黠,也就解释得通了。

周棠目送了洛平,转过脸就换上一副冷然面孔:"最近事务繁多,害得他过度劳神,我只盼着他好生休养,什么招待故友、聘请西席这样的事,本王自己应付就好。"

方晋拎起石桌上的紫砂壶给自己斟了杯茶,淡淡道:"在下本不是为了王爷而来,不过是想见识一下,让他心甘情愿等候追随的究竟是什么样的人。"

"我不关心你是为了什么而来。"周棠在他对面坐下,手指玩转着那只药碗,"方先生不是想问我问题吗,那就问吧。"

"好。"方晋正色,"第一个问题,王爷,你想不想做皇帝?"

"想。"说真的,周棠没想到他问得这么直白,略作犹豫,他也直白地回答了。

"你可知道自己现在是距离皇位最远的皇子?"

"我不这么觉得。"周棠说,"离皇位最远的是老六,不是我。"

"此话怎讲?"

"老六养尊处优惯了,心无城府,头上又顶着老三那样的兄弟,皇位对他来说,充其量不过是看得见摸不到的东西。但我就不同了,我连看都看不见,自然不会有人要来跟我过不去,所谓鹬蚌相争渔翁得利,争得头破血流的是他们,我却只要远远地撒网就行了。"

方晋抿了口茶,敛去了眼中的笑意。不得不承认,洛平确实把这个小皇子教导得很好——有野心,但不急躁。他道:"第二个问题,你为何选择来越州?"

这回周棠顿了一下才说:"我来这里的初衷和你一样,是为了来找洛平,只是没想到他一直在秣城外等我。"

"这件事我倒是知道,我便是在他的酒肆中与他结交的。不过你不觉得奇怪吗?在你做出决定之前,他就已经预料到了。难道你从没怀疑过他的身份和居心吗?"

"说实话,我怀疑过。我怀疑过他接近我是不是为了巴结父皇,借以获得更高的官位,也怀疑过自己怎么会那么幸运,能够得到他的青睐。但我很快知道自己错得太离谱,他可能不是什么大善人,但他从没做过任何一件对我不利的事,也从没想我索取过什么回报。他料事如神是他的本事,事到如今我若还不信他,岂不是禽兽都不如了?"

"第三个问题,来到越州之后呢?你是想剿杀盗匪建功立业吗?为了证明自己的能力,给远在天边的皇上看?"

"我想无论我在这里做了什么,父皇都不会在意吧。毕竟京城有那么多值得他关注的事情。"周棠自嘲道。

"哦?你知道京城有什么事情?"

"哼,老二处心积虑招揽群臣,就算不是为了皇位,也是为了摄政王之位。老三公然不满长子继承制,如果不是父皇压着,恐怕早已杀到朝阳宫了。其他几个皇子态度不明,但有的掌兵权,有的谋政权,相比之下,我这盏灯是最省油的了。"

"王爷运筹帷幄之中,洞悉千里之外之事,在下佩服。好,第四个问题,你想怎么对付越州的匪患?不知慕权兄是否提供了一些建议?"

"他不怎么管这个事的。他从一开始就跟我说,匪患之事,必须要沉得住气,要我等一个人来。"周棠不咸不淡地瞥了他一眼,"想必你就是那个人了。既然你来都来了，这件事你担也得担，不担也得担。"

他才不会像小夫子那样给他面子，在他看来，这是笔买卖。他求贤，方晋卖才，卖的人都上门来了，他为何不买？

"你也不用惺惺作态了，"周棠眉梢微挑，"说吧，我用什么可以买到你的忠心？"

方晋怔怔看了他一会儿，忽然摇头笑了起来，感叹道："慕权还担心你在我手里吃亏，要我说，吃亏的明明是我，王爷你根本无须他担心。"

"我需不需要他的担心是我的事。说吧，你想要什么？"

"我想要的是，"方晋刻意放缓了语气，郑重说道，"我想要王爷的信任，跟洛慕权平起平坐的信任。"

周棠愣了："跟他一样的信任？你还真是狮子大开口。"

"这一点，在下是绝对不会让步的。"

周棠轻点着桌面，思忖良久道："好，我给你。"

"若是我与慕权兄的意见相左，王爷能做到不偏袒他吗？"

"公事上我不会偏袒你们中的任何一方，我会用自己的判断来下决定，这也是小夫子一直在教我的东西。"

"既如此，在下愿为王爷效力，绝不叛离。"

方晋那一揖起来之时，讶然发现周棠为他斟了一杯新茶，并躬身双手奉上。如此大礼，吓了他一跳："王爷这是……"

"小夫子要我拜你为师，我向来很听他的话。"周棠道，"我在宫中只学了一点武功皮毛，难登大雅之堂。要清匪患，要争皇位，我必须有可以杀敌自保的能力。方先生，请你传授我武艺，我愿尊你为师长。"

方晋苦笑道："师父要是知道我收了个王爷做徒弟，肯定要把我的皮给扒了。不过……这个徒弟我还是要收的。"接过茶盏，他饮了一口，"那么从今往后，你就是我烛山门下的弟子了。"

"多谢方先生。"

"王爷，我还有最后一个问题。"

"请说。"

"听闻你发了招勇榜，如今正是求才若渴的时候，可你只因为慕权兄病了就闭门谢客，我瞧慕权兄的病症也不是很重，你不觉得这样有些小题大做了吗？我有疑虑，若是今后遇上需要你取舍的大事，你最优先考虑的还会是他吗？"

"是。"

"即使我向你谏言放弃他吗?"

"是。"

"王爷,你答应过我,不会偏袒任何一方。"

"那是说公事,这是我和他之间的私事,轮不到外人来插手。"

方晋皱眉:"王爷,我对这个答案不满意。欲为君者,不可被私情所绊。"

"我知道。"周棠说,"我知道这是错误的答案,但是对我而言,这世上没有比他更重要的事了,一件也没有。"

方晋不由叹息,世上总没有完人,洛平不是,越王不是,他自己亦不是。落花铺满了那只药碗的碗底,浸着残留的药液,苦涩又柔软。这便是后来的一代名臣与承宣帝之间的首次会面,史书中记载为"亭中对"。当然,流传于世的版本与当时真正的内容完全不同,但有一点算是说对了。洛丞相和方太尉之间的嫌隙就是从这次的对答开始埋下了根源。两人政见相悖,时常对簿于朝堂,而宣帝从不劝阻,也从不偏袒任何一方。他们争执了那么多年,争出了大承的太平盛世,直到那一年的大雪之后。那时的满朝文武看见方太尉手执酒盏,在真央殿前敬雪三杯。他说,他这一生最痛快的事,便是在城郊的一家酒肆中赊了老板那么多酒钱。这一赊,就赊了大半辈子。有友如斯,此生足矣。

越王以师礼相待,方晋落宿了王府。是夜,洛平披衣来到方晋房前,叩响房门。

方晋开门相迎:"本以为你明日才会来找我,这么晚了,你还没睡吗?"

洛平苦笑:"药里加了凝神的草药,白天睡多了,这会儿反而睡不着。见你房里也还亮着灯,就想找你聊聊。"

"好是好,不过你不担心你家小棠又来搅局吗?看得出来,他很不待见我们俩叙旧。"

"那孩子跟我赌气呢,早早就睡了,没事的。"

方晋不动声色地瞟了眼窗下:早早睡了?那外面那个听墙角的是谁?他心中暗叹,越王还真是一分一秒也不放松对他家小夫子的看护。

"你肯留下,看来小棠的答案已经说服你了。"洛平的话打断了他的思绪。

"是的,你教出来的学生,果然不是那么好对付的。我还是头一回被人剥削得这么惨,就差签卖身契了。"

"哪有那么夸张,再怎么说他也还是个孩子,很多事情他的看法还不成熟,你多让着他一点,以后再慢慢矫正。"

方晋一时无语,他觉得,洛平可以说是最了解周棠的人,也可以说是最不了解他的人。离得太近,反而看不到他的全貌——越王哪里还有孩子的模样?分明已经是个乖张狡猾的小狐狸了！

洛平拢了拢衣裳："仲离，既然你来了，我心里的担子也可以卸掉不少，今后清剿山匪的事宜就全权交给你了，我相信小棠会认真听取你的谏言的。"

"那你呢？"

"我吗……"洛平嘴角漾起一个莫测的笑意，"我就专心清剿越州的官场吧。小棠要在这片土地上培植自己的第一批势力，我要让他可以大胆施为，没有任何后顾之忧。"

"越州大小官员五百余人，你要凭一己之力摆平吗？"

"有何不可？"洛平挑眉，"除却几个党派之首，剩下的都是乌合之众，不出三年，我便可让他们俯首称臣，到时小棠军权在握，起兵剿匪也可无所顾忌了。"

此时他眸中光华流转，那样的自负与凛然，让方晋都为之炫目。

"我也可以在一年内清剿山匪，那么按照洛兄的说法，最多四年，越王便可载誉而归了。到时奏禀圣上回京领赏，风光无限，也可以借机在京中安插势力。"

洛平摇头："四年？不，四年不够。仲离莫气，我不是不信任你的能力，我知道那时你定然可以荡平山匪，但是四年不行，未到时机。"

方晋微微蹙眉："慕权，你总说未到时机，四年后的事情，你怎能料定？即使是我那个号称天机子的师父，也只能掐算吉凶大势，未能推定确切的命理运程，正所谓世事无常，为何你就敢断言呢？"

洛平沉默了一会儿才说："很多事情我也无法预料，命理运程时刻在变，我也不是什么通天晓地的神仙，但在这件事情上……你信我就好。还有，我想请你再听我一个请求。"

"你说。"

"待周棠为君之后，若有一日我离开朝野，请你一定要扶持他到最后。"

周棠听完了墙角，心中很是震惊。他不知道小夫子为什么要说出那样的话。什么叫离开朝野？小夫子不是最爱权势了吗？既然坚信他可以成为君王，为什么要做离开他的准备？他忽然有点胆战心惊——如果有一天，自己能给那人大官做的那一天，他却不稀罕了，那么他要用什么来留下小夫子呢？不会的，他想，自己绝对不会给小夫子离开的理由的。那一定是小夫子在痴人说梦……

不知是何时睡去的，这一夜，周棠又再度梦见了那片雪地。恍惚中他冻得全身发僵，甚至还感觉到自己脸上冰水的凝结。哪里来的水呢？是谁在哭呢？不知那样的忏悔，梦境另一端的人，是否能听得到呢？

这一年越王府十分忙碌，出出进进好多人，大门附近成天热热闹闹的。朱巷前的茶馆生意好得不得了，午后，几个年轻力壮的汉子聚在一起喝茶聊天，等待着王府接下来的报名手续。

其中一人道："俺大哥已经通过选拔了，俺嫂子说了，越王当天就给发了十两银子！一点都不带拖的，还说以后每月都有饷银一两，还管吃管住！"

另一人显得有些忧心忡忡："哎，要我说啊，哪有那么好的事，人家肯定不会白给钱的，谁知道雇了去之后做什么？听说人都被送到不知道什么地方去了，别到时候莫名其妙把命搭进去，后悔都来不及啊。"

旁边的大高个一口干掉一大碗茶，大大咧咧道："没事儿！俺三堂哥的小舅子回来过一趟，就是人黑了点瘦了点，其他没什么。"

"哎？他说了去做什么了吗？"

"没，问他了，那家伙嘴巴死紧，一个字都不肯说，回来拿了几件衣服就又跑回去了，看他那积极样儿，俺估摸着不会是啥坏事。"

邻桌的人听他们聊得起劲，嗑着瓜子也来凑热闹："哥们儿，你们说那个越王招这么多人，拿什么养啊。就算他是王爷，管吃管住管发钱，这开销也不小吧，他一个人扛得住？"

"这你就不知道了吧……"大高个摆出"我知道内幕"的表情，故意吊他们胃口。

"你就快说吧。"邻桌分给他点瓜子，催促道。

大高个嘎嘣嘎嘣嗑了几颗瓜子才说："光靠王府出钱肯定是不够的啊，但是咱越州跟西昭通商，通出了那么多富商，那些富商又供了那么多肥官，这些人身上的钱可多得很哪。"

"喊，你就吹吧，谁不知道这些人个个都是铁公鸡，没给咱们加税就不错了，他们肯出钱？除非太阳打西边出来！"

"你还别说，就是有人能从那些人嘴里抠出钱来。"

"谁啊那么大本事？越王？"

"不是，是越王身边的……"正说着，一顶软轿拐进朱巷，停在了王府门前，大高个手指点着那边说，"今天真是巧了，呐，就是那个人。"

众人连忙伸着脖子张望，只见轿子上下来一个年轻人，身着勾凉式样的普通服饰，端正却不华丽，眉目俊朗，神态温和。似乎感觉到来自他们这边的视线，那人回看过来，看出他们是要来报名应征招勇榜的，便微微点头致意，之后才步入王府。被他扫了一圈的众人有片刻的愣神。那人的目光不亲厚不疏离，只是像一阵凉风拂过他们的面上，没什么特别的，可又让人忍不住在意。

"他是谁啊？"

"他们都喊他洛先生，具体什么身份我也不清楚，不过据说他可以代行王令。"

"就是他吗？"有人怀疑，这样淡薄的一个人，能应付得了那些老奸巨猾的官商吗？

"就是他啊……"也有人，不知怎么就相信了。

洛平步入王府后堂，喝了杯芸香递上来的茶，轻轻缓了口气。院内蝉声聒噪，更衬得府里过于安静了。侍卫统领左卫东正在布置着下午报名和初选的事宜，原本很是吵嚷，大嗓门呼来喝去的，可一见洛平回来了，立刻压低声音，生怕惊扰到了他。

洛平摇头浅笑，一盏茶喝完，招来程管家。程管家不是随越王从秾城来的仆从之一，他原是越州最大的酒楼三味楼的账房先生，一日越王去那儿吃饭时，他过来自荐。通过一番考核，越王发现他很有头脑，办事伶俐干脆，就成功挖了三味楼的墙角，为此三味楼的老板郁闷了好久。洛平对这个管家也是很满意的，府里的任何事情，只要问他，一定能得到解答。

"程管家，王爷去哪儿了？"

"回洛先生，王爷随方先生去了南山营，亲自监督新兵的筛选和训练去了。"

"哦，廷廷呢？"

"廷廷也跟着去了，说是上回方先生教导的挽剑诀他也学会了，要去找王爷比试。"

"是吗，他学得也挺快的。"洛平笑道。

廷廷那孩子学武功很有天赋，虽说基本功没有练扎实，但他趁着周棠练武时偷师于方晋，学得也算像模像样。后来方晋实在不想忍受他偷偷摸摸的目光，干脆正式收他为徒，反正教一个是教，教两个也是教，两个少年斗气似的边学边切磋，倒是进步神速。

一个两个都不在家，洛平空对清茶，觉得有些无趣："程管家，麻烦帮我备马，我要去南山营看看。"

他起身要走，却被程管家上前一步挡住了路。

"嗯？怎么了？"洛平不解。

"正午天气酷热，洛先生还是不要此时去的好。"程管家劝道。

"都快到未时了，日头已没有那么毒，无妨的。王爷总跟我夸他的南山军如何英勇锐利，我至今未能亲眼见上一见，实在遗憾啊。"

洛平说着又要往外走，于是又被挡住了路。

程管家："洛先生，若是您现在前去，恐怕就赶不上王县令一案的庭审了。"

洛平讶然："今日已是八月初四了吗？"

"先生繁忙，大概是忘记了，今日正是初四，申时起便要开始提审王县令了，这还是先生您定下的时间呢。"

"真是忙得昏了头。"洛平揉了揉额角，急急道，"程管家，备轿吧，我要立刻前去知府衙门。"

"是，轿子已给您备好了。"这便是程管家的过人之处，凡事都能想到人前，忙起来的时候，洛平倚仗他都成了习惯。

洛平去了知府衙门，进门就问："马大人，王立刚招了没有？那笔款项的数额究竟多少？他藏到哪里去了？"

他无官无职，可那马知府见了他立刻起身相迎，礼数周到。为什么？因为他腰间悬着的正是代行王令的令牌，而且这一年来马知府也深刻地认识到，这个洛平当真不是个简单人物，权势放在他手里，就能变着花样地折腾人。比如这个王县令，不过在街边喝了碗豆腐花的工夫，就被洛平在其家中找到了交易巨款的凭条，当街押解进了知府大牢。

"哎呀洛先生，那个王立刚实在冥顽不灵，怎么套他的话都没用，死活不承认他收了贾富贵的银两，我们证据又不够……"

"贾富贵呢？"

"那奸商滑头得很，一发现苗头不对立刻逃到西昭去了，现在人还没找到。"

洛平点头。案子没有进展，他似乎一点也不慌张，只不经意地说了句："河蚌不肯开口，光用撬是不行的。要想挖出里面的肉，最简单的方法，便是把它的壳儿砸个稀巴烂。马大人您说对不对？"

马知府好歹也是混了这么多年官场的，一听这话就明白了——怎么招的不重要，就算屈打成招，也要让他招了！

"对，先生说得极是。"

"快要庭审了吧，马大人好好准备，洛某就先告辞了。"

"先生慢走。"

马知府心里有着自己的算盘。收押王县令这么多天，其实他什么也没做，他就是在等着洛平让他动私刑。朝廷命官屈打成招惨死狱中之类的罪名砸下来，到时候他和知州联手参上一本，把一切罪责推在越王头上，既断了他的财路，又削了他的势力，一石二鸟。

牢狱中打得热火朝天，王县令叫得跟杀猪似的："你们敢对朝廷命官滥用死刑！你们……啊！我不会放过……啊啊啊！"

"说！你到底收了多少贿赂！"

"求求你们别打了……呜呜求你们了！"

从一开始的怒骂到后来的求饶，这个文弱书生并没有坚持多久。就在他实在扛不住了要招供时，突然监牢里闯入了一个人。来人大喝"住手"，使在场的所有人都愣住了，因为那正是亲手把犯人送进来的洛平。

他啪的一声把代行王令的令牌砸在了众人面前，怒道："马大人你好大的胆子！王爷要你彻查此案，不是让你严刑逼供的！"

"啊？啊？！"马知府搞不清状况了，"不是你……"

"王县令收缴了那个奸商非法买卖的赃款，数额巨大，不知会不会惹来杀身之祸，我把人抓来是让你好好调查严加保护的，哪知道你却要治他收受贿赂的罪，居然还滥用私刑！"

"对，对对对，我是收缴了那个奸商的赃款，洛先生您可得给我做主啊！欲加之罪何患无辞，马大人是想把我活活打死啊！"

马知府傻了。

庭审后，王县令把"赃款"尽数交出来给了越王，然后官复原职。马知府吃力不讨好，如意算盘全毁了，还被套上了诬陷朝廷命官的罪名，被知州下了停职的处罚。

洛平一身疲惫地坐在轿子里，手中握着代行王令的令牌，嘴角带笑。权势这种东西，他真的是可了心地喜欢。就算吃了那么多苦头，他还是拿得起放不下。那种把别人的命运握在手里的安心感，让他一次又一次深陷其中。有时候他甚至担心，自己最终能不能割舍得下对权势的留恋。他本是最自私最势力的人，如果有的选，他决不会放弃权势，只是那种从云端坠落深渊的惊恐与痛苦，他不想再经历第二次了，所以……洛平不由叹息，当断之时，还是得忍痛割爱吧。

回到王府，由于过度劳累，洛平简单梳洗后就入睡了。周棠回来得却很晚，他整个人像在泥水里滚过一样，幸好夜色遮掩了他的狼狈。站在窗口看了会儿，见小夫子已然酣睡，周棠唤来程管家问道："今日他可曾问起什么？"

程管家如实回答："问了。洛先生问起您的行踪，还说要去南山营看看您引以为傲的南山军。"

周棠撇了撇嘴，苦笑道："尽量拦着他，别让他去。"

"属下知道。不过王爷，洛先生敏锐过人，恐怕瞒不了多久。"

"能瞒多久就瞒多久吧，实在瞒不住了再说。"

这是他第一次欺瞒小夫子。因为他知道,小夫子若是知道了真相,一定会大为气恼。脚步不由自主地又踱到小夫子的窗前,望着卧榻上的那人,他的表情踌躇。南山军?为何你一开始就认定有这样一支雇佣兵呢?根本就没有什么南山军啊……小夫子,我顺着你的话骗了你。如果你看到了事实,会对我很失望吗?你知道吗,这世上最让我害怕的,便是你失望的眼神。

# 第五章 南山

NAN SHAN

这几日洛平格外繁忙，这边的官员捧的捧降的降，各地方的县令无形中做了很大流动，通方的知府被停职……明里暗里，都是他的手笔。杨知州虽说有心干预，奈何无力回天，只因洛平行事太过雷厉风行，往往他还没有听到风声，人就已经五花大绑证据确凿地押到堂上来了。这样一来，刚开始完全不把他和越王放在眼里的人也开始重新考虑站队的问题，毕竟谁也不想无缘无故丢了乌纱帽。于是洛平整天忙于对付各种各样的应酬，张大人家的新画赏、孙师爷家的赋诗会、李千户家的满月酒、赵财主家的大寿宴……一时间他成了越州最吃香的幕僚。有些应酬他能推就推掉了，但尽管如此，还是忙得脚不沾地。而周棠最近也总是不见踪影，除了某些越王不得不出面的场合，基本上他很少出现在人前，就连洛平都掌握不了他的行踪。

回到王府，晚饭又是一个人吃的，洛平轻叹一声放下碗筷，叫来全能的程管家："老程，王爷这么晚还不回府，是还在南山营吗？可曾吃过饭？"

程管家俯首作答："洛先生请安心，我已差人给王爷送饭去了，回复说王爷今晚暂住南山，不回来了。"

"那方晋呢？"

"也是一样。"

"廷廷呢？"

"廷廷倒是一早就回来了，说是不想吃东西，在房里歇息呢。"

"嗯，我知道了。"洛平点头，"老程你去忙吧。"

草草吃了点东西，洛平回屋整理了一下近来的几宗案件，觉得有些心浮气躁，便想翻找些闲书出来消遣，谁知竟翻出了一本许公子的小说——《天阶凉如水》。他愣了愣，摇头笑叹。小棠又把书落在他这儿了，也不知是有心还是无意。说来也怪，以前周棠是从不看这些儿女情长的小说的，倒是他自己，那时候书生情怀颇重，把许公子的小说看了个遍。这些都是曾经看过的书，所以他无须再看，便知道书里头都说了些什么。只是不知道为何如今周棠会迷上许公子的小说，还时常劝他一起看。洛平想，大概是自己总跟他唠叨国策权谋，让他觉得无聊了吧。

天阶凉如水——他还记得，这是个高楼中的女子与仰望她的少年的故事。少年说，待他满载军功而归，便踏上那层层天阶接她下来，带她游遍万里河山。只可惜在他征战沙场之时，那女子已然缠绵病榻，不久就病死了。弥留之际女子让侍女在窗前点上一盏灯，日日夜夜都不熄灭，等着少年归来。少年功成名就，夜半看见高楼上的明灯，次日便带着丰厚的聘礼拾级而上，却不知那天阶尽头，已空无一物。

洛平随手翻了翻，便是那句——层楼俨然，百里天阶凉如水；孤灯如梦，少年不识情滋味。很是俗套的故事。他忽然笑了出来，好好的，怎么自己也忧郁起来了。放下书步入园中，夜风习习，头脑清明了许多。

洛平知道周棠和方晋他们近来也十分忙碌，虽说梦里他没有参与剿匪，但"南山军"的名号在越州家喻户晓，他也是听说过的。仅以千人，甚至都算不上正式编制的部队，就荡平了越州境内大大小小三十多个山寨。这样刚猛精锐的队伍，定然是要吃很多苦头才能练就的。因而当他得知周棠和方晋正往南山招兵买马时便猜到，他们已经在为"南山军"的建立做准备了。上次一时口误，他把"南山军"这个词说了出来，还把周棠吓了一跳，想来是他们那时还没想好要给这支队伍取什么名字吧。

这几日查办通方周边几个城镇的事务时，洛平听说那里常有流匪扰民，且有渐渐加重的态势。在周棠的管辖范围内，他不能不管，于是本想今日找周棠商量一下的，谁承想又没寻到机会。洛平无意间逛到廷廷所在的院落，见廷廷房中的灯还亮着，想到方才翻看的《天阶凉如水》，不由笑出来，一时兴起，便向着烛光行去，想去看看廷廷。

轻叩门扉，里面传来闷闷的声音："谁啊？"

"是我，洛平。"

"洛先生！"廷廷显得很高兴，急急拉开房门，披头散发的，还没穿鞋，分明是刚从被窝里爬出来。

洛平一怔，歉然道："看你这里亮着灯，以为你还没睡，打扰你了吧。"

"没有没有，我本来就没睡。"廷廷拉着洛平进屋，生怕他跑了，"我睡不着，洛先生你陪我说说话吧。"

"好，正巧我也睡不着。"洛平笑说。

廷廷捏着洛平的手腕，皱眉道："先生你是不是瘦了？"

"是吗？可能是最近太忙了点……"

"是我不好，我应该好好照顾先生的。"廷廷满脸愧疚，"我明明是先生的小厮，可成天就知道玩闹，实在太不像话了，先生你罚我吧。"

洛平故意板着脸说："对，是该罚，怎么罚你呢？"

廷廷眨了眨眼："那个……我这副小身板，本来就够没用了，要是挨了打就更没用了。要不，您让程管家不给我吃饭吧，反正我以前都饿习惯了，几顿不吃也不要紧的。"

洛平忍俊不禁："几天不见，你倒是把小棠装可怜的功力学了不少。"

"哼，谁跟他学了！我再也不要跟在他后面学功夫了！我再也不去南山找他们了！"廷廷突然激动起来，脸上都红了。

"怎么了？你们吵架了吗？"

"我才不会跟他那种人吵架！"

见他闹脾气，洛平觉得挺有意思的，就好像在看年幼的周棠一般。廷廷在府里的身份是小厮，可实际上没人把他当小厮看。廷廷刚来时尽管落魄，但他的身上始终有种骄傲和韧性，不像寻常流浪儿那样卑躬屈膝。他跟王爷又很"亲近"，所以府里的粗重杂活很少让他做，连程管家也不怎么支使他。久而久之，甚至有些下人会喊他"廷少爷"，倒不是故意嘲讽他，这称呼是越王默许的，理由是廷廷怎么着也算他的同门师弟。

洛平看见桌上冷掉的食物，估摸着是程管家让人给廷廷送来的，可是一点也没动过，床铺上凌乱不堪，一看就知道那个小孩在上面翻来覆去地滚过。真是好像呢，这两个孩子。

"跟我说说吧，小棠怎么欺负你了？"洛平柔声问。

"他，他们太过分了！他们居然……"廷廷戛然而止，有些慌张地瞥了眼洛平，语气嗫嚅起来，"没，没什么，不过是我今日与他切磋，输掉了。"

"哦，是吗？"洛平眯了眯眼，廷廷缩了缩肩膀。廷廷不是输不起的孩子，要是输了比武，他肯定是勤学苦练再去找小棠比过，不会躲在房间里生闷气。他在撒谎，洛平一眼就看得出来了。只是看他这样慌乱，他心里有种不好的预感，显然，有什么事情在隐瞒着他。

"廷廷，是不是小棠又羞辱你了？他这样欺负师弟，实在不像话，你要是觉得委屈，我现在就去南山训诫他。"

洛平故意套话，作势要走。廷廷果然慌了手脚，拽住他急道："先生不能去！"

"为何不能去？"心中的不安越来越大。

"因为……因为那边有山匪……"廷廷的声音越来越小。

"山匪？通方境内，越王眼皮底下，怎么会有山匪？更何况那里不是有南山军……"洛平突然顿住了，神情有些僵硬，他想起通方周边山匪扰民的传言。

廷廷的肩膀颤抖着，似乎终于忍耐不住了，红着眼睛控诉道："没有南山军！根本就没有什么南山军！周棠他骗你的！"

"他们就是山匪！烧杀抢掠无恶不作的山匪！"

"我平生最恨的就是山匪，我才不要跟他们同流合污！"

朗月疏星。南山顶上的营地中，有两人未能成眠，正在秉烛夜谈。周棠放下越州的山势地形图，图上用朱笔勾画了十数个小圈，那都是红巾寨的据点，看着大片的红色，他忧心忡忡地叹了口气。

"红巾寨的势力正如日中天，要想跟他们平起平坐，王爷，我们急不得。"方晋进言。

"你明知道我愁的不是这个。"

方晋笑道："方某一介山匪，怎会猜得到王爷您心中所想。"

周棠瞥了他一眼："黑白两道通吃确实事半功倍，可我们这样做真的对吗？不说小夫子，单说廷廷，我们才只是装装样子惹点事，他便负气回去了。小夫子一心想让我剿匪立功，若是他知道我没为剿匪做准备，反倒自己搞了个匪寨，岂不是要气死。"

"慕权兄自己说剿匪一事全权交由我来处理，王爷和我都已定下了详尽的计划，就算生气，事到如今他是不会来插手的。"

"可他一直以为我们建立了南山军，我不明白他怎么就那么确信这一点。你知道吗，他每次提起'南山军'这三个字，看我的眼里满满的都是赞赏。"

"其实他也没想错，我们本来就是想建立'南山军'的，只不过那样的正规佣兵队伍太过束手束脚，要百姓的口碑，要官府的认可，还要自己筹集资金，而且一旦亮相，必然成为所有匪寨的靶子，还不如占个山头自立为匪来得方便。其实我们现在跟他的期望也差不多嘛，只不过叫'南山匪'。"

"南山匪吗？"周棠喃喃，一字之差，却是正邪不两立啊。

"更何况，你家小夫子确实厉害，明面上跟那些肥官和奸商周旋，暗地里给我们弄来那么多饷银，别说养活这些'山匪'了，就是伪造一两次洗劫行动也是绰绰有余的。要不是他这么能干，我也不会临时改变主意，把贫穷困苦的正义之师改为富得流油的山匪了。你看，山寨的弟兄们也没什么异议不是吗？可见我的做法多么得人心。"方晋没脸没皮地劝慰着。

"你说的我都懂，但……"

"但你还是想瞒着他。"方晋摇着扇子叹息，"王爷啊王爷，你真觉得你瞒得住？纸是包不住火的。慕权兄那样敏锐练达的人，怎么可能不起疑心？"

"我知道，我都知道。"周棠很是头疼，"现在廷廷又回去了，那小子黏他，嘴巴又不严，我猜他很快就会过来兴师问罪了。"

方晋戏谑："王爷怕吗？"

周棠苦笑："怎么说呢，其实我也很想念他生我气的模样。"

沉默了一会儿，方晋说："恕我斗胆，想问王爷一个问题。"

"问。"

"王爷和慕权兄，究竟是怎样的一种关系呢？"

周棠愣了愣，一时不知道该怎么回答。

"师生吗？朋友吗？还是臣属？"

周棠笑着摇了摇头，说出的话却很坦然："我对他的感情太复杂了，我自己也理不清楚。"

几声蛙鸣在草丛中此起彼伏，仲夏夜的风吹得树叶沙沙作响，隔壁的大屋里有鼾声震着窗棂，还有人起夜吹着口哨去撒尿。其实十分吵闹，但那两人之间显得极为沉寂。方晋默默地把扇子摇了数十下，沉吟不语。周棠深吸着山风捎来的湿气和凉意，任由思绪放松下来。他看得出来周棠和洛平的感情很深厚，但他没有想到情况比他所预料的更复杂。周棠对洛平有种惯性的依赖，以至于现在他已经下定决策的事情，仍然要考虑洛平的态度和感受。如此一来，洛平的存在便会让他犹豫，成为他的后顾之忧，这让方晋很是担心。所以他询问周棠，想要帮他理顺这一层顾虑，不承想竟然得出这样一个答案。

方晋提了口气说："王爷，这样是不对的，你太过看重一个人，会惹来麻烦的。"见周棠要打断自己，他把扇子立在了周棠眼前，这是他教习武功时提点他注意的动作，周棠顿了顿，没有插嘴。

"王爷，我并不是说你在意他有什么不对，作为他的小棠而言，你仰慕他一点错也没有。但作为一个意在天下的王爷，你对他的看重就是一种病，会被有心人当作把柄的诟病，甚至会危及你的前路。"

"我不明白。他是我的小夫子，本来就是属于我的，是他一直在教我怎么争取，没有他根本就没有今天的我，我跟他之间的事，怎么会成为我的阻碍？"

"以古为鉴，君王不可偏心于一人，那不利于江山社稷的稳定，况且慕权兄满腔抱负，若因此毁了他的仕途，你让他如何自处？"

"我不会害他的！"周棠怒道，"我仰慕小夫子，想把最好的东西都给他。他想做官，我就让他做大官，怎么会毁了他呢？那种事情绝不会发生，无论如何我都会护他周全。"

"王爷，你还太过年轻，尚不懂得人心，那乃是天底下最难把握的事。就算他绝无二心，你能完全控制自己心中所想吗？"

周棠抿唇不语。

方晋叹息："想必你也看出来了吧，你家小夫子，是个极淡薄的人。"

在酒肆中第一次遇见洛平时，吸引方晋的不仅是他的睿智，还有那种把自己所有欲望束缚住的压抑感。那种感觉太奇怪了，就好像他不是在为自己而活。

方晋说："据我所知，他从不与任何人过于亲近，即使是王爷你。"

周棠苦笑："不，尤其是我。"周棠早就察觉了。

廷廷发泄完心中的不满，瞧见洛平冷如寒霜的脸色，顿时意识到自己犯了错，喝了口茶水来掩饰心慌，一时间他也不知道该说什么好。

洛平过了好久才理清思绪："你说，没有南山军？"

廷廷："没有，从来就没有，不过方先生和周……和王爷都不让我跟你说件事，他们说南山军在你心里很重要……"

"我明白了。"洛平点头。很重要，确实很重要，那是他记忆中周棠剿匪成功的希望，是越州百姓心目中的正义之师，所以他才想尽办法为他们筹集军饷。可现在看来这些完全是他的臆想，他被一个不存在的期望蒙蔽了眼睛。而周棠居然就这样将错就错，把他蒙在鼓里。太讽刺了，讽刺得他自己都觉得好笑了。

"南山匪，他们自称南山匪是吗？"

"嗯。"廷廷老实说，"他们去山下几个村庄闹过一两次，做了些偷鸡摸狗的事，虽然没有真的伤害到村民，但我还是很讨厌他们的做法！为什么非要做坏人呢？"

对于这一点洛平其实已经能理解了：是他给他们送去的银两娇惯出了这个"匪寨"。作为一股同流合污的恶势力，确实更容易与红巾寨对抗，有了金钱作保障，他们也没有必要做表面文章来寻求百姓的资助。只要比红巾寨更强大，他们就可以自然而然地吞并那些匪寨，同时成为越州最强大最剽悍的部队，还不用受皇帝的管辖。一举多得的事情，如果无视这支南山匪将给百姓带来的灾难的话。

洛平见廷廷还有些不知所措的样子，笑着摸了摸他的头："他们自有他们的想法，你慢慢就会知道的。你也不用因为泄露给我这件事而愧疚，就算你不说，这件事我也早晚要知道的，我关心的倒是另一件事。"

"什么事？"

"你说你最讨厌的就是山匪，甚至不愿意再跟小棠他们学武功了？为什么？"

廷廷低头沉默了很久才说："洛先生，你知道池亚安池将军吗？"

"池亚安？当然知道，他是大承的戍边名将，曾经五次击退外敌进犯，皇上还封赏他为凛威大将军，三年前似乎是因为负伤，皇上准他回家休养，谁承想……"

"谁承想他们一家在途经越州时遭遇了山匪，那时池将军腿伤未愈，与五十多个山匪战至力竭，最终池家男女老少十二人，皆惨死在山匪刀下，只有池将军的小儿子，因为闹着要摘树上的红果子，侥幸没被山匪发现，在那棵大树上眼睁睁看着自己的亲人被屠杀。"

洛平讶然："你是池亚安的儿子？"

"是，我叫池廷。"

洛平不得不承认，真的有太多事情是他不能预料的。身边的小厮竟然是大将军之子，这无疑给周棠增添了一些助力。池亚安在戍边军中积威已久，他的儿子不管怎么说也能博得几分面子，周棠若能与他好好相处，日后也许又能少走许多弯路……

一夜未眠，他安抚廷廷睡下之后，回到自己房中，一面整理桌上的案子，一面想着南山匪的事情。直到东方既白，洛平深深叹了口气。罢了罢了，多想无用，还是把通方城内的事情处理完毕之后去南山看看吧。目前的局面已然与他料想的完全不同了，他也无法预测接下来会发生什么，只能尽量守在周棠身边，兵来将挡水来土掩。抱着这样的心态，洛平匆匆处理着手里剩下的事情。廷廷回来之后，也不知周棠是真的忙还是自觉没脸见他，一连数日都待在南山不肯回王府，洛平却也不闻不问。

程管家何等精明的人，一见他比往常更加严整肃穆的神色，便知道南山的事情败露了。于是也不再刻意隐瞒，每天不用洛平问起就据实禀报：什么南山匪近日吞并了两座小匪寨，什么方先生亲自做了大寨主，什么南山匪的操练比正规军还严格……后来禀报的内容就更为详尽了：什么王爷在南山匪中扮演一个小喽啰很是辛苦，什么王爷最近黑了也瘦了，什么王爷特别想喝洛先生您煮的莲香茶，什么王爷今天习武时划破了手指，说只有让洛先生给他包扎才不疼……

"老程，王爷耍无赖的话就不用向我汇报了。"

"是，洛先生。不过王爷还有一句话让我无论如何要告诉您。"

"什么事？"洛平不由担心，莫不是真遇到什么棘手的事了？

"王爷说，南山上头蚊子又毒又多，叮一个包要肿三天，他身上奇痒难耐，要您带些驱蚊止痒的药膏给他抹抹。"

洛平扶额："行了我知道了，我明天就去南山看他。"想了想又说，"老程你把他要的那些东西都准备一下，莲香茶在我房间的第二层书架上，张大夫那里有一些干净的纱布，都带上，让芸香用驱蚊的香料熏几件换洗衣服，止痒的药膏……药膏我会带着。"

"是。"程管家喏喏地出去了，一张老脸没绷住，都笑出了褶子。他心里可清楚得很，王爷哪里需要那些琐碎玩意儿，他只要洛先生心软去看他，就什么毛病也没有了——这个人，就是王爷所有不舒坦的良药。

南山上。

方晋拼命忍着翻白眼的冲动："王爷您就省点事吧，你这又短又浅的小伤口，再怎么抠也不会流血了好吗？"

"小夫子明天就要来了，我要装可怜就要装得像一点。"周棠郑重地说，"对了，你去给我捉几只蚊子来，放我纱帐里。"

方晋摇着扇子施施然走了，这种时候他尤其不想承认此人是他的主上或徒弟。

洛平带了不少东西，独自骑马上了南山，在半山腰便看到刻着"南山寨"三个字的界碑，像模像样的山匪风范，不知怎么看得他有些想笑。往前没走多远，就遇上拦路的南山匪，一个大汉上前一抱拳："洛先生，我家寨主让我俩给您带路。"

洛平也不跟他客气，下马回礼道："有劳了。"

那人不多话，牵过他的马匹，接过大半行囊，闷着头就往前走。这是洛平第一次见到南山寨，本以为是个酒肉横流匪气颇重的地方——那就是他心目中山匪聚集地的样子，然而眼前所见，竟是一派井然有序，数百个五大三粗的汉子在一起，没有丝毫不守规矩的喧哗打闹，那种严整肃穆的氛围，简直堪比正规军。

带路的领他去了一间独栋的小屋："洛先生，这是寨主给您安排的，您先住着，有什么需要再跟我们说。"他说得恭敬，语气里却透着一丝不屑。

洛平上下打量他一番，这年轻人身形高壮肤色黝黑，眉眼中透着股傲气，他不以为意，只微笑道："我知道了，你去忙吧。"

那人转身就走了。直到洛平把一切都安顿好，方晋和周棠都没有出现在他面前。他也没急着去找他们，出了屋子，逮着个人询问了寨中大夫的药寮，便带着从通方带来的一些药品物资过去了。

大夫是个年逾五旬的大爷，身边躺着休息的两个病号，洛平进去后，大夫立即起身相迎，看样子很是激动："洛先生啊……"

"赵大夫快请坐，"洛平与他招呼，"腿脚可好些了？"

"好多了好多了，让洛先生挂心了。"赵大夫笑呵呵的。

前阵子洛平查办一起和静县的案子，救下了牵涉其中走投无路的赵大夫，出钱给他治好了冤狱中受伤的腿脚，还让他投奔到南山来找份事做，故而赵大夫对他很是感激。

"这两人是怎么回事？"洛平看了看那两名伤员。

"哦，一个是中暑，另一个是上次下山的时候让哪家的看门狗给咬的。"

洛平点点头，先去找那个中暑的套话，问他怎么回事。那人说是训练的时候累的。

洛平问："谁训练你们，怎么这样狠？"

那人犟道："方寨主才不是狠心肠，他这样是为了我们好，这点苦，王爷都能吃得了，我们有什么熬不住的！"

"哦？王爷也跟你们一起训练吗？"

"那是当然，王爷事务繁忙，但从来都跟我们同吃同练，现在也还在操练着。而且别看他还是个少年样，上回跟大牛比拳脚，竟赢得轻轻松松呢。"

"是吗？多半是你们碍于他的身份，让着他吧。"

"我们才不做那些阿谀奉承的事！"他嗤了一声，斜睨他，"就你们这些文人脑袋瓜里整天弯弯绕。"

洛平笑了笑，也不辩解，接着问那个被狗咬了的人："好端端的，谁家的狗那么凶恶要咬你？莫不是你对它家做了什么缺德事？"

那人两眼一瞪："谁缺德了！我们不过是做做样子，才不是什么缺德的悍匪！"

洛平蹲下身看了看他被咬的胳膊，伤口愈合得很慢，看那人的脸色，似乎还在发烧："不管怎么说，你们还是给百姓带来麻烦了吧。说不定还是自己的父老乡亲，你们真下得去手吗？"

"哼，你不懂就不要瞎说！王爷和寨主是一心要剿清越州山匪的，我们这是打着山匪的名号做官府做不到的事，要说良心正义，我们可比那些朝廷的走狗强多了！"

"你们来南山之前就知道自己要做什么了吗？"

"当然知道，不过王爷和寨主严禁我们对外透露。"

"嗯，这我知道。"

越王府那边的招勇榜，只有寥寥数十人登记在册，那是给通方的官员们看的，在他们眼里，这数十人不过是越王精挑细选的侍卫队。而事实上，慕招勇榜之名而来的人，大多被转移到了南山。

洛平又跟他们扯皮了一会儿，已把南山寨的事情套出了七七八八，心说方晋还真是会选人，这些青年大多直爽没心机，像他那样又有功夫又能忽悠的"大寨主"，铁定能把他们收得服服帖帖。

一边跟那个被狗咬了的伤员说着话，洛平一边掀开他胳膊上的绷带察看了下伤口。犬齿印参差不齐，看起来咬得挺深。

"很疼吧？"他问。

"男子汉大丈夫，这点疼算什么！"那人扬了扬下巴，一副瞧不起他这种文弱书生的臭脾气。

"嗯，够硬气，就不知道那条狗是不是疯狗，据说被疯狗咬了的人，也会变疯呢。"洛平漫不经心地说，"若是医治不好，人就会变得畏光，神志不清，口水拖沓，见人就咬，最后衰竭而死……"

"你，你怎么知道，你又没被咬过！"那人给他说得心里发怵，嘴硬道。

"谁说我没被咬过？"洛平捋起袖子，白皙的手臂上一处浅色伤疤很是显眼。那时候周棠给他带的药膏确实很好，大部分疤痕都消下去了，只是这一处伤口实在过深，以至于最终还是留下了痕迹，为此周棠还懊恼过。

"哎？"那人愕然。夏天汗水浸渍，其实这伤疼得他快要厥过去了，只不过不想丢人，只得咬牙硬忍，他没料到这个看着弱了吧唧的人居然也跟他受过一样的伤痛。殊不知，那年洛平是被几只猎犬咬得浑身都是伤，可比他严重多了。

洛平道："那年我受伤时，大夫跟我说过那种疯病。不过你不用太过担心，我还记得大夫给我开的方子，至少能起到一点预防作用的，你看我现在不是好好的嘛。"

"唔……嗯。"

洛平笑得温和，那人蓦地有点脸红，一副想要方子又拉不下脸面的样子。没等他开口，洛平已经拿起纸笔写下了方子，递给赵大夫看："应该没记错，你看看有没有什么要改动的？"

赵大夫看了看，有些讶异："方子倒是不错的，只是剂量太大了。洛先生，这是你用的方子？这样猛的剂量，你被咬得多厉害？"

洛平淡笑："不记得了。"

说话间又进来两个病号，一个是训练中造成的剑伤，一个是饿晕了。洛平给赵大夫打下手帮忙照顾着，赵大夫一开始还推托不让，后来看他包扎煎药很利索，而且几句话就能把焦躁的病患安抚妥帖，也就乐得多个帮手。于是洛平就在药寮中忙活了一整天。

周棠这一天都训练得心不在焉。休息时分他问方晋："他不是今天要来的吗？人呢？"

方晋看着被抬下去的那个饿晕的，随口道："人早就到了，据说在药寮玩呢。"

"去药寮干什么？他怎么不来看我……们训练？"周棠不服气道，他本以为小夫子一到这儿就会来训练场看他的。

"训练你们是我的事，他来干什么？来看你今天是怎么练剑练到剑脱手而飞，还扎到人家大腿的吗？"方晋故意怄他。

周棠无话可说：……

于是训练一结束，他脸都没洗直接冲进了药寮。一掀帘子，刚巧看见小夫子在给一个伤员喂甜粥。那人靠躺在那儿，脸色苍白有气无力的，洛平给他擦了擦额头的虚汗，轻声训道："以后不能再光顾着练习不吃午饭了，这样不叫刻苦，叫自讨苦吃。"

"嗯嗯，知道了。"那人一边喏喏应着，一边眼冒绿光地去吃洛平喂他的甜粥，都不用自己动手，吃得那叫一个舒服。

周棠的脸当下就黑了。不就是饿个肚子吗，怎么，连个饭碗都端不动了？你小子多大的面子让小夫子亲自喂你？还有你那什么态度？小夫子的教训你敢不好好听？周棠带着一肚子的火大步走过去，夺过小夫子手里的碗往那人软绵绵的手里一塞，那人被烫得差点跳起来。

"小棠？你干什么？"洛平也吓了一跳。

"让他自己吃！"周棠磨着牙，拉起洛平就往外走，"你跟我来！"

剩下药寮里的人木木地呆了会儿，没想明白一向稳重大方的王爷怎么突然耍起小孩脾气了。只有赵大夫呵呵笑："王爷和洛先生可真亲厚啊。"

到了周棠的屋子里，洛平无奈地瞅着他："有什么事吗？"

周棠有点气哼哼的："你不是来看我的吗？怎么跑到药寮去了？一整天都没见到你！"

洛平道："我是来看传说中的南山匪的。"

周棠一窒，这才想起自己欺瞒小夫子的事情，气焰登时就蔫了。洛平见他支支吾吾的，也不想再为难他："这里搞得挺不错，也不枉我给你们筹了那么些银两。我能理解你们建立南山匪的意图，今日也跟'山匪'好好聊过。我说，怎么剿匪由你们决定，只要别伤及百姓，别伤及越王的威信，你们怎样都可以，何必瞒着我呢？"

虽然是训诫的话，周棠听了却心情大好，心说小夫子真是天底下最善解人意的人了，也是世界上最包容他犯错的人了。

"小夫子，对不起。"嘴上诚恳地道歉，再适当地装装可怜，小夫子一心软，肯定就什么也不怪他了，周棠心里打算得好好的，"小夫子,你看我前日练功的时候受伤了。"周棠把手指头横在他面前。

洛平沉默一会儿："小棠，这是你刚咬的吧，牙印还在。"

"不管它怎么来的，现在在流血，疼啊。"周棠没脸没皮耍无赖。

洛平挑眉，摇摇头，打了盆清水给他冲洗了一下，然后拿纱布给他系了个大蝴蝶结："现在还疼吗？"

"不疼了……"周棠有点不甘心，不过他不敢得寸进尺。

闹腾了半天，两人错过了晚饭时间。南山寨有铁律，不许在规定时间外随便吃东西，粮食都是花钱买的，谁也不准糟蹋。于是饿得半死的周棠把洛平路上没吃完的干粮全部扒拉进自己的肚子。

洛平看着他吃，感慨道："吃得这么多，怎么还是瘦了。"

周棠望着他温柔的眼神，心里一暖，便又开始胡闹，丢下水杯干粮就往床上一趴："小夫子，我身上好多蚊子包。"说着他让洛平看他的背。

洛平本不想理他，可一看见那个惨不忍睹的后背就绷不住了："怎么会这么严重？"

整个后背都快肿起来了，这是多少蚊子都逮着他一个人叮？实在无法，洛平又打了水，让他先用湿布巾擦洗后背，还拿了消肿止痒的药膏给他涂抹。

"我去换水洗漱了，小棠，你也早点回房休息吧。"

"嗯，我知道了。"周棠这回没有耍赖。待洛平出门，他披上衣服就往门外冲，刚出去就撞见方晋，方晋见他满身蚊子包狼狈不堪的样子，微一愣神就反应过来："你这不是自己找罪受吗？"

周棠狠瞪他一眼："我乐意，不用你管！"

方晋摇着扇子走开，他本想来找洛平商量些事，不知怎么的，看见这样的光景，一下子也没了兴致。转身没走多远，他就碰上打水回来的洛平。洛平大概是刚洗了把脸，发丝和脸上挂着一些水珠，在月光里晶莹剔透，顺着他的脸颊滑下，竟像是腮边欲落不落的泪滴。当然，那不会是泪滴，因为此刻洛平正望着他微笑，笑意漾在眼角，模糊在一层淡淡的水汽中："方寨主？有什么事吗？"

方晋蓦地一怔。那人就站在那里，一袭染有轻尘的素色衣衫，微微偏首，纤细的颈项镀着一层银边。方晋忽然觉得这个人特别好看，不是平日里的那种清雅，也不是俗世里定义的俊美，就是一种说不清道不明的美好。他本来想说点什么，张了张口愣是一句话也没说出来。他从不知道自己也有如此口拙的时候，尴尬了一会儿，最后狼狈离去。

洛平在南山待了几天，已渐渐熟悉了这边的环境。他有时会去药寮给赵大夫帮点忙，有时也会去训练场看两眼。每日必做的事情是找人聊天，伤员、伙夫、哨兵……凡是他碰得上面的，总要拉扯两句，因此南山寨上的人也很快就熟悉了他的存在。原本对这样的情况周棠是喜闻乐见的，可他很快发现了不妥之处，心里就有点不舒服。

比如洛平跟所有人都很多话，偏偏就不怎么搭理他。去训练场的时候，洛平趁着他们休息，会分发一些凉白开，见者有份，喝完还能续。他挽着袖子给他们打水，常常谦和地笑着跟他们搭话，这时候周棠就觉得他很冷落自己。

"方先生，小夫子是不是对我有意见？"周棠抱臂看着那一圈围着洛平的人。

"何以见得？"方晋拿着一把弓试着弓弦的弹性，随口道。

"我已经去他那儿要了六碗水了，他只对我说了三个字——'王爷，给'。"

"半炷香的休息时间，你在他面前晃悠了六次，还指望他跟你啰唆些什么？"方晋毫不客气地指出他的心思，训练场上，他从不把周棠当王爷。

"可是他跟其他人说话怎么就那么投机？"周棠反驳，"那个小个子也去要了好几碗了，他每次不都招呼得很亲切？"

方晋放下弓，稍稍沉默了一会儿说："你真的没有看出来吗？"

"看出来什么？"

"他对南山寨中的所有人都很亲切，除了你我。你没想过这是为什么？"

方晋这样问，周棠终于冷静了下来。撇开那些堵在心里的私人念想，他总算看得清楚了一些。

"他在试探我们的计划？"每日与不同的人交流，虽没有明着问，但多处的消息融合，怎么也能推测出他们近期的动向，可是，"他为什么不直接问我？我没打算瞒着他呀。"

"他自己说过，不会干扰我们的所作所为，这样也算是遵守诺言了，只不过，他大概还是很担心吧，所以忍不住旁敲侧击地打听。"

"原来是这样。"周棠用抱怨的语气，说着心满意足的话，"真是的，我看小夫子整日周旋在那些狐假虎威的官员之间，弄得身心俱疲的，本想让他放松一下的，谁知他这么放心不下我。"表面上事不关己，实际上担心得不得了，这样口是心非的小夫子，周棠一想起来就觉得特别有意思。

"当然，他这么做很大程度上也是在拉拢南山寨里的人，不得不说，在掌控人心方面他确实很拿手，所以你把越州官场的整顿交给他来处理，完全可以高枕无忧。"

"掌控人心吗……小夫子的能力我从来没有怀疑过。"

"嗯，希望你对自己也同样有信心。"

"什，什么信心？"周棠偏头看他。

"我说的是你对自己憋尿能力的信心，你喝了六大碗水吧，休息时间已经结束了，接下来两个时辰不间断的骑射训练，你能把握好吗？"

"方先生，方寨主，请给我如厕的时间。"越王低声下气，语气极其诚恳。

第五章·南山

"没时间了，"方晋似笑非笑，一掌推上他后肩，"给我上马！"

马蹄卷起尘土，尘土飞扬，洛平远远看着周棠飞身上马，少年柔韧的身体在半空划过一道炫目的弧度，轻盈地落于马背。他忽然意识到，周棠已不是那个畏畏缩缩的深宫皇子了，他的自信他的张扬，都显示着他超乎想象的成长，这一次，他没有错过一丁点他的蜕变。就如同刚刚从那个小山匪口中听到的那样让他惊讶："马上我们就要有大动作了，据说是红巾寨的一个分支……失败？我们才不会失败呢，王爷拟定的计划，而且亲自参与，寨主都说了，万无一失。"

洛平抬袖擦了擦脸上的汗水，紧蹙着眉头望向将台上的方晋。恰好方晋也在侧首看他。方晋嘴角带笑，那是个有些促狭的笑意。两人目光交会时，彼此都有了然于胸的认知——"不插手不干预"，那是绝对不可能的了。

这天训练结束后，周棠足不沾地地往茅厕狂奔而去。有人感慨道："这就是王爷和我们的差距所在啊，你看，他连上茅厕的途中都不忘练习轻功。"很多人深以为然，并以此为鉴。

他出了茅厕去寻洛平的时候，被告知洛先生正在与王府来的管家长谈。周棠想了想，推门而入。屋里有四个人，洛平、方晋、程管家，剩下的那个是发誓说再也不来的廷廷。廷廷见他进来撇了撇嘴，似乎有点不自在，好像还在对上次的吵架耿耿于怀。周棠却没在意，到他身边落座，注意力都放在了洛平那边。

此时洛平已经向程管家交代得差不多了，最后给了他厚厚一沓账簿，让他带回通方处理："这段时间我和王爷都不回去，如果有人拜访，便说王爷去勾凉视察民情去了，那边会有人打点。"

"好的，洛先生。"程管家应了之后，转过身恭恭敬敬地向周棠行了一礼，"王爷可还有什么盼咐？"

"没有，照小夫子说的去办吧。"

"是，属下告退。"

程管家走后，洛平轻咳一声，问道："小棠，南山匪是不是要与红巾寨起冲突了？你有把握能赢吗？"

小夫子主动问他，周棠心里很是高兴，不过回答得相当谨慎："赢的把握不是十成，不过这一仗的目的也不是要赢，而是向他们宣告南山匪的存在。"

"那你也要把损失降到最低。"

"小夫子你放心吧，南山匪刚刚起步，我不会乱来的。"周棠信誓旦旦，"这次是虚放的消息，诱他们来抢我们安排好的一批货物，我们只要打好埋伏就行，保证不会有什么损失，最多毁坏几座村舍民宅。"

洛平一愣："什么叫作最多毁坏几座村舍民宅？这难道不叫损失吗？"

"这是必要的戏码啊，哪有山匪不作恶的？应该不会很严重的。我们事后会以越王府的名义补偿那些人家的，这不是也给王府造势了吗？"

"小棠，你怎么可以这样看轻百姓的财产和安危？南山匪是你的部队，南山脚下的百姓就不是你越王的百姓了吗？你就这样糟践他们？"

见他恼了，周棠有些不服气："小夫子，这明明是一举多得的事情啊，成大事者必然要有所牺牲有所取舍，我这样做有什么不对？"

"所以你就取捷径而舍百姓？我有教过你这样的东西吗？"

"这不都是你教我的吗，为达目的可以不择手段……"

"小棠！"洛平捏紧了颤抖的手掌，他不知道哪里出了错，竟然会让周棠有这样的念头。他也不知道该怎么反省自己，为什么即使他准备万全，处处小心，他们之间的误解也没有减少。

被怒斥，周棠意识到了事情的严重性，嗫嚅道："小夫子，我不是那个意思……"

"罢了，是什么意思无所谓。"稍微平静下来一点，洛平郑重地说，"我要告诉你的是，争权夺利是一回事，百姓的安危是另一回事。你缺天时少地利，所以你的天下必须是由百姓真心拥戴而成的，在一切刚刚开始的时候，你不可以把赌注压在损害百姓的事情上，如果今后他们得知越王就是南山匪，南山匪就是那个害他们流离失所又假惺惺地补偿的越王，那他们还会信任你吗？"

周棠抿唇没有说话。洛平知道他没有接受他的劝阻，张了张口还想说，但看了眼旁边已经与他争执过一次并且也没有听劝的方晋，忽然觉得心有余而力不足。他无奈坐下，按着太阳穴，周棠立刻走上前来问他："头疼吗？你不要生气了，这件事我们再商量商量就是了。"

洛平叹息："你们什么时候动身？"

周棠顿了顿："三日后。"

洛平点头："那就明日再说吧，你累了一天了，快去吃饭吧，别又错过了饭点。"

"你不跟我一起去吗？"

"我在赵大夫那里吃过了，你和廷廷去吃吧。"

"好，我知道了。"

廷廷先出去了，周棠也乖乖走了，临出门时，接下了方晋意味深长的一眼。

夕阳西下，余晖洒进这间房子里，给两人之间的沉默渲染上一片金色。

"你有什么话要跟我说？"洛平没有看向方晋，只是淡淡地问。

"洛平，你真是我见过的最固执又最自私的人了。"方晋说，"为什么不放手让他自己去做呢？是你又预见了什么，还是你不敢让他迈出这一步呢？你觉得，他还需要依赖你是吗？

"你错得太离谱了，现在，不是他在依赖你，而是你想控制他。你害怕他脱离你的意志，但事实上，他早就可以松开你的搀扶了，是你自己不敢放手。"

方晋说完，静静地望着洛平的侧脸。暗金色的光扫过他的眼眸，洛平的睫毛像是承受不住那样厚重的色彩，轻轻颤动着。自始至终，他没有反驳一个字。只是在夜晚来临前，他浅笑着说："方晋，我这里有一个志怪故事，你要不要听？"

"什么故事？"方晋坐下问道。

"一个前世今朝的故事。"

"前世今朝？"方晋笑了笑，"好像挺有意思的，你说吧，我听着呢。"

于是洛平缓缓道来。方晋一直知道周棠喜欢看些志怪书籍，想来就是受到了洛平的影响。志怪故事他也看过不少，大多是当作消遣的。他怎么也没想到，竟然有一个故事，能让他如此信以为真，并为之迷惑。

洛平说，有一个佞臣，他自小就想做官，小的时候，每次听说有官员要路过家乡的官道，就会跑上几里地去看。他总是想，要是哪天自己也能坐在那些好多人抬着的轿子里面就好了，那该有多威风。后来长大一些，读了不少圣贤书，他开始懂得什么是理想什么是抱负，把书里读来的风骨气节全都包裹在自己身上，他怀着满腔热血上京赴考。那时候他想的已经不是什么轿子了，他想的是传说中最接近天子的地方。他很幸运，如愿以偿地当上了官，只是这样还不够，他还想要做更大的官，想要受到更多人的拥戴，想要手握更多的权势，所以他又把那些风骨气节全部从身上剥掉，变成一个彻头彻尾的官迷。

要说他在那段岁月里留下了什么值得纪念的东西，那就是对一个女孩子的倾慕，还有跟一个倔小孩的交锋。在他的眼中，这两个人虽然都生于皇家，却与那些肮脏的争斗没有丝毫关系。到底，他还是想在自己心里辟出一块干净的地方。

他的仕途起起伏伏，几经辗转，最后在别无选择的时候，回到了那个自己曾经一时兴起教导过，却从来没有抱什么期望的男孩子身边。谈不上什么辅佐，他只是想给自己找一个容身之处，于是一直跟随着他。出乎他的意料，那个孩子居然一步步接近了高高在上的皇位，并最终黄袍加身。而他也终于实现了自己最大的愿望，成为整个朝堂中最接近天子之人。由于圣宠眷顾，他的地位很不一般，因而很多人称之为佞臣。不过权势在手，他也不可能轻易被中伤。只是有些东西还是与他想的不一样了。

一年又一年，他发现自己心里仅剩的那块干净的地方不见了。那个曾经依赖他信任他的孩子对他起了疑心，以三项滔天大罪将他置于死地。祸国殃民的佞臣死了，可是那个王朝，最终还是走向了覆灭。

那人心有不甘，在枉死城中烧掉了所有前尘往事，醒来发现是大梦一场，然后重新开始这场人生。一切重来，他能预知所有事情的起因经过结果，本以为可以趋吉避凶，一帆风顺，可谁承想，因为他下意识的插手，命运却走出了完全不同的轨迹。那个人想看到不一样的结局，但他又对通往这个未知结局的道路感到恐惧，以至于都有些杯弓蛇影。他只能尽自己最大的努力，让每一步都不会走错。

如果那个孩子做出了与为君之道相背离的事情，仲离兄，你说他能做到袖手旁观吗？

方晋听完后沉默良久，他分不清这是故事还是真实。据他的了解，这个故事的前半部分说的分明就是洛平自己和周棠，可是那后半部分，实在太过离奇。一方面他相信天机不可泄露，否则人世岂不大乱，一方面他又觉得洛平有时确实能洞察先机，若不是诸葛孔明那样的神机妙算，就只能做如此猜想了。

方晋犹豫着问：“慕权兄，你……”

洛平摇首笑道：“故事而已，仲离何必当真。没有人可以把生死当作儿戏，也没有人能够预知未来，我的意思不过是希望你别太纵容王爷，也不要干预我的劝解。我想看到的，是一个谁都没有遗憾的故事结尾。”

扇柄在掌心有一下没一下地敲着，洛平说得轻巧，方晋却有更多的思量。啪的一声，扇子落下了最后一敲，方晋叹笑出声：“慕权啊慕权，你当真有颗玲珑心肝，每一步都那样小心谨慎，把我都算计进去了。真不知周棠小子走了什么好运，能让你这样死心塌地地为他谋划。”

"仲离谬赞了。"

"难道不是吗？你与我说那么多，根本不是在针对这次行动的事，而是想替周棠收了我的忠心吧。"

洛平：……

"你说的那个故事，无论是不是真的，无论我信不信，对我而言都是极大的诱惑，因为你几乎是在明确地告诉我，周棠会成为大承的君王。如果说我之前还有一些动摇，还想借这次的行动试探一下周棠的能力，你现在就是在让我打消这些顾虑。你想用帝王身边的重臣之位，来引诱我帮他把一切都谋划好，是吗？"

洛平敛眉："仲离又何尝不是一颗玲珑心肝呢。既然如此，我也不再拐弯抹角了。我做了王爷这么长时间的夫子，对他也算了解。他的想法总是很好的，只是缺乏经验，常在细节上考虑不周，比如这次侵扰百姓的弊端，相信若是仲离兄稍做润色，定能化解。"

暮色已沉，两人渐渐看不清对方的面容。油灯就在眼前，却没有人去点燃。方晋就在黑暗中凝视着洛平的眼眸。隐没在黑暗中的亮光，像是月色下的水纹，一点一点向他漾开来，等着他的回应。方晋不由地想，怎么会有这样的人呢？这个世上，怎么会有这样懂他心意，又能与他针锋相对的人呢？伯牙子期也不过是知音，而他和洛慕权之间，如同高山流水的琴声中，混入了铿锵战鼓，热血冲击着耳膜，那是种棋逢对手的快意。他笑起来："好，不等明日，我这就去找周棠重新商量对策。"

洛平目的达成，轻舒一口气："那我在此先谢过了，不过今日天色已晚，王爷也累了一天了，还是明日再……"

"慕权，你处处为他着想，凡事都想为他安排妥当，可曾想过他少年心性，有时候只想一个劲地向前冲，不想被人管束？"

"什么意思？"

"意思是，什么三日后，都是他撒谎骗你的，他觉得三日后就能证明给你看，他的方法是正确的。真正的出发日期是今夜子时，先给那些山匪来一场夜袭。"

洛平一怔："今夜？！"现在已是戌时末了，也就是说，南山匪恐怕已经快要列队了。

方晋点燃了油灯，灯光下洛平的脸色显得有些白。不知为什么，他突然很想知道一个问题的答案："慕权，你真的觉得故事里的那个人可以改变自己的命运吗？"

洛平抬头看他："什么？"

"你没有想过吗，重来一遍的话，也许那个孩子不做皇帝，才会有一个更好的结局？那个人不会再是佞臣，也不会再死在皇权之下。"

"我没有想过。"洛平回答。

"为什么？"

"那样的话，就会有太多遗憾。成全的，只有那个死过一回的自私鬼。"

方晋去找了周棠。彼时周棠正在做最后的部署，见方晋来了，他问："让你拖延他一会儿，你们也不至于要聊这么久吧，小夫子睡了吗？"

"睡？"方晋挑了眉梢，"恐怕他今晚都睡不好了。"

"啊？"周棠放下朱笔，有些心虚，"他看出什么来了吗？他要阻止我吗？"

"王爷，有时候我真替他不值。"

"我怎么了？我是不该骗他，可我也是不想让他担心啊。他要骂我就等我凯旋再骂好了，到时候说不定他看我能干，又不舍得骂了。"

方晋什么也不想说了。对他，洛平便是将心付长河，散落随春水。方晋知道，洛平的眼里就只装了一个人，好像他此生活着就只是为了那个人。说实话，他还真有点嫉妒周棠。

"罢了罢了，把你的战略书给我。"

"你不是说这次不插手，让我一个人来统筹吗？"

"你家小夫子不让！"方晋恨恨道。

在原本未置一词的攻略和地形图上，方晋寥寥几笔添上了新的作战方案。周棠看了以后，两眼放光连连称是："没错！南山匪把那股追兵逼到村庄附近，然后我换成王爷的身份带领侍卫队进行追击，都不用跟他们硬拼，只需做做样子给村民看就可以给'越王'博得美名，之后再用落石把他们一网打尽，这样才是真正的一举两得啊！"

"话是这么说，但这样做王爷你可能会有点危险。"

"我有分寸，只是把他们引进落石阵而已，我的马快，不会有事的。"

两人就细节又商讨一番，亥时末，南山匪集结完毕，列队下山。出山门时，方晋和周棠看到在那里静候的洛平。周棠因为心虚愣了一下，倒是方晋翻身下马，来到了洛平面前。

洛平终究是担心："怎么样？重新商定过了吗？万无一……唔。"夜里山风很大，吹得洛平发髻散乱，说话时一缕长发贴着面颊飘进嘴里，把他的话生生截断了。

方晋满眼无奈："我说慕权兄，你对我这么不放心吗？我既然答应了你，自然是要确保他万无一失的。"

周棠望着洛平也顾不得心虚了，脚下一蹬，竟直接从马上施展轻功掠了过去，对洛平道："小夫子你怎么穿这么点就出来了，快回去吧，你放心，我们一定凯旋，到时候我再向你请罪。"

洛平抿唇看他，分明还在气头上，可偏偏移不开眼。周棠虽然乔装成了一个小喽啰的模样，可少年的面庞仍旧英气逼人，剑眉星目，还有那一身的踌躇满志，凛冽得让他怔忡。

"小夫子……"周棠万分委屈地喊着他，见他不理自己，忽然凑到他的身边，轻轻说了一句话。

洛平本能地向后退了一大步，随即躬身道："我知道了，祝王爷和寨主早日得胜归来，洛平在此恭候捷报。"

山寨几乎空了，只留下一些杂役和两队守寨的护卫。平日里的聒噪骤然安静下来，洛平觉得有些不适应，想去廷廷的房中聊聊，却被告知廷廷也随寨主他们一起去了。洛平想想也是，做山匪廷廷不乐意，杀山匪他定然跑得比谁都快，更何况周棠本来就有让人追随的气度。看得出来，尽管两人碰面不是吵架就是打架，但廷廷还是甘愿为周棠出力的。不过那孩子也是的，都不跟他说一声就这样跑了，刚才在山门那里也不出来跟他打声招呼，这招先斩后奏倒是也跟某人很相像。

想着这些有的没的，洛平回到了自己的房里，挑亮了油灯。火光跳跃，在暗夜中笼罩出一片氤氲，洛平睡不着，便望着它出神。临行前周棠在他身边说的是："你去为我点一盏灯吧。"

洛平想起了那本《天阶凉如水》——层楼俨然，孤灯如梦，这盏灯会亮到他回来的那一天。

灯火轻微地颤了一下，在窗纸上映出瞬间的黯淡。洛平下意识抬起头来，看着那盏灯，心里也是一颤。挑了挑灯芯，见灯火还是不旺，他又添了点灯油。这盏灯已经燃了三天三夜了，他一直没让它熄灭，即使自己事务缠身要离开，也会让仆役帮着照看。大概是心理作用，他总觉得这盏灯灭了会是什么不好的征兆。

周棠他们一去数日，每日都会有人回来禀报情况，洛平也大致了解了方晋修改后的作战方案。这一点倒是让洛平很欣慰，不管怎么说，周棠知道有人担心他，也会更加注意自己的安危。

这几天王府那边一直宣称王爷到勾凉视察去了，所有事情由程管家一手接下，再转交给身在南山的洛平处理。再一次浏览了面前的卷宗，洛平的眉头蹙了起来。昨夜，程管家送来一份有关姚鹏飞姚副使的动向汇报，说他已于昨日动身往京城去了，要为前段时间越王府插手的一件贪污案平反。告御状吗……看来杨知州终于忍无可忍，派出了自己的心腹，要出手自救了。那姚鹏飞本是杨旗云的门生，后入仕为官，便一直追随着他，为人刚正不阿，几年来颇得百姓赞誉。只不过姚鹏飞是个认死理的人，他觉得杨知州是恩人，不管别人拿出什么样的证据来揭露杨知州的丑行，他一概不信。这次更是为了给恩师出头，不惜千里进京，要去圣上面前参越王一本。洛平随意地在卷宗上勾勾画画，忽然舒展了眉头。对什么人就要用什么计策，对这样重情重义的人，便要用情义收服。

次日，洛平先听了关于周棠那边进展的报告，心算一下，然后给程管家布置了一个任务：派人拦住姚鹏飞。

"洛先生，你的意思是，要把他抓回来禁足吗？"程管家从来都很在意细节。

"不，不要与他正面冲突。"洛平道，"后天之前，只要截住他往小井村的去路，让他改道岷山就行了。"

"岷山？那不是王爷……"

"正是。"一阵清风吹开了半掩的轩窗，洛平拢着衣袖护住摇曳的灯火，"就看我们的越王，是不是真的能一举多得，收服百姓的心了。"

往日，小夫子给的回复总是很短，譬如"甚慰""戒骄""祝胜"，但是周棠今日收到的回复长了很多很多，长得让周棠心花怒放："方晋你看见没有，小夫子愿意跟我多说几句了！"

方晋瞥一眼回信，装模作样地掰着手指头数了一遍："岷、山、救、姚。还请王爷告诉我，他跟你多说什么了，你所说的那几句在哪里？"

周棠理直气壮："多了两个字，这就是进步。你没看出来吗？小夫子有事情托付给我，表明他信任我，只要我好好把事情办妥，回去后他定会夸奖我的，到那时我就可以趁热打铁让他消气。"

方晋懒得理他这种无赖式的乐观，拈起周棠留存下来的一沓回信道："他的话也太少了些，他是因为跟你生气，还是一向这样？"

周棠撇了撇嘴："他一向这样。以前给我的留书，都是能短则短，也从来不会把自己的心情寄于笔下传达给我。方晋，你有句话说得很对，他太淡漠了，好像把什么心思都压抑住了，你说他这是为什么呢？"

方晋不知怎么回答。他蓦地想起洛平所说的那个故事中，那人被三项重罪逼死的情节，虽然现在看来，若是套用在周棠和洛平身上，非常难以置信，但是："我想，他不是没有热情，而是不敢轻易交付出来吧。"

飞蛾扑火。因为知道会被那团火焰烧死，所以把自己藏在黑暗中，一直远远地绕着火焰旋转又旋转。

"我会让他交付出来的，我也决不会辜负他的热情。"

方晋望着周棠认真的侧脸，没有接话。毕竟谁也不能断言，那只飞蛾最后会不会再次扎入其中，心不由己，义无反顾。

"小夫子果然神算，时间真是刚刚好。"周棠合上密报，志得意满。

这几日进展十分顺利，南山匪与红巾寨统领下的小队盗匪经过几次摩擦与交手，已然到了一触即发的境地。今夜便是那批安排好的"货物"路过岷山之时，也是他们最终一决胜负之时。而小夫子那边也把姚鹏飞诱到了岷山脚下的村庄留宿，这一出"回程的越王挺身而出，勇救村民于水火，还不计前嫌救下政敌"的戏码，就此上演。

周棠招手叫来廷廷："就照我们之前安排好的做吧，你与我身量相当，就先代替我做方寨主的跟班喽啰，我现在要恢复王爷身份，去好好地招揽人心了！"

廷廷冲他翻了个白眼："看你急吼吼的样子，是有多想在洛先生面前邀功啊！真不想理你这个笨蛋！"

说是这样说，廷廷换上了周棠那身跟班装扮，等周棠恢复成风度翩翩的越王时，拍着他的肩别扭道："可别死了啊，那真是丢人丢大发了。"

周棠心情很好："承你吉言！"

那夜，岷山上火光冲天，那是南山匪的寨主率领一干人马烧了红巾寨分支的营地。山下村庄里的数百村民都目睹了这场山匪与山匪之间的拼杀，一时间鸡飞狗跳，不知如何是好。留宿在此地的姚鹏飞也被这突如其来的事端吓得两腿直哆嗦。一队途经这里的客商表现出了极大的恐惧，老板咋咋呼呼地让武师守住自己的"货物"，眼瞅着一路头扎红巾和一路来历不明的匪徒都冲着他而来，顿时哭天抢地起来："都说越州山匪横行，我今天算是见识到了！只恨那知州为官庸碌，竟任由匪徒如此猖狂！"

正乱着，南山匪和红巾匪一前一后逼近村庄，就在这时，一队人马如从天降。当先一人骑着黑色骏马，一袭绣金锦服，不是越王又是谁？

村民中有人高声喊道："是越王！越王来救我们了！"

也有人焦急道："可是越王随行只带了这么点人，自保尚且不易，何谈救人？"

周棠身形敏捷，铿锵之声中，飒飒英姿映入了在场所有人的眼："大胆匪徒，竟敢扰我百姓！我周棠就算拼尽全力，也绝不让你们得逞！"

奔驰中的廷廷做了个欲呕的动作："寨主，你不觉得他演得有点过吗？"

方晋笑道："无妨无妨，百姓就爱看这出。"

周棠手中宝剑出鞘，堪堪架住廷廷砍向姚鹏飞的一刀，然后才仿佛刚发现似的，讶然道："哎？这不是姚副使吗？你怎会在此？"

姚鹏飞张着嘴哑巴了，心说这下完了，遇上知州的死对头，哪里还有活路？

岂料周棠朗声道："快躲去安全的地方吧，跟着本王的这名侍卫，他会保你平安！"

姚鹏飞讷讷："我……你，你为何……"

周棠哂然一笑："你我恩怨事小，姚大人为官清廉正直，可谓国之栋梁，实在不该命绝于此啊。"

姚鹏飞神色复杂地看他一眼，咬牙，一边逃命一边涕泪两行。

摆平了姚鹏飞，周棠按照原计划引诱敌人深入岷山峡谷，混乱中几个南山匪也帮他挡了许多红巾匪的攻击。成功地把追兵拦在落石阵中后，一切基本尘埃落定。只剩下方晋在前面假意奔逃，周棠在后面假意追击。月满峡谷，周棠回转马头，欣赏着自己的首战告捷，心中甚是畅快。只待天明便得胜回山寨，再载誉回王府！

　　然而与此同时——噗的一声闷响，书桌周围陷入一片黑暗，惊得洛平动作一顿。今夜并没有起风，可那灯火莫名地灭了。灯芯散发出一阵残烟气味，洛平执笔的手腕微微抖着，滴滴浓墨落下，毁了满篇文书。好一会儿他才反应过来，重新点燃灯油，沉默着守了一会儿。突然他起身披衣，急急唤来仆从："备马！下山！"

　　岷山峡谷。

　　"越王好胆识！我家寨主特来送上一份大礼！"声音响起在周棠最放松警惕的时候。

　　那支冷箭穿入他的身体时，惊愕之余，最先浮现在脑中的不是生死由命，不是大业未成，而是洛平痛惜心疼的神情。剧痛带给他片刻的失神，乱糟糟的心绪纷至沓来。这回不用装可怜了，小夫子肯定不会再生我的气了。只要那盏灯为我亮着就好，我会回去找他。就好比循着火的飞蛾，对，我就这点出息。

# 第六章 惊变

峡谷末端的山坡上,一队与刚才的追兵来自不同方向的红巾匪骤然现身。前面的方晋察觉形势有变,立即转为守势,一边命令南山匪张弓备战,一边掉转马头想要提醒周棠。然而他还是晚了一步,对方先发制人,在那声大喝之前,一支箭矢便破空而来,径直向周棠飞去。周棠高坐马上,又是一身显眼服饰,这一记暗袭命中率极高。亏得他反应迅疾,箭镞的寒芒一闪而过,他竟凭着直觉侧身翻滚下马,堪堪避过了心口要害。不过那支箭来势太猛,还是从他的左侧腰腹上擦过,生生带下一层皮肉。周棠落地时踉跄了两步,疼痛令他眼前发黑,有一瞬间的闪神。四周的侍卫迅速将他护在中央,欲为他挡住再度飞来的箭矢。奇怪的是对方放了那支冷箭之后,突然安静下来。

此时红巾寨、南山匪、越王三股势力呈鼎足之势,谁也不敢妄动,局面变得复杂起来。

红巾寨这支队伍的领头人对方晋带领的南山匪说道:"大家同为草寇,相煎何太急呢?今后有利均摊,我们寨主也不会亏待了你们。今日之事权当误会,寨主命我送你们一盒雪花银,聊表诚意……"

咚!那人话音未落,刚端出来的木盒上就钉上了一根箭矢。方晋手中的弓弦轻颤,他朗声道:"恕方某不识抬举,我南山匪建立之初,便是奔着你们越州第一大寨的名头去的,要我们联手也可以,让你家寨主归我管,从此只有南山匪,没有红巾寨!"

那人微一怔愣,大概是没想到这么个新成立的小山寨口气倒不小:"你不要太嚣张!"

方晋很是不屑:"你能奈我何?平头百姓的小钱我们敢抢,贪官污吏的赃银我们也敢抢,四方山匪的生意我们照样抢!没有我们不敢抢的东西,我们为何不能嚣张?"

那人显然被激怒了:"哼,你们不要给脸不要……唔!咳!"

他终究是无法把这句话说完了，又是一根箭矢，这次没有扎在木盒上，而是扎在他的喉咙里，大量的血沫从他口中呛咳出来。红巾寨人一片哗然，有人骚动着要回击，被一个看起来稍有地位的人拦了下来。

"这一箭是我送还你家寨主的。"周棠道。

冷箭谁不会放？关键要看谁放得更有准头。周棠挥开保护自己的侍卫，手持一张乌木弓，弦上又搭了一支箭，细看的话，那弓弦上悬着几滴血珠，是他的手指擦过腰腹的伤口时带上的。嘣的一声，这次的箭矢直指方晋，力道很大，不带半点犹豫。若不是方晋有所准备，说不定也要吃大亏。

"这一箭是送给这位什么南山匪的寨主的。"弓弦上的血珠溅在周棠脸颊上，衬着他唇边傲然的笑容，艳丽无双，"你们倒是大胆，公然在本王面前谈论黑吃黑，当本王真被刚才那软绵绵的一箭射死了吗！"

红巾寨的人被他眸光扫到，竟感到一阵寒意，不知怎么连毛孔都立了起来。有人不服气，反唇相讥："越王好像搞错状况了吧，不管怎么说，现在这里两匪一官，你觉得哪一方的胜算更大？"

周棠轻哼了一声，向着他们重新搭上三支箭，挑衅道："那就来啊，这条峡谷太窄了，本来就容不下这么多人。"

## 第六章·惊变

红巾寨和南山匪皆有数十人，而越王身边仅有寥寥十几人。红巾寨的人怎么也想不到，他居然要在带伤的情况下跟他们硬拼。周棠的三支箭射翻了两个人，有一箭放空了。逞强到这个地步，他知道自己快要支持不住了。但是此时此地，没有其他办法，他现在是大义为民的越王，决不能跟穷凶极恶的红巾寨谈判。

混战开始时，方晋便做出了撤退的姿态。他无心恋战，只抄起那个装着雪花银的木盒，头也不回地冲出了山谷，俨然一副强盗风范。红巾寨人没想到此人这么无耻，原本料想的联手应战变成了腹背受敌，赔了夫人又折兵，顿时慌了阵脚。

南山匪冲出去后，方晋立即下令："回山！"

廷廷愕然："我们就这样丢下他不管了吗？对方那么多人，他又有伤在身……"

方晋皱着眉回答："若是这点事情都应付不了，他就枉为我烛山门下的弟子了。"他不允许任何人回头帮周棠，"听令，回山！"

不是他不想援救周棠。南山匪和越王必须撇清关系，他只能这么做，他也相信周棠懂得该怎么做。

洛平披星戴月地下了南山，直奔越王府。据守门的仆役口述，当夜他打开王府大门时吓了一大跳，差点以为是冤鬼索魂来了。

"那时候的洛先生脸色太可怕了，头发散乱，嘴唇白得跟纸一样。"证人甲说。

"是啊是啊，洛先生回房之后我去给他送茶水，看见他在画好大一张图，好像是阵法一类的东西，先生该不会是撞邪了吧！"证人乙说。

"不止呢！洛先生还半夜去请邻街的张木匠去了，用大把的银子砸得张木匠当晚就开工了，现在还趴在西市口呢！"证人丙说。

"都给我干活去！府里就剩下你们几个了，敢偷懒，工钱不想要了？"程管家说。

众人赶忙噤声，各忙各的去了。程管家望着空荡荡的王府，心中喟叹：王爷、方先生、洛先生，这三个主子真是永远不得安生……不过跟着他们，好像真的能成大事的样子。这三人的心思都让人摸不透，尤其是洛先生，昨夜火急火燎地回来，忙活了一宿，早上拿出代行王令的牌子直接带走了王府内的所有侍卫。

王府里冷冷清清，西市口却热闹非凡。张木匠正带着五个学徒工拼了命地赶工，那是个异常大的圆形高台，上面按着八卦方位刻画了许多华丽而繁复的阵法。通方的街道上处处张贴了公告，说的是越王将在七日后举行盛大的祭天仪式。

洛平走后的第二天，岷山的知县便带着几个人前来求见知州大人。那几人中有村民、秀才、客商，最出乎杨知州预料的是，居然自己的心腹姚鹏飞也在其中。一干人等声情并茂、泪如雨下地诉说了"越王夜战群匪、光荣负伤"的事迹。此事火速传遍了大街小巷，激赏者有之，怀疑者有之，更有人听了他们的叙述，非常担心越王的下落："受了那么重的伤，还能活着回来吗？"

程管家出面解释："王爷此次出游，实为暗访各地匪情，他说了，若是平安归来，便要向天宣告，誓要清剿匪患，若是不幸蒙难，便要用己身祭天，向越州百姓谢罪祈福。"这是洛平临行前交代他的，他一字不漏地复述。

听了这番说辞，不知哪家的千金当场就感动哭了："越王少年英雄，老天有眼，定不会把他带走的！我要再见越王一面，甘愿以身相许！"

洛平见到周棠的地方，是在距离通方城二十里地的山路上。彼时周棠已经失去了意识，由一名侍卫护骑在马背上，整个人摇摇欲坠，衣服被血污染得不成样子，脸上也是一片灰黑，早已没有了意气风发的模样。他身边的侍卫也仅仅剩下了八人，看来这一次交锋虽然赢了，但损失惨重。周棠一行人看到洛先生带着那么多人前来迎接，知道自己和王爷已然安全无虞，心里终于松懈下来，有个年纪轻的，当即栽倒在马背上昏睡过去。

洛平上前对护着周棠的侍卫长说道："辛苦了，王爷就交给我吧。"

"是。"侍卫长的胳膊上也有伤，忍着痛轻轻将王爷放下马来。

洛平见状转向随行而来的大夫："先给他们处理伤口，不急着上路。"

大夫给越王检查了伤势，发现腰腹处的箭伤最为严重，由于崩裂开来，又有感染，导致了他的高热昏迷："洛先生，这伤要及时剜去烂肉，不然越拖越麻烦啊。"

"那就剜。"洛平很坚决，声音冷静得有些过头。

"哎哎，老夫知道了。"大夫不敢怠慢，立刻操作起来。

刀刃带着烧过后渐渐淡去的红色，切割在周棠的皮肉上。第一刀下去，明明并没有什么声响，洛平却觉得自己的心口哧啦一声，灼烫而尖锐地疼。当初他也被这样剜过肉，那时只觉得是皮肉之苦，并没怎样难忍。如今看周棠被剜，竟比割在自己身上还要痛。他看着大夫一刀一刀地给周棠去腐，之后上药包扎，一切处理妥当后，听见大夫说"暂无大碍"，他才松了一口气。

在大夫给其他伤员诊治时，洛平难得地没有帮忙。他坐在地上，手掌轻轻拍抚周棠，好似在哄一个孩子。周棠方才因为剜肉的疼痛，眉头和鼻头一直皱着，嘴唇也咬得死紧，全然表现出那股不肯服输不肯示弱的孩子气。在洛平的安抚下，他慢慢舒展开纠结的神情，身体也终于放松下来。

洛平轻声说："小棠不用怕，我来接你了。"

周棠强撑开了眼皮，目光虽没有焦距，但那双点漆般的黑眸定定地望着洛平，星光一样亮，眼角也浮上一层欢喜的笑意，只是他说出的话仍是胡话："小夫子……我的……灯火……"

"嗯，没有灭。"洛平认真地回答着他的胡话，"我们回去之后，我带你去一个高高的台子上，那里有属于你的，最旺盛的灯火。"

周棠回到王府两天后才清醒。醒来时，一只微凉的手正贴在他的额头上，带着他熟悉的气息。

周棠睁眼笑起来道："小夫子，我又发烧了吗？"

洛平没有搭理他，倒是周棠觉得有点奇怪了，偏头看向他，待看清小夫子熬红的眼，心里顿时愧疚难当，暗骂自己太过任性："小夫子你别守着我了，赶紧去睡会儿吧。"

"无妨。"洛平端起旁边的药碗，"大夫说你醒来之后就喝下这碗药，我刚让人热好的，快起来喝了。"

"哦。"周棠乖乖喝药。

"这药有安神的功效，喝完了你就再睡一会儿，还有些低烧，发身汗就好了。"

"我知道了，小夫子你快去休息吧。"

"行了，你睡着了我就去休息。"

周棠无法，只能重新躺好，闭着眼等待那碗药的"安神功效"出现。可惜事与愿违，他越想睡着就越睡不着，万般无奈之下，偷偷瞟了眼洛平。小夫子斜靠在床边……居然已经睡着了。周棠看着洛平的睡脸，感受到了久违的平淡安详。

又折腾了两天，周棠的烧退了，伤也收口了。这些天因为卧床养伤，他没能收到关于南山匪的消息，不免有些担心。那天夜里的事应该闹得很大，自己又是被横着抬回来的，不知通方城内有什么反应。偏偏最了解事情始末的小夫子不爱搭理他，急得他抓心挠肝。终于，在今天他获准下床走动以后，小夫子摆出了找他谈谈的架势："王爷不用担心，相比于红巾寨，南山匪的损失算是很少了。"

他一开口，周棠心里就一沉：完了，小夫子喊他王爷，看来还没消气呢。不过此时显然不是道歉的时候："很少是有多少？"

"连同当时你身边的护卫，战死九人，受伤四十五人，都已经给了他们家里丰厚的抚恤。马匹损耗十二匹，兵器、弓箭损耗上百，现在也都在重新置备。"

"哦。"听了这么详尽的数据，周棠总算放下心来，"那通方城内呢？有没有受到什么影响？你让我救的那个姚鹏飞怎么样了？杨知州有没有又搞出什么幺蛾子？"

"王爷，我今日就是来与你说这些事情的。"洛平道，"姚副使与一干岷山百姓已经进城，把王爷英勇杀匪的事迹传遍了整座城，那姚副使本是杨知州的心腹，连他都替王爷说话，可见王爷的拥护声有多大。"

"嗯，那都是小夫子你的功劳！"周棠赶紧拍马屁。

洛平无动于衷："目前城里最大的影响就是……"

"是什么？"

"每日王府的门口都有大批前来探病的官员，还掺杂了一堆媒婆和丫头，哭着喊着要见王爷，媒婆手里都是成捆的美人图，丫头的怀里都揣着自家小姐从庙里求来的平安符。整个王府给围得水泄不通，连方晋想悄悄进府都很难。"

周棠眨了眨眼："啊？"这是要搞什么，他连忙表态，"我才不会对她们感兴趣呢，小夫子你要信我。"

"王爷少年英雄，自然是备受年轻官吏和千金小姐们的青睐，与我何干？"洛平说得平静，完全是事不关己的样子，"我要说的是，他们这样堵在门口，会阻碍三日后的祭天，请王爷示下，是要见，还是要赶。"

"赶走赶走！让程管家把他们都打发走……等等，祭天是怎么回事？"

"这是在王爷回来之前就在布置的事，既然已经与红巾寨宣战，我就想让所有越州人都见识到王爷的决心和魄力，因此早几天已在西市口搭了高台，布了祈福的阵势，燃了九州木的火炬，候足7日，就等王爷的祭天仪式。"

"我回来之前……你都替我安排好了？"

"是，无论你是死是生，我都要借这次祭天，让你名垂青史。"

祭天仪式。

尽管事先清了路，但拥挤的人潮还是让越王的车驾行进缓慢。好不容易到了西市口，已经将近晌午了。

国风之曲奏响，越王身披千岁绿锦，踏着低沉的鼓点缓缓登临，直至高台顶端，于九州木的火炬前停下。阳光出奇地灿烂，洒在高高的拂商台上。下面仰望的人都被晃了眼，看着越王，竟如同神祇降临。有人不自禁地感叹：我们的越王，真的是天龙之子啊。

周棠声音清亮，附乐高歌，句句凿入人心——

古有伯梁，今有拂商。

高台仰止，意坚如石。

紫气东来，天佑西疆。

九州木契，越匪必亡！

以九州神木为契，本王在此向天立誓，越州匪患一日不除，本王决不甘休！

说罢，他饮尽祝天之酒，执寒玄铁刃刺破指尖，鲜血滴入九州木的火炬中，嗤的一声蹿起数尺高的烈焰。九州神木遇血则爆燃，此时整个西市口弥漫起一股带着血腥气的木香。

台下的百姓被其所感染，纷纷附和："天佑西疆，越匪必亡！"

洛平也一直仰望着他，直到眼睛被光芒刺得酸痛，无法睁开。

仪式完毕之后，回到王府，周棠仍旧处在亢奋之中，不住地说着："小夫子你看见没有，他们都在跪拜我，他们信任我这个越王！我有我自己的臣民了！"

见到他那君临天下一般的姿态，洛平的心绪也难以平复。那与他记忆中的周棠何其相似——傲然的，自负的，强韧的。怎么这么快呢？这个孩子，怎么成长得这么快呢？

洛平抑制住心中的起伏，给他包扎着手指尖的破口："我说过，王爷你终有一日会登临大承最高的地方，会拥有自己的江山……"

"小夫子你不要叫我王爷，叫我小棠好不好？"

"有朝一日，你的名字便会成为天下人忌讳。"

"对你不一样，小夫子，我的名字不会是你的忌讳的！"

第六章·惊变

"不,我希望它是。"洛平看着他,"那是我的愿望啊,王爷。"

听他这样说,周棠的心里蓦地难过起来,他不明白这是个什么破愿望。愿望不都是很美好的事情吗?为什么小夫子的愿望这么悲伤?

宣统廿九年。

自开春以来,越州的雨就没停过。屋瓦上的雨水连成线滴落下来,青石板被哗啦啦的流水洗得光滑如镜,角落里生着一层深绿的青苔。连日来的阴沉天气,让人的情绪也随之郁结起来。周棠捻灭了灯火,揉揉发胀的太阳穴,开始赶人:"每次你过来都要折腾我一整夜,害我都没办法跟小夫子一起吃早饭了,你快走快走吧,事情就这么定了,别来烦我了。"

方晋调侃道:"王爷,这几年你对我的态度真是越来越差了,好歹我是你师父,你这样过河拆桥,就不担心我回秾城另投明主?"

"哼,你要走就走,我保证不拦你。"青年的声线低沉,眉目流转间,带着看透了他的自信,"只要你舍得自己千辛万苦建立的基业,舍得我许给你的似锦前程,还有小夫子对你的殷切期待。"

方晋轻敲扇柄:"啧,你这小子,跟谁学得这么奸诈狡猾。"

周棠挑眉:"你说呢?"

"一定是慕权兄教的!"

"从后门出去,别让人注意到你这个土匪头子进我家,慢走不送。"

方晋一边叹着自己是东郭先生,一边闪身消失在了王府后门。这会儿雨下得小了点,深吸一口气,凉凉的湿意沁入心脾,看着头上愁云惨雾的天空,方晋忽然自嘲地笑了起来。周棠说得对,从南山匪刚刚成型,到现在成为可与红巾寨匹敌的越州第二大匪寨,这三年来他付出得太多,谋划得太多,这时候要他放下,的确是不舍得,而且……

"他对我的殷切期待吗……"那个人,只是把对越王的期待分了一点点给我吧。不过,仅仅这一点点,也足够挽留我了。

周棠送走了方晋,便要出门去找洛平。刚走到前院,看见一个背影颇眼熟的男子从洛平的房里出来,看样子是要离去。周棠尚未想起来这人是谁,又看见自家小夫子急急忙忙走到那人身边,撑了一把伞给那人。周棠一愣,突然就没心思去想那人是谁了,眼里只剩下洛平嘴角温和的笑意,还有对那人的体贴照顾。

那人先是推拒了两下,拗不过洛平,只得接过油纸伞。大概是说了什么客气的话,洛平笑着摆摆手。两人共用一把伞，一路走一路闲闲地说话，周棠在自己府里像做贼一样远远跟在后面。到了门口，眼看那人就要道别了，周棠在心里催促着"赶紧走吧别磨磨蹭蹭的"，然后从照壁后面探了个头出来。这一探他就更不舒坦了，不知那人对洛平说了什么，而洛平听了两句后居然喷笑了出来，周棠几乎要克制不住冲出去的时候，那人终于走了。

他恨恨瞪着那人出府，旁边冒出个仆从问道："咦？王爷您躲在这儿看什么呢？"

仆从这一喊，把洛平惊动了，周棠打发仆从走开，绷着脸正要说话，却被洛平抢了先："王爷，你出来怎么不打把伞？"说着洛平赶忙把他拉到廊下避雨，手掌拂过他湿淋淋的衣襟，蹙起了眉头，"潮成这样，快去换件衣服，当心着凉了。"

周棠的心情瞬间转晴，拉着洛平往后院走，半点也不在意别人的眼光："小夫子你陪我去换衣服。"

"你自己去换就是了。"

"我不会。"

洛平想甩开他："王爷你多大了，不要耍小孩子脾气了。"

"我怎么耍小孩子脾气了？"周棠无赖道，"小夫子你不陪我我就不换了。"

洛平无语："你看你把虎子吓成什么样了。"

周棠眼光一瞥，看见厨娘的儿子站在旁边咬着手指看他。四岁的虎子歪着个脑袋，心目中端庄威严、神勇无比的王爷碎成千万片。他嘻嘻笑着说："王爷哥哥自己不会穿衣服，羞羞！"

周棠："大人的事小孩子不要插嘴！一边玩儿去！"

虎子："噢噢，娘，娘，王爷哥哥也不会穿衣服，王爷哥哥也跟虎子一样会尿床……唔！"话没说完，他就被他娘一把捞起，捂住嘴逃了。

周棠：……

洛平："噗。"

回到房里，周棠拿衣服出来换，脱掉外衣后，发现中衣也湿了一大片。洛平又给他拿了一件中衣，在他的肩上比了比，洛平叹道："王爷个头蹿得真快，都比我高了。"

周棠仔细给自己系上带子，目光落在洛平左边肩膀上，大约是方才撑伞的时候没有遮住，那边的几缕发丝带着水气，缓慢滚落的水珠在布衣上印出了浅浅水斑。

"小夫子，是因为我长高了，所以你不再喊我小棠了吗？"尽管这样的情况已经持续了两个多月了，可周棠就是耿耿于怀。

"王爷，按理说你束发之后就不该被当作小孩子称呼了，如今你都快成年了，不要再任性下去了。"

"我才十八！"周棠抗议，"而且我也还叫你'小夫子'。"

"你也不该再叫我'小夫子'了。"

"当初不是说好了，你永远是我的小夫子吗？"

"当初是当初……"

"我才不管，你是我一个人的小夫子，我就要喊你小夫子。"

"哎，随便你吧。一个称呼而已，何必太在意。"

"小夫子，刚刚那人是章主簿？他来干什么？"周棠还惦记着刚才的事。

"他来找你的。"洛平坐下倒了两杯热茶，"我看你在和仲离兄商量事情，就把他拦下了。"

"找我干什么？"周棠捧起茶杯喝了一口。

"给你说媒。"

"噗——"周棠一口茶水全喷了出来，"给我说媒？"

"是啊，她妹妹章羽灵，据说是个远近闻名的大美人，又弹得一手好琴……"

"行了别说了，我没兴趣。从我十五岁起这事就没断过，他们烦不烦啊。"

"不管怎么说你是皇帝的儿子，谁不想做皇亲国戚呢。"洛平道，"再者说，章主簿虽然是我们这边的人，但他在杨知州那边的负担也很重，他父亲手握守城重兵，如果与他家结亲，我们倒真是方便许多。"

周棠眉头紧皱，语气渐冷："不要再跟我说这种事情了，烦人。"

洛平便闭嘴不说。沉默了一会儿，就听外面的雨又下大了。外面下着瓢泼大雨，哗啦啦的雨声掩盖了许多东西。洛平感叹了句："这雨再这么下下去，果然是要成灾了……"收回目光，他问起正事，"你和仲离兄商量了什么？是红巾寨有什么动静了吗？"

"不是他们有什么动向，是我们要主动出击了。时机已经差不多成熟，我们苦苦谋划了三年，挖了他们将近一半的山寨控制权过来，是时候给他们致命一击了。"

"但如果硬碰硬的话，我们还是比较吃力吧，会有很多损失。"

"那也是没办法的事，对付山匪，只能靠威慑，跟他们讲道理是没用的。"

洛平还是有些顾虑："红巾寨的寨主沈啸不是个好惹的人，这几年我们跟他周旋，吃的亏也不少，他亲自带的山匪据说甚为彪悍，而我们现在还没能摸清那支山匪的深浅。你说得没错，对付山匪只能威慑，那我们就加大威慑的力量。"

"小夫子你的意思是？"

"借兵，借守城的士兵。"洛平道，"王爷你的侍卫队终究是太单薄了，如果能借到杨知州手中的可调动的兵权，与南山匪两面合击，收服红巾寨定然不成问题。"

"杨旗云？"周棠冷哼，"他要是肯借兵给我，那真是太阳从西边出来了。"

洛平沉吟："还有一个办法。"

"什么？"

"你娶了章主簿的妹妹，章将军的女儿，这样的话，为了自己的女婿，章将军至少会把自己的亲卫队借你。"

周堂脸上发青："我，不，娶！"

洛平被他的表情逗乐了，还要揶揄他，外面突然传来急报。

"王爷！出事了！出大事了啊！"

周棠皱眉，这个手下的性格他了解，平时很少这么急躁，如今慌成这样，恐怕真出了不得了的事。于是他立时打起精神，恢复了正儿八经的王爷该有的样子，沉声道："进来，什么事？"

"王爷，瞿山那里暴发泥石流，好几个村庄和城镇都受了灾，现在那边已经乱成一团了。"

"泥石流？"周棠一惊，"有多少地方受灾了？"

"不知道啊，那边的路不通，没人进得去也没人出得来。可是……"探子跪下连磕了三个响头，"王爷，属下求您了王爷，去救救那边的人吧，我娘她还在那里啊，还有我哥我嫂子他们也是！"

"你快起来，先让我把事情弄清楚。"周棠扶起他，"知州知道这件事了吗？"

"知道了，但是那边好像束手无策，杨大人也不肯派兵去救，说是正在用兵之时，若这时候派去救援灾民，红巾寨或者南山匪趁火打劫的话，连通方都要完了！"

"混账！居然说这种屁话！"周棠忍不住大骂。

洛平听了甚是欣慰："王爷，当务之急……"

"救人，当然是救人！来人啊，召集所有侍卫，即刻随我前往瞿山！"

待洛平走后，他又叫来程管家，小心嘱咐："去通知方先生，南山匪要开始备战了！"

瞿山的灾情很严重，不仅仅是发生了几次泥石流，还有好几个地方发生了大规模的塌方，山石和泥土堵塞了瞿河的河道，又导致上游水位暴涨，整个越州东面陷入了几乎绝望的境地。逃难的百姓拼命想往通方等大城里挤，可他们同时也带来了饥荒和疫病，最先开门放灾民进入的前桥城已经成了疫病蔓延的温床。城里储备的粮食也不够，没过几天前桥城就停止了开仓放粮，于是街道上每天都上演着争抢和死亡，惨不忍睹。

杨知州主张不开城门，只在城外分发一些粮食给灾民，这一决定得到大多数官员的支持，一些畏惧疫病的百姓也深表同意。然而周棠坚决要求打开城门，在杨知州的"闭门政策"实行的第五天，为了排除阻力，他再一次站到了拂商台上，点燃了九州木。相比三年前，他的声音更加沉稳，也更加有威慑力："本王知道大家的顾虑，的确，让他们进城可能会给我们带来很多不便，但不知你们有没有听到，他们日日夜夜在门外的哭喊求助。

"那样的哀求恸哭，常常让我半夜惊醒。我想大家一定也不忍心眼睁睁看他们受难，毕竟都是我们越州的同胞。请大家摸着良心回答我，如果那其中有你母亲、兄弟、孩子的哭声，你还能这么气定神闲地说'不开门'吗？

"几家高楼饮美酒，几家流落在街头——这样的景象真是令本王痛心疾首。如果有一天，我们承受了同等的灾难，在城外的是我们，在城内的是他们，你又会是怎样的心情呢？本王觉得，最让人绝望的不是天灾，而是手足同胞们的冷漠相待，大家难道不能将心比心一下吗？"

台下有人开始骚动，周棠加大攻势："本王可以向大家保证，通方开门之后，绝不会重蹈前桥城的覆辙。

"城外杨知州的布施照旧，越王府将在城门口设置救助棚屋，入城的百姓需要在那里接受大夫的检查诊治，为了不给大家带来麻烦，划定北城区，包含越王府在内，为灾民的活动区域，分发水、粮食、衣物等都在北城区。原本住在北城区的人，如果实在担心，可以闭门不出，也可以暂时搬离，愿意留下帮忙的，就和本王一起救助他们。"

这番话恩威并施，北城区基本都是周棠的拥护者，见越王以身作则，加之心中感佩，纷纷力挺他的决定。当然也有反对的，杨知州那边就有人站出来嘲讽道："也不知越王你说的话算不算数？当初你不是还立誓要铲除越州的山匪吗？打是打了几次，可如今非但红巾寨没有被消灭，又冒出来个南山匪，可见王爷您的誓言不怎么可信啊。"

此话一出，得到了杨知州那一派人的附和。周棠面对质疑毫不退却，冷哼一声道："本王不敢随便居功，敢问这位兄台可知道每年山匪抢劫的案件数是多少？"

那人被问得愣住了。

"本王来告诉你。三年前差不多每年有七十多起，而去年造成损失的只有二十四起，其中红巾寨参与十五起，南山匪参与六起，还有三起是一些小匪寨干的。这样的结果想必还不能使大家满意，那么本王在此恳请大家再给我半年的时间，半年内，定会给大家一个交代！

"不过事情一码归一码，本王倒要问问你，现在天灾当头，你还要挑起人祸，是想让整个越州人心惶惶民不聊生吗？"

那人被他冷如刀锋的眼神狠狠刮了一层皮，缩着头再也不敢出声。大概是被越王的威严所慑，不知是谁先挑起来的，台下有人高呼起越王的名号，起先只有寥寥几声，到后来越来越响亮。正是这样响亮的声音，"震"开了通方的大门。

廷廷和方晋也在台下听着，也跟着起哄。前几日他们过来汇报南山匪的近况，结果就被关在城里出不去了，这下总算可以"归山"，他们的心情也挺好的。

廷廷说："方先生，你有没有觉得王爷越来越会装腔作势了？"

方晋说："是啊，他脸皮越来越厚了，什么半夜惊醒，什么痛心疾首，说这种话都不会脸红，要我说，这些话多半是慕权兄教的，他不过是现学现卖。"

廷廷说："而且按他的脾性，一会儿下了台肯定要向洛先生讨赏。还真是会耍无赖，明明都是他分内的事。"

方晋说："哎，这孩子越大心眼越多，现在连慕权兄都未必治得了他了。你说，他这次让我们去做的事缺不缺德？"

廷廷大力点头："缺，太缺了。"

周棠已命人快马加鞭赶赴京城，将请求朝廷拨款赈灾的折子送达皇上手中，折子里详细提及了赈灾银两的用处和每一笔预算。赈灾的银两将在一个月后送达越州，然后周棠命自家的南山匪去抢，要抢得光明正大，还要跟红巾寨抢得头破血流，再让他这个越王坐收渔翁之利。这事缺德到，他半句也不敢和洛平说。周棠小心遮掩，不承想，洛平却好像早就料到了。

通方的城门打开后，越来越多的受灾百姓进入北城区，越王府的大院中支起了联排的棚户供他们居住，挤是挤了点，但并不乱。那日越王在拂商台上的慷慨陈词，被编成了童谣在街头巷尾传唱，进城来的百姓都知道，是越王给他们争取了活下去的机会，因而他们都对越王敬爱有加。百姓总是这样的，谁对他们好，他们就拥戴谁。不仅如此，为了不给越王添麻烦，他们也努力不让自己变成吃白饭的米虫。青壮的汉子们自发地去帮忙砍树建造棚户，妇女们聚在一起帮忙织补衣物，就连老人和孩子也会帮忙端药送水。

渐渐地，通方的百姓发现情况压根没有他们曾经想的那么可怕。灾民没有把疫病带进来，也没有抢得他们断水缺粮，相反还帮了自己不少的忙，酒家和茶馆的生意也是前所未有的兴隆。但不管怎么说，通方还是有饱和的时候，眼看北城区实在住不下了，周棠开始想其他的办法。他琢磨着往城东再要一些地方，仓促之间不知道怎么入手，于是想找小夫子商量。谁知问遍了王府，竟没人知道洛平的去向，周棠不禁着急起来，正要带上侍卫出门去寻，那人却打着伞一身狼狈地回来了。

看着那贴着脸颊滴水的头发，被淋得湿透的衣裳，还有靴子上大片大片的泥浆，周棠眉头皱了起来:"你又到哪里去了,现在外面这么乱,你不带上几个侍卫,出事了怎么办?"

洛平向自己屋里走去,淡淡道:"不妨事,我自有分寸。"

周棠有点生气了:"分寸个头!你知不知道外面有多冷!"

洛平一瞥见他的眉梢,便知道他动了几分怒,赶紧顺了他的毛:"好了好了,你也知道,我不怎么怕冷的,何况我也没跑多远,吉摇的知府来通方看看,我陪他喝了几杯酒,说说话而已。"

两人一边说着一边进了洛平的屋子。洛平看他还有要追问的意思,叹了口气道:"等我换好衣服再跟你说好吗?我不想在这个节骨眼上生病。"

周棠忽然高兴起来:"你知道就好了,没了你我可不行。小夫子我看着你换吧。"

洛平冷着脸道:"有这个闲工夫,还不如好好想想怎么利用这次机会重挫红巾寨,南山那边安排得怎么样了?"

周棠心里咯噔一声,他什么也没敢说过,怎么小夫子会提起?还知道他想利用这次的天灾出手?他怎么知道的?

洛平见他完全没有要走的意思,只得在屏风后径自换了起来。换上干爽的衣服走出来,洛平坐下说道:"我猜你想用朝廷的赈灾款捣鬼吧。"

生怕洛平要开始说教,周棠赶紧给自己辩护:"小夫子你听我说,我只是让赈灾款到达的过程稍微复杂点,绝不会让它少一钱的!"

洛平笑了笑:"我知道,红巾寨这回抢不过你。"

梦里的南山军也是在这时候清剿红巾寨的,那时候事情闹得很大,也正是这件事情,最终奠定了周棠在越州不可撼动的地位。这次无非是殊途同归,而且比上次更有把握。

周棠闻言松了一口气:"你信我就好。"转头看见小夫子的头发还湿着,他拿来布巾给他,"小夫子,你跟吉摇的知府聊了些什么?"

"其实他是来暗访的,吉摇那边的压力也很大,他也在开城门还是不开城门之间犹豫,因为与我相熟,便来问我通方是怎么处理的。"

"那后来怎么说?"

"后来我带他去了趟城外,说服他一定要打开吉摇的城门。那里还有许多无处可去的灾民,他看了很是不忍。而且,北城区也确实承受不了更多人进城了,这时候我们最好是求助于其他地方开城门。"

"我今天就是想找你说这个事的,其实通方这么大,再往东要一块地方救济灾民不就行了，我在这座城里也好说话一些，省得你还要多费口舌。"

"不行，"这一提议立刻就被洛平否决了，"我说过，你要向杨知州借兵，你公然反对他的闭门政策已经让他很难堪，这时候再问他要地，就是得寸进尺了。现在你不能把他得罪得太狠，知道吗？"

"其实不借助他的力量也未尝不可，这场硬仗我相信南山匪一定拿得下来。"

"重点不是拿不拿得下来，而是要把损失降到最低啊。"洛平安抚周棠，"南山匪，还有侍卫队，都是你的心头肉，这三年来我亲眼看着你为他们付出，如果可以，当然是多保存一些实力更好。"

洛平记得，南山军在这一战中虽然取胜了，但伤亡过半，越王因此情绪十分低落，加上接踵而来的惊天之变，一度让他疲于应付。所以这一回，洛平希望他能有更有力的后盾，免除一切后顾之忧。说实话，周棠嘴上说得那么自信，其实心里也有过动摇。与红巾寨的多次交手让他明白，那个叫沈啸的头目又狡猾又心狠，不是那么容易摆平的对手。这回小夫子给了他信任，反倒让他更加紧张了。

"小夫子，我突然觉得肩上的担子好重……"他低声说着。

感受到他的不安，洛平柔声安慰道："别担心，会有办法的，只要你……"

周棠打断他："只要你在，就什么事情都应付得来。"

## 第六章·惊变

朝廷的赈灾银两和补给入了越州境内。越王向杨知州提议派兵护送车队，被杨知州断然拒绝。正如洛平所说，杨旗云现在最大的筹码便是守城卫兵的那部分兵权，自然是死咬着不肯松口。周棠无法，只得带领自己的侍卫去护送。彼时南山匪和红巾寨也都瞄上了这块大肥肉，再一次三方对立，交锋一触即发。临行时周棠嘱咐洛平不要出府，杨知州那边态度不明，外面兵荒马乱，保险起见，他以王爷的身份命令洛平在家里处理事情。

洛平应允，让他放心迎战。周棠意气风发地转身之后，洛平却立刻收起了那份顺从。进屋拎出准备好的应急药箱就要出府，被周棠安排在他身边的两名侍卫出来劝阻，但哪里拗得过他。

洛平道："要么跟我走，要么你们留在这儿我自己走，王爷那边我自会有交代。"

侍卫纠结了一会儿，讪讪地跟着他出门了。洛平终归是不放心，事情出不得一点点差错，即使知道自己在打仗方面不会有什么用处，他还是想尽量离得更近一点。只是他没有料到，正是自己的这一次执拗，成为了这场战斗的变数。

雨停了一会儿，天还是没有放晴。洛平往最靠近官道的那个村落行去，两个侍卫跟在他身后，亦步亦趋。这里毕竟是交通要道，周围的山体曾做过加固，因此尚未发生严重的灾情。洛平去那座村落落脚，一来是不想自己的出现给越王他们添麻烦，二来是怕他们混战中波及平民百姓，算是防患于未然。

他一身布衣，带着个药箱，村里的人看着就觉得是个大夫，十分欢迎。洛平便顺水推舟，说自己和那两个侍卫都是越王派来的，看看这里有什么需要。村长热情地把他们请进屋，端上来一锅热汤招待，洛平腹中饥饿，也就没跟他客气，和两个侍卫瓜分了热汤，不过最后硬塞给村长一吊钱。

不一会儿，外面的雨又下了起来，村长望着哗哗的雨势，很是担忧："今年真是流年不利啊，刚开春就下起这么一场大雨，庄稼可怎么办。还有村西头的炮子山，昨天好像也滑了坡，王贵根他家在山上种的药材都给冲了下来，作孽哦……"

洛平安慰道："村长莫急，天灾虽可怕，日子还是要过的，也不是一点希望也没有，至少越王就记着你们呢。这里的事越王都已禀告圣上，皇上也送来了粮食和物资鼎力相助，今年越州的赋税也都免了，放心，我们一定可以渡过难关的。"

今日没什么动静，想是车队被大雨耽搁了，洛平便暂住在村长家。下午的时候有几个村民请他看病，多是风寒湿疹之类的常见病，洛平好歹跟南山的赵大夫学过一阵子，尚能应付得来。到了傍晚，不知怎么他有点心浮气躁，给人把脉的时候心不在焉的。村长看出来了，问他是不是累了，洛平摇了摇头。这时候突然听见哭号声由远及近，洛平和村长都吓了一跳。

一个妇人冲进屋子就跌跪在了地上，村长连忙去扶："王家媳妇？你怎么了？出什么事了？慢慢说慢慢说。"

"昨天炮子山滑坡，把我家看药园子的狗子冲么得了，今早雨停了会儿，我闺女，二丫她就跑去炮子山，说是要把狗子找回来，哪知道到现在都没回来！眼见着山口子都快塌了，这可怎么办啊，村长，求你快去帮我找找闺女吧！"

二丫是村里出了名的俏丫头，小伙子们一听这还得了，纷纷嚷着要英雄救美。人命关天，村长也不敢怠慢，赶紧差人分头去找。洛平也跟着去了，村长原本不让，说他是贵客，怎可为这种事劳神。

洛平却道："王爷既然派我来了，便是让我与大家有难同当的，村长切莫再见外。"

洛平遣开两名侍卫，让他们各自去找人，自己也挎上药箱，顺着山道向上寻。天色渐渐暗下来，视野变得很模糊。山林里四处传来呼喊"二丫"的声音，但始终没有回应。炮子山说大不大，说小也不小，整个村子的青壮年都出来寻了，分散在山林里还是显得稀疏邈远。走着走着，洛平周遭便没了人影，只剩他一人举着火把前行。空气里太湿，火把的火势怎么也烧不旺，只能隐约照亮脚下。洛平一步一探地走着，忽然发现前方有些凌乱的脚印，被雨水冲过，依稀能辨别出大小，像是姑娘家的鞋印。他心中一凛，料想二丫可能经过这里，找得更是仔细。果然，在一处灌草遮掩的断坡上，有坠落的痕迹。

洛平挥着火把往下看，光影交错间，似有一个人形物事倒在数丈之下的洼地中。他四下喊了几声，想找人来帮忙，不巧附近都没什么人。大家都往山中深处寻去，他这里是炮子山边缘，反倒人少。洛平心道一个半大的小姑娘而已，虽说自己没有练武人的强健体魄，好歹也是个成年男子，救人为重，不如先把她抱上来，再叫人抬回去。想到此处，他便小心迈步往下走。谁承想刚走几步，脚底的泥土突然一松，大块的土块连带着灌草滑了坡，泥浆倾泻而下，直把洛平冲到了洼地中。

洛平只觉后脑咚的一声，似乎磕在了硬物上，眼前顿时一阵发黑。火把在滂沱的大雨中被浇熄，最后一点闪烁的火光里，洛平看见幢幢人影，下一刻，终究抵不住晕眩，昏迷过去。醒来的时候，后脑仍是钝钝地疼。洛平举目四望，发现自己竟然身处一座营帐中，并且空气里弥漫着一股血腥气。没有灯光，他摸索着想要站起，突然摸到身边一具柔软的身体，洛平一惊，仔细看看，是个身穿红袄的小姑娘，大概就是二丫。

有人救了他们？不。自己血迹干涸的后脑，还有二丫高热的额头，说明这不是"救"，而是"掳"。有人把他们掳了回来。脑中尚未理清头绪，营帐的门开了，光线透了进来，那是泛着青色的晨光，看来已经是早上了。一个高大的人影立在他们面前，因为背光，看不清容貌。那人见洛平醒了，嗤笑一声，把手上的一个东西在他面前晃了晃说："我道是哪家的痴男怨女私会夜奔，没想到竟是越王那厮身边的大红人。看来我沈啸今日真是走了狗屎运，白白捡了个小美人，又搭上了大名鼎鼎的洛先生。"

洛平把目光从那块代行王令的令牌上移开，转而看向那人："原来是红巾寨的沈大寨主，洛某真是失敬了。"

面对沈啸的冷嘲热讽，洛平尚能随口应付，但一想到自己居然身陷敌营，恐怕要给周棠带来麻烦，心中便焦急万分。沈啸显然是要把他作为人质了，命人给他包扎了后脑的伤口，寸步不离地看着。

洛平说："洛某何德何能，竟能让沈大寨主如此重视？"

沈啸说："听闻这次是由越王亲自护卫皇帝老儿施舍下来的赈灾银两，我想动那块肥肉，没有洛先生你还真是不太好办呢。"

洛平心中凛然，面上却不动声色："沈大寨主抬举了，洛某奉旨罢官，无权无职……

咳咳，不过是在越王身边混口饭吃罢了。"

沈啸不是个好忽悠的主："先生才是小看了自己，我在通方的兄弟个个都说，洛先生是越王身边最得信任之人，越王可是把你当成个宝啊。"

"传言而已，洛某……咳咳，咳咳咳……"洛平忽觉胸闷难忍，一时竟咳个不停，话都说不完整了。

沈啸上前端详，见他咳得面泛红热，声哑气虚，可惜道："先生怕是得了风寒啊，只是我小小匪寨，条件有限，现在又是备战之时，全寨都驻扎在荒郊野外的，这病，还得靠你自己多保重了。"

洛平缓了缓胸口郁结，语气冷然："不劳寨主费心，洛某死不了。不过还请寨主把我的药箱归还，让我给这个小丫头稍做诊治。她本就是个无辜的农家女，纵然不能让她回去，也不该让她死在营帐里，给寨主平白添了晦气。"

"这倒是可以的。"

药箱中的药材有限，洛平只能弄些应急的药喂二丫吃了，试图稳住她的病情。好在农家丫头身体底子不错，渐渐清醒了点。醒来后虽然害怕，但看见一个温和的大夫在照顾自己，心下稍安，也能自己进食了。倒是洛平，因为忧心周棠的处境，病情不见好转，反而越来越重了。

周棠出行百里，迎上秣城来的车队，一路护送到了通方近郊，前方便是炮子山，这段路中最好埋伏的地方，山匪多半会在这里下手。南山匪已然准备就绪，就探子所说，红巾寨也已经在附近安营扎寨。他到底是少年心性，一想到接下来的大战，豪气顿生，只觉得自己这三年来的隐忍和努力终于要有所回报了。所谓"不鸣则已一鸣惊人"，他要让父皇好好看看自己的能力。

忽听前面传来一阵急促的马蹄声，周棠疑惑，这条官道都已开过道，怎么这时会有人闯过来。待看清来人，他心中咯噔一声，暗道不妙。那两人骑马飞奔，连夜赶来，俱是狼狈不堪。

周棠喝问："不是让你们守着洛平的吗！怎么跑到这里来了！"

两名侍卫从马上跳下，扑通一声跪在周棠跟前："王爷，洛先生在您出府之后便先行到了炮子山，昨日村庄里走丢了人，先生执意要去寻找，结果跌下山洼……"

周棠听得肝胆俱裂："混账！他人呢！他现在人在哪里！"

侍卫声音颤抖："我俩寻了一天，在山洼附近见到了驻扎在那里的红巾寨，先生恐怕是落入了他们之手。对方势强，属下不敢轻举妄动，还请王爷定夺！"

"红巾寨……"周棠大骇，心念电转，急忙唤来近侍，"传令南山匪，后天车队过山，一定要缠住红巾寨，阻隔他们的退路，不能让他们撤退半步！"

"是！"

周棠又对众侍卫和车队人马说道："暂且休息整顿一天，保险起见，本王去借杨大人的兵权来支援，后天于炮子山会合！"

当日，周棠带了近卫十人，马不停蹄地冲进通方，又冲进了南城区，直冲进了杨旗云的知州府中。

杨旗云正在吃午饭，冷不防被这阵势吓得不轻，喷着饭喝道："王爷这是何意！"

周棠扬声道："本王欲借你守城军的兵权一用！"

"荒谬！守城军岂是你想用就用的！拿来圣上的文书再与我说吧！"

"情况紧急！红巾寨倾巢而出，要抢我越州赈灾钱粮，还掳走本王恩师做要挟，实在欺人太甚！若不趁此时将其剿灭干净，越州必有大难！"

"越王休要危言耸听！常闻你越王府的侍卫堪称精锐，怎么，难道连一个小匪寨都对付不了吗！再者说，越王的恩师被擒？哼，区区一个教书先生，何至于要如此劳师动众！一个读书人，舍生取义的道理不懂吗！"

杨旗云与洛平素来积怨，平日动他不得，这回逮到机会，自然不会出手相助。周棠闻言，怒发冲冠，随手抄起一柄长枪，哧拉一声捅进杨旗云的衣襟中，把他挑在枪尖拎了起来。他星眸微眯，声音冷冽："那是本王的人，本王要他回来，就一定要毫发无伤地回来！舍生取义？杨大人若是不把兵印交出来，本王现在就让你舍生取义！"

周棠如愿抢得了守城军的兵权，只听杨旗云在他身后破口大骂："竖子无耻！你这般威胁朝廷命官，本官定要奏禀圣上，看你一个落拓王爷能嚣张到几时！"

杨知州的兵印与章将军的兵印相合一盖，守城军便出城迎战去了。章将军的儿子章主簿听说洛平被擒作人质，颇为担忧。见了越王也顾不得小妹叫他传达的绵绵情话了，忙问道："慕权兄可还安好？"

周棠正急得一肚子邪火，又想起那日所见这人与小夫子谈笑的画面，当即转头就骂："关你屁事！"

晴光乍暖，今日是个好天。地上的湿气被蒸了起来，把连日来的沉郁气息一扫而空。就连最阴冷破败的那座营帐顶上，也分到了一缕阳光。只是这缕阳光，终究照不到营帐中的人。

"先生，先生，起来喝点水吧。"二丫端着碗凉水，蹲到洛平跟前，小声叫他。

洛平却似没有听见，蹙眉昏睡。二丫无法，只能放下水碗。洛平身上全是汗，衣裳湿了又干干了又湿，二丫不好给他换，就用布巾给他擦："前两日先生照顾我，如今我好了，先生却病倒了，这可怎么办呢？"

发了这么多汗，洛平高热却未退去，摸上去仍是滚烫一片。起先还能有些意识，能说两句宽慰的话，现在已连话也说不完整了，说出来的都是胡话，二丫一句也听不懂。二丫知道，外头的都是坏蛋，只有先生是好人，也知道先生是坏蛋们很看重的人质，若不是先生跟他们谈了条件，自己恐怕早就死无全尸了。

纵然如此，那些山匪却对洛平的病不闻不问，只是吊着他一口气，没死就行了。眼看着先生越来越虚弱，二丫急得直掉眼泪。先生昏迷之前跟她说过："稍安毋躁，不出两日，定会有人来救。"

这话说过之后已过去一天半了，二丫心中越发忐忑。谁会来救他们？都说红巾寨杀人不眨眼，连皇帝老儿都不怕，那个沈啸武艺又十分了得，若是先生说的人斗不过他怎么办？她想着想着越发害怕，抱着膝盖哭了起来。

日头渐高，从帐顶中央直直照耀下来，印在洛平的眼睑上，不知是不是因为刺目，洛平的睫毛颤了几下，眼睛竟睁开一条缝。他喃喃："来了……"

二丫一愣，眼泪汪汪地问："先生醒了？什么来了？"

洛平好似没有听见她的话，还在自语："来了……陛下……"那铁骑的声音从地面传来，一震又一震，和着他的心跳，怦怦作响。

此时周棠和章将军率领五百骑兵，出城直奔炮子山洼地。营地中的数十个红巾匪见到这阵仗，当场吓得腿软，没能反抗几下便弃营投降了。

周棠找到洛平时，吓得倒抽一口气，没理会旁边的小姑娘哭得稀里哗啦，轻轻唤道："小夫子？怎么这样烫……小夫子你醒醒啊，小棠来了……"

洛平烧得糊涂，勉力睁眼，看见周棠俊逸的面容，笑得极温柔："陛下……"

周棠一愣。

"陛下荣归……咳，百姓点在秦水中的河灯……你可看见了？"

明知是小夫子烧得神志不清在说胡话，周棠却忽然感到胸腔中一阵揪痛，不由得顺着他的话答应："嗯，我看见了。"

"一、二……二十一、二十二……二十六、二十七、二十七。"周棠带他离开营帐，走一路，洛平数着数。

周棠莞尔："在数我的步子？二十七步，后面怎么不数了？"

洛平摇了摇头："第二十七盏。"

"第二十七盏？什么？河灯？它怎么了？"

周棠揽他上马，与他边说话边前行。颠簸中，洛平仰头看他："陛下……"

洛平的眸光中像是盈了一层水，半点不似平时严肃拘谨的模样，周棠喊他："小夫子？"

这声小夫子倒是把洛平喊回魂了，他怔了怔，闭上眼，不再言语。

沈啸拿了洛平的令牌作信物，正在护送赈灾物资的车队前耀武扬威，叫嚷着让越王出来，掂量掂量用多少银子换他恩师的性命。然而出乎他的意料，声称要誓死为百姓护送物资的越王，竟不在车队之中。沈啸一愣，心中隐隐发现不妥。越王身边虽是精锐，但人数不多，即使全都用来保护车队，也不及他手下一半山匪，可现在他的精锐在这里，人却不在，这是何意？

不待他细想，另一头蹿出的南山匪立即引走了他的注意力。他早料到南山匪会来，当即进入备战状态。在他眼里，越王的精锐是小事，南山匪才是最难对付的。虽然同是匪类，但红巾寨和南山匪之间的积怨甚至比跟官府之间还要多。沈啸留了四分之一的手下驻守营地看管人质，带来的人中，他用大半对付南山匪，剩下的小半去抢灾银。拼杀声不绝于耳，三方皆在混战。

方晋一心对付沈啸，甫一交手，他便知道此人绝非山野莽夫。那一手钢刀舞得滴水不漏，且刚中带柔，刀势绵延不绝，路数不像是大承人惯用的，倒有些西昭的诡谲莫测之风。两人缠斗之时，廷廷在车队旁砍翻了数个红巾匪，他不管那些银钱，只专心杀匪，杀一个赚一个，不像是南山匪那一边的，倒像是车队的镖师。不过红巾寨到底根基厚，人数多，渐渐处于上风。就在此时，山谷中突然杀声震天，五百铁骑涌向红巾寨匪和南山匪，将他们团团围住。

周棠一骑黑马缓缓步出，他居高临下道："越州军在此，若还要再战，尽管攻来。不战者弃下兵刃，跪下投降，本王既往不咎，可饶他一死！"

他的声音响彻山谷，带着不容辩驳的威严。众人停战，看看那里三层外三层的包围，似在斟酌。

沈啸瞪大双眼，颤声道："不可能！这不可能！你如何能借到越州守城骑兵？杨旗云断不会借给你！"

周棠心下了然，冷眼看他："他借不借不重要，我能拿到手就行了，此时追究这些又有何用？营地被我抄了，人质被我救了，靠山也都倒了，你还不认输？"

沈啸脑筋也快："不过五百士兵，官逼民反，我红巾寨与南山匪联手，未必不能胜！"

当啷。像是在嘲笑他这番话，方晋丢了手中长剑，当先跪下行礼："王爷，仲离有幸不辱使命。"

沈啸当场傻了。随着方晋的臣服，南山匪立刻跪倒一片。受到感染，红巾寨中也有不少人跟着跪了下来。周棠淡淡对沈啸说："他杨旗云养得起一支山匪，我堂堂越王怎会养不起？"

沈啸既知大势已去，便要引颈自戮，钢刀被周棠指间一块碎银弹掉："可不能让你死得这么简单，送你一两银子上黄泉。廷廷，绑了你仇人，带到拂商台示众，放血祭天！"

官匪勾结。周棠这回总算找到了杨旗云私通匪徒的证据。小夫子让他去借杨知州的兵，他迟迟不去，正是因此。越州匪患屡禁不止，定是有官府纵容。上下多少官员从中获益，洛平抽丝剥茧一层层查起，怎奈那杨旗云藏得实在太深，还主动摆出几只替罪羊转移他们的视线，以至于洛平不得不信他是无辜的。

这次小夫子被擒，周棠一时意气与杨知州撕破了脸，没想到竟因祸得福，勘破了这不得解的局面，他心中甚是畅快。只是小夫子病重，令他极为担忧，急急忙忙要带他回城诊治。路过炮子村时，忽听村里炮仗声砰啪作响，想来是听说越州山匪被清剿，把过年时剩下的炮仗都拿出来放了。

巨大的声响使得洛平清醒了些，他问周棠："赢了？"

"嗯，赢了。"

"对不起，拖累你了。"

"小夫子，你能给我一次救你的机会，我很高兴呢。我长大了，以后你可以对我任性，可以依靠我，那不叫拖累，不要跟我道歉。"

"要的……"洛平望着他，眼里却无神，"终究是要道歉的……"

周棠脸色一僵，想问为什么，不知怎么，又不敢问出口。

洛平一病数日，咳嗽渐渐好了，可总是在昏睡，有时睡得不踏实，就会说胡话。周棠请了几个大夫来看，都说并无大碍，只是淋了大雨染上风寒。然而十几帖药下去，收效甚微，周棠气极，把几名大夫骂得狗血淋头，仍然于事无补。

红巾寨和南山匪被剿灭后，剩下一大堆事要处理。此时少了洛平，周棠和方晋都是一个头两个大。那日拂商台放血祭天，把沈啸折腾得只剩一口气。但周棠犹豫着不敢杀他，因为沈啸死活不肯招出杨旗云的罪证，这让他想要一石二鸟的打算付诸东流。沈啸当时寻死不成，倒是贪生了起来，他知道自己不是越王的最终目标。越王想要越州的兵权，只要自己一日不把杨旗云供出来，就一日不会死。方晋治国之策一大堆，治人之策却乏善可陈。他承认，严刑逼供之类的事情，自己着实不如慕权。

周棠负气道："不过是个阶下囚，你怎么这般没用！若是小夫子来审，只需一日便可让他招了。"

方晋哀叹:"从前听闻洛寺卿审问犯人的手段百般狠辣,认识他后我就想,这样一个清俊文弱又容易心软的人,怎么可能做出那样泯灭人性的事。"

周棠想了想说:"那是你没见过,他硬起心肠来的时候,当真如同修罗一样的。"

他看过在囚室里审问犯人的洛平,身在那里的洛平显得轻松自在。好像他早已经习惯了那种阴暗,也习惯了在那里看人挣扎求饶。不过平日里小夫子也确实容易心软,这一点周棠最是了解,小夫子那里几乎没有什么是他求不来的。

红巾寨中几个不肯受降的匪徒都被周棠斩了,剩下的那些,对外说是放他们归田,实际上周棠把他们全部招安到了自己麾下。现在再无南山匪,只有"南山军"。周棠让廷廷管着这些"南山军",说是随便他怎么整治,准许他公报私仇。于是廷廷第一天就给他们每人抽了三十军棍,南山校场上鬼哭狼嚎,一群大男人求爷爷告奶奶地讨饶。这便是未来的勤王大将军带的第一支兵。

这日去了趟南山,周棠看了看被廷廷往死里操练的匪兵,顺手带走了赵大夫。他实在没办法了,洛平断断续续烧了七天,城里的大夫都被他骂得不敢来府上了,他只得来叫南山军的军医。

赵大夫切了切脉,又听了病情描述,皱眉道:"洛先生这症状,是被魇住了啊。"

"魇住了?"

赵大夫点头:"先生这场伤寒本就颇重,医得迟了,有些伤肺。单是这样倒还好,可他这么时而清醒时而糊涂,不是药石能医的,说白了,就跟中邪了一样。"

"怎么会这样?"

"怕是他心中烦忧之事太多,把自己缠得脱身不得。"

周棠不语。这些天他也发觉了,小夫子口中喃喃的话,他多半听不明白,可又好像不是与自己无关的。小夫子一声声陛下地喊着,他总觉得,那就是在唤自己。

"如何能治?"

"这种魇症,有人会请道士来驱邪,老夫认为大可不必,先生是个明白人,待他自己想通,应该会醒的。"

这天夜间,洛平醒了,周棠却在他身边睡着了。洛平感觉口渴,想要下床取水,但昏睡多日,洛平头重脚轻,一下栽倒回去。周棠猛然惊醒:"小……"小字刚出口,他就没了声音。

黑暗中,他看见一双温润如水的眸子,静静地看着自己。那双眼里纷纷杂杂,像是有千言万语要对他讲。周棠一瞬不瞬地盯着，觉得里面映着的人是自己又不是自己。

洛平轻轻眨了一下眼，那样的神色便不复存在。沙哑的声音打破了寂静："王爷，我想喝水……"

周棠愣了愣，连忙道："哦好，我去给你端。"

小夫子清醒了，彻底清醒了。周棠望着茶盏里荡开的水色，他心里蓦地响起一个声音。那声音切切喊着"陛下"，给他数着第二十七盏河灯。

洛平喝完那杯水，闭目倚在床栏上："王爷，我已无碍，你且回去休息吧。"

次日，洛平与他们一起坐在了书房中议事。周棠调整好心情，对洛平说："小夫子，那个沈啸到现在也不肯指认杨旗云，你看有没有什么办法？"

洛平问："为何如此急于扳倒杨旗云？"

周棠支吾了几声，洛平没有听清："什么？"

方晋适时插嘴："慕权你有所不知，当时我们英明神武的王爷为了救你，单骑冲入杨知州的府邸，长枪指着知州大人的喉咙，硬是抢来了人家的兵权，那叫一个威风八面啊！"

洛平脸色一冷，周棠下意识地缩了缩："小夫子，那时情势所迫……"

"情势所迫就可以胡来吗？咳咳……做事也太不考虑后果了。"洛平批评道。

他大病初愈，昨夜又吹了点风，咳嗽有点复发，周棠连忙认错："是，我已经在反省了，小夫子你喝口茶。"

递茶时，周棠狠狠瞪了眼方晋：你什么意思？谁让你气他了！方晋视而不见，摆明了不买他的账。

洛平喝了茶，沉吟一会儿道："你得了他一半兵权，此时决计不会再还回去，可又怕他告发你威胁朝廷命官是吗？威胁事小，若圣上知道你这样急着要兵权，必然会起疑。"

"正是这样！"周棠拍着马屁，"所以想让小夫子帮我治了沈啸那混账，方晋不中用，只能靠你了。"

"仲离好歹是你师父，理应多加礼遇，怎么能这么说他。"

周棠又被骂一句，悻悻地不敢说话。方晋倒是笑逐颜开："真是多谢慕权为我出头，也就你敢这么数落王爷了。罢了，我无所谓，正事要紧，你看该怎么处置沈啸？"

洛平想了想，忽然问了个不相关的问题："今日初几？"

周棠回答："五月初九。"

洛平哂然一笑："不用审了，直接抓了杨旗云定罪，证据真真假假做一下，直接斩了杨沈两人便是。"

周棠和方晋具是一惊："这怎么行？"

"怎么不行？这二人罪大恶极，斩了他们不算冤枉。"

"上面派人来查怎么办？"

"不会有人来查的。"

"为什么？"

"因为秣城那边很快就会顾不得这里的事了。"

正如洛平所说，六天后，秣城传来皇帝病重的消息。就在前一天，越王于拂商台上例数杨沈二人罪证，斩了他们的首级。秣城此时一片混乱，许多官员忙着站边夺权，自保尚且困难，压根不会在意越州这里一个小知州的死活。赈灾之事刚刚平息，周棠还没能好好休息，便又要应付秣城那边的事。轮番的剧变让他有些应接不暇，加上牵挂父皇的病情，情绪难免有些暴躁，方晋池廷芸香等人没少挨他的训。

"我明日就要启程，到现在还没准备好吗！"周棠冲着芸香怒斥。

"回王爷，是洛先生他说不用……"芸香直往后躲，想着洛先生赶紧来救。

"我让你做的事你不做，还赖在他身上，你这是要造反吗！"

"奴婢不敢！"

"不敢就快去给我收拾啊，还有老程，马车备好了吗？"

"回王爷，备好了。"

"还有那个谁！你给我……"

"王爷，大老远就听见你训人，怎么回事？又是谁惹你了？"洛平刚从南山回来，立刻被众人推到了前面挡风。

"小夫子，我明日就要进京去见父皇，他们居然什么都没准备！"

洛平了然，在身后挥挥手让大家都散了，遂牵着周棠进了屋子。

"王爷，我之前对你说的那些话，你一句都没听进去吗？"

"什么话？你让我不要进京的话？我怎么可能会听呢！"周棠负气道，"小夫子，你什么话我都能听，这话不行。父皇病重，我若此时还不去一尽孝道，以后恐怕就没有机会了！你拦着我是要让我背上不孝的臭名吗？"

"王爷，就是因为你是要去尽孝，我才不让你去的啊。"

"什么意思？"

"众位皇子中，没有人是单纯回去尽孝的。"

"那又怎么样？我不管他们想干什么！那是我父亲！"

"你可以不管他们，我却不可以不管你。"洛平苦口婆心，"二皇子、三皇子、六皇子都围着秣城虎视眈眈，四皇子和五皇子也都有各自的世族家臣作后盾，你有什么呢？你的南山军再强悍，杀得过数万禁卫军吗？如今时局动荡，正是他们剪除异己的时候，你现在回去，九死一生啊！"

"我知道，可是小夫子……"

"我知道你心里难受。"洛平仰头看他，"你父皇这一生最大的错事，便是亏待了你这个儿子。我想他已经明白了，谁是这世上最把他当父亲的，而不是当作一个坐拥天下的台阶。弥留之人其实心里最通透，以往看不清的，都能看清了。"

周棠愣了很久，最后还是说："小夫子，你说的我都懂，但我还是要回去一趟，这可能是最后一面了，他毕竟是我的亲人。"

洛平叹了口气："罢了，我知道劝不动你。那我明日陪你一同进京吧，想来这里的事情交给仲离应该能处理好的。"

周棠嘻嘻笑着："本来我就要你和我一起去的。"

芸香在外间听他们争论结束，才敢敲门进来，送上茶水和点心。洛平道："你刚刚发了那么大的火，喝点水消消气吧，芸香丫头也是无辜，行李现在收拾也来得及，你别怪她了。"

"小夫子说情，我怎么会不听？"周棠喝了口茶，向芸香笑笑，"你也别放在心上。"

"奴婢不敢。"

洛平对她说："这下安心了吧，好了，帮我把方先生唤来。"

芸香答应一声，出了门却没有去喊方晋，因为方晋就在门口。

"方先生,我这么做,王爷要是怪罪下来……"她话音未落，就听房内咕咚一声——越王被茶水放倒了。

"没关系，有什么事我顶着，与你无关。"方晋边说边推开房门，"慕权啊慕权，你这是何苦……"

"我知道他不会听的，但这一趟他真的不能去，有劳仲离你替我看着他了。"

"你就这样离开？一句告别的话都没有，他醒来后指不定要发多大的疯。"

"不会的，又不是没有分开过。"

"那不一样，如今的他哪里离得开你。"

"仲离，他长大了，比你想的要成熟稳重得多。"洛平擦去桌上翻倒的茶水，为周棠整理着本就不乱的衣襟和鬓发。

方晋深深看他："那你能舍得他吗？"

洛平的动作顿了顿："有什么……舍不得的。"

周棠昏睡两天后醒来。睁眼，他看见的是方晋："小夫子呢？"

"走了。"

"去……哪儿了？"

"秣城。"

出乎方晋的意料，周棠并没有大发雷霆，他只是把脸埋在手里笑。他问他笑什么。周棠摇头不语。

方晋出去后锁上了门。周棠手里攥着踯躅玉的兔子，像小时候洛平离开他的那一年一样，把自己闷在被窝里。

"我早该知道……"他喃喃自语。我早该知道，你对我那么好，是要给我补偿。小夫子，一次又一次，你怎么就能这么狠心呢？这次又是多久？

越州内人人都在为越王祈福。他们听说越王积劳成疾，病倒了。适逢天子病重，不知从哪里传出了流言，说这是父子连心，越王感应天诏了。事实上，越王只是被软禁在自己房里。廷廷和芸香轮流看守着他，每日方晋会过来跟他说些越州的事，秣城的事，圣上的事，还有洛平的事。周棠总是淡淡地回应，对于洛平不让他进京的事，他似乎想开了，对于洛平离开他独自进京的事，他又似乎没想开。每日都是一副提不起精神的样子，府里的明眼人都知道，王爷是真的病了。

这一日周棠对方晋说："不用派人守着我了，父皇已经西去，我装病也装了这么多天，纵然想去秣城，也错过时机了。"

方晋便没有再软禁他。他现在知道了，洛平说得对，周棠比他想象中要成熟稳重得多。那么多事情，他在无精打采的情况下照样处理得很好。只在一点上显得有些稚嫩。

"方晋，我的身边没有他也一样，你说是不是？"

"方晋，这事要是他在的话肯定不会赞同，现在少个人管我，清静多了。"

"方晋，别在我跟前提他了，烦。"

时间平静地流淌，对于周棠来说却是出奇的慢。那天府里的人正在吃饭，周棠、方晋、廷廷坐在桌上，程管家和芸香侍候一旁。刚吃了两口，周棠突然把筷子一搁，怒道："这谁做的炒饭！喂狗狗都不吃！"

众人吓了一跳。其实越州人从不做炒饭，厨娘近日看王爷没什么胃口，不知从哪里打听来说王爷以前喜欢吃蛋炒饭，就特地学了做。虽谈不上美味，但也不至于那么难吃。没人知道王爷为什么发火，更没人知道王爷为什么真把炒饭拿去喂狗了。

第六章·惊变

方晋跟着他走到后院。周棠背对着他,扒拉着面前的炒饭喂给狗吃。他说:"我错了,这炒饭狗儿还是吃的。他做的狗儿就不吃,大概这世上不会有人做炒饭比他做得还难吃了吧。"

　　方晋不晓得这个典故,便没有接话。

　　"只不过他不在,吃什么都难吃。"

　　"嗯。"

　　"方晋,他不能这么对我。我想他回来了。"这是他近一个月来第一次说实话。

　　方晋看见他面前的地上,有一个圆圆的水印。

## 卷三

### 玉笙吹彻风流子
### 吾辈钟情如此

CHUI CHE FENG LIU ZI
YU SHENG
WU BEI
ZHONG QING RU CI

# 第七章 定北

宣统廿九年五月三十日，承武帝驾崩。

洛平孤身上路，在回秣城的途中，听闻了皇上薨逝的消息。这一时间与预想中分毫不差，因此他也知道，此时的秣城，已是暗潮汹涌。皇太孙虽然拥有"长子继承制"的庇佑，但弱在年纪尚幼，比不过几位皇叔的老谋深算。即使坐上龙椅，也未必能真正执掌江山。再者，他身边多是先皇一手培植的老臣，效忠的是先皇的遗诏，并非出于对他的忠诚。反之，二皇子周柠、三皇子周朴等人身边，俱是当今朝廷中的新锐力量，甚至那些老臣的子孙，都是站在这些王爷一边的，他们不愿仅仅蒙承先人荫蔽，而想要趁这夺位乱局，让自己崭露头角。所以周棠若是在这种时候前去吊唁，无疑遭到各方势力的倾轧。梦里，他便是被编排为先皇守灵，足足监禁了七七四十九天。这次，洛平绝不会让他再重蹈覆辙。

洛平到达秣城时，恰逢先皇头七过去，新君继位大典在即。他一路风尘仆仆地赶来，没有停顿，直接赶去了当年的翰林学士，如今的左宗正李元丰李大人府上。

门口的家丁见他一身粗布烂衫，虽没给白眼，态度也好不到哪儿去："我家大人正在午睡，不方便见客。"

"无妨，鄙人等等就是。"洛平把背上的细软放下，就在屋檐下坐了下来。

家丁见他言行举止温文尔雅，也不好像轰乞丐那样轰他走，便随他去了。不一会儿，门里一个家丁牵了条狗出来遛弯儿，那狗一见洛平，竟赖着不肯走了，小跑着来到洛平身边，呼哧呼哧嗅了几下，坐在他身旁。

洛平瞅了瞅他，不禁莞尔："威将军？"

汪！那狗通晓人性，听他唤自己，尾巴左右摇起来。洛平摸着他的脖颈，笑得更欢："亏你还记得我，不怕我再喂你吃炒饭了？"

威将军眯眼蹭着他的手掌，干脆趴伏下来任他抚摸。一旁的家丁干瞪着眼，都傻了。他们不认识洛平，不明白主子的爱犬怎会对一个陌生人摇尾乞怜。

"这么些年过去，这城里还能认得我的，恐怕真没几个了。"洛平叹道，"威将军，你也老了啊。"

离开秫城已有近六年，当初正值壮年的威将军，按照狗的寿命来算，已是垂暮了。那时候他在翰林院，给周棠带些吃的时，也会在路上分给它一些。没想到这整座城中，最记得他洛慕权的，竟是这只畜生。

左宗正府上的家丁不是白养的，这情形一看就明白了，此人定是主子的旧识，估计还是很要好的那种，看看时辰也差不多了，便要进去禀报："请问阁下怎么称呼？"

"就说……故人洛平前来求见。"

那家丁进门没多久，就从门内传来斥责声："洛平？你说他叫洛平？怎么不快些请进来……叫醒我就是了……谁让你擅自作主的！"

声音由远及近，到了门口，只见李元丰披头散发，趿着鞋出来相迎，衣服上的盘扣都是错了位的。

"慕权，慕权……你可算回来啦，快，快进来坐！"说着李元丰不管三七二十一拉着他就往门里冲，像是生怕他让人拐走了。

"李大人快别这样，鄙人受不起啊。"洛平状似受宠若惊，"鄙人一介草莽，怎可受得李大人如此礼遇？"

"不不不，旁人不知道，我可是一清二楚，当年你可是……"李元丰说到这里顿住了，此时洛平已被他拽进府里，他这才想起来自己还衣冠不整的，便让洛平在书房吃茶稍候。威将军一路跟着两人，到了书房门口却不跟进了，它在门前廊柱下乖顺坐下，一双眼四下张望着，炯炯有神。想来是平日里主人训得好，懂规矩得很，知道主人要说要事，就自觉守在门口。

李元丰回来，与洛平寒暄了几句，切入正题："不知慕权你此次进京，所为何事？"

洛平轻合茶碗："为大事。"

李元丰沉默了一会儿，道："你此时回来，真真是再恰好不过了。我们明人不说暗话，皇太孙登基之日，便是那'大事'开幕之时。得皇位易守皇位难，几位皇子虎视眈眈，各方势力动荡不定，不知慕权你是站在哪一边的？"

洛平哂然："李大人多虑了，鄙人所言'大事'，是指为自己谋官一事。洛某此次回来，不过是想请大人替我在新帝面前美言几句，好混个一官半职。"

李元丰愣在那儿，半天才回过神来："你就是为了求官？"

"正是。"

"在这种时候？"

"正是。"

李元丰沉吟："慕权，我看不懂你，你若真是为了做大官，便不该在这时候问小皇帝要官做，你以为这官能做得稳吗？"

"慕权被先帝罢官十年，实在等不及了啊。"

"十年之期未满，先帝刚走你就回来，你不怕落下话柄让人说吗？"

"洛某几时怕过他人口舌？"洛平反问，不卑不亢。

李元丰语塞。确实，那时洛平少年得志，短短数年一跃升至朝中股肱之臣，背后多少质疑声谩骂声，从未给他带来什么困扰。两人相对饮茶，徒剩一室寂静。半响，李元丰突然想通了，摇头笑了起来："我还想问慕权你的态度，真是糊涂了。当初那份长子继承制的法令便是先皇授意由你起草的，你自然是它最大的拥护者。"

"难得李大人记得如此清楚。"

"这么说慕权你是站在皇太孙那边的？"

"当然，谁能最快给我官做，我就拥护谁。"

"既如此，我李元丰也不再取舍不定了，如今你我便是同僚，举荐谋官一事，包在我身上吧。"

隔日，新帝登基大典。之前还是一片国丧中的秣城，转瞬间热闹起来。祭天祭祖仪式开始，国风之乐响彻全城。洛平在下面远远地看着，那个年仅十四岁的小皇帝，头戴九龙金爪王冠，身着明黄锦绣龙袍，脚踏云纹鎏金厚靴，缓步登上城楼。深深叹了口气，他想，皇位对于周衡这孩子来说，还是太过于厚重了。印象中周衡始终是那个天真无邪的，毫无戒心地与周棠玩耍在一起的小孩子，可如今被那么多双手推上了如此高的地方……这其中也包括了他的手。

周衡不适合穿龙袍。不知是不是私心作祟，洛平还是觉得周棠是唯一的、最适合穿上龙袍的人。周棠君临天下的那一刻，无论回想多少次，都让他感到无比震撼和满足。尽管周棠的背后没有歌舞升平，只有一片无尽的血海。

此次登基大典，四皇子和七皇子没有露面，但都派人送来了极其丰厚的贺礼。两个王爷的封地都在距离秣城很远的地方，这次先皇突然病逝，一个正在率军应对滨州海域的海盗尚未归来，一个疲于应付越州的天灾人祸而病倒，都是为了国家社稷，缺席倒也无可厚非。更何况，本来京城少一个人就少添些乱。

数日后，洛平在李元丰的引荐下，重回朝堂做了官。他的回归自然又掀起了轩然大波，许多官员尤其是老臣旧部，戳着他的脊梁骨大骂"官迷无耻"，更有甚者要给他扣上"忤逆先帝，抗旨不遵"的大罪，但终因小皇帝和李宗正的力保而作罢，毕竟所谓的罢官十年之说，如今已死无对证了。

小皇帝不是傻子，他知道自己的皇位是靠长子继承制的法令得来的，也知道洛平在这条法令中的关键作用。所以尽管顶着重重压力，他还是给洛平封了官——他封他做了翰林院待诏。

洛平死皮赖脸死缠烂打，讨得了这个官职，从九品。不过洛平已经知足了，只要在京为官他就知足了。只要在这里，在小皇帝的眼皮底下，他便可以安心地等待那一天那个人的到来。洛平算着，再过两个月吧，两个月后，他就该回来了。因为这一步棋，是已故的先皇为他摆好的局。

周衡并不是不学无术的庸人。先皇有心培养他，自然是给了他最好的环境最好的西席，因此他无论文采还是武艺，都有着很高的造诣。但在洛平看来，这远远不够。为君者，最重要的不是修养自身，而是把握人心。百姓、朝臣、后宫，处处都是等着他勘破的人心，而这一点，恰恰是久居深宫、未曾经历过风浪的周衡最欠缺的。洛平有心帮他，奈何官阶卑微，根本连皇帝的面都见不到。好在小皇帝似乎是受到李元丰等人的点拨，对他这个待诏还算看重。

那日洛平捧了大堆的文书送去国子监，回程路上碰到一个小太监。小太监还不太认识他，拦在他身前犹豫地问："请问这位大人可是洛平洛待诏？"

"正是，不知公公有何事？"

"皇上有请，请洛大人随我来。"

洛平颔首："是，有劳公公带路了。"

出乎洛平的意料，小太监没有把他带去真央殿，也没有把他带去朝阳宫，而是领着他去了宫中极偏僻的一个地方——浮冬殿。洛平心中一凛。这是周棠曾经生活的地方，小皇帝约在这里见面，是何用意？

浮冬殿这几年都是闲置的，如今皇帝驾到，当然已被打扫得纤尘不染。洛平进屋后被指引着落座，此时小皇帝还没有来。

少顷，小皇帝迈步进来，身后只跟了两名内侍。洛平连忙起身行礼："微臣洛平拜见陛下。"

周衡扶他起来："此处不是朝堂，洛卿不必多礼，朕只是想找人说说话。"

"是。"洛平揣摩不出周衡的用意，便不敢多言。

周衡先开口道："洛卿，你定然觉得奇怪，我为何把你叫到这里来吧？"

洛平不点头也不摇头："还请陛下明示。"

"这里曾经住着与我最亲近的皇叔，那时候他们都说我那位皇叔是灾星，千万不能靠近，否则很可能会害死我。可是我一直觉得，那个皇叔并没有什么坏心眼，他只比我年长四岁，分明也还是个小孩子，为什么大家要对他那么苛责呢？"

洛平静静听他说着，没有插话。几名内侍都已退出门外候着，看来这位小皇帝要说的是较为私密的话。

"那时候我有皇爷爷的庇护，宫里的人都把我捧上天了，我看着他总是伶仃一人，就觉得很可怜。现在我倒是体会到了，那种被人孤立的感觉确实不好受，但需要的不是别人的怜悯，而是能让自己走出来的支撑。

"洛卿，你的事我也听说过一些，很多人说你是个极度贪权的人，但是我知道，你虽然贪权，可从不畏权，你把权势握在掌心里，而不是做它的奴隶。

"我明白地说吧，偌大一个秣城，敢与皇叔他们公然对立的没有几个人，即使是我堂堂天子也奈何不得。二皇叔和三皇叔都以辅佐新帝为由要求摄政，洛卿，我需要你帮我。"

洛平恭敬道："微臣位卑言轻，恐怕难以担下如此重任。"

周衡了然："我知你不满现在的官职，你可以安心，不出一个月，李宗政等老臣便会为你在通政司谋得职位，届时你大可放心施为。"

"陛下，微臣有一点不明白。"

"但说无妨。"

"陛下为何如此信任微臣？微臣身负先皇罢官十年之惩，也未曾给陛下做过什么，陛下不信任自己的亲叔叔，反倒将辅政的重任交予一个外人手中，当真放心得下？"

听到洛平这么说，周衡竟微微红了脸。少年天子显得有些腼腆："其实我对你的了解都只是从别人口中听说的。小时候在朝阳宫常听见少傅他们说，朝廷里有个……有个目中无人的官员，自幼就被称作神童，年纪轻轻便博得功名，仗着皇上的宠信，谁的账都不买，甚至还当众顶撞皇上。我很好奇，什么样的人居然敢忤逆皇爷爷，也曾经跑去真央殿偷听过你和皇爷爷的交谈……"

洛平讶然，他没想到自己的斑斑劣迹会给小皇帝留下这么深的印象："那时微臣年少轻狂，做事情没有分寸，让陛下见笑了。"

"不是的。他们都说你为人冷漠无情，但是我听到你跟皇爷爷说的话了，那句话我至今都记得清清楚楚。"

第七章·定北

"微臣……说了什么？"

"你质问皇爷爷，'长子继承的法令已经拟好，但皇上可曾问过终日被关在朝阳宫中的皇长孙的意愿'……我想，你大概是唯一一个在意过我的想法的人吧。这样的人怎么会冷漠呢，所以我隔天就向皇爷爷央求让你来做我的西席。"

洛平不由得笑出来："只可惜我不久就要被罢官，先皇定然不会答允你。"

周衡嗯了一声，又道："不仅是这样，还有七皇叔。"

"越王？"洛平也没有想到，周棠会跟他提起自己。

"看得出来，七皇叔真的很喜欢你，那时候他总说你是个无可救药的官迷，又死板又无趣，但是当你被罢官之后，他好久都没有来过朝阳宫。

"我一直听闻七皇叔与你之间有嫌隙，似乎是因为争皇爷爷赏赐的事情，他时常捉弄你。不过后来我明白了，是你在意过他，回应过他，让他不再是孤单单一个人，他才会那样把你放在心上。

"洛卿，我是在下赌注。如今我也面临孤立无援的困境，那时候你会关心七皇叔，我相信你也不会丢下我不管，对不对？"

洛平无言以对，他忽然意识到，自己可能没有想象中那样了解周衡。因为这个孩子被高墙挡住了视线，便用自己的心去看人，他很单纯，也很聪明。

"今日我派人去越州送了诏书，召见七皇叔回京述职。"

洛平心里一沉：该来的躲不掉。

"他在宫外没有府邸，我只好破例让他暂时住回宫里，我想他应该住得惯吧。"

"陛下有何事要召见他？"洛平明知故问。

"是皇爷爷的遗诏。"周衡说，"七皇叔能回来，我很高兴，就亲自来看看他以前生活的地方，命人打扫干净。"

临别时，洛平看着这个年仅十四岁的小皇帝单薄的背影，不知怎么的，竟真的想起了那时的周棠，忍不住伸手拂去他肩上的一片竹叶。周衡脚步一顿，睁着大眼回头看他。

只一瞬，洛平便回过神来，指尖衔着那片竹叶说："那竹林陛下还是不要去的好，里面有毒蛇，很危险。"

周衡笑了："你跟七皇叔说过的话一样呢。"

洛平：……

"我就是想去看看那竹林到底有多可怕的。"周衡接过那片竹叶在手里把玩，"那里是很阴森，不过，没有龙椅下的庙堂可怕。"

就是这句话，折磨了洛平的良心。作为小皇帝现在满心信任的人，他不知道将来要用何种面目去帮周棠夺他手里的江山。这个孩子信错了他，也信错了那个儿时的玩伴。他们都是他龙椅下的毒蛇。但有一点他说对了，扼住了洛平的七寸——洛平无法丢下他不管。他此次回来，不仅仅是为了周棠。

果然，不到一个月，洛平便从小待诏一跃而成通政司副使。这在吏部是从未有过的事，在他的身上却发生了。连跳数级，真正是"平步青云"，洛平的仕途，从来都是惹人非议又让人眼红的。

调任洛平，是趁着小皇帝的二皇叔宁王与三皇叔瑞王互相倾轧之时钻的空子。宁王棋高一着，硬是把瑞王排挤到了沛州帝陵，让他给先皇守孝三年，而瑞王的亲弟弟、小皇帝的六皇叔延王则被宁王扣下当作人质。正当宁王大胜而归之时，陡然发现自己的眼皮底下又多了根钉子。尽管在早朝时脸色很难看，但宁王十分能忍，并没有发作。他认为，就算洛慕权再怎么有本事，也无法阻止他摄政。只是他没有料到，一波未平一波又起，在洛平还没有被解决的时候，越王周棠又被小皇帝急召回来了，用的还是先皇的遗诏。

越王明日入京，随行一千兵士，自称南山军……洛平把这份兵部和礼部联名送来的汇报放在一边，手中握着笔，想要写些什么，结果笔杆空悬了很久，却是一个字也没写下。墨汁滴在纸面上，晕开点点黑印。

回到秫城后，他忙于应付小皇帝的重托和宁王的压迫，努力把周棠的事抛诸脑后，然而一旦静下来，想起他，才发现自己心里竟是一团乱麻。他知道自己那样丢下他会让他多么愤怒，洛平独自在通政司待了一夜，一夜未眠。朝阳钻进窗棂的时候，他揉了揉酸涩的眼睛，起身整好官服，赶赴早朝。

三月未见，不知那人怎样了呢。有没有，怨恨他的不告而别呢？

周棠入殿时，带着一身风尘仆仆，面色也有些灰白，确实有点大病初愈，又马不停蹄赶回来述职的样子。尽管如此，满朝文武看见他时还是齐齐一怔——那真的是当年那个不学无术的七皇子吗？

高挑的身形，俊秀的面容，眉宇间颇有先皇的丰姿，漆黑的双瞳中不见昔日的乖戾，取而代之的是沉静和内敛。他紧紧抿着唇，大步走到阶下向小皇帝行礼。对自己的侄子躬身，也未见丝毫拘泥。

自他出现，宁王的脸色就不大好看，眯眼盯着他，讶异于自己竟忽略了他这么多年，此时不得不在心里给这位七弟重新定位。

周棠的目光在朝堂上迅速逡巡一遍，看到洛平时几不可察地顿了一下，又很快移开。洛平暗暗吁了口气，收起多余的担心。仅仅三个月，他的小棠又成长了不少。

越王恭敬地向小皇帝陈述了这几年越州剿匪的各项事宜，以及此前越州天灾的应对方式和结果。小皇帝听了之后大为赞赏，说他治理有方，问他可有什么想要的赏赐。越王谦道："父皇仙逝之时我未能伴其左右，实在不孝，为皇上分忧本是为人臣子该做的事，戴罪之身不敢要什么赏赐，只有一事相求。"

"七皇叔请讲。"

"臣为了清剿越州山匪，曾临时征集了一支南山军，如今这些兵士出生入死换来百姓安宁，却没有正式编制，不能领到朝廷军饷，臣对他们深感愧疚。想请陛下准许他们正式编入兵部军籍，以犒劳他们安邦之功。至于先斩后奏之罚，由臣一力承担。"

"七皇叔哪里话，你尽心尽力帮朕安定天下，何罪之有？军籍之事，朕定会……"

"请陛下三思而行！"兵部侍郎上前一步道，"越王私自征兵，就算是为了剿匪，也于理不合，若是给南山军入编，地方军队以越王马首是瞻，则可能对陛下不利啊。"

"朱大人是怕本王拥兵谋反吗？"周棠厉声反问，把那兵部侍郎说得一愕。

他本是在宁王的授意之下如此谏言，没想到这越王的气势如此咄咄逼人，而宁王似乎还没有要帮他说话的样子，不由得出了一身冷汗："陛下，臣是为了您着想啊。"

两方僵持，小皇帝一时也不知该怎么办，不禁向洛平投去了求助的目光，洛平回了一个让他安心的微笑，拢袖正要上奏，突闻一声冷哼，阻住了脚步。越王有话要说。

那两人互换的神色刚好让周棠瞧见了，他微微皱了眉，剜了洛平一眼，便朝着兵部侍郎冷冷道："朱大人是忠君之臣，有此顾虑实属正常。本王的南山军人数本就不多，千人军队已被本王悉数带来了秣城。本王只求让兵士们生活无忧，本来也没想让他们继续效力于自己。此番前来，便是把这支部队交予皇上作禁卫军调遣使用。本王不日离京，也不再带他们离去，这下朱大人可放心了？"

此话一出，众人骇然。他们明白了，越王不是来讨赏的，他是来送礼的。他把这支南山军精锐送给了小皇帝，既表明了自己忠君之意，洗脱谋反之嫌，又公然给了宁王一记下马威——要打小皇帝的主意，先过我这一关吧。最终兵部不得不收下这份赠礼，洛平始终旁观，敛目不语。

下朝后，洛平回了通政司，越王被安排在浮冬殿休息。各自无言。

傍晚时分，洛平出了城。当初他在秣城郊外开的酒肆现在生意十分红火，老远就听见里面划拳拼酒的声音。临得近了，又传出一阵喧哗，大概是有人赊账不还，被轰了出来。只见孙大娘把一张木头条凳舞得滴水不漏，直把那人打得抱头鼠窜，差点撞到刚要进门的洛平。

孙大娘的条凳在洛平面前戛然而止："……老板？"

洛平赞道："孙大娘，功夫又精进了。"

孙大娘立刻笑开了花，忙把他迎进店里，腾出个雅间给他。数年不见，在孙大娘眼里他仍是那个有本事当官没本事照顾自己的年轻主子，便按着他以前的喜好问道："龙井？"

洛平却摇了摇头："今日想喝酒，来一坛春醪吧，喝不完我带回去。"

孙大娘关切道："才刚回来吧？当心喝得糊涂了，在京城里闯祸！"

"回来有一阵子了，就是一直太忙太清醒，都没空糊涂一回。孙大娘，去拿酒来吧，放心，我有分寸的。"

"好好好，这就给你拿去。"

洛平空腹喝了两壶，就有了些醉意。楼下嘈杂人声也都渐渐听不清晰了，倒是有一个脚步声，轧着楼梯，切切传到他的耳朵里。来人说："我不来找你，你便要一直不理我吗？"

洛平道："王爷休息好了？坐吧，我家酒肆的春醪是最醇的。"

周棠没有坐到他的对面，而是直直走到他身边坐下，酒香在两人之间蔓延。周棠明明累到筋疲力尽，可回到浮冬殿根本无法入眠，想见到他，想指责他，问了他府上的人找到这里来，终于见到了面，却不知道该说什么好。

周棠渐渐平静下来："小夫子，我很想你。你是故意的吧，打发我一点甜头，再远远逃开吊我的胃口。"

洛平望着他笑，那笑容都被春醪酒熏得香甜："我也很想你。"

周棠一愣，三个月来的愤懑，居然就在这五个字里灰飞烟灭了。

"我很高兴你今天在朝堂上说了那番话，"洛平说，"你能如此豁达，自己想到这样做，我便放心了。以后即使没有我在你身边，想来也不会做出莽撞的事了。"

"小夫子你在说什么？"周棠皱眉，"你不是又回到我身边了吗？"

洛平自知醉后有些失言，换了个话题道："你花了三年多心血训练的南山军，成了别人的嫁衣裳，不会觉得不甘心吗？"

"不会啊，我自己还留了一千近侍，送那小皇帝一千又何妨？再者说，这件嫁衣以后我还是要收回来的。"

"嗯，你看得透就好。"洛平端起酒盏给他，"你不喝一点吗？我拿了一整坛，不喝浪费了。"

第七章·定北

周棠笑着饮尽："很少见你这么贪杯。"

洛平又斟了一杯自己喝了："今日你回来了，要庆祝的，今朝有酒今朝醉。"

这一夜直喝到酒坛空空，酒肆打烊，洛平烂醉如泥。孙大娘见了很是吃惊，因为她还从未见过洛平这么失分寸的时候。不过她没有斥责什么，反而很高兴的样子："这孩子醉一醉也好，他管得自己太严了，我看着都替他辛苦。"

"孙大娘，我送他回去，你放心吧。"周棠说。

孙大娘就着月光看了看眼前这个年轻人，好半天才反应过来："你是七皇子殿下吗？"

"是，我是。"

"哎呀，我都快认不出你了。那时候才这么一点点小，现在都长得这么俊了啊。"在孙大娘的眼里，他也一直是个小孩子。

周棠把洛平带上自己的马车，送他回府安顿好后，回到了浮冬殿，带着身上的酒味，周棠睡了三个月来最安稳的觉。

次日，小皇帝召见越王和洛副使密谈。先皇的遗诏被放在三人面前，周棠瞪着那份遗诏，心中百味杂陈——北凌为患，遭周棠攘之。洛平说得没错，人在弥留之际，往往能想通许多事情。先皇终归是想明白了，想明白这个被自己刻意无视那么久的儿子，究竟有着怎样出众的能力，又该怎样去利用。当年真央殿上，周棠的"北凌挑衅"之说一语成谶。时隔多年，先皇揭去蒙在自己眼睛上的偏见，承认了小儿子的军事天赋，并让他去排除外患。但他仍是那么自私，用自己最不在乎的子嗣，去对抗最彪悍的敌人。

周棠领旨谢恩，小皇帝很有些舍不得他："七皇叔，此去漠州边境路途凶险，你若有什么需要尽管说，朕一定会尽力满足你的。"

周棠道："那好，我想向陛下讨一个人，与我同行。"

"谁？"

"洛平。"

"不行！""恕难从命！"

异口同声，都是反对的话，然而周棠的目光只落在一人身上："为何？"

洛平敛眉不答，他知道，小皇帝会为自己说出理由："洛卿要留在朕的身边，朕有许多事情需要倚仗他。"

"陛下有那么多股肱之臣忠心辅佐，少了洛平一人又有什么关系？"

"他……他不一样的。"小皇帝被他逼问得有些慌张。

"怎么不一样了？"周棠眯起眼看着洛平。

"朝中各个官员几乎都与宁王有着利益牵扯，唯独洛卿孑然一身，朕最能信任的便是他了。如今正值宁王虎视眈眈之时，朕还有许多事情需要他的协助和教导……所以，还请七皇叔另提要求吧，朕定会答应。"

周棠压抑着怒火："洛大人，你的意思呢？若是随本王同去，本王会优先保障你的安全，本王敬仰大人已久，也需要大人的智慧来助我退敌。"

洛平恭敬道："回王爷，领军打仗微臣并不在行，王爷还是另寻贤能吧。"

"洛平你什么意思！"周棠有些控制不住自己的情绪。

"王爷，皇命不可违。"

"洛……洛卿，上回你说的李参将私自调兵一事，调查得如何了？"小皇帝有意为洛平解围，谈起内政，周棠不方便在场，只得告退。

之后洛平刻意回避越王，越王也被出征前的诸事缠身，两人几乎没有照面的机会。小皇帝在朝中宣布了越王征北的消息后，朝中议论纷纷。由于周棠总是被派往边境，便得了个"戍边王"的绰号。临行当日，周棠当着满朝文武的面再次要求带洛平出征。有意思的是，宁王那边的人都大加赞同，而皇上这边的人都竭力反对。当然，最终决定权仍然在皇上手中。皇上不允，越王也没有办法公然抗旨。

只是在出城前，周棠寻到了一个机会，驱马来到洛平的身边，对他说："为什么不跟我走？留在京城有什么好？跟宁王作对，不比征战沙场安全！"

洛平叹了口气："王爷，你何必这样执着。"

"还是说你更看好周衡那个小鬼？"周棠口不择言。

"王爷请慎言。我留在秣城，不过是因为小皇帝允我了一个高官，谁能给我大官做，我就跟着谁。"

周棠不可置信地看着他："你就给我这样的理由？"

"是，就是这个理由。洛平是官迷，这一点您早就知道了。"

"你不是这种人！"

"无论我是不是，王爷已经不需要我了不是吗？"

"那天你醉酒说的话是真的？你真的要丢下我不管了？"周棠凄然道，"谁说我不需要你了？谁说你可以离开我了？"

"王爷……"

"你是不是一直在想着怎么摆脱我！每一次你都在想着法子跟我告别是吗！"

"我不再是您的夫子了，王爷，你已经青出于蓝了。"

"洛平！你非要这样逼我吗！"

"时辰到了，王爷请出发吧。"洛平向后错开一匹马的距离，看着他，没有再说话。他知道，他们两个谁也不会让步，而对峙，只会让他们之间更加难堪。

周棠回首的那一眼，洛平看得清楚，那是真真切切的怨恨。

洛平目送越王率军远去，始终神色淡淡。然而在回城的途中，他突然从马上摔下，随行的侍者连忙搀扶起他，看见他两只手掌中，被缰绳勒出了深深的血痕。

越王出征后不久，宁王一派的人便提出要派一名监军前去辅助周棠。说这样的话，他们自然是想要推举己方的人，但此事遭到了洛副使的极力反对。

"人都已经走远了，这时候再派监军追过去，难免有疑心将帅的嫌疑。当然，越王首次出征，确实不太让人放心，遣人去照应着也无可厚非。但就算要派一位监军，也不该是由宁王定夺，该由陛下指名才是。越俎代庖，恐怕不合规矩。"洛平一张利嘴，退一步，进百步，直把宁王逼得哑口无言。

此次越王回京述职，虽说停留时间很短，但宁王亦察觉到他的剧变。一个任性软弱的孩子，在他们看不到的地方突然长成如此卓绝的男人，这让他们深感不安。如今四五皇子偏安一隅，不涉朝政，六皇子禁为人质，三皇子被迫守陵，二皇子原本以为只需安心对付小皇侄即可，孰料半路杀出一个越王，令他如鲠在喉。偏偏他要在越王身边安插自己眼线的计划，也被洛平扼杀了——诸事不顺。最后小皇帝钦点了一名骁骑尉带了任命书前往漠州。退朝时宁王望了洛平一眼，神色阴鸷。洛平躬身行礼，不卑不亢地送他出了真央殿的大门。

漠州。校场。

池廷正带着刚从越州转移而来的南山军进行编队训练。南山军获得小皇帝首肯后正式进编，目前这一千人被归为定北军的先锋，连同原来的定北军，归属越王即现在的定北大将军管辖。

方晋从定北将军府出来，一路行至校场去寻自家王爷。问池廷，池廷指了指靶场。方晋前去一看，只见越王除了外袍，赤裸上身，身上汗水在烈日下淋漓而落，臂上肌肉绷紧，拉弓搭箭，弦如满月……咻的一声，箭矢破空飞出，射的却不是场中标靶，而是南方高天。

方晋合扇笑道："青云衣兮白霓裳，举长矢兮射天狼。王爷好身姿，只是这一箭既高且远，要是射中无辜百姓，王爷可就麻烦了。"

越王冷哼一声："此处千里戈壁，哪里来的无辜百姓。"

"莫非王爷是想猎鹰？"

越王不答，收了弓箭径自回府。

方晋望着他笔直的背脊，摇头哂笑："恁是你有再大的臂力，这一箭也射不回秣城，射不到那人的心上啊。"

越王走了两步，又回头道："有劳方军师把本王的箭拾回来。"

方晋暗叹，这主子倒是会找人撒气。寻着箭矢轨迹，方晋向着南方走了数百米，待看清眼前所见，不禁愕然。一株枯朽的老树上，钉着一条黄斑大蛇，蛇尾挣扎扭动，看它绞着的那根箭羽，正是越王射出的那支箭。这小子什么时候这么厉害了，方晋一边感慨，一边把黄斑蛇丢给了定北军的伙夫："王爷猎的，给大家补补。"

临近饭点，士兵们闻到蛇肉的香味，兴奋得嗷嗷叫。侍卫盛了一碗蛇羹给越王送过去，被越王冰冷的眼神吓了出来。众人问起怎么了，他答："王爷说他最讨厌蛇，看也不想看见。"

于是众人哄抢着把那碗蛇羹分了。营帐外吵吵嚷嚷的声音，丝毫没阻断周棠的思绪。他对着墙上一张老旧的乌木弓，始终默默不语，不知在想些什么。

方晋前来问："王爷今日又不回府了吗！这营帐哪有将军府住得舒服。"

周棠摆摆手："我一个人住那儿，有什么意思。"

方晋无语，敢情王爷从来没把他当人。讪讪告退出帐，他听见越王恍惚地喃喃："没有他的日子，我一天也过不下去了……"

方晋摇头叹息："王爷，没有谁离了谁就过不下去的。"

慕权啊慕权，你可知这小子离了你，难伺候多了啊。

"先皇当真料事如神。"洛平看完礼官呈上来的朝贺清单，深深慨叹。

"是，皇爷爷交到朕手上的社稷，许多事都已安排得好好的了。"

先皇知道自己驾崩之后，北凌必然不得安分，于是早早就给皇太孙留下了遗诏，漠州边境的兵力也都调配妥当，只等着与北凌正式宣战了。果然，在此次为新皇登基而进贡的贺礼中，北凌表明了自己的态度。西昭和南莱一如既往地送来了贺礼，往日北凌虽然逐年削减贡品，但好歹还上得了台面，而这次……随北凌使者而来的只有一只重逾十斤的铁匣，里面锁着的，是北凌王蒙苏答的战书。

小皇帝凛然回复："尔等要战，我大承自当奉陪到底！"

遣回来使后，小皇帝立刻下旨，让越王好好备战，同时命令漠州、砾州、琼州三州将士全部听命于越王，定要痛击北寇，杀得他们片甲不留，再不敢来犯大承天威！眼看圣旨拟好，洛平心中有种说不出的滋味。如今那三州的将士加起来足有二十万，相当于整个大承兵力的三分之一，周棠得此兵权，便是得到了大展拳脚的筹码。

小皇帝放下朱笔，关切道："洛卿，朕见你眉头深锁，是有什么烦恼吗？"

洛平躬身："微臣有一事想请求陛下。"

小皇帝笑起来："此处无外人，有什么事爱卿直说就是。"

"微臣请求皇上，将北凌盛装战书的铁匣熔了。"

"嗯？铁匣？那铁匣怎么了？"

"陛下，那铁匣是北凌寒玄铁所锻，北凌用它来送战书，旨在彰显其兵力雄厚，装备精良，这本身就是一种挑衅。陛下不妨把这种挑衅换个形势，以其人之道还治其人之身。"

"洛卿的意思是？"

"将其熔了，重铸成一柄利剑赠予定北大将军，以示圣恩。令大将军以此剑斩杀北凌王蒙苏答，代天子行天道。"

"好！洛卿说的深得朕意！就这么办，朕立即让最好的工匠打造此剑！"

"陛下圣明。"洛平觉得，自己越来越像一个佞臣了。

监军见了越王以后，受到了很高的礼遇。越王亲自带他巡视练兵，带他参观军营，尊重他的意见，还让他督战了一场定北军击溃北凌游兵的小战役。此战中定北军应激迅速，调度合理，在极短的时间内俘虏了大部分游兵，令那位监军深为满意，回禀给小皇帝的折子中对越王大加赞赏。

那日皇上的圣旨送到，周棠领旨之后，被交与一柄三尺长剑。此剑通体银白，剑锋雪亮如有寒气，削铁如泥，断口齐整，是把难得的神兵。周棠一眼就认出来："寒玄铁？"

传令官道："大将军好眼光，此剑乃是北凌寒玄铁所铸，皇上交托于将军，望将军用其斩尽北寇，不负皇恩。"

"那是自然。"周棠执剑欣赏，颇为中意，"不知皇上赐予此剑何名？"

"名字倒不是皇上取的。"传令官直言，"因为是洛大人的提议，皇上便让洛大人为此剑命名，洛大人取名为'寸雪'。"

周棠抚剑的手一顿，很快掩饰起来，只应了声："哦。"

传令官走后，监军望着寸雪剑很是羡慕："洛大人虽是文官，对北凌战事却很是上心呢。为了让将军安心应敌，也是他力排众议，让下官换下了宁王的心腹。"

周棠挑眉："大人这样说话，似有不妥。"

监军坦然："下官对将军敬重，也很信任将军，有些事便不需隐瞒了。朝中宁王一派实是希望将军战死沙场的，若不是洛大人出面争取，此时来的监军，恐怕能把将军烦死。"

"是吗？"周棠不置可否。是为了他？还是为了自己在小皇帝身边的仕途？

"哎，只是洛大人锋芒太露，下官倒是有点担心他会被宁王整治。将军有所不知，现下宁王可是把洛大人当作眼中钉肉中刺啊。"

周棠吞下那句"你有什么资格担心他"，阴沉着脸走入主帅营帐。

与方晋等人商讨完偷袭与宣战之事，已近二更。周棠回到自己帐中，寸雪呛啷出鞘，随手劈了一张案几。余怒未消，他把宝剑往地上狠狠一掷，再不去看它一眼，躺到榻上蒙头就睡。睡到半夜却又醒了，地上银光闪烁。周棠梦游一般走过去，捡起宝剑收在怀里，反复摩挲。

"青裳寸雪曳昆仑……小夫子，我知道这句诗的意思了！"

"说来听听。"

少年扯了扯自己的衣裳："我是青裳，小夫子是寸雪，只要我们两个一起，就可以将昆仑搅得天翻地覆！"

男子哭笑不得："什么乱七八糟的。这诗是太祖皇帝北征时所做，当年太祖皇帝率兵至西北昆仑，夜里梦见昆仑神女一袭青裳踏雪而来……"

是夜，越王与寸雪同枕，浅浅入眠。黎明时分，忽闻帐外一阵骚乱，周棠即刻惊醒。

探子来报："将军，北寇半夜压境，铁骑一千，步兵两千，偷袭边月关，边月守将折损一千士卒，向我军请求增援！"

监军急道："怎么会这么快！"

方晋道："北凌马匹行军速度甚快，只一夜就悄然逼近了三十里路，看来他们这次是势在必得。"

"那我们快调兵啊！"

"不，将军……"

周棠抬手制止了他们的争论，果断下令："弃边月，退守夜郎！"

"将军？！"监军很是惊讶，然而方晋露出了笑容。

周棠冷笑道："让他们一座关卡又如何？既然他们要玩偷袭，本王就陪他们好好玩玩！拨两千虎贲军给我！本王让他们进得来，出不去！"

通政司。一盏孤灯犹自亮着，灯下的人提笔书写，好似打好腹稿一般，笔端如行云流水，娓娓道来——安世元年，北凌进犯。边月关遭敌军夜袭，越王执天子剑孤军入漠，杀入敌军后方，迅速反扑。火烧边月关，城墙熏至焦黑，关中北寇被困。越王一举斩北寇将领古阿里，缴马匹一百一十五匹，折敌军七百余人。首战告捷。然……洛平默写《承天通鉴》到这里，顿住了，他有理不清的结。这一次，总归会有变数。想了想，他把纸张在烛火上烧了。

转眼数月过去，北边战事如火如荼。漠州的凛冬来得比中原早得多，也猛得多。寒风如刀刃般割在脸上，冰碴卷进口中，说话时都带着股铁锈味。

旌旗猎猎，打打撤撤的游击战过后，双方战意都已达到顶点。金戈原上两军对垒，这是两方大军初次正面交锋，是一场丝毫讨不得巧的硬仗。对面是北凌王蒙苏答亲率的军阵，蒙苏答信心满满，誓要拿下夜郎、阮曲两城。而周棠想的是将北寇彻底逼出金戈原，重创其军势，让他们退回北境。

蒙苏答命人叫阵："大承皇帝一代比一代昏庸无能！如今那坐在龙椅上的黄口小儿，恐怕已经吓得尿裤子了吧！大承分明气数已尽！我北凌有数万勇士、无尽神兵，此次便要直捣黄龙，换了这天下的主子，取而代之！"

"放肆！"周棠怒骂，"我大承国运昌盛，盛世太平，岂是尔等蛮族可辱！哼，什么数万勇士无尽神兵，若真是那么厉害，何以三个月都未能踏进我漠州一步！"

"休得狂妄！"叫阵那人从阵中出来，"我乃北凌铁羽大将军达鲁巴！对面谁来出阵与我较量一番！"

池廷被激，神色愤懑，对着周棠请愿道："我来……末将愿与之一战！"

周棠抬手制止："不用。此人辱我皇族，便由本王亲自来会一会，撕了他这张嘴。"

"可，可你是万军之首，万一要是……"周棠瞥了他一眼，池廷噤声。池廷知道，此刻周棠不再是那个和他打闹嬉戏的师兄了，而是统领大军的将军，而他，只是他手底下的一枚棋。

"廷廷，"方晋道，"且看着就是了，我教出的徒弟，绝不会丢人现眼。"

周棠策马上前，寸雪缓缓出鞘："当朝七王爷，定北大将军，周棠。"

"原来是个草包王爷！"达鲁巴语气轻蔑，但眼神十分警惕，他没料到敌方主将居然会主动出战。

周棠沉稳自若的态度，还有唇畔那抹自负的笑意，都带给他无形的重压。达鲁巴握紧寒玄铁刀，暴喝一声向前冲去。周棠一夹马腹，正面相迎，临到兵刃交接之时，倏然轻身起于马上，足尖踏在达鲁巴横劈而来的刀刃上。电光火石之间，他反手一划，寸雪没入对方颈中，生生削下一颗人头。达鲁巴一招未过，便已命丧黄泉，脸孔上难以置信的表情凝固在寸雪的反光里。周棠一手拎起人头，抛向北凌军阵之中，冒着热气的血滴洒在金戈原的雪地中，烫出一路殷红——北凌鸦雀无声。相反的，定北军已然叫嚣起来，"将军威武！北寇懦夫！"地吼个不停，吼得人热血沸腾，士气大涨。

周棠睥睨战车上的蒙苏答："本将军早说过，孰强孰弱，我们沙场上见真章！"继而他高举天子赐剑，朗声号令，"儿郎们！彼方便是荣光所在！虽死无惧！随我来战！"

"杀！"

"杀！！！"

洛平手抵额头，那一跳一跳的疼，怎么也停不下来。他知道，自己别无选择了。

梦中周棠与北凌一战，势如破竹，锋芒毕露，"戍边王"的威名瞬时响彻大江南北。朝中不少武官对他大加赞赏，更有年轻小将不惜降级也要去辅助越王抗敌寇。宁王屡次想要压制这股尚武尚将之风，奈何战事打得实在漂亮，他也寻不到破绽。之后不知他听信了哪位幕僚的谗言，竟要与北寇勾结，里应外合，陷周棠于不义。寻了个运送军粮的由头，他派出了一名盛京副尉做奸细，一路上与蒙苏答暗通消息，最终前线正值酣战时，运粮车队莫名延误，定北军将近四天未吃上一口粮食。适逢蒙苏答步步紧逼，周棠于金戈原一战损失惨重，不得不弃了夜郎城。而今……

"洛卿，这些都是今早送来要参你的。"

洛平看着面前厚厚一沓折子，眉头深锁。

小皇帝道："洛卿啊，这件事是你做得急躁了，二皇叔的党羽大可以慢慢剪除，那个什么盛京副尉，不过是想送趟军粮，朕派人多看着点就是了，你何必非要治他越职之罪，还为此触怒二皇叔？"

"陛下，此人不除，恐有大患。"

"会有什么大患？难不成他还能把朕的大将军废了？"

"他……可能通敌……"

"通敌？！洛卿，这话可要慎言，你可有什么证据？"

"臣……没有证据。"

"这真是让朕为难了。"小皇帝叹了口气，"参你的折子朕可以不理，但你在这个节骨眼上提出这样的事，着实难办啊。"

洛平敛目不语。

"原本洛卿你要西昭进贡来的那瓶药，朕是绝对不会吝啬的，可现在你让那名盛京副尉无辜受了一百军棍，据说腿都要断了，二皇叔怎么也不肯罢休，非要朕给个说法。朕不得已，只得把那药给了二皇叔以示安抚。所以这药已经不在朕的手中，只能

第七章·定北

跟洛卿说声对不住了……"

"陛下切莫自责，都是臣考虑不周。"

小皇帝道："不过话说回来，洛卿你的母亲病重，朕遣位太医去看看就是了，为何一定要那药呢？贡品清单朕没有仔细看，只知道这药在西昭送来的那批贡品中似乎是最贵重的，真有那么好吗？能起死回生？"

洛平摇首苦笑："天命不由人，世间哪有什么起死回生的灵丹妙药。不过这药是西昭国师亲手所制，据说能接断骨，护心脉，治肺腑，总归是能起到些续命的功效的。臣的母亲久居大承西境，常听闻西昭国师的传奇事迹，心存景仰，臣就想，出自那位国师之手的药，就算无用，也能让母亲定定神。"

"唔，这倒也是。但现在可怎么办呢？二皇叔恨你入骨，断不会把药借你的。"

"臣何德何能，竟让陛下如此为臣担忧，此事就不劳陛下挂心了，容臣再想想吧。"

金戈原上，整片的荒原被皑皑白雪覆盖。定北军那日大胜之后，蒙苏答便率领北凌军队退入了荒原北部的旧城中，任周棠如何叫阵挑衅，就是不肯出战，但也没有继续撤兵。

凛冬已至，如此酷寒的气候让习惯于温暖湿润的大承男儿难以适应。不少人练兵时生了冻疮，手脚肿痛不堪，连握兵器都握不住。好在后方粮草供应充足，还不至于让士兵饿肚子，定北军的士气还算稳定。这种时候，敌方的城攻是不攻，周棠一直有些为难。池廷说攻，要一鼓作气。方晋说等，要等待时机。这些周棠都好好想过，可作战方案一套套拿出来又一套套被舍弃，他就是定不下心来。他也知道，最近自己的脾气有些偏激暴躁，近侍对着他都有些战战兢兢的。尤其入夜后，有时他对着寸雪一发呆就是一整夜，有时火气上来，又想叫人立刻把寸雪熔了让自己再也看不见它。如果那个人在身边的话，自己也许就能静下心来了吧，他总有这样的本事。


洛平去求见宁王。宁王府的人当然不会给他好脸色，让他足足在大门外等了两个时辰。

秣城的雪虽然没有北境来的大，但很是湿冷，冻得人身子骨都僵了。不一会儿，洛平的裘袄上就落了细碎的一层，他的脸色也越发苍白。他正要第四次请求通报的时候，大门终于为他开了。洛平抬腿时才发现，各处关节都在刺刺地疼。他很能忍受严寒，这是一种精神上的麻痹，但不代表他的身体能抵得住这般折腾。微晃了晃，他缓过一口气，看见宁王拥着上好的貂裘袄子，冷眼看他："不知洛大人驾到，本王有失远迎了。"

洛平连忙行礼："是下官唐突了。"

口中呼出的热气氤氲在两人之间，谁也看不清谁。坐到堂上，洛平捧了杯茶暖手，冻得通红的手指焐在瓷杯壁上，好一会儿才感觉出温度。抿了口茶，却是温水冲的陈茶，并不好喝。

"不知洛大人有何事？"

"回王爷，下官想跟您讨一颗药。"

"什么药？"

"余算。"

"余算？"宁王皱了眉头，回忆了下，"就是上回皇上给我去医治盛京副尉的那瓶药？说是什么西昭圣药来着？"

"正是。"洛平道，"听皇上说那瓶药共有三颗，下官母亲病重垂危，想问王爷您求一颗，以医治顽疾。"

宁王居高临下地看着他，眯了眯眼睛。半晌，他道："洛慕权啊洛慕权，本王真没想到，居然能看见你低声下气的时候。平日里那些目中无人，那些飞扬跋扈呢？怎么，有事相求，便转了性子了？"

"下官做事莽撞了，哪里得罪了王爷，还请王爷海涵。"

宁王冷哼一声："你得罪本王的事情细数起来还真是不少，不过本王向来不是无情之人，念你一片孝心，这药也不是不能给你，但你要回答我一个问题。"

"王爷请讲。"

"本王想知道，你究竟是如何讨得父皇和衡儿的信任的？父皇刚死，你便迫不及待地赶回来要复官，你这样一个爱权如命的人，根本谈不上忠诚可言。真不知道当初父皇为何对你青眼有加，甚至为你独设一次殿试，特意给你升官的机会。"

"是先皇抬举了。"洛平垂首。

"那小皇帝呢？你跟他有过什么交集？他凭什么把你这么个半路冲出来，死皮赖脸要官做的人扶上高位？你到底用什么蛊惑了他们，嗯？"

洛平终于抬眼，语气淡淡："王爷以为呢？"

他眼中隐有怒意，又似乎只是无所谓的一句反问。宁王被这双眼盯着，竟有些茫然了——这个洛平，究竟是个清高文士，还是个奸佞官迷？他以为？他以为……

"若说是你的才学，翰林院比你有才学的人多的是；若说是家世，你家在西境偏远小城，于朝政根本没有任何关系。"宁王盯着他的脸，"还是说……"

洛平冷冷看他："王爷慎言，您这是在议君。"

宁王审视着洛平，洛平道："其实王爷赠药与我，未必没有好处。"

"怎么说？"

"下官的家乡离京甚远，送个药一来一回少说也要两月，这两个月，下官看来是不能陪伴皇上左右了。"

宁王狐疑："你当真丢下他不管？这就是你的忠君之道？"

"自古忠孝难两全，母亲病危，身为儿子怎能不去？何况下官欠了王爷一个人情，这两个月，绝对不会给您添麻烦了。"

"哼，两个月？你猜两个月后京中局势如何？"

"下官不是圣人，无法预料会如何。"

宁王望着他，第一次觉得这人识时务，不知怎么的，还觉得他这副低眉敛目的神态很顺眼。想了想，他问他："若是我做了皇帝，你可会一样效忠于我？"

洛平莞尔："谁能予我高官厚禄，我便效忠于谁。下官一向只忠于君，不忠于人。"

"你倒真是个聪明人。"宁王的语气听不出喜怒，抬手唤来了管事，"去取一颗'余算'来。"

管事领命退下，洛平躬身道谢："多谢王爷成全。"

次日，洛平果真呈上了回乡省亲的折子，跟吏部告了假。小皇帝几番不舍，当朝挽留，只是洛平面色哀戚，软语恳求，又有众位大臣说尽孝道，小皇帝也不得不放人。退朝时，洛平与同袍们寒暄着，冷不丁感觉背后被人瞧着，待转头，只看见宁王上轿的背影，未曾见他的一脸若有所思。

宁王生性猜忌，为人审慎，当初方晋便是被他疑有二心，弃出了京城，洛平与他周旋，颇费脑筋。此次能有机会暂时卸下担子，也算是让自己稍事休息。拢了拢衣袖，洛平闷咳了两声，对轿夫道："回府吧。"

孙大娘听闻他又要离京，心中放心不下，丢了酒肆的生意就回来帮着打点。一见到洛平，她便大声埋怨道："老爷，您能好好歇一天吗？瞧瞧您这脸色，可不是又要病了？"

洛平摆手道："没事的。"

"怎么没事？回来这会儿工夫您就咳得没停过！"

"那是昨日多吹了会儿风而已。"洛平宽慰她，"好歹我也懂些医理皮毛，自己的身体自己有数，孙大娘你不必太挂心。"

孙大娘知他固执，实在没办法，只得帮他收拾好行装，叮嘱他路上小心，有什么不舒服的赶紧看大夫，千万不要治好了母亲累死了自己。

洛平笑道："哪有那么严重。"

"报！将军，新的粮草已到，足够过完这个冬天了！"

"报！将军，北寇依旧闭门不出！城中偶有金石敲击之声传来，不知在做什么！"

"知道了。"周棠挥退探子，问四座："依你们看，此时是退守，还是强攻？"

监军道："既然已经退守了这么久，不如静观其变吧。他们这样按兵不动，显然是在搞鬼想引我们攻城，若是这时候强攻，先前的忍耐不是功亏一篑了吗？"

廷廷还是强烈建议强攻，他从一开始就主张强攻："管他们搞什么鬼，我们在这里等着他们先出手，倒好像是我们怕了他们！就该乘胜追击把他们杀回北凌！"

周棠未表态，问方晋："军师觉得呢？"

方晋含笑道："强攻。"

"军师之前不是反对的吗？"

"如今不同了。当时我担心将士们不适应此处酷寒，恐有失误，又担心朝廷里的某些人会在关键时刻克扣粮饷，一旦深入北凌地盘开战，很有可能后继不足。"

周棠微眯了眼："克扣粮饷？军师为何会有这种顾虑？"

方晋也不瞒他："我率越州旧部动身过来时，曾收到慕权兄的一封信，信中说'京中粮饷恐生变，军阵得志莫长驱'。想来慕权兄与京官周旋，预料到一些事，特意提醒吧。"他也不管提及洛平后周棠的脸色有多难看，径自说道，"要说慕权兄，虽不善战，却有决胜千里之外，防患于未然的本事，实在让人佩服。不过现下粮草稳妥，不必有后顾之忧，蒙苏答显然在耍花招，与其等着受制于人，不如我们主动攻城，逼他们提早亮招。"

周棠狠狠瞪了方晋一眼，压下心中不快："军师说得极是，本将军也不想再跟他们耗下去。粮草来了一批又一批，光吃不打仗，能吃得安心吗！不如早点打完这一仗回去，说不定还能赶得上过年，监军也好回去复命。"他也好回去好好教训某个自以为是的家伙！

几名参将立即点头称是。这仗打得痛快，势头正好，他们也都想快些领了军功，赶得上回家陪老婆孩子过年。周棠从帅座上站起："传令！立刻整军，即日攻城！"

"是！"

廷廷与方晋出营帐时小声嘀咕："方先生，你没看见他那张臭脸吗？洛先生的密信你也敢说给他听？"

"怎么就说不得了？"

"上回我营里一个小兵无意间说起洛先生以前断过的一桩奇案，转眼就挨了五十军棍，打得那叫一个惨不忍睹，谁求情都没用。"

方晋啪地甩开扇子："他可不敢打我，再怎么生气，他也不会打的。"

廷廷奇道："为什么？"

"因为他有事求我。"

"啊？什么事？"

方晋但笑不语。两人刚扯淡到这里，就听背后传来周棠沉郁的声音："军师过来。"说着径自走进方晋的营帐。

方晋收了扇子："遵命。"临走时小声点拨迷茫的小徒弟："有人归心似箭，看一眼也是好的。"

入帐，周棠开门见山："他的信呢？"

方晋道："慕权千里传信到越州给我，自是私人信件，将军不方便看吧。"

周棠忍不住了，一拍桌子怒道："有什么是我不能看的！我叫你拿出来！"

方晋无视他的怒火，反倒端出了师父的架势："大战在即，你仅仅为了一封信就跟我拍板，这般沉不住气，让他如何放心得下！"

周棠冷哼："我跟他的事，什么时候轮到你插嘴了！"

方晋看他被怒气冲红了的眼睛，叹了口气："信不是不给你看，只是需要等你冷静下来。这封信他给我不给你，也是怕你一时意气，坏了大局。"

周棠愣神。是，他最想不通的就是为何洛平寄信是给方晋而不是给他。他再恼他，也还是会听他的话啊……最多先把信撕了再拼起来重看而已。

"慕权思虑太多，处处为你打算着，确实有些自以为是，这往往是谋臣的通病，你也怪不得他。"

"我现在不怪他了，"周棠抿唇道，"我只是……很想念他。"

"我知道，我……"方晋微微动容，硬是咽下了那个"也"字，"我要告诉你的是，并不是他狠心。你今后要做的事，确实需要你自己好好磨练，有他在你的身边，你定然施展不开的。他知道自己对你的影响，知道什么时候该陪着你，什么时候该离去。仅凭这一点，他便是我望尘莫及的贤臣。"

"那他为什么不跟我说清楚？我在他眼里就那么不讲道理吗？"

方晋很想点头，周棠在洛平面前就是个无赖，永远是冲动大于理智，有些道理讲得通，有些道理死活讲不通，他这个旁观者最能看清。

"罢了，你自己看看他的信吧。"方晋把那封信递给周棠。

信仍旧很短，首行说了警惕粮饷的事，第二行说了南山军入编的事，第三行……从第三行开始，每一句，都是在说他——王爷年轻气盛，易受激将，他若要莽撞行事，望仲离兄竭力劝阻。王爷若因我之事心中郁结，随他恨去，切莫为我开脱求情，免他分神。北凌天寒，务必让王爷多备蛇油膏，分给将士们，利战，利军心。此仗胜时，便是京中大乱之时，越王率军归来，须做三件事……

周棠看到这里，猛然心惊，白纸黑字上清晰地写着："暗杀监军，清君侧，擒王。"

他不由地轻声念了出来，待他看完，方晋立即烧了那封信。周棠回过神来，那张纸已成了灰烬。事实上他确实有过这样的打算，只是一直下不了决心，也不知是否会有合适的时机，现下有小夫子一言，他心中大定，可是："他在京中……"

"他在京中，恭候将军凯旋。"

周棠亲自率军，直逼北凌军城下，巨木冲城，城门上的士兵被遥遥射下，大承军虽无神兵利器，士气却悍勇无匹，连战两日，竟硬生生撞开了城门。城楼上死了数百敌军，城楼下亦是流血漂橹。两方拼死一战，终究还是周棠胜了。周棠意气风发，举剑高呼："将士们！随我杀进城！谁取了蒙苏答的头颅，便可拜将封侯！本将军决不食言！"

"杀！！！"众位将士满腔热血，争相冲进城内。

"将军且慢！"方晋策马赶上，无奈周棠已经率先进了城，唤也唤不回来了。他心中大急，料想洛平的话恐怕又要一语成谶了，这王爷，当真莽撞得很！这城如此易破，必然是"请君入瓮"啊！

方晋一夹马腹，急急前去劝阻，才刚进城，忽然听见一声破空巨响，夹杂着铁器铮鸣从他头顶飞过，一瞬间他脸上血色褪尽，只来得及大喊一声："将军小心！"

周棠也听见了那巨大的声响，回头看时，只见一支铁矢向着自己飞来，箭尖一点寒芒晃了他的眼。箭矢速度极快，他堪堪侧过身子，迅速抬起寸雪去挡，寸雪本是寒玄铁所锻造的利剑，按理说这一挡不砍断也该将其砍偏，谁知那铁矢居然比普通寒玄铁更硬……

周棠耳边传来寸雪断裂的声音，像是预示着什么。断剑刺入雪地之时，铁矢贯穿了周棠的胸口。

"周棠！！！"离他最近的廷廷惊呆了，脱口喊出了以前对他的称谓。

大承的将士们见到这一幕也都傻了——帅旗倒了！周棠被巨大的冲力带落马下，看着鲜红的血洒在自己眼前，自己的血迷了自己的眼，意识模糊时他听见有人喊他的名字。那人说过，以后你登临天下，你的名字就会成为天下人的忌讳，我也不例外。那人好久都没这么喊过他了，如果喊的是"小棠"就更好了。

兵荒马乱中，周棠的微弱声音被埋在了殷红的雪地里，仍是那装可怜耍无赖的语气："小夫子，你当真……不管我了吗？"

北凌旧城被攻破，但大承的军队没能进驻，也没能取得蒙苏答的首级，更让人沮丧的是，他们的主将受了重伤。定北军失了将帅，顿时一片混乱，有人红了眼要去报仇，有人茫然四顾，畏惧着不知从什么地方冒出的铁箭，大军陷入了进退两难的情况。

方晋知道此时不是恋战的时候，周棠被那支铁矢射中之后，他立刻指挥大局，率人冲上高楼，斩杀了上面的弓手，砍翻了巨弩。弩和箭都是精炼过的寒玄铁制造的，显然北凌退守旧城后就在锻造这些强力的远攻兵器。仓促间他们也没能准备很多，巨弩只有两架，箭矢只有一袋，目测不到十支，尚不能带来太大的破坏性。但是在战场上，只要有一支射中主要目标，就能给敌人带来致命的打击。

"廷廷，保护将军出城！"

"知道了！"廷廷长枪横扫，划出一个圈子，挑倒了涌上来的北凌士兵，随即小心拎起周棠翻身上马，一路悍勇无匹，佛挡杀佛，冲出城门。

方晋大声下令："将军有令！全军即刻弃城回营！"

"遵命！"

军令如山，将士们到底受过严格的管教和训练，此时分为三股队伍，一攻一守一开路，边退边战，迅速撤离。回到金戈原上时，北凌的巨弩已被修复，蒙苏答亲自督战，铁箭只射大承猛将，相隔如此之远，仍旧势不可挡，竟又射下了大承两名大将。慌乱中两名将领未及避让，一个被射入后心当场毙命，另一个被射中腿骨，痛得翻下马来，幸好副将及时将其救起，才不至于丧命。

一支箭矢向着方晋飞来，他吸取了周棠的教训，不敢去挡，扭转马头让了过去。只觉得一阵劲风擦过耳畔，令人浑身发寒。终于逃出箭矢射程之外，方晋回头遥望，眯起了眼睛。将帅生死关头，他此时想的，却是另一件事。

周棠回到营地时，从剧痛中缓了过来，尚且保持着意识。廷廷先下了马，之后要扶他下来，被他一下子推开了——他要自己下马。他脸上毫无血色，手脚因失血而脱力，颤抖着，连踏环都踩不住。廷廷实在不忍，还想上前帮忙，被方晋拦下："让他自己来，他不能在这里倒下。"

周棠是整个定北军的支柱，纵然重伤，也绝不能在士兵们面前示弱。

廷廷点头表示明白，仰头看着周棠慢慢从马上下来，一身鲜血染红了马鬃，他捂着箭洞靠在马身上，吃力道："定北军听令！"

"是！"

随着他声音的起落，遭受首次大败的定北军黑压压跪了一片，腥气的铁锈味道弥漫在整座军营，压得他们心里异常沉重。

"北寇未灭，本将军决不会死！"周棠虽然重重地喘着，但语气十分坚定，无形中给了他们信心，"在我养伤之时，军中大小事务由军师全权代理，听到没有！"

"是！"

周棠气力已竭，招来廷廷扶他进帐。刚进了营帐，周棠便重重压在了廷廷身上，伤口迸出的血浸透了衣甲，他惨白着脸，神智都不大清醒了。

"将军！"廷廷很慌乱，但不敢太大声地喊。

周棠昏迷前断断续续交代了几句话，廷廷很仔细地听才听明白。他说的是："寸雪……小夫子……来……"

周棠连续昏迷了六天，头三天军医忙得焦头烂额，才勉强拔出了那根寒玄铁箭。但之后周棠还是醒不过来，身体也一直没有恢复的迹象。幸好严寒的天气使血流速度减慢，否则这一箭带出的血量，完全不是一个常人能挺得住的。不过箭虽拔了出来，军医却仍旧忧心忡忡。

"箭头并没有刺中要害，只是寒玄铁至刚至利，这一箭劲头很猛，非寻常人力所致，将军的外伤口不大，却是被震伤了肺腑，肋骨亦被铁矢撞断，若是平时倒还好接骨，但此时将军失血过多，恐怕难以承受得住……"

军医絮絮叨叨地说着，帐外又传来通报声："军师，监军求见。"

廷廷道："这个监军当真烦人！这都来了几趟了！"

方晋示意他噤声，出去与监军周旋良久，终于把人忽悠走了，回到帐中他说："监军也是身负其责，他要了解将军的伤势如何，好向京中的小皇帝汇报，看是要任其自生自灭，待王爷死后再调度个新的将军来，还是把王爷召回京城去养伤。"

"那时候一副信任将军信任得不得了的样子，这会儿人还没死呢，他就急着报丧了？！"廷廷看着周棠越发憔悴的脸色，心中焦急，语气自然好不到哪儿去。

"他的事情我们暂且不管。"方晋拍了拍小徒弟的肩，"将军的伤情复杂，一时半会儿下不得结论，小皇帝暂时还不用操心，当务之急……"

"是什么？"

"将军给我们下了两个命令，一个是找回寸雪，一个是叫来洛平。寸雪断在旧城中，暂时是拿不到了，但洛平是可以叫来的，只不知来不来得及。"

"方先生你是说，不告诉皇上，但要通知洛先生过来？"

"不错，他若能来，说不准将军就挺得过去了。"方晋半玩笑半认真地说。

"那我立刻派人去请！"

第七章·定北

"不用，当日他中箭受伤，我便已经派人去通报了。"

方晋派去的人扑了个空，数日后放了信鹰回来说：洛大人回乡探亲，不在京中。

廷廷道："坏了，怎么这般不凑巧！"

方晋的神色却淡淡，他手里把玩着扇骨，看不出在想什么。

廷廷急了："这几日将军越发虚弱了，大夫说了好几次垂危，都快把我吓死了！北凌又蠢蠢欲动要来攻城，不能等了，要不方先生你下令吧，我带队攻城去！"

方晋道："再等几日。此时攻城，无天时无地利无人和，实为下策。"

"可是……"

"他会来的。"方晋打断他的话，"洛慕权要探的亲，还能在哪里。"

廷廷尚未反应过来，帐外传来一声通报："军师，有一人自称酒肆老板，说是，说是找您要酒钱来了……"

方晋莞尔一笑："让他进来吧。"

帐帘掀开，走进一个黑发披雪的男子，身着素色轻裘，白皙的脸上晕着一抹淡红。虽没有多出色的地方，却是面如冠玉，清瞳似水，恁是让人心中一定。方晋一敲折扇："说曹操曹操到。"

洛平先是微愣，遂摇头叹道："这世间最懂我的，便是仲离你了。"

方晋上下打量着他："慕权，你清瘦不少。"

洛平道："车马劳顿而已……"话到此处被生生截断，洛平掩袖闷咳，这一咳便停不下来，夹杂着气喘，脸上不健康的红色越发深了。

方晋沉下了脸："你病了？"

洛平看了看他，接过廷廷递来的茶水忍着咳嗽喝了，不答。方晋忍无可忍要上前来探他，被洛平让开了："我没什么事，风寒而已，王爷的伤要紧，廷廷，去倒一杯温水来。"

廷廷听话地去倒水，洛平走到周棠床边，从怀里拿出"余算"说："原本想让人替我把药送来的，谁知遇到些波折，总归是耽搁了。"

方晋心中酸涩："为他你何至于……"

洛平顿了顿："仲离，你我不过是局中的棋子，死生无碍，可是大承不能没有他。"

"你究竟是为了他，还是为了大承？"

廷廷端水回来了，洛平没有回话。

方晋整理好情绪，望着洛平手中的药丸问："这是什么？"

"西昭的疗伤药，出自国师之手，说是圣药也不为过，虽然不能让他立刻痊愈，好歹有些续筋接骨的功效，护住他这条命是可以的。"

"嗯，你总不会害他。"方晋别开了眼睛，喊上廷廷出帐。

"哎……"一声长叹，洛平望着周棠的脸，先前说话还很镇定，现在手指却在微微发抖。

这张灰白憔悴的脸真是小棠？他看着有些出神，这是他第一次见到他如此脆弱的模样。上一回见，还那么有精神地骂他，说要绑他一起走，怎么现在竟是气若游丝，连手都握不住了。

洛平喂他吃了药，周棠一直拧着的眉头慢慢舒展开来。他的梦里面到处都是雪，一望无际的雪。他在雪地里茫然四顾，像是要找什么丢了的很重要的东西，找得他钻心地疼。为什么不见了呢？他想要好好珍惜的东西，为什么失去了呢？是谁抢走了？是谁！他跋涉了很久很久，看到了雪地尽头的皇城。看到了皇城脚下，那个蜷在雪地里安然睡去的人。那就是他要找的东西！他慌忙跑过去，临到近处却又莫名地不敢走了。他看见那人的手里握着一只碗，碗里似乎有着一些水迹，是融化了的雪吗？他看清了那人的样子，是小夫子！小夫子怎么睡在这里？他喊他，没有用。无论他怎么喊，小夫子就是不肯睁眼。

"我来接你了！为什么不理我！你真的要离开我吗！"他声嘶力竭。

"明明是你的错！是你要害我……你要害我大承！你现在就想解脱吗！我不准，你怎么能！"

他不知道自己在说什么，白炽的阳光烘烤着地上的雪，他眼睁睁看着小夫子的身体慢慢融化。一点一点，从他的世界里消失。这就是他们的命运，悲恸把他的心蚕食，什么都没有留下。可是，在最后的光黯淡下去时，有一只手把他拉了出来。

那只手的主人软语骂着："怎么这么没用，这点事情就撑不住了，还想当一代贤君？"

"没有人教我管教我，我怎么去做贤君。"

"我会陪着你的，我从头开始教你。"

不要再害怕了，我在你的身边。

周棠睁开眼，看见了面前的人："小夫子……你在……"

"是的，我在。"

周棠望着他眨了眨眼，忽然眨下一颗泪来："那，我们重来……"

洛平怔忡半晌："好，重来……"

周棠听见洛平的话，安心地闭了眼，又再度睡去。洛平的心里却不得平静，周棠无意识的话，是想要表达什么？他在梦里见到了什么？他所说的"重来"，是想要有个什么样的结果？洛平守了周棠一夜，想了很多，又好像什么也没理清。

　　破晓时分，周棠的高热已经退了，只是还没有醒转。营帐外始终没有动静，大概方晋嘱咐过不要来打扰。洛平起身出了帐外。方晋正在练兵，将士们都很专注，不过士气明显有些低落。毕竟，这是他们这支新锐队伍遭遇的第一场惨败，而且自家主帅还受了重伤，已经数日都没有露面。

　　洛平来到方晋身边："仲离。"

　　方晋目光不离校场："他好些了？"

　　"性命应当无碍了，静养几天就好，咳……往后，还要劳烦你照顾着了。"

　　"那你呢？你这就想走了？"方晋转身看他，注意到他熬红的眼睛和残破的袖口，微皱了眉头，"慕权，你的病什么时候才能好？"

　　"我？小风寒，过几天就……"

　　"我不是在说你的身体。"方晋打断他，"你心里分明一刻都放心不下他。你的心病，你什么时候能治愈？"

　　洛平抿唇，脸色似乎更加苍白了。方晋自知说得有些重，忍不住想去扶他，洛平却退后一步道："他不是我的心病。"

　　方晋的手停在半空。

　　"……不是什么折磨人的伤病。"风沙卷起他散乱的长发，迷了他的眼睛，以至于他没有看见远处营帐中踉跄奔出的身影。

　　现世的周棠，是剔去那些腐肉，然后一层层长上去的新肉，疼固然是疼的，但只要他不再让这处伤口暴露在外，总有一天，到他别无所愿的那一天，就会好的。

　　洛平的嘴角弯起一个柔和的弧度："仲离，他是我所有病症的良药……"

　　身后的脚步声突然顿了一下，洛平察觉到了，刚回过身来，猛地被一股大力冲撞，撞上后面的旗杆。"洛平……"

　　"我在。"

　　"你还敢不告而别？！"周棠一拳擦过他耳畔，打在无辜的旗杆上，半幅袖子擦过洛平的脸颊。本来这一拳，他是想打在洛平的脸上的，可是临时改变主意了，大概是因为最后听到的那句话吧。

　　刚清醒的时候，他就觉得有什么不对劲。他记得自己做了一个很漫长也很寒冷的梦，但不记得梦里都发生了些什么。小夫子跟他说话了吗？那是梦里的情景，还是真实的？脑袋混沌了太久，他根本分不清。那么那个人呢？周棠急急忙忙出来寻找，甚至顾不得自己邋遢狼狈的形象暴露在将士们面前，他终于看见了那个人。

　　风里带来的声音说："他是我所有病症的良药。"

吼完那句质问，周棠就失语了，只是看着这个已经比他矮了大半个头的人。小时候他觉得这个人又高大又温柔，就像是仅属于自己的神明。而现在，他可以把这个神明完完全全地制住，不用害怕他会逃走了。

洛平望着周棠的双眼："我没有要不告而别。"

周棠眸光闪了闪。

"将军！将军没事了！"校场上传来士兵们兴奋的声音，看见将帅似乎很精神的样子，他们的情绪高昂起来。很快，有人发现了被自家将军制住的洛平。

"唉？那是什么人？"

"怎么回事？谁惹将军动怒了？"

"嘿，那人谁啊！作死呢吧！"

"闭嘴！"周棠骂道，终于意识到场合的问题，拉着洛平往营帐走去，"你跟我来！"又对方晋道，"军师，你怎么练兵的！"

士兵们立刻噤声，方晋也收敛了心神，看了眼摇摇欲坠的旗杆说："将军神力……来人，把旗杆换了。"

定北大将军在众目睽睽下把人强行拖走了，在他们慑于周棠淫威之际，只有洛平看见他红透了的耳根。

## 第七章·定北

周棠觉得自己神清气爽，胸口的伤也不痛了，血也止住了，骨头也接好了。于是他开始兴师问罪："怎么，小皇帝待你不好吗？你怎么舍得丢了京城的官权不要，跑我这穷乡僻壤来了？"

"听闻将军伤重，特来送药。"

周棠心里舒坦了，这药送得又好又及时。瞄了两眼下首恭恭敬敬的小夫子，周棠心里一动，轻咳道："你送药有功，暂且留在本将军身边，本将军会好好封赏你的。"

"多谢将军抬爱，不过洛平京中还有未放下的事，恐怕不能久留。"

周棠一愣，怒道："那里还有什么放不下的！宁王和小皇帝斗个你死我活不是正好吗！你还有什么要掺和的！"有什么比我还重要！

"将军不要任性，距离您回京还有一段时日，这时候不能出差错。"

"若我就是不让你回去呢！"

洛平抬眼看他，眼里带笑："你不会的。"你是我的学生，不会做出这么没有分寸的事，没有人比我更了解你的凌云志向……

一见小夫子的温和的笑意，周棠的火气又去了大半。是，他只是闹脾气而已，但是，他不想让他走，这是真心。

"你准备什么时候动身？"

"后天。"

"后天？！你都不准备等我痊愈吗！"

"将军方才一拳击断了旗杆，想来是没什么大碍了。"

"洛平！"周棠脸色顿时黑了下来，"你太不把我放在眼里了！"

"下官不敢。"

周棠的恢复速度非常快，第二日甚至可以去校场练兵了。军医对此啧啧称奇，细问之后得知是那个布衣青年带来的伤药起了作用，当下佩服得五体投地。洛平连忙谦道："这药是西昭国师所制，在下只是送药的，可没那个本事。若真那么厉害，就不用劳烦大夫你为我治病了。"

周棠的伤好得快，他的风寒却加重了。周棠劝他多休息两天，洛平摇头说不行。说是不插手，哪能真的放手不管。小皇帝在京中孤立无援，洛平每日都在担忧。宁王的宣告没有错，他这样一来一回将近两个月，朝中瞬息变幻，晚回去一点都怕有不妥。这就是说他又要带病赶路，周棠拗不过他，把安置在夜郎城药堂的芸香召了回来，命她一路上照顾洛平的饮食用药。芸香见到洛平十分高兴，不过还没与他说几句亲近话，就被周棠用眼神警告了，顿时缩在一边不敢造次。

洛平不理会他，唤来芸香一起上了马车。他们走得低调，只有周棠和方晋来送行。临行前他叮嘱周棠说："打仗的事多问仲离，我只会些纸上谈兵，他却算得上兵法家。廷廷勇敢且忠心，又是名将之后，你不能亏待了他。还有，不可偏心南山军旧部，定北军上下须得一视同仁……"

周棠笑了："小夫子，你还说不要做我的小夫子了，教训起我来还是一点也不含糊。"

洛平怔了怔，发现自己确实失态了，所谓旧习难改……

方晋对洛平抱拳行礼："慕权，一路保重。"

之后，方晋屡出奇谋，接连铲除北凌三员大将，再次敲开金戈原旧城的大门。由于蒙苏答麾下弩队的存在，定北军与北凌军始终僵持不下，定北军在巨型铁弩的攻击中吃了很多暗亏。周棠忍无可忍，派池廷重兵突袭北凌弩队，虽然伤亡颇多，廷廷也受了不轻的伤，但到底把那些铁弩尽数毁去，甚至带了两架回来熔成了寒玄铁兵器。也因此，周棠授予了廷廷一等军功，擢升为校尉。

正当定北军一路凯歌之时，秣城中亦是大事不断。仅仅一年，宁王与小皇帝之间的矛盾已然愈演愈烈,眼见着就要撕破脸了。

这日,洛平在真央殿前拜见小皇帝。小皇帝本不想见,想了想,还是宣他进殿了。

洛平跪下行礼:"陛下,为何不娶?"

周衡望着他,眼含悲戚:"为何不娶……别人不知也就罢了,洛卿你也不知吗!"

第七章·定北

## 第八章 牧誓

礼部送来的折子被周衡扔在地下，摊开的纸面上，依稀可见朱笔圈出的生辰八字、纳采准备等，本是喜气洋洋的折子，此时却成了触怒龙颜的罪魁祸首。

周衡道："洛卿，怎么你也要劝朕成婚？外患尚未了结，又要新添内忧吗！李宗正的妹妹也就罢了，董太师的孙女？董太师是宁王的人！我为何要把他孙女娶进宫来，还要立她为后？！"

洛平叹了口气，拾起地上的折子："陛下，臣与您说过，为君者，要懂制衡之道。陛下大婚，取在您与宁王二人针锋相对之时，是缓和局势之法。此次势必要册封一后一妃，方能堵住悠悠众口，稳定朝纲，否则宁王一派定不会善罢甘休。"

"朕不要娶！一个都不想娶！"周衡怒道，"殿上每日钩心斗角还不够，下了朝还要用女人来控制朕吗！"

"陛下……"

"朕尚年轻，这么急着成亲做什么！看看这些折子上写的，都什么玩意儿！烦死人了！"

洛平一愣，这才发现周衡是真的气得不轻，眼圈都有些红了，不由正色道："臣知道陛下心里不舒坦，但还请陛下慎言。"

周衡瞟了他一眼，稍稍冷静下来。严肃起来的洛平，总让他有种敬畏感。

洛平道："宁王想方设法将董太师的女儿送进宫来，用意深远，确实不得不防，但同样的，陛下也可以反过来利用之。其实于情于理，那个尚未入宫的女子，并无什么过错，陛下大可以待她进宫后再做定夺。"

"可是娶一个我根本就不认识的、处处监视我的女人，还要故作亲近朝夕相对……朕堂堂大承皇帝，连选一个自己喜欢的人做皇后都不行吗？"

洛平沉吟道："在臣看来，陛下这种说法，不像是在忧心大婚对朝政的影响，而是更忧心该怎么为人夫啊。"

周衡瞪大了眼："没有这回事！"

洛平莞尔："还是说，陛下有喜欢的人了？"

周衡脸色倏然通红，说话都有些结巴了："也，也没有……"

"那臣以为，陛下也是时候娶两位娇妻了。太祖皇帝在您这个岁数，都已经有一位公主了。至于喜欢的人……大婚之后，不久便要选秀女入宫，陛下总会遇上合自己心意的人。不过臣要提醒陛下，君王之爱……"说到这里他突然心中惶惶，顿了顿才说，"君王之爱，不可专情，不可长情。"

"为何？"

"那样的话……太劳神了。君王的心里是要装下江山社稷和黎民百姓的，只系于一人身上，不利于朝政安泰，也不利于子嗣传承。"

"洛卿，你的见解一向很有道理，但这一点朕不能认同。"周衡道，"皇爷爷说过，一个不能让自己过得快活的皇帝，是最失败的皇帝。朕想，君王的心里总能腾出一块地方，与任何其他东西都无关，仅装进去一个能让自己真心相待的人吧，只是把那人静静放在那里，就觉得快活了。"

洛平愣了愣，温和笑道："陛下说得是。既然陛下自己能想得通透，那么大婚之事，还请陛下不要为难礼部了。微臣也恭祝陛下早日找到心仪之人。"

周衡扯了扯锦袍，瞄着躬身退下的洛平，几番张口，却不知道自己还想说什么。

皇上终于不拿婚礼大典说事了，礼部尚书大大松了口气，碰见洛平连声道谢："洛大人啊，也就你能把皇上的脾气摸顺了，这回也多亏了你啊。"

别看这个洛平官职不大，在皇上跟前最能说得上话的就是他，因而他们在他面前也不得不放下架子说话，谁敢得罪圣宠正隆的大红人？

洛平回礼："尚书大人言重了。皇上年纪尚轻，对册后立妃之事十分陌生，细细与他说清楚了就好。皇上聪慧明理，不会让大人您为难的。"

王尚书心说这事都闹了大半个月了，皇上还不够为难他吗，嘴上应承着："洛大人说得是，若皇上那边有什么嘱咐，还请大人多多担待些。"

"下官明白，尚书大人请放心。"

官做得久了，那些场面话也都说得越来越溜，洛平在官员中周旋一轮后，回通政司的途中碰上了宁王的车驾。宁王掀帘看了他一眼，洛平垂首退避，只听得宁王冷哼了一声，便没了下文。近来无论私底下还是朝堂上，宁王见着他都不会有什么好脸色。

洛平目送马车走远，自嘲地笑了笑。

董太师的孙女董云惜，李宗正的妹妹李梦瑶，这便是他明日要娶进来的两个女人。周衡把两张庚帖放在面前，正红底色的是董云惜，暗红底色的是李梦瑶，烫金的字把两个女孩的命运和自己绑在了一起。

"洛卿，朕已让礼部安排了，把你安排在瑶贵妃的迎亲队伍里。你与李宗正一向交好，不要怠慢了她。"

"臣遵旨。"

"还有，你把瑶贵妃迎进紫宸宫后，暂且不要出宫，待朕去非离宫见过皇后，便到真央殿找你。"

"洞房花烛夜……陛下这是何意？"

"半分情意也没有，洞什么房，说不定掀开盖头来就是个丑八怪！"周衡赌气道，"宁王送进来这个女人，大概还想让她给朕生个子嗣，他摄不了朕的政，可以把朕弄死摄朕儿子的政，朕断不会让他得逞。"

洛平笑了："陛下暂且不用想这么多，现下您唯一要做的就是莫负春宵。就算皇后长得丑，不是还有瑶贵妃吗？梦瑶我是见过的，是个柔美又有灵气的姑娘。陛下大可不必把那良辰浪费在真央殿。"

"朕情愿跟你聊聊天。"

"陛下……"

"总之你在真央殿等着朕就是了，不会有人盘查你的。也就这一晚，朕实在不想待在洞房里，你陪朕说说话就好。"

"陛下是认真的？"

"当然。"

洛平敛了笑意："陛下新婚，臣子怎可留宿，没有这个道理。"

周衡眉峰一竖："你这是要抗旨吗？"

洛平头疼了。这时候他终于意识到不妥，似乎他低估了小皇帝对自己的信赖。他一个朝廷命官，在皇帝新婚之夜跟皇帝聊天聊一夜？这叫什么事儿！

大婚当日，洛平跟着迎亲队伍去了李府。皇后那里的排场比这里大得多，不过这支队伍里都是小皇帝的心腹，大多跟李宗正有些私交，反倒看起来更加亲厚喜庆。

红色的软轿抬了出来。洛平四下看了看，软轿边一袭娉婷人影令他的目光停驻下来。他没有想到，竟会在这样巧合的时候遇见她。那人显然也看见了他，微怔之后，便是嫣然一笑——周嫣，那是已嫁作人妇的昭容公主。洛平垂首微笑，记忆里好像只有这个女孩子的笑容是始终不变的。总是有些促狭，有些俏皮，又带着些许皇室的骄矜。昭容公主来到他身边，华服将她的面容衬得妍丽端庄，褪去了曾经的稚气。挽起的发髻散下一缕，垂在她的耳边，撩着微翘的嘴角。

"洛平？"

"洛平见过公主殿下。"

"嗯，免礼了。"周嫣瞅着他，忽道，"我问你，你说过的那个奇女子，说是舞跳得比我还要好，不知什么时候能见到她？本公主至今耿耿于怀，很想与她比一场呢。"

她说得半真半假，洛平亦答得半真半假："但愿公主殿下不会碰上她，洛平倒是希望，那一曲《落凰》再也不要现世了。"

周嫣弯着眼角打量他一番，摇头笑道："好了，以后再跟你叙旧，我小皇侄的婚事要紧，可别误了吉时。"

皇宫中热闹了半宿，红色的剪纸灯笼把整个皇宫笼在喜庆之中。洛平没敢抗旨，迎接完瑶贵妃之后，在太监的带领下来到真央殿，捧了一本闲书，静静等着那个有新婚抑郁症的小皇帝。

后半夜时，周衡当真出现在了真央殿。他踏进殿内，皱了皱眉头："怎么这里的灯火也换成红烛了？真是闹心。"

洛平无奈看他："唯恐夜深花睡去，故烧高烛照红妆。陛下放着两位娇妻不闻不问，当真是……不解风情。"

周衡无所谓地撇撇嘴，瞄了眼洛平手中的书，讶然道："洛卿也看许公子的小说吗？"

"信手翻来，随便看看。"

"哦。"周衡的脸上有些酡红，看样子是把合卺酒当作消愁酒，喝得多了。他很困，上下眼皮直打架，望着洛平的目光直愣愣的，说着些不着边际的话，"朕也看过许公子的小说，里面互相喜欢的人好像都是生死相随的，洛卿，这世上真有这样热烈的情爱吗，可以连命都不要了吗？"

"那些都是故事而已。"洛平说，"即使生死相随了，也未必就是圆满的。"

"那，洛卿你有喜欢的人吗？"

洛平看着硬撑着眼皮的小皇帝，那样一副没开窍的样子，不禁莞尔："有，臣有喜欢的人。"

"那是个什么样的人呢？"

"是个任性又无赖的人，不过有时也很听话很温柔。"

"哦，怎么没见你跟她在一起呢？"

"那人在很远的地方……"

周衡睡着后，洛平唤来太监，把他送回了朝阳宫。东方破晓，他从皇宫边门出来，回到自己家中补眠，心里胡乱想着两件事。一是许公子的小说真是害人不浅，连九五至尊都被荼毒了。二是，时间过得真是快，公主嫁了皇帝娶了，转眼间，又是那么多物是人非。

远在北境的周棠接到小皇帝大婚的消息，皱着眉头沉吟良久。

方晋问："将军在想什么？可是担心宁王另有所图？"

周棠苦恼地说："我在想，小夫子最近怎么样。"

"将军，请你先想想怎么应对宁王的邀约。"

北境战事渐渐明朗，北凌军屡遭重创，大王子图克被自家制造的寒玄铁箭射杀，北凌王蒙苏答急火攻心，突发恶疾，于军帐中呕血倒下。如今北凌军中能做主的，只剩下刚从北都赶过来的小王子罗摩。罗摩星夜兼程而来，年轻俊美的脸上满是风雪与愁容，探望过重病的父王，他红着眼眶叮嘱大夫好生看护医治，才回到帐中略做休息。进了营帐，罗摩挥退了左右卫兵，斜倚在榻上，嘴角勾起一记浅笑。他这一笑，别有一股邪气的阴谋味道。罗摩的长相承袭自母亲的胡族血统，让他看上去比通常的北凌勇士阴柔纤细，不过这并不代表他比他们弱势。与父王和大哥野蛮悍勇的作风不同，他更喜欢一步步设好套子，等着最后最大的收获。

"阿门索，你说我跟那个大承将帅定下的买卖，有没有赚头？"他手中把玩着一个天青色的小瓶，问身旁那个寒玄铁般冷硬的侍从。

阿门索沉默着，也不看他，仿佛没有听到他的问话，只用侧脸对着他。这半边的脸上，有一道深而长的疤痕，一直蔓延到颈侧，看上去触目惊心。

"怎么？不想理我？"罗摩挑起眉梢，"我知道你不赞同我这么做，出卖兄长，毒害父王，这样的事在你眼里就是通敌卖国了吧。"

阿门索还是不说话，但紧握的拳头表露了他的心思。

"你没有想过吗，这场仗再这么打下去还有什么意义？"罗摩说，"我们一路走来，你难道没有看见那些拼命开山取铁的老人和小孩吗？北凌倾尽国力也没能打进大承边关，这时候还要叫嚣着直取中原这种鬼话，不是给百姓徒增负担吗！"

想起来时所见的种种凄凉，阿门索有些动容，转过身看着他，神情却仍是冷淡。

"当然，我也不是什么大善人，我做这些自然是在给自己铺路。"罗摩的耐心也快用尽了，他起身靠向他，"你摆这张臭脸给我看是什么意思？想骂我？想替我那个大哥申冤？他拿着寒玄铁匕首要杀我的时候可没有你这般好心肠！"

阿门索眸光一颤，不由自主地望进他幽黑的眼中。罗摩放缓了语气，在阿门索耳边喃喃说："你肯为我挡这一刀，就不许我这样为你报仇吗……"

阿门索伤疤附近的皮肤渗出红色，他不知所措，只能僵着身体。

罗摩瞟了他一眼，笑着道："那个周棠给的药倒是真管用，悲回风……悲回风之摇蕙兮，心冤结而内伤。父王服食后，各种症状都像是心情急怒所致，吊着他一口气，也好让我不用疲于应付那些愚臣。不过，我还真有点等不及了……"

阿门索收敛心神："殿下，不可急躁。"

"原本是不怎么急的，但与那周棠几番交锋，看得出来他亦不是好惹的人。他想利诱我削弱北凌的实力，再把我逼到不能反抗的境地，让北凌彻底威胁不了他。那样的话，我可真的成了卖国之君了。"

"殿下想要如何做？"

"我想以其人之道还治其人之身。他不是王爷吗，他离间我北凌王族，我也不能让他们大承的皇室好过。"罗摩说，"阿门索，你替我探一探大承军营吧。"

"是，属下遵命。"

正要离开，罗摩叫住他："慢着！"

阿门索回过头来静候吩咐。罗摩顿了顿才说："你……要当心，那人身边高手不少，你自己要知道分寸，别把命丢在那儿，一定要回来。"

阿门索的目光柔和下来，抬头深深看他："是，我知道。"

罗摩别过脸去："好了，快去快回。"

"将军，请你先想想怎么应对宁王的邀约吧。"方晋提醒道。

周棠只得把小皇帝的喜帖放在一边，叫来了那个送来喜帖，同时又暗中递上宁王密信的信使。信使到了，恭敬一拜："王爷考虑了这么久，不知考虑得如何了？"

周棠指点案几："你家主子是在拉拢我？他是想借我的兵，帮他抢回……'该属于他的东西'？"

"王爷是聪明人，定然懂得审时……"

"本王聪明不聪明不用你来说。"周棠打断他，"你家主子看不到吗，现下北寇入侵，虎视眈眈，就算本王有心要助他，也抽不出兵力。再者说，本王人在塞外，他许我的那些东西，还不知道回京后能不能兑现得了。"

"王爷，北寇主帅病倒，想来已经不足为患，这场仗多半快要结束了。我家主子派我前来，就是想为您打消一切顾虑的，若是有什么令王爷心存疑虑，或者王爷还有什么别的要求，请王爷直说，属下一定悉数禀告主子。"

周棠冷哼了一声："我想要什么他就给得起什么？他未免也太敢夸下海口了。借兵之事兹事体大，待北境战事了断之后再议，你先回去休息吧。"

信使不甘愿地退下了，眼中颇有不忿之色，觉得这个越王太不识抬举。

方晋对周棠说："看来宁王已经沉不住气了，你准备怎么办？"

周棠不屑道："跟他合作？呵，他觉得自己是纡尊降贵来跟我打商量的，连一个信使都不把我放在眼里，我哪敢高攀呢。我的将士们拼尽血汗杀敌，在他们眼里不过是一群莽夫，想借就借，招之则来挥之则去。这点诚意，我敬谢不敏。"

"恐怕王爷还有其他想法吧。"方晋悠悠道。

"当然。"周棠理直气壮，"小夫子还在周衡那边，我怎么可能让他的安危受到威胁。最多假意与宁王合谋，想办法把小夫子遣开之后再与他撕破脸。"

"看来慕权在朝中确实辛苦，宁王对王位志在必得，他与他周旋这么久，也不知怎么撑下来的，好在听说小皇帝待他不薄。"

周棠瞥了他一眼："你什么意思？"

方晋苦笑："没什么意思，只是想到日后他若真为你叛了小皇帝，该如何自处。"

"洛平是我的人，我不会让……"

"谁在外面！"方晋暴喝一声，转瞬间追出帐外。只见一袭暗色人影快速地融入夜幕中，他心下大惊——那人是谁？在帐外听了多久？那是何等高明的轻功，竟能躲过数十队巡逻兵，还能在他的眼皮子底下听墙角！

周棠也是心头一凉，即刻派人彻查军营，看是否还有同党。

方晋追出数里，那人显然不想与他正面冲突，只管飞奔。如此下去不是办法，方晋从袖中甩出数点寒芒，想要先绊住那人的步伐。然而那人中了一镖之后仅是一顿，速度不减反增。不过没有再在金戈原附近绕圈子，而是直奔北凌旧城而去。方晋追到城下三里，不敢冒进，怕有埋伏，只能退了回去。

回到帐里，他把情况告诉了周棠，周棠拧眉："罗摩，一定是罗摩。那个罗摩当真是条毒蛇，随时随地会反咬一口，不得不防！"

确实，他本想利用完罗摩之后，继续逼退北凌，直到他们完全臣服为止。如今看来，恐怕没有那么简单。

阿门索的手臂动脉被铁镖刺伤，加上他强行运气剧烈跑动，失了不少血。见到罗摩的时候，他苍白的面色让罗摩当下冷了脸："我怎么跟你说的？伤成这样，你把我的话当耳旁风吗！"

"属下知错。"

"谁让你跪了！给我坐下！来人……"罗摩本想叫大夫过来，为免父王对他再起疑心，最后还是作罢。

他自己取了药箱，撕开阿门索的衣服查看。紧实的肌肉上有个深可见骨的血洞，周围的皮肤都有些发白。罗摩小心地给伤口清理敷药，松了口气："幸好没有淬毒……"

罗摩依旧没有给他好脸色："说吧，是什么消息让你这般狼狈地回来。"

阿门索道："他们提到一个人，为了这个人，大承的那个将军不惜跟他哥哥决裂。"

罗摩眸光一亮："哦？是什么人？你细细说来。"

一个月后，罗摩向周棠提出和谈。周棠拒绝，正当他想要深入北凌继续稳定胜局之时，突然再次收到了来自宁王的密信。信中说：小七子，为兄实在没想到，你居然也与洛平有过私交。不知他给过你什么甜头，竟让你和皇上一样对他言听计从？为兄好言相劝你不听，小七子，既然你因为他而拒绝我的提议，那我只好让他消失了。但愿你切莫再执迷不悟。好自为之。

周棠见了这封信，一时面无血色，几乎要立即上马冲回秣城。

方晋将他拦了下来："罗摩这边尚未了结，你这时候离军，是想给宁王一个收你兵权的借口吗！"

周棠愣了愣："罗摩，罗摩……"眼中的混沌散去，他想明白了，咬牙道，"是罗摩放给他的消息。"

罗摩把他的弱点卖给了宁王，以此来牵制他对北凌的野心。所以北凌才会在这时候提出和谈，他是算准了的。

"哼，这招围魏救赵使得真好。"周棠眯了眯眼，"既然他做到这么绝，那我也只好顺着他的意思来了。待我执掌天下之时，再与他慢慢算这笔账。"

宁王想要让洛平消失的念头不是一天两天了，只是现在更为迫切。而洛平尚未意识到这场即将波及自己的危机。因为他的记忆里，并没有过什么专门针对他的暗战。

深冬之夜，窗外的风夹着雪籽呼啸而过，在开了缝隙的窗棂中发出呜呜的声响，像是谁在悲伤地恸哭。

洛平轻声吟道："悲回风之摇蕙兮，心冤结而内伤……"

北凌那边的战事即将结束了吧，蒙苏答一死，其次子罗摩便可接管北凌，而罗摩与周棠之间,应该是有着一个叫作"悲回风"的盟约的。宁王的势力也在蠢蠢欲动了,周棠快要回来了吧——只可惜,不是以凯旋之姿。

"洛大人,皇上召您入宫,请至真央殿面圣。"

洛平叹了口气,整理衣衫。三更天,真央殿,还有比这小皇帝更能折腾人的吗?

到了真央殿,侍卫守在殿门口,掩上了大门。

小皇帝笑道:"洛卿,方才北境监军的信函到了,说北凌已有和谈的意向,看来朕的七皇叔真挺有本事的。"

洛平不动声色:"恭喜皇上,此乃社稷之福。"

"七皇叔居功甚伟,待他回来朕定要好好封赏他。"周衡满脸喜气,"到时七皇叔凭着军功也好跟宁王抗衡,不至于让朕疲于应付了,终于觉得这皇位坐得踏实一点儿了。"

洛平心中一震,不由看向这个少年天子,就着灯火,他看见他兴奋而微红的脸颊,还有熠熠生辉的眸光。这个孩子自即位以来,时时提心吊胆,夜夜不能安寐,如今他把依赖和希望赋予在自己的小皇叔和亲信臣子身上,却不知……

"陛下圣明,越王英勇善战,他日得胜归来,必会成为您的助力。"

"嗯……只是现下朕有些担心,宁王定不愿让自己变得那么被动,他会不会在背后做些小动作?"

"陛下无须劳神,就算宁王有心拉拢越王,暂时也翻不出什么花样来。况且越王军功在身,何愁在朝堂站不稳脚跟,他自会明白,陛下和宁王,谁能给他名正言顺的地位。"

"洛卿说得是。"周衡松了口气。

"陛下……"

"嗯?"

"臣观陛下今日面带喜色,可是还有什么让人高兴的事?"

"没……没有啊,"周衡局促地拉了拉衣角,"不就是为北境的事高兴嘛。"

洛平顺着他的眼光看去,心下了然,嘴角带上温和笑意:"皇上这只锦绣荷包煞是好看,不知出自哪位名绣之手?"

周衡一瞬间红了整张脸,别别扭扭地说:"哪……哪里是什么名绣做的,根本就是小丫头的玩笑之作,还有一堆线头露在外面,难……难看死了。"

"果真如此,陛下又何必把它悬在玉带上?"

"瑶瑶……瑶贵妃说,戴上这个五彩鸟的荷包可保国运昌盛祥瑞连连,咳,虽然朕怎么看怎么觉得像是只五色肥鸡。"

洛平忍俊不禁："陛下说是什么就是什么吧。看来臣今后可以安心睡觉，不用半夜被急召进宫了呢。"

"洛卿你，你什么意思……"

"臣的意思是，紫宸宫的红帐软榻可比真央殿的硬木椅子舒服多了，陛下不妨在那里好好休息，臣就不做那不解风情的佞臣了。"洛平含笑，眼里掺着几分揶揄。

周衡仍红着脸，不过一本正经地望着他道："洛卿从来不是佞臣。后宫是一回事，深夜能来这真央殿陪着朕的，永远只有洛卿你一人。"

洛平怔忡。只你一人，这句话太重了，对于他这样的臣子来说。

周衡犹自笑眯眯的："洛卿，朕派侍卫送你回去吧。"

洛平没有想到，仅仅是离开家里一个时辰，再见到的竟会是这番景象。浓烟飘荡在府邸上空，府里下人慌慌张张地喊着"走水了"，四周邻里提着水桶帮着灭火，孩童吓得大声啼哭，整条街都被惊醒了。

护送洛平回来的侍卫见状也是一惊，被洛平狠拽了一把："回去禀告皇上，请皇上务必沉住气，暂且不要调查此事。"

那侍卫这才回过神来，瞥见洛平眼里的火光和紧皱的眉头，应了声"是"，便消失在街道尽头。

火势刚起不久，看得出来最大的地方在主卧，洛平神色一黯——他去见皇上时并没有惊动府里的人，之后主卧并没有人，更没有灯火，现在这情况，很显然是有人纵火。下人们基本上都在救火，看样子没有几人被困住，洛平稍稍松了口气，也加入提水的队伍中。衣袍被火苗烧出了几个破洞，浓烟熏得他有些呛，洛平咳嗽着正要再去提水，突然被一个年轻伙夫撞了一下。

小伙子脸上都被熏黑了，只一双眼睛黑得发亮，一见洛平便急切地说："大人！大人您出来了？您见到芸香没有！她说您今日忘了喝药，不是给您送药去了吗！"

洛平听了一愣，心中大急："芸香可能还在屋里！快！快进去救人！"

那小伙子用湿被子蒙着当先冲进屋里，果然在床边找到了昏迷的芸香。他抱着芸香跌跌撞撞跑出来，堪堪避过坍塌的房梁。洛平连忙上前去探芸香的鼻息，感觉还算平稳，似乎并不是被烟熏晕的，正觉得奇怪，又看见她后颈处一片瘀伤，顿时有了头绪：大概在起火之前，她就被人敲晕了。

一夜纷扰，直到黎明时分火才被熄灭。芸香被送去医治，其间醒过一回，洛平问她可还记得怎么回事，她回答说："今日大人忘了喝药，您一向晚睡，我便想着把药送去给您喝了，谁知房里的灯已经熄了，我到床边喊了声'大人喝药'，之后脖子一痛，就什么也不知道了。"

之后那人便深夜放火，意在烧死主仆二人。关于纵火的主使者，洛平已能猜出一二，毕竟这秾城里讨厌他到想杀了他，又有胆子在皇城脚下行凶的人，并没有太多。大火，又是大火。当初越王府亦是在一夜间被烧毁，洛平不禁自嘲，看来他在哪里都不太受欢迎啊。那么普天之下，何处是归乡呢。

当日上朝时，洛平未能来得及更换朝服，穿着全是焦黑破洞的衣裳进了大殿。引得朝臣们议论纷纷。

有不明真相的人指责道："哟，洛大人这是干吗来了？九五之尊面前，您这可是大不敬啊！侍卫怎么当差的，竟也放你进来了？"

洛平没有搭理他，目光向着前排的宁王看去。宁王此时也在看他，不过脸上神色淡淡，并没有什么表态。洛平忽而冲他一笑，深深一拜。微乱的鬓发随着躬身的动作垂散在他脸侧，将那抹温和的笑意勾勒出感激的神态，让宁王看得愣住了。洛平如往常一样，垂首站入队列中。他自然没有看见，宁王在他转头的一瞬，眼中流露出的万千情绪。他越发不明白这个人了，明知自己要害死他，为何还能这样坦然而笑？

小皇帝坐上龙椅，一眼就看见了洛平的狼狈，想到昨晚洛平差人给他带的话，硬生生把火气压了下去。他关切道："洛卿府上昨日莫名起火，今日该好好休息才是，朕可免你上朝。"

洛平站出来回话："陛下，关于昨晚宅邸起火，臣有话要说。"

小皇帝道："说吧。"

宁王瞥了洛平一眼，不知他作何打算。指证他？半点证据也没有，他能怎样？

"陛下，臣府上有一侍婢，说是看到有人纵火，但没有看得仔细。臣想，大概是臣曾经结的仇家吧。"

"哦？洛卿可知是哪位仇家？居然这么大胆！"小皇帝有意无意地往宁王那边看了一眼，宁王视若无睹。

"臣不知。臣以前断案时招惹了不少流氓混混，昨夜一片混乱，并没有留下证据，根本无从查起。"

小皇帝怒了："那就是说，那人还有可能继续对洛卿你下手了？"

洛平道："臣不敢断言。"

小皇帝气得浑身都在颤抖。明明知道是谁做的！除了胆大包天的宁王还有谁！可是现在偏偏不能彻查！他知道，这时候调查宁王会扰乱局势，那就是功亏一篑，相当于逼着宁王造反……这些他都懂，可是洛卿太不把自己的命当回事了！如果昨晚他真的被烧死了，那他怎么办？他一个人坐在这四周无依的龙椅上，怎么办！担心和后怕令小皇帝一时失了理智，他道："既然这样，为了确保洛卿你的安危，干脆朕把你接进宫里来，这几日便留宿在真央殿的侧殿吧。"

此话一出，满座哗然。

"皇上三思啊！"

"皇上！洛慕权的话不能听信啊皇上！"

"皇上！外臣不可留宿宫中，这是祖宗定的规矩！"

不仅是中立的和宁王一派的朝臣，就连一向支持小皇帝的大臣们也都纷纷劝阻："皇，皇上，此事不合情理法度，请皇上三思啊！"

正吵得不可开交，宁王轻咳一声，殿上顿时鸦雀无声。

宁王上前道："皇上，臣以为，洛慕权妖言惑主，祸乱朝纲，据闻最近常常夜访皇上于真央殿，直至四更天才走，致使皇上与后宫失和，今日居然还以家中失火为由要住进宫里……此等佞臣，须以严惩！请皇上不要被他迷惑了！"

他也是今晨才知道失手了，才知道原来洛平逃过一劫是因为皇上的召见，而这些刚好给他倒打一耙的理由——暗杀不成，那就陷害吧。反正在他的心目中，洛平本来也清白不到哪里去。宁王一派纷纷附和。小皇帝已经气蒙了。洛平无奈摇头，若要细算，宁王所说的事全是颠倒黑白，但他不会反驳，也不能反驳，倒不如……

洛平走到大殿中间，双膝跪下拜倒，"陛下，臣愿认罪服法。"

此话一出，又是满座哗然。

还未等大家议论起来，洛平补充道："依大承典律，迷惑君王祸乱朝纲之臣，应收押大理寺候审。"

说着他望向呆立在一边的大理寺卿："请寺卿依法办理吧。"

覆水难收。在小皇帝震惊到无话可说的时候，洛平被押了下去。退朝之后，小皇帝立刻摆驾到了大理寺。见到洛平时，他几乎想冲上去把那身囚服撕烂！什么玩意！怎么回事！洛卿怎么就成了祸乱朝纲的罪人了！还有没有王法了！然而他的愤怒在见到洛平的笑容时，莫名其妙地就发作不出来了，憋了半天只剩一句："为什么？"

洛平微笑道："关进来也好，至少这座牢房里不会走水，不会有人想杀就能杀得了我。请陛下不要担忧，臣在这里，也许比在外面来得安全。"

说实话，他没有想过要住进宫里，原本他就打算给自己造个小错让自己关进来的，只是没想到最终会以"惑君"这一罪名而已。

皇上走后，大理寺卿来到洛平的面前。隔着牢门，看着里面那个依旧有着坚韧风骨的阶下囚，他说："洛大人，还记得我吗？"

洛平抬头看他，眼中含笑："袁序，我又回来了啊。"

多年前，那个跟在他身后的少卿，如今已然褪去那时的急躁和稚嫩，长成一个稳重果决的大理寺卿了。

黑色的寺卿袍下，袁序的手捏着拳，他的声音却平静无波："我没有想到你会以这样的方式回来。"

自打洛平罢官后重回官场，两人便没有什么交集，在小皇帝和宁王之间，袁序一直是中立的态度，但他总是不由自主地去关注洛平。这个他曾经厌恶鄙视过，也曾经敬佩景仰过的上司。而洛平现在，被他亲手关在大理寺的牢房里，他为他亲手捧上一杯茶。

洛平有些讶异，不过没有拒绝，端起茶碗悠哉地喝了一口，皱眉道："好苦。"随即又笑道，"洛某平生饮茶无数，最难忘的，便是你沏的浓茶了。"

袁序袖中的拳头松了下来："你真的……那样做了？"

洛平吹着漂浮的茶叶，淡淡道："欲加之罪，何患无辞。"

"那我便为你查清真相！"

洛平摇了摇头："不急。"

"为何？"

"你做寺卿这些年还不明白吗？法理再大，总有奈何不了的人。"

更何况……更何况，他感激宁王，给了周棠"清君侧"的理由。本来这场平衡游戏里，谁最先沉不住气，谁便要输了。他从不在意，此身是否成为双方较量的筹码。

"五年？将军，你这是狮子大开口。"罗摩放下手中的紫毫笔，笑看对面的周棠。

"此次战事本就是北凌先挑起的，王子殿下不觉得你们理应更有诚意一点吗？"

"那也不能强取豪夺，五年的寒玄铁矿全部进贡给大承，你让我们北凌的百姓靠什么维持生计？"

"怎么，除了寒玄铁，北凌就没有其他拿得出手的买卖了？你们的良种马匹、高山草药，还有连接西北的商道，不都是赚钱的好路子？本来寒玄铁的出产量就不高，一个普通百姓一年也弄不到几公斤，而且还都要低价供给你们的军队，他们之前赚到什么了？"

罗摩不愿让步："将军是大承人，这样评判我们北凌，未免太过自以为是了。"

周棠好整以暇："这些场面话就请王子殿下不要再说了，你应该知道，若是跟朝廷慢慢商谈，绝不会这么简单就放过北凌。"

"我倒很有兴趣去跟朝廷讨价还价，只怕将军你等不起。听说你们大承的京城里出了大事？皇帝的心腹臣子身陷囹圄？有传言说是惑主的佞臣，到底是怎么样的人？不知将军有没有兴趣回去审上一审？"

周棠眯眼："王子殿下倒是管得宽。不过事情一码归一码，京城远在天边，北凌的王城离我却不远，有空跟你磨嘴皮子，我的定北军也可以进城走一遭了。"

所谓的和谈，一点也不和。大承的监军和北凌王的亲信在一旁完全插不上话，只能看着这两个人剑拔弩张。

廷廷在帐外扯了扯方晋的袖子："师父，他们要吵到什么时候？"

方晋看看天色："肚子饿了他们自然会出来。等急了？那我们先去吃碗面。"

阿门索难以置信地看着他们俩，吃面？他们还有心情吃面？他咽不下这口气了。他不服气北凌竟被这样一个吊儿郎当的军师算计那么多次，不服气自己竟被这个人追击到受伤！

"朋友,站这么久你不饿？要不也来一碗？"方晋热情地邀请，端过去一碗面给他。

阿门索正要说话，大帐的门帘掀开了，罗摩当先走了出来，神态尚算平静，看来是勉强接受了和谈协议。看到阿门索愣愣的，一副"被欺负"了的不甘模样，罗摩顿时冷下了脸色，挑眉质问方晋："虽说我们是败军之将，但也不受这等嗟来之食！"

方晋很无辜："殿下误会了，在下万万没有轻鄙的意思，只不过见这位朋友似乎饿了……殿下你看，我们自己吃的跟他是同一锅的面。"

罗摩一窒，向阿门索和那碗面投去嫌弃的目光："哼，没出息，这种东西……"正嫌弃着，忽然传来一阵咕噜的声响。

廷廷被方晋踹了一脚才硬忍着没笑出来。始终板着脸的阿门索也露出一抹笑意，把碗接过来递给罗摩。罗摩不愧有着王室的良好修养，没有恼羞成怒，仅仅微红了脸，拂袖大步走开。阿门索端着碗亦步亦趋地跟着。他们现在身处大承军营中，要想回去吃上晚饭，还得穿过整片金戈原。那个饿极了的小王子，总会纡尊吃上两口的。

"我就说吧，他们饿了，自然会把事情谈妥的。"方晋说。

"嗯，师父神机妙算。"廷廷拍马屁。

"哼。"一声冷哼打断了两人的对话。周棠从营帐中出来，虽说最初的目的都达到了，但他的心情仍旧不愉快。他眼神极好，远远看见罗摩坐上车辇之前飞快地吃了口阿门索端给他的面条。

"方晋。"周棠的声音里都冒着寒气,"今日监军便会把签订和谈协议的事传去京城,最迟明晚,我不要再见到他。"

"遵命。"

"廷廷,还有上次你发现的那个宁王派来的细作将领,我要拿他作靶子。你跟军师好好学学,做得干净点。"

"是,我明白。"

次日,监军大人被人发现刺死于帐中。正当大家惶惶猜测凶手是谁时,廷廷揪出某个将领与宁王私通的信件。信里说得明白,若是能让越王战死在北境最好,若侥幸取胜,便要及时铲除小皇帝派在军中之人,并嫁祸越王,趁机将定北军的兵符收过来。

这些信半真半假,经过方晋的手,便成了确凿的事实。周棠更是拿出当初宁王密使带来的共谋篡位的邀约函,愤而声讨:"宁王觊觎皇位已久,朝中势力相争,本与定北军无关。我最清楚,我定北军的儿郎们是一心保家卫国的英雄!管他到底谁做皇帝!

"可是,就在我们为了家国浴血奋战之时,宁王为了一己私利,毁我战果不成,竟想要置我们于不忠不义之地!近日京城也传来消息,说宁王谋害皇上身边多名股肱之臣,此等叛国叛君叛民之行,罪不容赦!"

"罪不容赦!"听他一席言,随他征战许久的将士们顿时慷慨激愤起来。没错,谁当皇帝与他们无关,但若有人为了皇位而无视他们抛洒的血汗,要把他们当作篡位的工具,他们是绝不会忍气吞声的!这是定北军的骄傲!

周棠接着道:"如今北凌退兵百里,承诺俯首臣服,我们戍边有功,当得起王师之名!

"然外贼已御,家贼难防,是时候回去给宁王好看了,让他知道,我们定北军不是他召之即来挥之即去的跟班!我们不做失义之军!"

"对!不做失义之军!"

"大家都是共过患难的兄弟,本将军有言在此:若有谁的家人牵扯到宁王的利益,或者有谁不愿随我杀回京城抵制宁王,本将军不问缘由,也绝不会怪罪你们,你们仍旧是戍边的大英雄!你们可以即刻启程回京,以绝对的凯旋之姿!而愿意跟随我清君之侧、以正朝纲的将士们,你们请站出来!本将军承诺,只要铲除宁王,便允你们丰厚俸禄,封侯拜将!你们不仅是安邦的武将,更是定国的功臣!"

"追随越王!定国安邦!"几乎所有将士都站了出来,当然,这是在周棠的煽动演说和方晋事先安排好的暗中鼓动下才有的效果,不过,一人动而万人动,这就是他们要的效果。

洛平所说的三件事，他们这就在实行了，杀监军，清君侧，擒王。

定北军以"清君侧"之名起义。征讨宁王的檄文方晋兀自斟酌了很久，写废了一篇又一篇，竭尽所能地把这场征战修饰成正义之举，回头却发现周棠早已拟定了下来。看着洋洋洒洒的大篇文章最后那段文字，方晋好奇问道："《牧誓》？王爷为何要用它来作檄文？"

这几日来周棠头一次放柔了眼神，他唇畔带笑："为什么用它？因为这是小夫子教我的啊。"

当日满园春色之中，那人便是为他解了这篇文的围。他记得很清楚，那人被领进来，犹自带着茫茫然的睡眼惺忪，见到父皇在责骂他，故意脚下绊了一跤，借着自己的狼狈替他岔开话题。

刚开始他一点也看不起那人，可后来他便鬼使神差地缠着他问："我想知道《牧誓》是什么，你说给我听。"

今予发惟恭行天之罚。今日之事，不愆于六步、七步，乃止齐焉。

勖哉夫子！不愆于四伐、五伐、六伐、七伐，乃止齐焉。

勖哉夫子！尚桓桓如虎、如貔、如熊、如罴，于商郊弗迓克奔，以役西土。

勖哉夫子！尔所弗勖，其于尔躬有戮！

此文由周棠宣读出来，俱是铿锵战意，如同急促的行军鼓点，敲在人心上，震得人热血沸腾。十数万将士们都在听他号令，而他的脑中回响的，却是那个天下间最温和的声音——殿下，这篇文章说的是：决战之日……

那日荷花才露尖尖角，仿佛挣破了脆弱的禁锢。

小夫子，你可听到我归来的歌声。

袁序遣开了管辖洛平牢房的守卫，在牢门外席地而坐："从前看您在这里把犯人整治得服服帖帖，那些手段真是一个比一个新奇，您到底怎么想到的？"

洛平淡淡："每个人的情况和心境都不同，对症下药就好。"

袁序思忖片刻，拧着眉头道："那洛大人，我该对你下什么药才对？"

洛平看着他不说话。

袁序苦笑："大人别想太多，我并没有要对您用刑的意思。说实话，我没有见过比您这件案子更难办的事了——动又动不得，放又放不得，皇上和宁王还在较着劲……"

"十五天了吧。"洛平忽道。

"什么？"

"我被关进来，有十五天了吧。"

"是，今日刚好半个月。"

"北疆战事如何了？"

洛平冷不丁问了这个问题，袁序有些意外："前日听说越王大败北凌军，已签订了休战协议，正要凯旋。"

洛平露出微笑："这可是大喜讯啊。皇上和宁王都会把精力放在这件事上的，所以袁大人把洛某的事情暂时放一放也无妨，无须担心不好交代。"

袁序愣了愣道："洛平，是老天眷顾你，还是你真的神机妙算，身在囹圄，居然还能这般淡定自如？朝中的局势，你看得比我还要透。"

洛平摇头："整日无所事事，瞎猜而已。"

正说着，袁序抬头望了眼台阶，起身相迎："公主殿下。"

周嫣示意他免礼："多谢袁大人为我安排，请让我与洛平单独聊聊。"

"是。"袁序恭敬退下。

"洛平。"周嫣首次一袭素衣出现在洛平面前，褪去那些繁复的发饰，只高高绾起一个发髻，脸上亦不施粉黛，眉眼间带着周家人的英气。她说："洛平，你还好吗？"

洛平拢了拢囚服的袖口："在下衣食无忧，过得很好。"

周嫣笑："你还真是个知足的囚犯。"

洛平谦道："殿下谬赞了。"

周嫣也在袁序刚才坐过的地方席地而坐，聊家常一般地说道："你知道吗？当初父皇对北凌存有隐忧，我一直害怕他会让我去和亲。"

"殿下多虑了，先皇绝对舍不得。"

"是啊，所以他把我赐给了振远大将军徐睿。"

"徐将军祖父为开国元老，家世显赫，又年轻有为，做驸马也算门当户对。"

"说得也是，夫君对我也很好，身为皇族之女，我也没有什么怨言了。只不过，自洛大人你入狱之后，我心里总有些不安。"

"殿下因何事不安？"

"说不上来……我觉得，北疆战胜，明明是大喜之事，却不知为何，让整个朝堂动荡起来，暗地里，有种如临大敌的感觉。"

洛平不动声色："越王手握兵权，殿下所思不无道理。"

周嫣凛然："如果他当真心怀不轨呢？我夫君守着秫城的最后一道防线，无论是面对宁王还是越王的野心，他都会是首当其冲的王城护卫。"

洛平抿唇不语。他一时不知如何作答，周嫣的敏锐超出他的预计。

"洛平，我要你告诉我，你是站在哪一边的？"

"在下一介阶下囚，站在哪一边有什么关系吗？"

"有的。"周嫣说，"可能你不相信，你在我心目中，是天下间最聪明睿智的人，虽然当初愣愣的，经常被我耍。"

洛平叹笑："实在不敢当。"

周嫣等着他的表态，洛平从草铺上站了起来，他走到牢门边，看着周嫣认真地说："殿下，洛某自然是站在大承的君王这边。"

"是吗，大承的君王吗……"周嫣轻喃，眉睫低垂，看不出所想。

洛平在墙上画的正字恰好满了五个。那一日袁序来看他，第一句话便是："越王起兵了。"

洛平没有表现出惊讶："我想，他是要清君侧。"

"没错，他是打着清君侧的旗号。"袁序道，"可是他仗着兵权在手，未与皇上商议，就擅自在这个时候要推翻宁王……瓜田李下，很难让人不起疑心。"

"皇上是什么态度？"

"皇上也有所准备，正在调集振远将军和凛安将军手中的兵马火速回京，据说四王爷也已经从滨州赶回。"

"既然如此，越王又能怎样呢？就算他战功卓著，可他在朝中没有势力，最多逞逞匹夫之勇罢了。夺天下，哪有那么容易。"洛平一边随口说着，一边以指蘸了蘸碗中的水，在地上练字。与平素所写的正经小楷不同，这幅字他写得大开大合，和着他的半敞衣襟，颇有些魏晋遗风，是狂放潇洒的草书。

袁序离得远了，看不清他写的什么，犹豫片刻，他道："朝中大臣也都说，越王在朝中势单力薄，仅凭数万士兵，就算得到了皇位，也得不到人心。可我觉得，未必如此。"

"哦？袁大人作何想？"

"我在想，这朝堂上，他只得一人心就够了，尽管那人此刻被禁锢在牢狱之中。"

洛平抬头看他，似有不解。

"洛大人，当年你被先皇罢官后，我在大理寺见过一个孩子。"袁序谨慎地说着，"那孩子显然在找着什么，只可惜，他要找的东西，已经不在了。"

洛平笑了："袁寺卿，你想太多了。那孩子要找的东西，真的已经不在了。"

袁序没有多说什么，负手离去。洛平垂首看向地上的字。水迹即将干涸，已显不出那两个字的细致轮廓。洛平微微皱眉，不甚满意——果然，无论怎样用心，他也写不出草书的洒脱。或者，"周棠"对于他而言，本就永远也洒脱不了。

周棠是一路杀回来的。大军过境，刚开始时朝廷未能反应过来，几座城池被他直接拿下。由于守城之人均为宁王一派，确实符合"清君侧"的名头，故而附近城池的守将未敢支援。之后宁王紧急调度回防，却仍然止不住定北军回城的步伐。

进驻华州之时，方晋望着铺开的大承全景图摇头叹息："没了洛慕权，小皇帝做事着实畏首畏尾了些。朝中那些所谓谋臣都是些唯恐天下不乱的嘴脸，什么事情都要分成好几派来辩论，小皇帝拿不定主意，这就错失了良机啊。"

周棠冷哼："是他们自己不懂得唇亡齿寒的道理，以为本王就是那么忠厚老实的匹夫，帮他们打败了宁王就会收手臣服。就算小夫子在他身边又怎样？小夫子会帮他打我吗，这根本是不可能的事。"

"呵，王爷未免也太自信了。"有些话周棠不去想，方晋也不敢说，比如洛平这三年来任劳任怨地守在小皇帝身边，除了为他们铺路，究竟还为了什么。

"明日便攻下延州。"周棠在地图上指出线路。

"王爷，延州是宁王控制六王爷的地方，守城将领俱是宁王的人，但真正的城主是六王爷，三王爷和六王爷与宁王有仇，他们理应算作小皇帝的势力。夺城之后，是不是要把控制权交回六王爷手中比较好？"

周棠挑眉："我夺的城，为何要给他们？区区周杨，让他陪他哥一起守皇陵就是了。"

"这个嘛……"方晋斟酌道，"王爷这么做，就是明摆着要削弱小皇帝了，如此一来，恐怕振远将军便要在皇城脚下等着咱们了。"

"要战便战，已到了这一步，再藏着掖着也没什么意思了。"周棠道，"但周杨决不能轻易放过，我定要让他吃点苦头！"

"这是为何？"方晋不明白，周棠与六王爷之间是有什么瓜葛？

"为他曾经纵狗伤过小夫子！"小夫子身上那些血淋淋的伤口，他一辈子也忘不掉！那时候他无力还击，如今要报仇，也并不算晚！

攻下延州之时，不知为何，被软禁于房中，原本应该平安无事的六王爷周杨，竟然被不知从哪里蹿入的豺狗咬伤，被救出时浑身是血。越王见状，即刻命人带他去医治，并以战场危险为由，把他直接送得远远的，一直送到沛州帝陵。

这所有的事，他都没有问过小皇帝一句，其心可昭。直到此时，宁王才是真的胆寒了，小皇帝也不得不面对七皇叔要抢他皇位的事实。谁也不愿坐以待毙，此时宁王和小皇帝各自去求援，他们找了不同的人。宁王找的是四王爷周柯，而小皇帝去了大理寺的地牢。

周衡火急火燎的心情，在见到洛平之后，竟立刻平静下来。

"洛卿，朕来接你出去。"他说。

"多谢陛下。"洛平行叩首大礼。

这一日，墙上的"正"字，画到了七个半。洛平恢复自由之时，也正是振远将军与定北军初次碰面之时。振远将军的皇城禁卫军临时收编了凛安将军的五万大军，总共有十万余人，将王城及其四围保护得滴水不漏。周棠的军队分给各个已拿下的城中一部分，剩下的随他前来，总共八万精兵。两方人马都未莽撞交锋，只在各自的地盘上暂歇了下来。

洛平登临城墙高处，举目望去尽是兵阵，如黑云压城。大风猎猎，把洛平无意识的叹息撕碎在上空："终于来了啊，我的君王。"

之后不久，周棠收到了四王爷的来信。出乎他的意料，这并不是一封讨伐书，而是一封求和信。信中说，宁王去找过他，要他率领滨州的定海军协助击溃越王的军队，但他拒绝了。原因无他。一来，他知道定海军的实力，海战为强，他自己也不擅长陆战。二来，他说，二哥生性猜忌，疑心颇重，若是夺得皇位，定然不会放过他们每一个人，看看他对待三哥和六弟的态度便可知晓。而他要周棠签下一份协议——若他败了，一切自不必说，若他取胜，则不可再为难各位兄弟，否则即使拼得玉石俱焚，他也要把他从皇位上拉下来。他能给予的承诺就是，在此期间，不再插手朝中任何纷争。周棠答应了。

方晋说："要讲仁义，这么些个皇子，没一个比得上周柯。"

周棠瞥了他一眼，方晋立即补充："当然了，乱世之中，仁义就会显得太过天真。他不支持小皇帝、不信任宁王，反而对你给予希望，其实只是因为他受够了这种兄弟叔侄相残的局面。他想快点结束，自己又下不了手，所以才选择了你。"

"我知道。"周棠说，"不到万不得已，我不会毁约。"

"这么说，王爷您准备好了？即使要背上抗旨弑君的骂名？"

"当然，这一仗，我等了这么多年。"为了当初那人所说的"终有一日"，为了能让那人看见自己在极高之处的光华……

同一天。

"他出来了。"周棠说，"他现在又站在小皇帝身边了。"

他突然发现，自己不那么自信了，因为他手中的一纸素笺上，小夫子的字迹分明写着："恳求王爷，勿杀徐睿。"

他用的是"恳求"。放过敌方主将并非不可，周棠最想不通的就是，小夫子为何为了这个人，求他。

良久，他合上素笺："这仗我不打了。"

方晋的扇子卡住了没能打开，廷廷整个人晃了一晃，差点从位子上摔下去。

"王爷……请三思……"在出战的节骨眼上主将说了这个话，就算是方晋，也不知道该怎么办。

幸好，周棠还是有点理智的，心里堵着的气顺过去后，他道："罢了，当我没说。池廷，本王现任命你为勤王大将军，直取攻城，破宁王的军队！"

"是！"

"方晋，你想办法混入城中，引导城中那队人，若他们有叛我之心，即刻铲除！"

"遵命！"

"至于振远将军徐睿……还是由我亲自来战。"

是夜，洛平宿于真央殿的侧殿中。他无法入睡，闭上眼，便仿佛看见无尽的火海，他的心也如同在火海中煎熬。前日，洛平帮助小皇帝大刀阔斧地剪除了朝中叛乱和畏缩的势力。他当众痛斥那些犹在安慰自己说真龙天子不会亡的腐朽之臣："在这个紧要关头，只能主战，拼死一搏！你们这些还要讲和的人究竟是何居心！"自然，谩骂声接踵而来，说他不自量力，说他挑拨离间……可周衡仍然无条件地相信着他。洛平倚在榻上，思绪纷乱——小皇帝就在隔壁的真央殿内，一定又是彻夜不眠。他总是这样，一紧张就吃不好睡不着。这个孩子，做皇帝做得那么辛苦又那么努力，会用什么样的心境来面对他的背叛呢……

周衡并不在真央殿内。事实上，他就在洛平的门外。外面刮着干冷的风，吹得他唇色发紫。伺候的太监几次要上来劝说，都被他挥手赶了下去。他抱膝坐在石阶上，像个受了委屈的小孩子一样。他手里捏着小荷包，上面多出的线头有些硌手。整座皇宫安静得出奇，他可以听得见屋里的人极轻极轻的哼唱。

那是首他并没有听过的曲调：

凤凰儿，凤凰儿。

一场繁华梦，催得雏羽争。

君不见，

当年晏晏晴光好，

杯酒话相知。
君不见，
目下灼灼梧桐老，
落凰来栖迟。

城欲摧。

周棠率领定北军的前锋直直切入秣城外围，振远将军徐睿似是反应不及，被逼退数里，正当定北军的将士们得意扬扬之时，周棠忽道"不妙"："他想引我们深入，再切断我们的后援。"

徐睿不愧是先皇大为赞赏的将领，即使敌人兵临城下，犹自指挥若定。皇城易守难攻，他誓要将越王截于外围城外。远远望着城楼上那个年轻将领的身影，周棠高举长剑："退路已封！不想死的都给我冲！拿下外城便有活路！杀！"

周棠压根就没有给自己准备后援，他以破釜沉舟的攻势撕开外城的兵阵。两军各有伤亡，但显然定北军的士气愈战愈强——他们想进城！自己已经别无退路，但他们的亲人都在城内！三年多的大漠征战，他们对家人的思念日积月累，此刻在这场攻城战中爆发出来，燃烧成熊熊的战意！他们是杀红了眼的戍边精兵，经历过的每一场战斗都是豁出命的打法，这是那些安逸的守城将士无法比拟的。所以，他们必胜！

直到越王逼至眼前，徐睿也半步都没有后退。周棠挥退身边要杀敌将的士兵，独自走上前道："徐将军英雄胆色，本王很是敬佩。但大势已定，还请徐将军不要负隅顽抗了。"

徐睿脸上有着战火带来的焦黑和血迹，但依然难掩他的英气与傲然："本将军绝不向叛军投降！要杀便杀罢！"

周棠为难道："可是有人要我留你的命。"

"谁？"

周棠不答，只摇头叹息："说起来，你是当朝驸马，是我的姐夫，我若杀你，我皇姐定要怨我……你自己要做英雄是无妨，但我皇姐要怎么办？你有想过她今后的生活吗？做一个大英雄的遗孀，你觉得她会幸福吗？"

徐睿愣了愣，目露悲切："她……我对不起她……"

"你若执意不降，我亦不逼你。我答应了某人不会杀你，只得缚了你暂做俘虏，至少以后还能与我皇姐见上面，这样可好？"

徐睿思忖良久，垂首道："随便你吧。"

"多谢姐夫了。"周棠欣然，不让别人插手，亲自去押他，同时暗中自嘲，自己堂堂越王、统领万军的大将军，居然这样听小夫子的话，想想都觉得憋屈。

正要绑缚徐睿双手时，不料他突然暴起，从靴中抽出一柄利刃，直向周棠的咽喉刺去！周棠未料到会有此变故，一时避让不及，只能抬臂去挡。可徐睿这一击拼尽全力，若是落在身上，恐怕能生生削断这只手臂！周棠的手臂抵在两人之间，然而预料中的剧痛没有传来。待他定神看去，只见徐睿的胸口穿透了一支银色箭头——巨弩射出的寒玄铁箭。铁箭的后劲带着徐睿的身体飞出丈远，从城楼上坠下。周棠伸手想拉，却是来不及了。

"徐睿！！！"一声撕心裂肺的呼喊从城下传来。

周棠闭了闭眼，站起身来，立于高墙之上，俯视着底下的人群。墙内，是廷廷率领的弩队和骑兵。看来他已经按计划把宁王逼入了内皇城，正回来向他请命。凑巧的是，他救了他。墙外，是凛安王的援军。千万军士眼睁睁看着他们的将领被钉死在地，凛安王身边的一匹白马上，一个绝色女子正满眼是泪地望着他。

"皇姐……"周棠忽然觉得心中有什么东西哽住了。

周嫣翻身下马，走向黄土中自己丈夫的残破身体。她合上他暴睁的双眼，为他梳理着被血浸湿的长发："夫君，我来迟了。"

周棠直视着周嫣怨恨的双眼，一言不发。

周嫣质问道："周棠，你当真是要害死自己的手足至亲吗？

"二哥、六弟、衡儿，我……没想到，你那个恶毒母亲的遗愿真的要应验了。

"父皇说得没错，你是周家的诅咒，你就不该留在这个世上！

"周棠，你站住！"

周棠转身下了城楼，面对城内自己的将士们，神色冷峻。

廷廷见了他也不敢造次，据实禀报："王爷，宁王已经逃入内城，即刻可以抓捕。"

周棠摆手："不急，待他进宫再说。我们向小皇帝逼宫之时，再将他擒杀。到时他身负挟持皇上的罪名，我杀他杀得名正言顺，也可以顺便把周衡……"

父皇说得没错，你是周家的诅咒，你就不该留在这个世上！

周棠忽然笑了："……杀了。"

凛安王再来攻城，鏖战了一天一夜未能攻下。在巨弩的攻势下，他们甚至无法靠近城门一里之内。正如周棠所说，大势已定。

是夜，外面厮杀声四起，周棠正在部署攻入内城的兵力，房门吱呀一声开了，他不满道："本王不是说了，任何人不得打扰。"

来人躬身认错："不知王爷正忙，还望恕罪。"

周棠走笔骤停，他猛地抬头，望着眼前的素衣人，不可置信道："小夫子！"

然而他的惊喜很快在洛平的注目中消失了。

洛平眼里尽是疲惫："王爷，徐睿不能杀，为何你不听劝……"

"我没有杀他！"周棠终于爆发了。被谁骂都好，骂他是诅咒也好，骂他是杂种也好，他都可以不管不顾，可是小夫子不行，他是唯一不能误解他的人！

洛平怔了怔："不是你杀的？"

"不是我要杀他！是他要杀我！"周棠怒而砸了桌上的砚台。墨汁溅到了洛平的衣袖和额角，洛平本能地闭了闭眼。

"小夫子，我没有杀他。他要暗算我，廷廷的弩队不得已射杀了他。"周棠闷闷地说着。

"是廷廷吗……"那又有何不同呢。

洛平擦了擦额角的墨汁，却越擦越乱，他回神道："我去清洗一下。"

周棠默然，半晌道："小夫子，你为何要阻止我杀他？你在袒护他们？你可知他们都是想杀了我的敌人？"

"不是的……"洛平见不得他眼中的哀戚，忍不住抬手想要安抚，不料衣袖上的墨汁也沾在了周棠身上，他哭笑不得，只得带着他去井边洗净。

"王爷，你干干净净的，留下墨点怎么行？"洛平道，"你得到的江山，不该是沾染至亲之血和千古骂名的，我也不希望你成为一个冷情冷性的君王……"

"小夫子，想不到你也有如此天真的时候。"周棠惨笑着，"自古以来，哪有干干净净的篡位。墨迹沾上了，拭去就是了。"

"是啊，大概我太天真了。"

"王爷！昭容公主要登城楼！我们要不要……要不要……"急急忙忙找王爷找到井边的守城小兵，因为激动而舌头打结。

周棠皱眉道："她是本王的皇姐，当然不准动她，不过，只她一人不用拦阻，其他要接近城楼的人，一律射杀！"

"是！"

周棠感觉到洛平的手在抖，疑惑道："小夫子，怎么了？"

洛平抬头，眼里映着远处的火光："还是……这样吗？"

"小夫子？"

"王爷，还记得我与你说过的《落凰》吗？"

"我记得。你说那是你心中最美的女子，用生命献祭的舞。"

"我以为我这一生，不会再看见第二次了，我以为……"这场悲剧，不会再重演了。

昭容公主一身霓裳，如同洛平初次见她时一样。周棠带着洛平赶到时，她已登上了城楼的最高处，在一轮红月之中起舞。她步履翩跹，宛如来自九天的凤凰，栖息在一片断壁残垣中。红月将她的影子投在地上，一步一步，似踏着满地血光。

因为战火而躲避到郊外的百姓们也都看见了这般美丽的景象，有小孩子大声叫道："快看呀，那个姐姐好美哦，小笙儿你跳的舞完全不能跟人家比呀。"

"那是神女姐姐吧，我哪里能和神女姐姐比呢？"

"你听，神女姐姐在唱歌！"

周嫣的歌声亦从夜空中传来，降临到下面的火海与人群中。

凤凰儿，凤凰儿。

一场繁华梦，催得雏羽争。

君不见，

当年晏晏晴光好，

杯酒话相知。

君不见，

目下灼灼梧桐老，

落凰来栖迟。

……

她俯视着城下的两个人。洛平，我这一曲《落凰》，比之你心中那名女子如何？不会不如她吧？至少我在你眼里，从开始到最后，都是美丽的吧。周棠，你得到天下又如何？你总会有得不到的东西。我今日以此舞殉夫殉城，便是你无论如何洗不清的孽债。

风中，她的舞袖展如羽翼，从空中翩然而下。洛平眼中迷离，当年晏晏晴光好，杯酒话相知——"啊对，你就是那个色鬼状元郎！"回廊中有个浅翠裙裳的少女明媚地笑着。

目下灼灼梧桐老，落凰来栖迟——"洛平，你是站在哪一边的？"牢狱里有个雍容肃穆的女子迟疑地问着。

俱往矣，现实与虚幻的光影交叠，殊途同归，不过是在告诉他：即使穷尽力气，也有他改变不了的事。

洛平转身欲走，周棠从周嫣的尸体上收回目光："你要去哪里？"

洛平平静地望着他的脸："去为你擦掉墨迹。"

周棠盯着他，确认道："你会回到我身边吧？你答应过我的。"

"我会的。"我答应过，直到你不再需要我。

洛平回到宫中时，周衡正在发疯似的找他。据闻宁王欲潜入宫中挟持天子，又传越王马上就要打进宫里来了，四处人心惶惶。禁卫军的严防死守和加紧巡逻，使得整个皇宫更加压抑。

真央殿前的大太监一看见洛平，激动得差点痛哭流涕："洛大人啊您可来了啊！您是不知道，再见不着您，皇上恐怕就要出宫去寻了！"

洛平示意他稍安毋躁："皇上一个人在里面？"

大太监回道："不，还有瑶贵妃也在。"

洛平点了点头，朗声禀报："微臣洛平求见。"

里面急急回了声："快进来！"

洛平踏入殿中，只见瑶贵妃跪伏在地，一身华服在石板上揉出许多褶皱，神色哀切，似乎方才在恳求什么。

"拜见陛下，贵妃娘娘。"

"洛卿不必行礼了，你快给朕说说，外面形势究竟如何！"

洛平没有直接回答，他看了看瑶贵妃道："虽说贵妃娘娘身处深宫，但其兄长在朝为一品官员，消息通达，想必已由娘娘向陛下陈述过了。陛下为何不听听娘娘的谏言呢？"

周衡沉默一会儿，绷着脸道："洛卿这样说，看来事情真的到了无可挽回的境地了。朕知道瑶瑶是为了朕着想，可是朕怎能弃城逃离？这是庸君、是懦夫的做法！"

"这几年来，陛下一直提心吊胆，龙椅上如有荆棘般刺人，陛下您还很年轻，为了这样的龙椅白白葬送自己的性命，不值得。只要这皇位上坐的还是周家的人，您便有活下去的可能，甚至复位的希望。"

周衡摇头："这天下是皇爷爷亲手交到朕手上的，他老人家处心积虑，为朕谋划了那么多，朕怎能辜负他的期望！"

"陛下……"

"洛卿，朕听说昭容姑姑以身殉夫殉城了？她一介女子尚且如此无畏，朕堂堂大承的君王，怎能自私自利，苟且偷生！"

"皇上，您就听洛大人一句劝吧！这般荣华富贵既然抢不起，那便不要抢了！我

们逃出宫去吧,去过平安喜乐的日子不好吗?"

"瑶瑶你别再说了!"

瑶贵妃还要再劝,忽听外面传来大太监尖锐的呼声:"皇……皇上!禁卫军统领求见,说宁……宁王冲进宫里来了!"

周衡一愣:"传朕旨意,活捉宁王!"

洛平轻轻叹息,他知道,恐怕周衡再也见不到他的二皇叔了。

宁王被擒杀于朝阳宫。周衡听到此消息,怒道:"朕说要活捉!禁卫军竟敢抗旨!"

禁卫军统领汗如雨下:"回禀皇上,那队禁卫军不知为何不听号令,属下未能管束好他们,甘受责罚!"

"责罚?现在责罚你有何用!那队人呢,究竟怎么回事!"

"陛下,请听臣一言。"洛平道,"那队禁卫军大概已经叛变了,如果臣没料错,他们就是三年前越王留下的南山军旧部。这步祸起萧墙的棋子,早已经布好了局。"

周衡听后怔忡半晌,颓然坐倒:"七皇叔……当真厉害,朕不如他……不如他……"

又有人来报,说是那队禁卫叛军已杀向真央殿来了。禁卫军统领脸色骤变,立刻率人前去堵截。洛平却知,方晋带的"擒王"之军,岂是这般好挡的。殿内又只剩三人,重归于静。

周衡捂住了脸,泪水从指缝中流淌出来:"不过一死,我周衡便到九泉之下,向皇爷爷请罪去。洛卿,你带瑶瑶出宫去吧。"

洛平看着这个善良而绝望的小皇帝,心中怅然,走上前去缓缓说道:"陛下,不要把自己的生死看得太轻了……您活着,就是种勇敢。"说着,他抬手对准周衡的后颈扎下一针,周衡感觉到一阵刺痛,不可置信地抬头看他,却在看清之前便昏了过去。瑶贵妃的轻呼被洛平用眼神制止了。

洛平说:"按照之前所安排的,带他出宫去吧,我稍后去见他,亲自请罪。"

瑶贵妃应道:"好的,洛大人多多保重。"

不知从何处蹿下来一名黑衣侍卫,扒了小皇帝显眼的衣服,丢下一具与他身形相仿的少年尸体,挟着他与瑶贵妃一同出去。

洛平与方晋打了个照面。方晋目瞪口呆地看着他身后已然变成一座废墟的真央殿。

洛平道:"宁王命人四处放火堵截皇上,皇上心神慌乱,困于殿中未能出来,已死于这场大火之中了。"

空气中弥漫着浓重的烧焦气味。

方晋哑然："慕权你……"睁眼说瞎话吗？

洛平亮了亮手中的银针："仲离莫要与我抢功了罢。"周棠那里，一切有我解释。

方晋无奈了。他几乎可以想见，越王暴跳如雷，质问洛平的狰狞嘴脸了。这一番乱局，谁人可解？

在周棠率军杀入宫中夺位时，洛平去了郊外山中的一座小寺院。这座院落，是他当初开酒肆时捐赠给几位禅师的，在他的恳请下，禅师们答应在今后替他收容一人。如今，这个承诺得以兑现。

在他敲门进去时，一位禅师道了声佛号，对他说了四个字："缘起，缘灭。"

周衡已经醒了，看着他的目光却是万般复杂，有震惊，有愤怒，有怨恨。周衡质问他："你对我好，就是为了有朝一日背叛我？！"

洛平摇头："我想对你好，是因为你是周衡。但是，我不能保住作为君王的你的皇位，这是我欠你的，你尽可以恨我。"

"为什么呢？你为什么要背叛我呢？"

"对不起。"

周衡一下子难以接受："那你留在我身边又是为什么呢？你对我说过的话，全都是虚情假意的吗？"

"陛下，洛某的真情真意从来都不值钱，也知道现在说什么你都不会信，我确实背叛了你，但不曾害过你。天下只能有一个君主，而他比你更适合。"

"那你又何必救我出宫？让我死在他手上不是更好！"

"不能让他杀了你。"洛平道，"他是周家的子孙，残害自己的兄弟亲人并不是他的本意，我不能让他真的把自己当成一个诅咒。"

那场梦便是前车之鉴，周棠从小就被冠上那些莫须有的罪名，本来他并没有罪，可是人们都把他当作带来灾难的人，就连自己的亲生父亲也避之如洪水猛兽，到了后来，他自己也这么相信了。他自己都以为，杀光至亲是理所当然的事。所以那时候，他亲手杀了徐睿，冷眼看着周嫣跳下城楼，又把前来阻止的四王爷囚禁于大牢。宁王以挟持君王的罪名被铲除之后，他便借一场大火烧了真央殿，把自己的侄子、当朝的皇帝烧死在其中。

"陛下，其实你比他幸运得多，因为你的身边一直有那么多疼爱你的人，即使没了皇位，你也还有瑶贵妃相伴，而他的身边，并没有这样的人。"

"他不是还有你吗？"周衡嘲讽道，"你为了他欺君犯上，帮他谋得皇位，你为他做了这么多事，事事出自真心，他还不知足吗？"

洛平摇了摇头："洛某的真心，真的一文不值。待他坐上帝位便会知道，这个天下那么大，一切都是他的囊中之物，多我一个不会多，少我一个不会少。"

"既然这样，你为何还要辅佐他呢？"

洛平微怔，苦笑了一下没有作答。

周衡没有原谅他的意思，洛平与禅师交代了几句，便离开了。只是他没有回到秣城之中，而是独自坐在酒肆里发呆。受到战火波及，酒肆已不像从前那样和乐喧闹，躲避在里面的大多是无家可归的百姓。与皇城中的人不同，比起那个高高在上的主子，他们更加在乎的是下一顿吃什么。洛平把身上的财物全都供给这些人吃喝了，他们很是感激，问他身份姓名，洛平开玩笑般回答："在下姓丞名相，大家喊我丞相就好。"

"哈哈，哪有人叫这个名字的，真是想当官想疯了啊哈哈！"

洛平陪着他们一起笑。

这一待，就是六天。酒肆里的人干脆都喊他"丞相"了，反正他们也不知道正宗的丞相是谁。

洛平远远地看那皇城易主，看大火映照出的红色的天空，听着恍若就在耳边的厮杀声，还有孩童间传唱的那首《落凰》。而此时，周棠已经在秣城里拍桌子摔板凳、砸砚台碎茶碗，发了无数次的火，关了好几名文官。这几个文官都是赫赫有名的大文豪，包括瑶贵妃的哥哥——当朝一品宗正李元丰。不为别的，就为那一纸登基诏书。他要登基，这几个食古不化的硬骨头文人偏偏不肯给他拟诏。无论他怎么威逼利诱，他们都是那句："乱臣贼子怎配做我大承的君王！"

他斩了三个文士以儆效尤，但仍旧有人不惜咬舌自尽，也不愿给他写个一言半语。周棠需要一个有权威的文人替他草拟诏书，来昭示天下前代的朝臣已向他臣服，可他现在的身份不被这些人认可，他总不能自己写一份诏书让自己登基，那就真的贻笑大方了。

周棠把桌子拍得颤了三颤："把李元丰给我押上来！若是他还不肯写，就撕了他的嘴，让他再也骂不出来！"

廷廷战战兢兢地去押人了，临行前向方晋投去了求助的目光：想想办法吧，再这么下去，人就要给杀光了，王爷这般火大，其实也不完全是因为这件事啊……

方晋接收到这个眼神的讯息，咳了一声道："王爷，不如……我们去请那个人吧。"

周棠斜眼瞪他，明知故问："哪个人？"

方晋胆子到底肥一点："呃，就是那个少年时期便被先皇大加赞扬，忠言直谏，才思敏捷，文采斐然，教书育人最为成功，后来又成了小皇帝股肱重臣的那个……洛，洛慕权……"

"他？"周棠冷哼一声，挖苦道，"他被先皇罢官十年，没皮没脸的提前回来要做官，之后又背叛了全心信任他的小皇帝，明明走投无路了，偏偏还要救他，还拿一个破绽百出的赝品尸体糊弄我！完了还不主动请罪！这种人，半点文豪的骨气都没有！我要他何用！"

方晋暗自嘀咕：太有骨气的不是都被您杀了嘛，我的小祖宗喂，你怎么这么难伺候。

此时李元丰被押了上来，周棠道："宗正大人，本王再给你最后一次机会。"

"哼！我是断然不会给你写上一个字的！你这个不忠不孝的……"

"来人！给我撕了他的嘴！"

方晋连忙插话："王爷且慢！"

"又怎么了！"周棠正在气头上，通常这种时候说什么都是白说。

"王爷，此人动不得啊。"方晋劝道，"他对洛平有知遇之恩，说是洛平的恩师也不为过，他若是真的有个三长两短，恐怕慕权定要心情郁结。王爷也知道，越州负伤之后，他的身体一直就不怎么好……"

李元丰觉得自己肯定要舍生取义了，这个不长眼的手下不知在叨叨些什么，说他是一品官员影响力大还算有说服力，怎么尽扯上洛平了？而且他方才在门外分明听见越王大骂洛平，又怎么会为了这个人饶他！

岂料，周棠默然一会儿，说："那就暂且放过他罢，不过既然如此，用他来威胁洛平，说不定会有一点用的。来人，把他绑上，随我去城郊酒肆！"

方晋："现在？"

"现在！立刻！"

"是！"方晋和廷廷总算松了口气。


孩童用稚嫩的声音唱着："当年夜夜晴光好……"

洛平纠正他们："是晏晏，不是夜夜，当年晏晏晴光好。意思是，那一年的阳光明媚，人们言笑晏晏，把酒言欢。"

"喔。当年晏晏晴光好。"孩童有听没有懂。

"目下桌桌梧桐老……丞相先生，梧桐煮老了怎么还端上桌啊？"

"丞相先生丞相先生，你看我跳得好不好看呀？"

洛平莞尔："小笙儿若是再长高一点，跳起来就更好看了。小器宇你又唱错了，是灼灼。目下灼灼梧桐老，梧桐也不是吃的，是一种树。这句话的意思是，光阴似箭，现在那株梧桐树已经年老枯朽，被大火燃尽了……"

周棠在门外握紧了拳头，气得浑身发颤。洛平光明正大地在这儿教人唱《落凰》是什么意思？且不说这首歌是他皇姐唱来讽刺他的，他就那么舍不下周嫣吗！另外，他这么耐心地教小孩，是新收了可爱小弟子还是怎么的，所以就把他这个正牌学生忘得一干二净了？还有，丞相先生这个称谓是怎么回事！他在过家家酒吗！

"洛大人真是博爱啊，自己的学生有难不去理会，对别家的孩子反倒很上心，居然还有闲工夫在这儿教人唱歌谣。"

小笙儿见了周棠黑黑的脸色，吓得躲到洛平的身后："丞相先生，这个人好可怕啊，他要杀了你吗？"

洛平拍了拍她的小手："不会的，他是个很好很温柔的人，不会杀了我的。"

小器宇壮着胆子站到洛平面前，对周棠道："不准欺负丞相先生！"

周棠怒极反笑："我欺负他又怎么样了？轮得到你这个黄口小儿来管？"

里面的大人听见门口的嘈杂声赶紧出来看，一见到锦衣华服的越王便知是个大麻烦，抱起还在叉着腰的小器宇和可怜巴巴的小笙儿就跑了。

周棠刚听了那句"他是个很好很温柔的人"，火气好歹消下去一点，负手走到洛平跟前，凑近了说："丞相？谁给你封的丞相？周衡那家伙？他封的还能作数吗？"

洛平笑了笑："我自己编的名字，过过干瘾而已。"

"周衡被你藏到哪里去了？你不明白吗，他必须死，不然我这个皇位坐得不安稳。"

"他不会再出现在你面前了，那日他逃出城，就已经远远离开秣城了。世人都当他已死，他在秣城以外什么势力也没有，放过他吧，他毕竟是你的亲侄儿，好吗？"

熟悉的温和的声音拂过耳畔，周棠纵然有天大的不满，也发作不出来了。他定了定心神，正色道："洛平，我要你为我草拟登基诏书，你可愿意？"

洛平刚要开口，周棠补充道："你若不愿意，我即刻将他斩首，首级就悬挂在你这酒肆的门头上。"

洛平脸色白了白，歉疚地望向憔悴了许多的李宗正。李元丰正好有话跟他说："我死不足惜，慕权你不要听他威胁！给他这样的乱臣贼子拟诏，你会成为千古罪臣的啊！"

洛平："罪臣之名，都是别人给安上的。洛平此生不求盛名，不在意那些。我本就是拥护越王称帝的，恐怕要让李大人失望了。"

"你，你拥护他？"

"正是。李大人，越王是洛某最得意的门生，他会成为一个好皇帝的。"

李元丰蒙了。

洛府烧了，真央殿也烧了，朝阳宫也烧了，洛平跟着周棠去了翰林院。这几日周棠都待在这里，把文士们全都关进牢里，一个一个相逼。洛平路过那片荷塘，忽然道："还记得你在这里练的字吗？"

周棠当然记得那个歪歪扭扭的"江山"，如今，那两个字就要真正成为他的东西了。他拉着洛平进到房里："我是名副其实的篡位，你真的不在意成为罪臣？"

洛平微笑摇首："若真的不在意，便不会在酒肆那里等你来'威胁'了。就算是骂名，也不能太难听，否则我为你写的诏书，岂不就掉价了。"

周棠望着洛平从怀中取出一张生宣，上面是整整齐齐的小楷。洛平把它放在桌上："你看这篇如何？"

"你早就写好了？"周棠捧起来看，洋洋洒洒的骈文，恢宏大气，庄重有力，赫然是一篇上等的登基诏书。

"你是我唯一的学生啊，你要做皇帝，我当然要……"洛平的话被打断了。

周棠抬手堪堪拥着他，又很快撤开，有些愤懑地说："是啊，小夫子，我是你唯一的小棠，现在我终于要当皇帝了，你怎么能不在我身边？"

就是因为你当上皇帝了，所以我快要功成身退了吧。

"你要放周衡走，要悼念周嬷，我都可以不计较，可你现在不准以任何理由逃走了。"

"我从来没有想要逃走。"他还有没做完的事，做完了，才能了无遗憾地走。

周棠死死盯着他："这可是你说的。"

# 第九章 征和

数日后，秫城平定，七皇子周棠于朝圣台祭天祭祖，正式登基为帝，年号征和。那一篇华丽的登基诏书，将他不甚光彩的夺位之举修饰成了天命所归，并将周衡被宁王挟持至死的"事实"昭告天下，予周衡谥号"承景帝"。周棠虽然龙袍加身，但朝中大多为武帝和景帝的心腹大臣，即使未明确表示出对他的不服，也都暗中戳过他的脊梁骨，说他泯灭人性，谋朝篡位，其心可诛。相比于当年在越州的尴尬境遇，京城的局势则更加暗潮涌动，稍不留神就会惹祸上身。周棠不动声色地整顿着朝纲，步步为营，在洛平看来，如今的他已尽显王者之风，自有一套处事方法，不再需要他的啰唆了。

不过显然周棠不这么想："洛卿，朕想在今年加开科举，同时改革官制，你曾在通政司任职，在这些方面颇有建树，对此有没有什么建议？"——这是他在朝堂上的态度。

"小夫子你给我过来，坐下！我给你送去的灵芝你为什么不吃？不吃就算了，居然还把它送人了，你倒是很会拿我的心意做人情啊，信不信我马上降你的职！"——这是他私下召见洛平的态度。

"陛下，臣惶恐……"——这是洛平不变的态度。

这日下朝后，周棠再度微服去了洛府。那是他赐给洛平的新宅子，比原先那个被烧毁的宽敞很多，赏给他的仆人侍婢也不少，不过除了芸香，都是年纪较大忠厚老实的人，总之都是能让他放心的那种。

洛府位于秫城的北城区，这里住的人非富即贵，随便一个路人甲都有可能是某某大官某某老板。周棠边走着边欣赏这条街的繁华，将要到达洛府门口时，有三个人与他擦肩而过。由于他做过一点伪装，那三人没有认出他来，但他认出了他们：翰林学士杨易，都察院御史杜文观，太常寺寺卿张方志。本来他也没有多留意，然而一句"真不知道洛平那种人怎么还有脸站在朝堂之上"跃入了他的耳中，让他登时火起，当即折回脚步跟随那三人进了一间茶寮。

竹帘相隔，他听得很清楚。那三人把洛平当作谈资，说着各自的牢骚。

杨说："我与他是同期进入翰林院的，对他的事情清楚得很。他啊，初时确实是个颇有才气的人，可后来利欲熏心啦，为了升官什么事都做得出来。这年头，本分做事的反倒没那么幸运，人家都几个跟头翻过来了，我到现在都还只是个五品。"

杜说："那是杨兄你淡泊名利，跟他可不一样。我也听说他当时进了大理寺后就一心只为自己仕途着想，审案了的时候什么刑罚都敢用。还仗着先皇的赏识倾轧同僚，要不怎么升得那么快。后来终是把先皇得罪了，罢了他的官。"

张说："哎，没见过比他脸皮更厚的了，先皇前脚刚走，他后脚就来巴结李宗正，死皮赖脸求个官职。可怜小皇帝不懂事，白白信任他这些年，到最后把命都赔给了这个小人。"

说到这里，他们压低了声音："越王篡位，他也是第一个觍着脸凑过去的，看看那篇诏书，马屁都拍得飞上天了。这样无节无耻之人，说是三姓家奴也不为过。"

……

周棠听得额上青筋暴起，几乎要把手中的茶碗捏碎。竟然把小夫子诋毁成这样，他想当场把这三人斩了！让他们胡说八道！他们知道什么，他们什么也不知道！小夫子吃过那么多苦头，这些在朝中安逸当官的人，有什么脸面瞧不起他！

虽然有过预料，但亲耳听见这些针对小夫子的骂名，周棠觉得心里阵阵揪痛。洛平明明是真的有才华，他凭着自己的努力一步步往上爬，他们凭什么把他说得如此不堪！他是知道的，洛平纵然再怎么贪恋权势，也没有用过卑鄙手段，他为了能让他得到天下，从来没有计较过什么，他不该被这样诋毁！

周棠到底没有在茶寮发作，他可以杀了这三个人，却堵不住悠悠众口，这个道理他懂。

再进洛府，周棠忽然觉得，这座宅子虽大，却显得很荒芜。主人住在里面，只能枯对书本和山水，没有知己，没有相伴。他这样想着，书房里走出一个熟悉的人影来，定睛一看，正是他昨日刚封的方太尉。洛平笑着送他出来，手中捧着一幅字，眼眸都在发光："竟然是颜老先生的字！仲……仲离，这可是千金难求的啊，你怎么得到的？"

方晋自得地摇着扇子："慕权你不知吗，颜老是个棋痴，棋艺却极差，我这是从他那儿赢来的。"

"原来如此，那真是……"

"咳！"周棠决定收回刚才的想法！洛平的知己够多了！不需要再增加乱七八糟的人了！他的提醒让那两人同时看过来，见到是他，方晋的脸色一僵，识相地拜别。洛平收好墨宝，躬身行礼。

周棠去扶他，神色气恼："说了不必，你我不是君臣。"

洛平没有说什么，将他迎进书房，似乎真的不把他当回事了。研好墨摊开纸，便开始临摹起颜老的字。

周棠看了他的侧脸一会儿，说道："小夫子，你可知道朝廷里的人是怎样看你的？"

洛平兀自走笔："无非是奸佞权奴一类，仔细想来，说得也不算错。"

周棠蹙眉："你不是那样的人。"

洛平看向他，莞尔道："陛下觉得我不是那样的人，我便不是，旁人说些什么，原本就无关紧要。"

周棠道："是他们该死，我不会让他们一直这样对你的。"

洛平微微僵了一下，一个笔画写颤了，只得放下笔墨："陛下，你可以改变疆土、朝政、法典，却不能改变人心。"

"我能。"周棠说，"我知道你是那么优秀的人，你值得他们所有人的敬重。我会想办法的，堵住他们的胡言乱语。"

洛平叹了口气："说到这个，仲离都被你封为太尉了，你什么时候升我的官？"

周棠笑道："你让那些人喊你丞相，就这么想做大官？夺城那会儿早点来找我，别惹我生气，你早就当上了。"

洛平摇头："那便又是厚着脸皮去讨官做了，陛下不是看不起这样的我吗？我就想，不如效仿诸葛先生，等着有人三顾茅庐。"

"谁说我看不起你了！"周棠一顿，"等等，你还想让我三顾？做梦吧你，不会让你有机会让我顾的，你要一直待在我看得见的地方。"

"好啊，那你就封我做丞相吧。"

周棠得意地笑，端起皇帝的架子说："不如让你做太监总管吧。"

洛平咳了一声："其实臣不在乎官职大小，只要能为皇上分忧，就算只是芝麻绿豆大的位子亦觉足矣。"

"哈，别跟我来这套。你做过的最小的官是翰林小待诏吧，你放心，我才不会像周衡那么小气。"周棠顿了顿，"洛爱卿你过来，朕好好考虑给你封个什么官。

"你是我的小夫子，我会给你想要的一切。"

洛平心里却是透亮：登基这么些日子，周棠愣是没动他的官职，就是在等自己求他。这个孩子，越来越会把握他的老师了，耍无赖都耍得理直气壮。

次日在朝堂上，洛平一心等着擢升，不料另一件事掀起了轩然大波——叛军。

周棠的皇位果然坐得不安稳，有人打着替天行道的旗号起义，抓住的无非就是"周棠不是正统继承人"的把柄。对于此事，周棠冷笑道："正好，朕就来告诉他，谁才是天道！"

洛平……还是没有捞到丞相之位。周棠封他做了文渊阁大学士，洛平淡淡看了他一眼，领旨谢恩。文渊阁大学士，这是个纯粹的文职，有名望却没有实权。于是朝中讽刺洛平的声音更加大胆嚣张，甚至有些幸灾乐祸的意思。他们说，洛慕权聪明反被聪明误，马屁拍到了马蹄子上。屁颠颠地写了诏书又如何？周家的皇帝已经不敢再信任他这样的人了，否则说不好哪一天他又跟别人合谋篡了自己的位。因此，封个大官是可以，但干预朝政的事，还是算了吧。

自认为摸清了皇上意图的杨易、杜文观和张方志三人，根本不把洛平放在眼里，甚至在洛平提出科举改革策略之时，纷纷上书提出了反对意见。周棠没有回应他们只言片语，一些有眼色的官员已经发现苗头不太对。果然，不久这三人就因种种理由或贬谪或罢官。

众位朝臣不禁摇头："果然是圣心难测啊，皇上对洛平，到底是个什么态度啊。"

周棠的态度，其实是这样的："文渊阁距离皇宫最近，我可以随时来看你啊，而且召你进宫也很方便。"

洛平：……

"小夫子你生气了？"

"臣不敢。"

他说得冷淡，周棠赶忙收起了嬉皮笑脸："小夫子你听我说，我让你待在这个位置是有长远打算的。"

"是吗？不知陛下作何打算？"洛平确实不理解周棠这样做的用意，明明梦里的此时，他很干脆地就让自己做了丞相。

周棠正色道："我会让你当上丞相，但不是现在。现在朝中的势力太不稳定，你在这些旧臣心目中的名声也……不大好。与其让你上位之后受他们的气，不如先培植出一批自己的门生，到时候会轻松很多。"

洛平有些怔忡，他没有想到周棠居然会为他考虑这么多。

"我不想让你太过劳累了，你已经为我做了那么多，我要让你一面掌权，一面享福。"

周棠邀功似的说，"而且，我还有一件很重要的事要拜托你。"

"什么事？"洛平这么问了，但其实心里已经有了数。

"我要你帮我编一部书。"周棠的眼中闪着兴奋的光芒，"它要囊括古往今来有关大承的一切，历史、洲志、文学、丹青、哲理、宗教……我要让我所拥有的这些，即使在我死后，依然能让后世之人铭记。小夫子，它将是一部能让你我的名字名垂青史的典籍！"

"承天通鉴。"洛平喃喃道。

"嗯？"周棠愣了一下，"对！你跟我想到一块儿去了，就叫《承天通鉴》！"

"好，"洛平说，"我会为你编撰出这部书来。"

周棠的这份野心他很清楚。梦里，直到被囚禁于无赦牢中，他都还在完善这部典籍。那时候他万念俱灰，这部书几乎成了他生存的唯一支柱。如今他依然对这部书有着很深很复杂的感情。至少，他能在活着的时候给周棠留下一样有意义的东西。

自从周棠把《承天通鉴》的任务布置下来，整个文渊阁乃至翰林院都忙得不可开交。洛平作为主编，经常忙到无暇回府休息，几乎是在文渊阁里安了家。说起来这也算周棠的用意之一，洛平住在文渊阁，他便有很多机会见他，只可惜，有关叛军的消息接二连三地放到他面前，他自己也是焦头烂额。这时候他就会想，当皇帝似乎也没有那么好。

那些叛军多是打着先皇旧部的旗号，口口声声说要扶持三王爷四王爷，总之明目张胆地雇佣军挑事端，弄得当地民怨四起。正当他们自我膨胀之时，三王爷周朴和四王爷周柯同时呈书殿前，表明自己绝无反意，与叛军撇清一切关系，并声称拥护周棠，主张对冒用他们之命的人绝不姑息。

这无疑是给叛军们当头一棒——他们造反了能怎样？自己做皇帝？周家岂会放过他？可此时骑虎难下，只能硬着头皮上。周棠把军事调度权交由方晋方太尉，命他严惩叛军。不过当看到南边突现的一支叛军时，他震怒之余也略有犹豫。那是一支名为"安世军"的部队，据传言，他们的领头人是承景帝，周衡。

方晋小心翼翼地问道："陛下，此事怎么处理？"

周棠斟酌良久，搁下了这份军报。他可以逼周朴和周柯表态，却不能触及周衡。最关键的是，那个所谓的周衡是真是假？如果是真的……如果是真的，曾苦口婆心劝他放过周衡的小夫子又该如何自处？

周棠没有回答方晋的问题，而是起身道："你退下吧，朕要去一趟文渊阁。"

方晋退出殿外，目送皇帝的车辇向文渊阁行去，戚然叹道："慕权啊，何苦来哉……"

周棠驾临之时，洛平正忙着校对一本乐史。他对编撰《承天通鉴》很是得心应手，进度也出奇地快，而且几乎没有错漏，这让那些抱着挑别心态来看待他的老学究们都不得不服。周棠照例检视了一番编撰工作，照例大大夸奖了一番，照例提出要与洛学士私下谈谈。洛平却从这些"照例"中看出些许不同来。他抬头看了眼周棠，对上那双严肃深沉的眸子，心下恍然——这次不是来捣乱胡闹的，恐怕，是来兴师问罪的吧。

果然，进了内室周棠便道："南州有支叛军，竟然用'死人'的名头来造反，小夫子，你说他们是不是很可笑？"

洛平道："陛下有什么话就直说吧。"

周棠看着他："我接到军报，说是周衡在南州起兵，意图卷土重来。"

洛平不动声色："陛下来找我，是想问我那人是真是假吗？"

周棠道："小夫子，放走那人的是你，说他不会起兵的也是你，你想要保他，我不曾违逆你的意思，所以这时候我只有来问你了，如果那是周衡，你还要袒护他吗？"

洛平直视着他回答："陛下，你是一国之君，在臣的心里，你也是唯一的天子。有人要反你，无论是谁，你都可以一网打尽，不用询问臣的意思。"

周棠展颜笑了："小夫子，有你这句话就够了，你果然还是最在乎我的！"

"陛下没有别的事情的话，臣就先去做事了。"

"慢着慢着，"周棠连忙喊住他，"其实不管那人是不是周衡，我都没有打算像对待其他叛军那样将他们一网打尽。"

洛平疑惑："为什么？"

"因为小夫子你一心想让我摆脱弑亲的骂名，我不想辜负你的期望。尽管我们对外都称周衡死于宁王手中，可世人都说是我杀了他，那么这次就让我证明给他们看，我对周衡没有丝毫愧疚，我可以坦然面对他。如果那真的是周衡，我就尽力劝降他，如果是假的，我就替我侄子报这个冒名顶替的仇。"

洛平难掩吃惊，他的小棠在不知不觉中，已经长成了一个懂得权衡和掌控人心的君王。他不再是那个意气用事的少年了，他对他的依赖，也会越来越少了吧。

洛平定了定心神："既然陛下早有决断，又何必来问我。"

周棠喜滋滋的："那不一样，比起应对之策，我更在乎小夫子的态度啊！"

洛平继续编撰着通鉴，假装没有注意到盯梢自己的暗卫。周棠亲自去南州惩治"周衡"率领的叛军，还不忘留下一支暗卫护着洛平，顺便，看他有没有私下接触什么人的意思。

周棠觉得，洛平那么笃定地让他去剿灭叛军，很可能是因为确定那不是周衡，那么真正的周衡在哪里？小夫子和他还有来往吗？这些都是皇帝陛下十分在意的事。这种不信任，洛平倒是习以为常了，他要监视就让他监视吧，反正他与周衡已经很久没有联系过了。除了知道他还在那座禅院，对他的近况一无所知。周衡没有原谅他，他也没有脸面出现在他面前。

于是周棠行军中收到的汇报中，只描述了洛大学士编书的认真与艰辛，与方太尉偶尔互相登门拜访，出门买茶时巧遇张尚书的女儿，被廷廷缠着说要讨两首情诗，找许公子要了两本小说做编书参考，在墨香书院收了两名门生，吃烤鸭时吃到烤鸭西施多给的一只鸭腿……之类的事情。

周棠当即下令行军提速，京城太不安稳了，他要赶紧回去才行！

南面战事频频传来捷报，那支军队果然是冒用了景帝的名号。天子率领王师浩浩荡荡降临南州之时，领头之人已被吓破了胆子。那人找了个与周衡年纪和相貌相仿的少年，以替天行道之名征兵征粮。皇帝斥责他假冒景帝，为一己私欲欺君造反，当场将其斩杀。但对于那名少年和其余参与此事的将领、百姓，他都不予追究，甚至下旨对刚经历过洪涝灾害的南州发放补助。他说："皇侄虽非朕所杀，却是因朕救护不力而死，朕只能竭尽全力善待他的百姓，才能赎罪万一。"

这一场平乱中，周棠十足的仁君表现，感动了大承天下的百姓。原本犹豫着要不要为这位争议颇大的君王效力的傲骨文人们，也都坚定了赴京赶考报效朝廷的决心。

与此同时，各地叛军也都在朝廷的镇压之下逐渐偃旗息鼓。就在周棠拔营回朝之时，大承的中元节即将到来，这是夺位战事初歇之后，百姓们过上的第一个安宁祥和的节日。在大承，这个节日有一个传统习俗——放河灯。而在秣城这个最繁华富饶的城池之中，这一习俗又被会玩闹的文人雅士们变成了一场全城同乐的游戏。周棠高兴地想着，这是他第一次好好地过这个节，一定要小夫子陪他一起过。

每年中元节，秣城的秦水河上便会举办一场盛会。

想要祈愿的人们，除了自己在岸边放河灯以外，还可以前往秦水中央的一艘官船上，花钱购得一只漂亮的河灯，并在一条香烛和艾条围成的华丽河道中放下自己的河灯。河灯在放入水中前会依序挂上号牌，而在河道两侧的宾客可以花十文钱，告诉船家自己想要的河灯编号，请他帮自己打捞上来。由于这些河灯都出自名家之手，单是外表就很有收藏价值，加上常有闺中小姐寄情于灯，谁捞到这样的河灯便是一种缘分，所以每年都会有许多人在此花大把的银子捞河灯。

据说高祖时期，一位布衣青年便是在中元节的河灯会中捞上了公主放下的河灯，最终成就了一段千古佳话。还有传说讲到，某个失意的小官吏将自己的理想抱负写于河灯之中，谁承想让当朝丞相捞了上来，而且大为赞赏，很快将其举荐为自己的得力助手。到后来，一些热恋中的情侣也会在这里玩游戏，将不太好意思说出口的话写在河灯中，然后互相告知自己河灯的编号，打捞上来后，也算是两人间甜蜜的定情信物。

今年的河灯会格外热闹，秣城纷纷扰扰折腾了好久，现在终于安定下来，远征的将士们也都归来了，大家都有许多思愁念想想要抒发，于是河道上的船夫们忙得快要转起来，小舟上放满了顾客要的河灯，再一并带回岸上去。

周棠是中元节当夜率军归来的，进城后他立刻撇开士兵和护卫们，独自策马来到秦水河边，长舒一口气："总算赶上了。"

夜色朦胧，他一身戎装风尘仆仆，可是难掩那股英气和威严，出现后立即吸引了众多女子的眼光。他显然是来挑选河灯的，许多官家女儿都在肖想着，自己放下的河灯若是能被这位年轻将军捞起，说不定又是一段才子佳人的美谈。

周棠呆望着那条烛影摇曳的河道，里面缓缓漂浮着上百盏形态各异的河灯，有小楼阁，有芙蓉花，有飞鸟走兽，看得人眼花缭乱。他嘴角带笑，眼波中漾着旖旎水光，招手唤来一位刚靠岸的船家。

路过官船时时间还很早，洛平想起梦里放下的河灯，里面写的什么他已记不清了，似乎是些忧国忧民的酸句子，还有一些对皇上的祈愿。他不由地停下脚步，心想，若是这回他也放下一盏河灯，不知编号是否还会一样？想到此处，他信步走上官船，随手选了一盏河灯，写了几句话进去，递给船工。

忙碌的船工看都没看一眼，挂上个小号牌就丢进河中，报给他一个数："二十七！"

洛平一愣，哑然失笑：当真是一样的编号，命运真是太奇妙了，有时让他觉得是完全重合的，有时又好像是分道扬镳的。

周棠鬼使神差地报给船夫一个数字。那是小夫子在烧糊涂的时候在他耳边叨叨的，他自己也觉得很奇怪，居然对这个事记得这么清楚。他知道自己挺傻的，就算小夫子说的不是胡话，那盏灯恐怕也是以前放过的，这次的编号必然不同了吧。可他就是报了这么一个数，然后紧张兮兮地等着。

不知过了多久，船夫递给他一盏河灯，说是第二十七盏已经漂了老远啦，快到河道尽头了他才找到。

那是盏再普通不过的荷花灯，没有丝毫特别的地方。周棠翻看了一下号牌，确实是"二十七号"。他心说多半是哪个没眼光的穷酸鬼，就买个这模样的河灯，还指望能有什么贵人看中它捞它上来？他已经没抱多大希望了，估计小夫子还在文渊阁里忙活着，根本没有空来这边玩乐吧。沮丧地想着，他取出河灯中的笺子。

瞬间，他僵住了。那张纸上赫然就是小夫子的笔迹，而且有着小夫子一贯的简练风格：

此生棠棣开荼蘼。

三遍荣华不如你。

匪报兮，永以为好兮。

——祭往生

周棠看得指尖轻颤，脆弱的纸张簌簌作响，他回过神来，赶忙把这张笺子收进怀里，这时候再看那盏荷花灯，顿时觉得清丽脱俗，高贵典雅，绝非凡品，比其他那些花里胡哨却没有内涵的好太多了！周棠跨上马就往洛府赶去。既然小夫子出来放河灯了，那文渊阁今日定是放假了！

周棠进洛府时，洛平已经熄灯入睡了。洛平到底被周棠的动静惊醒了，初时一惊，又还没有醒透，说话有些含混："陛下荣归，可看见百姓点的河灯了？"

周棠道："嗯，看见了。我还看见第二十七盏的荷花灯。"

"陛下英武，定然有很多……"洛平忽然完全清醒了，"第……二十七盏？"

周棠献宝似的把那张笺子与河灯拿给他看，洛平默然无语。他没有想到周棠会捞起自己的灯，这也太凑巧了。周棠看出他的疑惑，笑道："你忘了？你在越州时与我提过二十七这个数字的。"

洛平心下叹息：当真是天命啊。

征和三年，新年初至。

街上燃放着火红的烟花爆竹，孩童撒了欢地玩闹，手里的冰糖葫芦掉了一颗在雪地上，砸出红色的凹坑。孩子舍不得，伸手要去捡，被大人拉住："掉地上的就不要了，脏不脏！"于是孩子只能咬着手指头一步三回头地走远了。

路边一团小小的人影迅速蹿了过去，黑手抓起那块包裹着糖葫芦的雪就往嘴里塞，塞满整张嘴之后艰难地咀嚼着，像是吃着什么人间美味。"噗噗噗……"小乞丐吐出嘴里的山楂核，意犹未尽地咂嘴。

一双毛边锦靴出现在他面前，他抬头去看，冷不防被阳光晃了眼，忙用手去捂眼睛。感觉到那人似乎蹲下来遮住了日头，他才慢慢张开手指。眼前是一只白净修长的手掌，手掌的主人说："走吧，我带你去吃糖葫芦。"

小乞丐歪着头，鼻涕滑过嘴角拖到了下巴。他不认识这个人，可是这个人的声音很好听，眼睛也很温柔，而且，还说要给他吃糖葫芦……反正，不像是坏人。小乞丐又回头看了看，确定那人是在对自己说话，于是战战兢兢地开口："甜，甜甜的……糖糖……好吃……"说着他伸出沾着糖浆的小黑手，想去碰那人的手心，犹豫了一下，改去抓那人的袖口。

那人丝毫没有嫌弃的样子，笑着牵起他的手，往卖糖葫芦的大爷那里走去，给他买了两串，就把这孩子领回了家。

洛府的家丁看见自家老爷带回一个小乞丐，茫然问道："老爷，这是……"

洛平道："以后他就是我的养子，名字叫……洛小安。"

家丁躬身道："是，小的知道了，老爷，安少爷，快进屋吧，风大了。"

洛平拉了拉专心舔糖葫芦的小乞丐："小安，进来吧，到家了。"

周棠看完官员们贺新的折子，略有些烦躁。册后纳妃选秀女，趁着日子喜庆，那些人又把这些话翻了出来。唠唠叨叨了三年，每次都被他以朝政未稳、不谈家事为由回绝。那些老臣也就算了，刚选拔的几个年轻官员也这样明里暗里地劝，快要让他烦死。那些官员不过是想把自家女眷往宫里送，也好让自己在朝中站得更稳当。

放下折子，周棠舒了一口气，他唤来暗卫首领，呷了口茶问道："他今天气色如何？都做了些什么？"

暗卫们对此早就习以为常，自然知道皇帝陛下问的是谁。陛下政事繁忙，那位大人亦是公务缠身，自从两人少有时间私下见面，陛下便时常派他们掌握那位大人的衣食住行。

暗卫恭敬答道："洛大人精神不错，今日出门散心，捡了个孩子回府。"

"哦，捡了个孩子。"周棠猛地一愣，拍案而起，"捡孩子？哪里来的孩子？！"

"陛，陛下……"暗卫吓了一跳，慌忙回答，"是路上遇见的小乞丐，洛大人大约是看他可怜，就带回去了。"

"他说了些什么没有？"

"回陛下，洛大人好像说，要收那孩子做养子。"

周棠怒极："好，好，大过年的不过来陪着朕，说是通鉴正编写到紧要关头分不开身，亏得朕在这里成天为他操心，他倒是悠哉，白捡个儿子回家养！"

说着他扔下一干折子，大步走出真央殿，回寝宫生了好一会儿闷气，几次叫人去传洛平，又半道上把人叫回来，弄得传令太监一头雾水。最后他终于放下面子，换了衣服就要去洛府。

洛平嘱咐家仆给小乞丐洗澡，没想到闹得整个后院鸡犬不宁，洛平被吵得无奈，最后只得亲自过去安抚。大老远的，就看见小乞丐光着瘦骨嶙峋的小身板往木桶外面翻，两个家仆都搂不住。洛平走过去，挥退使劲拉扯他的家仆，见到小孩惊骇的眼神，轻轻拍抚他的后背道："乖，洗完澡给你吃好吃的。"

小孩一见是他，立刻不闹腾了，小声说："好多水……掉下去……会淹死，怕……"

洛平看了眼木桶，心下了然。这桶对于小孩子来说确实有些深了，这孩子甚至站不到桶底，难怪这么害怕。想了想，洛平捋起袖子，伸手架着他的胳肢窝，柔声道："别怕，不会掉下去的，你看，我会扶着你。"

感觉到那双温暖的手臂护着自己，小孩整个人抱了上来，搂着洛平脖子死活不肯松手。洛平莞尔，笑着揉揉他的头发："好了好了，马上就洗好了。"

家仆们赶紧趁此机会替小少爷擦皂角洗身体，小孩搂得太紧，洛平边哄着边让他稍微松松手，他也算听话。不一会儿洗好了，洛平的身上已湿了一大片。给他换上干净的衣裳，湿淋淋的头发梳顺了，那孩子看上去倒也标致，就是干瘦了些。

坐在饭桌上，小孩伸手要去抓饭菜，被洛平制止了。洛平要他坐端正了看着自己，听完训话才可以吃饭："听好了，以后你的名字叫洛小安，是我的儿子，你要叫我爹爹，明白了吗？"

小孩盯着糖醋排骨吸口水，点头表示明白了。他指指自己："洛，小，安……"然后眼巴巴看向洛平，"爹爹，小安想吃肉……"

洛平神色严肃："不可以用手抓，来，跟着爹爹学，用筷子夹，夹不起来不许吃。"

洛小安老老实实地拿筷子，小手纠结了半天，夹起一块排骨又掉了，再夹再掉。洛平耐心地演示，一遍又一遍矫正他的姿势，直到他把一块排骨夹进自己嘴巴里。

"唔唔唔……"洛小安急吼吼地吃着，生怕别人跟他抢的样子。

洛平叹息，夹了两块肉到他碗里："小安不用急，慢慢吃，都是你的。"

洛小安正埋头苦吃，嘴巴里包得满满的，闻言抬起头来，艰难地用筷子夹了一块排骨放到洛平碗里："小安的，还有爹爹的。"

洛平笑着夸奖："好孩子。"

这日晚饭吃得早，饭后外面飘起了雪，小安晃着脚坐在洛平身边看他写字，不敢插嘴打扰。忽一阵寒风吹进来，他裹着小袄子打了个寒战。洛平问道："冷吗？"

小安摇了摇头。洛平放下笔，捏了捏他的手，一片冰凉，随即吩咐家仆在书房里添上一个火盆。他自己不怎么畏寒，小孩子可吃不消。火盆慢慢烧着，屋子里渐渐暖和起来，小安昏昏欲睡，脑袋一点一点地就要撞桌子。洛平听见轻微的一声"咚"，转头看见小安眼泪汪汪地捂着头，忍俊不禁。

"去床上睡吧。"他说。

小安还是摇头，挪了挪屁股与他挨得更近了。洛平见他执拗，便也不强求，继续写着关于丹青名家肖正元的初稿。小安忽然说："爹爹，字好看。"

"小安也想写吗？"

"嗯，想。"

洛平笑了笑，把他抱坐在自己膝上，手把手教他写字。初时小安兴奋地盯着墨水画出的笔迹看，没写几个字就失了兴致，后来倚在洛平身上又打起了盹。周棠进来看到的便是这番景象——洛平宠溺地抱着个孩子，手把手教他习字，孩子紧紧偎在他怀里，半梦半醒，一脸幸福。

周棠看不下去了："洛平！你对你儿子还真好啊！"

洛平似是料到他会来，搁下笔墨，轻轻推醒了小安，起身相迎："微臣拜见陛下，陛下快请坐吧。"

小安看看对面凶神恶煞的人，拽着洛平的衣袖一脸茫然。

周棠一撩锦袍落座，斜眼瞥见屋里的火盆，道："你不是不怕冷吗，怎么，怕儿子冻着了？也不知道是哪里来的野孩子，你这就养起来了？"

周棠心里那把闷火越烧越旺。他就是看不得洛平对别人好，尤其是小孩子！洛平是他一个人的小夫子，别人凭什么来霸占！这个死小孩居然还抓着小夫子的衣袖，做什么！装可怜吗！这招他早就玩腻了！气得狠了，周棠口不择言的毛病又犯了："洛卿要是寂寞了无聊了，大可以到宫里来找朕，在外面随便捡个乞丐算什么？你就这么清闲吗！还是说你想再养大一个学生，改日好篡了我的位？！"

"微臣不敢。陛下，这孩子不是随便捡的，说起来，他与陛下也有点瓜葛。"

"嗯？"周棠一肚子的火气被噎住了，"怎么回事？他是谁？"

"他是年前被陛下斩于午门的郑詹士的私生子，郑詹士的家眷子嗣该充军的充军，该流放的流放，本来是没什么人在京城了，可独独漏了这个长在市井的私生子。"洛平细细道来，"前几日臣去勾栏街查访过此事，这孩子确为郑詹士与一名官妓所生，那官妓得知郑詹士获罪，因怕受牵连，早已离开京城，只留下这个儿子。"

周棠回想起这档子事，冷哼一声："原来你去那烟花柳巷是为这件事。既如此，那这孩子也断不可留在京城了，找到其母一并流放才是。"

"陛下，郑詹士获罪，微臣也起过推波助澜的作用，其实心中有愧。如今这孩子的母亲不知远走何处，要找起来实在不易，臣以为，得饶人处且饶人吧，这孩子本也没什么错，他压根就没见过自己的亲生父亲，更何况……"

　　洛平垂首看了看洛小安，叹道："更何况，他还是个痴儿，什么都不懂，更不会对陛下您有什么不利。所以臣斗胆，还请陛下放过他吧。"

　　周棠讶然："他……他是个痴子？"看着挺有灵气的啊。

　　洛平道："他确实是个痴儿，现如今已是七岁了，却连话也说不利索。陛下七岁的时候，都已经出口成章了。"

　　暗里被小夫子夸了一句，周棠的自尊心稍稍得到了满足——他才不会跟一个傻子计较。但是："说来说去你就是想要把他留在自己身边吧！不管怎么说他是罪臣之子，这样于理不合，我不同意。就算不去找他娘，也要把他送出去给别人养去！"

　　"陛下，微臣已收他做养子，从此他与郑家就没有半点牵扯了，现在他名叫洛小安，不过是我从路边捡回来的一名小乞丐而已。微臣一生只……尽忠陛下，还请陛下不要为难微臣的儿子了，就当赏给微臣的恩典，好让微臣身边有个孩子解解闷。"

　　洛平说得恳切，跪地陈情，周棠本想回他"有什么闷我给你解就是了"，然而转念一想却是惘然。他是君王，不可能终日陪在洛平身边，洛平也不会接受由一个皇帝来向他尽孝。今时不同往日，他们不再是荷塘边的师生了。他给得了洛平荣华富贵，却给不了他一天的时间。

　　周棠心内苦涩，忙去扶他起来，半晌道："小夫子你这是逼我，罢了罢了，随便你吧。只一点你要记住了，这孩子的身世不可张扬。"

　　洛平正想要点头，还没有所动作，周棠居然"嗷"地大叫出来。洛平吓了一跳，忙问怎么了。只见周棠抹开袖口瞪着手臂上一圈牙印，掐着洛小安的肩膀恨恨道："你小子找死！你知道我是谁吗！你敢咬我！你竟敢咬我！"

　　洛小安在他手里扑腾着道："不许欺负爹爹！坏人！"

　　书房里一阵吵闹，洛平扶额，不知如何是好。不过转念一想，又觉得有趣得很——周棠已经很久没有和人玩闹过了吧，这孩子痴是痴了点，却是很好的孩子，没有心机，不贪功利，宛如赤子。

　　闹完了，周棠把洛小安捆了个结结实实，扔给家仆带去卧房睡觉，随后问洛平："你一直说最近忙着编通鉴，年假都没放几天，现在弄得怎么样了？"

　　洛平回道："大致编好了，归类与誊写工作都已完毕，今后若有补充，直接加进去就好，陛下明日便可验收了。"

　　周棠很满意："那好，待我阅过，若是合格了，定要大大地赏你。"

洛平道："陛下，臣的愿望您是知道的，臣想要做丞相。"

周棠点头："丞相之位空缺三年，是时候把它填补上了。小夫子你再贿赂我一下，我就把这个官位卖给你，好不好？"

洛平抿了抿唇："陛下带头买卖官职，不怕上行下效，兴起朝中不正之风吗？"

周棠厚着脸皮道："这是我作为皇帝的特权，谁敢效仿，谁敢有异议？"

夜半，周棠回到宫中，他深夜召来大理寺卿，取了那名被他斩首的詹士郑唯仁的卷宗来看。

郑唯仁犯的是窝藏叛党的罪名，叛党俱以伏诛，郑唯仁承认自己被叛党谎言迷惑，接受了撤职入狱的责罚，但洛平呈上其著作《云川志略》，圈出了里面暗喻当今天子不顺天道的一段话，坐实了他有叛心的罪名，大理寺因而判了他死罪。《云川志略》本是部闲书，说的是各种各样或离奇或有趣的故事，里面花鸟鱼虫的描述特别多，看得出郑詹士是个嗜养宠物的雅士。周棠细细看了那段圈出来的话，说的是鸠占鹊巢，结果斑鸠受到报应，在一场雷雨中被闪电击中，亡于巢穴的故事。要说暗喻他篡位之事，确实有那么点意思，可要说无心之谈也是可以的，洛平把这个作为定罪的证据，主要还是借了郑詹士窝藏叛党的东风。至于郑詹士是否真有叛君之心……逝者已矣，追究也无用。

袁寺卿在下面无措地杵着，不知皇上什么心思。正犹豫着要不要询问，周棠终于开了金口："没事了，你回去休息吧。卷宗封存好，以后任何人问起此案，一律不准答复。"

"臣遵旨。"虽不知其意，袁序好歹松了口气。

周棠揉了揉太阳穴，皱眉沉吟。小夫子，你决意要他死，我便顺了你的心。可你既指出他的确凿罪证，又何来愧疚？如今还巴巴地求着要替人家养个傻儿子……天下间再没像你这样折磨自己的人了。

周棠走后不久，洛平先打水沐浴，而后披衣走入小安的房里，小安正睡得香甜，手脚都还被缎子捆着，小脸上挂着一条亮晶晶的口水。洛平走到床边坐下，倾身为小安解手腕和脚踝上的缎子。周棠打的是死结，估计是气急了，绑得很紧，洛平费了些力气才解开。

小安终归被吵醒了，睡眼迷蒙地望着洛平："唔……爹爹？"

洛平拿缎子给他擦擦口水，温言道："是爹爹不好，把你吵醒了。"

小安发现手脚可以活动了，便坐起来偎到洛平怀里，鼻头嗅了嗅，爱娇地往他胸口拱："爹爹你好香哦。"

"嗯，爹爹刚洗的澡。"

第九章·征和

"爹爹来陪小安睡觉吗？"

洛平拍抚着小安的后背，柔声哄着："爹爹来看你睡得好不好。小安乖乖睡吧，盖好被子当心着凉，爹爹陪着你。"

小安听话地躺下，又担心地问："坏人，走掉了吧？没有欺负爹爹了吧？"

洛平给他掖好被角："小安不用担心，他不是坏人。"

小安眼皮直打架，不过仍旧忿忿道："他凶你……"

"他凶我是因为……"洛平顿住了，不知道该怎么解释，只得含混过去，"总之他不是坏人。小安你记住，他是我们的靠山，唯一的靠山。"

"哦，记得了……"小安也不知听懂了没有，话音刚落就抵不住困倦睡过去了。

洛平望着他纯真的脸，心下黯然。坏人不是周棠，坏人是他自己。他为了某些尚未发生的事，谋害了尚且无辜的人。

梦里，郑唯仁于征和三年受叛党撺掇，勾结外戚，说服了武帝的皇后贺氏一族共同挑起了一场宫变，史称"通怀门之变"。

自大承开国以来，贺氏一门出过两位皇后四位文臣七位将军，在朝中的势力根深蒂固，三年来周棠一直在想办法制衡贺氏，可惜还是慢了一步。当时朝中刚刚兴起的支持周棠的一派官员统统受到贺氏的威胁和打压，身为丞相的他也差点遭殃，最后周棠逼不得已，用最残忍的手法了结了此事。

夺位的第三年，他派遣方晋手下的心腹部队，血洗了贺氏满门。率队的将领说，那一夜杀得他手都软了，比在战场上还要艰难得多，因为小孩子的哭声一直在脑子里挥之不去，像复仇的诅咒一样——那是秣城的又一场噩梦，贺家的亲信将士一律斩杀，所有跟贺家沾亲带故的人全都难逃一死，满城都是浓郁的血腥味，秦水河都几乎被染红了。

宫变的确是被制止了，可是郑唯仁在被诛九族前的一篇《鸠之戾》流传至大江南北，官府将其列为禁文，却屡禁不止。那篇文章里痛斥周棠弑兄杀侄、泯灭人性，将秣城惨案公之于众，预言大承在他的统治下将受到天谴。这成了周棠为君之路上最大的污点，甚至因此而被人称为暴君。

洛平不能看着这样的事情重演。所以他向方晋检举了郑唯仁窝藏叛党一事，而事实上，年前之时郑唯仁与叛党的牵扯并不深，更没有与贺氏提过什么宫变。但他不得不防患于未然，如今的贺氏虽被周棠大刀阔斧地剪除过，可百足之虫死而不僵，何况周衡没有死，如果让他们找上周衡，就会有更大的借口和麻烦。他想要丞相之位，他需要更大的权力来遏止这些事，可是既然周棠不肯轻易给他，那他只好捏造出更加确凿的罪证，用郑唯仁一个人的命来换太平。

洛平不知道自己这样做对不对，事情都还没有发生，还无罪的人已经被他害死了，他不知道该怎么对周棠解释，也无法面对自己心里的愧疚，直到偶然间找到小安。他想，郑家的这个孩子说不定是老天给他弥补过错的。小安是个痴儿，什么都不懂，他可以让他无忧无虑地过一生。代替他自己，无忧无虑地过一生。

正月十五。

这一日早朝时，周棠命人把文渊阁所编的《承天通鉴》搬到了大殿上，整整四大箱，分为理、书、艺、杂四大类，又分十六纲六十四目，几乎囊括了古往今来的各个领域。不光是洛平的门生，就连一向对他抱有轻视之意的官员都看得瞠目结舌。

洛平说："这里是选编，还有二十七册尚在补充修订中，日后也需不断完善。还请陛下先行过目，如有需要改进的地方，臣会仔细修正。"

周棠点头，吩咐太监："把书册分发给众位爱卿看看吧。"

大臣们一边审阅，洛平一边做着适当的解说。周棠翻看着那细致的目录和纲要，再抬眼去瞅洛平温文尽责的模样，心中颇为自豪：看看，他的小夫子就是这么有能耐，他是这世上最了解他心意的人，只有他能编出完全符合他构想的旷世巨编，这要是换了其他人，指不定要返工多少次。

殊不知，洛平曾经在编写此书之时，来来回回熬了多少次才摸清他的意图，编这一部书，几乎耗尽了他的精力。而这一遭，不过是熟能生巧罢了。满朝文武瞥见皇上满意的神色，心里明白得很，自然不会故意挑洛大学士的毛病来触霉头，更何况他们也实在找不出什么毛病来。

于是周棠轻咳一声："做得很好，洛卿辛苦了。这些年来你忠心为朕做事，政绩斐然，众位爱卿也是有目共睹。世人常有锦上添花之举，洛卿却一直是在为朕雪中送炭，朕大为感佩。听闻先皇在位时，曾把洛卿比作贤相魏徵，不知朕可否有幸，得你为相？"

洛平跪地叩首："谢陛下恩典，臣定当为大承鞠躬尽瘁，不负先皇与陛下的期望。"

下首有个年轻官吏想要出列说些什么，被同僚拉住了："还看不出吗，皇上空了三年的丞相之位，就是等着他呢，你别瞎掺和。"

那人撇撇嘴，嘟囔道："我就想不通了，怎么周家的皇帝都跟被他魇住了似的……"

洛平退回位子上，似有意似无意地往他这边看了眼。那人一怔，垂下头去不敢看他了。淡淡笑了下，洛平心中有数——贺家旁系长子贺予之，世家子弟，骄矜是骄矜了点，人却是有能力又直率的人，而且他的双胞胎妹妹……

"今晚宫中设宴闹元宵，众位爱卿都来同乐吧。"周棠的话打断了洛平的思绪。

"谢皇上。"百官应和。

临出宫时,洛平从大太监那里得了张皇上亲书的字条儿。谢过大太监,他把字条拢在袖内,上了车驾后展开一看,不禁怔忡。

城西贺府。

贺雨芝在花园里荡着秋千说:"哥,伯父不是总说要把我送进宫吗,我都没见过那皇帝长什么样儿呢,你就让我今晚去瞅瞅吧。"

贺予之摇头:"皇上有什么好看的,芝儿,你还真把伯父的话当真了?"

贺雨芝一荡老高:"甭管我当不当真,皇上即位三年,至今未纳一妃一嫔,京城里世家的姑娘可都在巴望着选秀女,我怎么就不能好奇一下?更何况,皇上说了元宵宴可以带家眷,哥你就带我去嘛……"

"胡闹!现如今明眼人都看得出来皇上在整治贺家,主家拆的拆贬的贬,就剩下咱们一脉留在京城,贺家的势力早就算不得什么了。要我说,伯父他们是舍不得以前的风光,还在痴心妄想。送你进宫?那不是让你当皇妃,是让你当人质!"

"哥你真是无趣。"贺雨芝噘着嘴跳下秋千,"你们那些大道理我不想听也听不懂,我不过是想凑凑热闹,什么皇妃我才不在乎。你也说了,咱们贺家已经不再风光了,现在排在我前头的千金小姐多了去了,轮也轮不到我。"

"你知道就好。"

"所以啊,你带我去看看又何妨?皇帝要是不好看,我去看看宫里的花灯也好嘛。"小姑娘一边说一边晃着亲哥哥的胳膊撒娇,贺予之被她求得没办法,只能勉为其难地点头。心说反正到时候离皇帝八丈远,应当没什么关系。

贺雨芝一见他答应了,欢呼一声就要去挑衣服,走了两步又折回来:"哥,我记得你常常提起一个姓洛的官员,是不是他老欺负你?"

贺予之皱眉:"问这个干什么。"

贺雨芝笑得狡黠:"嘿,哥你是君子,官场上你不好下手,我一介小女子可以替你报仇啊,小整他一下就是了。"

贺予之一个毛栗子钉在她脑门上,啼笑皆非:"你给我省省心吧,人家可是官居一品的大丞相,才不稀罕欺负你哥这样的芝麻官,我啊,只是看他不顺眼而已。"

贺雨芝捂着额头仔细瞅了瞅哥哥的表情,啧啧道:"哥你知道吗,我跟你是双胞胎,你心里想什么我一看就明白。你这不叫看他不顺眼,你这叫……"

"叫什么?"

"叫羡慕嫉妒恨。"贺雨芝说完就跑,哈哈笑着,"别不承认了吧,明明很想向人家请教，偏偏摆出一副跟人作对的面目。哥哥你别的不行，口是心非最拿手啦。"

"死丫头乱说什么呢！"贺予之拿起茶盏作势要砸，当然没能下得去手，讪讪收回动作，袖口无意间拂去石桌上几瓣梅花，鼻端飘过一缕清香。他脸上阵青阵白，也不知在想些什么。

傍晚时分，贺雨芝坐在马车里，挑着帘子往外看，她哥哥在一旁百无聊赖地翻着书。正看到许公子写的"佳节至，良人来"那段唱词，忽听贺雨芝说道："我真想看看那个洛丞相是个什么模样的人。是个严厉的老爷子吗？像伯父那样凶的？是个贪官吗？左右手上都戴着翡翠大扳指的？"

贺予之叹了口气合上书，轻轻敲在妹妹头上："你这个脑袋瓜里成天都在想些什么，还翡翠大扳指，你当他是土财主？"

"怎么，他若不是贪官，哥你为什么看他不顺眼？"

"贪官吗……"贺予之想了想，"我还真没见他贪过什么，其实他看上去挺清雅的，说话温文有礼，神色也一直淡淡的，没什么飞扬跋扈的样子……"

贺雨芝凑过来嘻嘻道："哥，你看你，说什么看人家不顺眼，我胡乱说几句而已，你都替他辩护半天了。"

贺予之脸色一整："我还没说完呢！可是那个人他……他的所作所为让君子所不齿，为了一己私欲背叛景帝，巴结讨好皇上，暗中打压朝臣，他说的谏言皇上没有不听的，你是不知道，我们贺家到了今天这地步，他可是出了不少力啊！"

"哦。"贺雨芝忿忿点头，"原来是这么老奸巨猾的一个人啊。"

贺予之不想再说，掀了车帘支着脑袋透气，倏然目光一凝，随着车驾的前进，他不由自主地扭着脖子去看。

"哥？"贺雨芝发现他的异常，问道，"你在看什么呢？"

贺予之回过神来，略一思索，让马夫停车，指了指后面对他妹妹说："呐，那个就是老奸巨猾的洛丞相。"

贺雨芝好奇地往后看去，只见一个地方拥了好多人，哪里能分得清谁是谁："哥，你耍我呢吧，那是市井小贩卖东西呢，堂堂丞相大人怎么会在那里？再说了，就算他在，那么多人，你就一眼就能看见了？"

"没耍你，你不是说想看吗，一会儿晚上天色暗了，我们离他离皇上太远，决计是看不清楚的，不如现在让你过过瘾。就那个，白衣服，翠流苏的。"

"我看看我看看。"贺雨芝伸着脖子看了，果然见到众多平民中混着一个白衣文士，那人修长手指递过银钱，面孔在小贩起锅时的一团白雾中渐渐清晰。

"好年轻！"贺雨芝不禁惊呼，"丞相不都该是糟老头子吗！"

贺予之揪着她领子把她拉回车里，示意马夫继续前行："好了，看也看了，芝儿我可告诉你，这人我们惹不起，你千万别胡闹。"

"知道了哥。"贺雨芝悄悄掀了帘子往回看，就见那人唇畔含笑，把什么收进了袖子里，似有若无地往他们这边一瞥，转身上了车驾。她赶紧收回目光，愣愣回神，明明是很温柔的人啊……瞥了眼哥哥，她想，果然不是看不顺眼。可能有时候，所谓的不是君子的人，反倒更加让人仰慕吧，只不过世人大多不愿承认而已。

宫里掌了灯，各色花灯悬在回廊上，笼着月晕烛光，别有一番朦胧滋味。比之中元节时盈盈的秦水河河灯，又是不同的意境。周棠坐在上首，贺雨芝坐在哥哥身边努力看去，还是一片模糊，压根连眼睛长哪儿都看不见，只能依稀辨认出众臣左右第一位的模样。

贺予之告诉她："左边第一位是方晋方太尉，右边第一位就是洛平洛丞相。这两个人啊，怎么说呢，一文一武，亦敌亦友，总之都是让人看不透的人。"

元宵宴上来的不仅仅是文武百官，更有或温婉或娇俏的女眷，寺卿的女儿、尚书的妹妹、御史的小姨子，应有尽有，个个花枝招展醇美可人。贺雨芝看着那么多的美人，心想真正来看花灯的估计一个都没有，包括她在内，全都是冲着上首那三个人来的。皇帝、太尉、丞相，当朝最有权势的金龟婿，谁不想亲近？

宴起时，礼官呈上西昭、南莱和北凌的岁贡。贡品极其丰盛，金银、马匹、寒玄铁、琥珀香、踯躅玉、南海珠等，琳琅满目。看得出来皇上心情极好，当场赏了方太尉一张乌金弓，赏给洛丞相一块踯躅玉，并亲自挑选了一柄玄铁宝剑，朗声道："当初朕征战于北境沙场，曾有过一柄寸雪剑，那柄剑是朕心中至重之人所赠，朕用它杀敌过万，夜夜枕之而眠，可惜最后它断在疆场，未能寻回。天下安定之后，朕却总觉得身边缺了点什么，今日终于想起来，是缺了柄剑提醒朕居安思危。故朕予此剑'寸雪'之名，为天子剑，见寸雪如见朕。"

底下人山呼万岁，心里琢磨着：噢，皇上心中至重之人，那是谁？

周棠兴致正高，眼望着洛平怔然的表情，不禁有些自得：小夫子你看，你对我的情意我半分都没忘记……

洛平抿了口酒，避开了他的注视。

南莱和北凌的使者依次觐见，周棠回了他们百年交好之类的场面话，礼官又唱道：

"西昭国师携公主殿下向陛下贺岁。"

洛平一听，身体僵了下。周棠看见了，想起洛平与西昭的牵扯，眉头微动。西昭国师年逾五旬，然而看上去竟像是三十岁的人那般年轻，广袖盈风，眼眸中好似流霞倾泻，颇具道骨。襄挽公主更是绝色美人，一身西昭华服，衬得肤色赛雪，眉眼间与洛平的母亲有些相似，一颦一笑皆是多情。

国师行礼，恭敬道："陛下，大承千秋万岁，西昭愿与大承世代相依，我王为表诚意，命我带襄挽公主前来献于陛下，望陛下不吝怜惜，与我西昭永结秦晋之好。"

周棠脑中一空，礼单他是看过的，说过国师会亲自前来献上西昭至宝，可他没想到这个宝物竟是西昭王的女儿。百官也都没有料到这一出，一时哗然。洛平坐在原位并无动作，只是若细看，会发现他扶杯的手指关节有些泛白。半晌，周棠道："国师请起，此事重大，请先带公主休息，容后再议。"

西昭国师淡淡望了眼身畔不远处的洛平，没有说什么，与襄挽公主一同退下。襄挽公主顺着他的目光也看了眼洛平，嘴角忽地勾起一抹笑意。

宴后，真央殿。

"小夫子，你刚刚说什么？"

"陛下，臣以为，如今天下安定百姓安康，陛下是时候考虑纳妃了。襄挽公主身负国家荣辱使命而来，请陛下不要妄下决定，损害两国邦交。"

"洛平！"周棠气疯了，强自压下怒火，不敢置信地看着他，"这就是你做了丞相之后给朕的第一句谏言？！"

"陛下……"

"我把这个公主原封不动退回去又如何？他西昭动得了我？对，我倒是忘了，你娘出身西昭皇族，你是在为西昭说话吧！"周棠怒不可遏。

洛平闭了闭眼："陛下，你是君王，你不可能终身不娶。不要因为与臣怄气，就置国事于不顾，那臣便是大承的罪人了。"

"朕喜欢谁是朕自己的事！不是国事！"

"是，陛下喜欢谁是您自己的事，可是陛下要纳谁为妃，就是国事。"洛平忍住声音的颤抖，"臣斗胆，恳请陛下接受襄挽公主，同时纳一位大承女子为妃。"

"一个还不够，你还要往我怀里推什么人！"

"贺家之女，贺雨芝……唔……"清脆的一巴掌扇在洛平脸上，登时起了五个红指印。

周棠自己也傻了："小夫子，我不是……"

洛平语气平静："贺家虽然落没了，可是积威尚在，前阵子陛下大力剪除贺家在朝中的势力，令他们十分不安，此时与他家结亲……"

"小夫子！别再说了！"

"此时与他家结亲，恩威并施，可以安定旧臣的心。而与襄挽公主成婚，亦是对两国有百利而无一害，请陛下仔细思量。"

"行了！我娶！我把她们两个都迎进宫里来！"周棠被逼疯了。

"陛下英明。"洛平后退一步，跪伏于地，深深行了一个君臣之礼，一句话也没有再说。

洛平回到府中，就听见洛小安吵闹着还不肯睡。他步入洛小安的房中，挥退仆人，抱着他轻轻地拍着："小安乖，爹爹回来了。"

小安窝在他怀里："爹爹，小安肚子饿，睡不着。"

"嗯，爹爹给你带了吃的回来，你看……"洛平从袖内取出一只小瓷盅，打开来，里面是凉了的汤圆。

"爹爹忘了，去给你热一下再吃。"

"不用了爹爹，好吃。"

小安大口大口地吃着，抬头想要喂洛平吃一个，突然愣住了："爹爹你的眼睛……"

眼睛里盛了太多的东西，盛不下了，就溢出来了。

周棠在洛平长久跪他的地方，看见一只小瓷盅。打开来，里面是凉掉的汤圆，李记汤圆。他今天早上让人给他带的字条上就写着"李记"两个字。

多年前的元宵节，就只有他们两个人过——

"小夫子，这段我背不下来。"

"罢了，你已经背了很多了，先吃点东西吧。"

"这是什么？"

"李记的汤圆，啊，我忘了，已经凉了，去给你热一下。"

"不用了小夫子，好吃！"

贺雨芝怎么也没想到，自己居然会被推到台前。她一个落没的王公之女，就这样再次站到了最接近君王的地方。而且，还是洛丞相亲自来迎。穿上喜袍的时候，她都以为自己在做梦。

出家门时，耳边明明有着震耳欲聋的爆竹声，可不知怎么的，她还是听见了人群中的窃窃私语。他们说，皇上这是打一棍给个甜枣，她不过是贺家送上的牺牲品。他们说，让她进宫不过是皇上开恩施舍，论身份论姿色，她哪样都比不过西昭的公主，定然不会受宠。他们说，如果不是洛丞相在皇上面前提起她，她才不会有这个福分进宫，指不定她家大伯父给了丞相多少好处。

贺雨芝捂住了耳朵——没有一个人在祝福她。她这一辈子，就莫名其妙地被安排了。大伯父的经营、洛丞相的谏言、皇帝的一纸诏书，轻易地锁住了她。她最不明白的是，为什么洛丞相会垂青于她呢，那个甚至没有见过她的人？

精致的妆容下，贺雨芝的神情一片空白，像是个不知所措的傀儡。此时轿帘掀开一角，一个陪嫁丫头递给她一方巾帕："小姐，别哭了，哭花了就不好看了。"

贺雨芝下意识地接过巾帕，忽地一愣。她没哭啊，还有这丫头怎么回事儿，怎么她自己的陪嫁丫头自己不认识？刚想询问，帘子已经被放下了，她注意到自己手中的巾帕里，包着一样东西。

那是一小串空心的念珠。而那张巾帕上，写着几行端正俊秀的字：贺小姐，我并非要加害于你，而是有求于你。只要你在宫中为我做一件事，我就可保你登上皇后之位。你的随嫁侍女慧慧是我安排的人，以念珠为介，可藏信于其中，交予慧慧即可。静候，勿忧。洛。

贺雨芝吓出一身冷汗。单看前面的话，她觉得一点也不可信，而且更像是威胁，可当她看到最后的落款时，心中不由一震。洛，洛丞相。这样一个有着通天本事的人，要她做什么？还许她皇后之位……

贺雨芝微微掀开车帘，看向迎亲队伍最前面的那人。那人回首与她哥哥说了两句话，依旧是一派波澜不兴的淡然，而她哥哥把头扭了过去，爱搭不理。他看到了车帘掀起的一角，像是对她微笑了下。贺雨芝拨弄着手里的念珠，嘴角慢慢弯了起来。那个微笑，大概算是她今日收到的，唯一一个祝福吧。

方晋迎的是西昭公主，国师随行在侧。

国师随意说起："听闻大承的丞相是三朝元老，是个极为传奇的人物，那日所见，没想到如此年轻面嫩。"

方晋笑道："洛慕权？国师别被他的外表骗了，他可是不负盛名。"

"哦？怎么说？"

"所谓老谋深算，只有他能把大承的气运摸得那么准。他为人严谨守礼，清廉正直，堪称国之栋梁。国师此次前来做客，会有很多机会见识到此人的厉害之处。"

"那是我的荣幸。丞相大人和太尉大人一文一武，俱是能人，深得皇帝陛下的器重，大承有明君有贤臣，定会福泽千百年。"

"过奖过奖。"方晋跟他打着哈哈，想起元宵宴上这位国师与公主对洛平的一瞥，暗暗皱眉。心中有些犹疑，但又摸不到头绪。

宫中一下迎进两位娘娘，好一阵忙乱。当夜，宴尽出宫时，方晋拦住了洛平的去路："慕权，你我很久没有对饮过了。"

洛平看着他，眸中带笑："好啊，正好没有尽兴，走吧。"

身上都穿着官袍，他们不方便跑去酒馆，就去了方晋的府上。太尉府十分雅致，专门设了暖阁，里面有仆役温酒，还有位歌姬抱着琴侍候。洛平先是一愣，随即笑道："仲离好享受。"

方晋亲自给他斟上酒："那也要有知音作陪才有意思。"

歌姬十指纤纤，在琴弦上弹出一曲《雨铃霖》，婉转唱道：此去经年，应是良辰好景虚设。便纵有千种风情，更与谁人说。

洛平数杯酒下肚："此去经年，良辰好景……不知今宵酒醒何处，酒醒后的洛慕权，可还是今宵的洛慕权……"

方晋摇头："这才喝了多少，就要醉了？"

洛平摆摆手："无妨无妨，仲离见笑了。"

方晋道："慕权，你对西昭国师和那个襄挽公主怎么看？"

"一个千年老妖，一个蛇蝎美人。"

"哈哈，在你看来，他俩都不是什么好东西？难得见你这么口无遮拦，慕权，你不是真的醉了吧？"

"没，我这是……就要醒了。"

洛平很感激方晋请他喝酒，回去的时候半醉，脸上被熏得微红。方晋要着人送他，洛平说不用，这一路没有多远，他也想吹吹风醒醒酒，省得回家熏到小安那孩子。

"你还真拿他当亲儿子了？"

"唔，聪明小孩养大了费心，还是笨一点的孩子好，放在身边可以养一辈子。"

方晋叹了口气："罢了罢了，不跟你这个醉鬼瞎扯了，走吧，路上当心点。"

洛平踏着还算稳当的步子走出门，凉风从袖口鼓了进来，说不清给吹得清醒了还是糊涂了。他转身看了眼皇宫，他一步三回头地往家走，在他的臆想里，有一个小孩子朝他跑过来，别扭地问着："小夫子，你怎么没有来？"

"小夫子，你怎么才回来！"一个声音在身后响起，不在他视野中宫门的方向，而在他的身后，在他的家门口。

洛平转回来看着那人，神色木木的："陛下？"

"是我。"

"陛下不去两位娘娘那儿，跑臣家里做什么？"

"朕娶了两个觉得不够，还想娶第三个不行吗？"周棠隐隐有怒。

洛平呵呵笑了，周棠见他面色酡红，鼻端窜入一股浓烈的酒气，当下就炸了："你去哪儿鬼混了！知道我在这里等了你多久吗！"

"好了好了，陛下既然来了，先进屋吧。"洛平顺了顺他的气，"不过是与仲离喝了些酒，谁会想到陛下会在今夜登门。"

谁会想到那宫里，竟真的是"良辰好景虚设"。

酒醒后的洛慕权，真的不是曾经的洛慕权了。方晋也很是尴尬，他对国师所说的"严谨守礼，清廉正直，堪称国之栋梁"的人，成天遛鸟观花，不上早朝，茶馆酒肆里少不了他的踪影。关键是，皇帝不管。皇帝说："随他去吧，他不劳神，朕就不烦心。"

国师几次想要拜访丞相府，洛平不是称病就是不在，完全没有要接待他的意思。不过他这样的转变周棠也难以适应。他从没见过小夫子邋遢成那副模样，从前那个谨慎刻板的人，似乎一夕之间玩世不恭起来。

像这样的情形，已经不是第一次了——洛丞相出门踩到狗屎摔了一跤，没来得及换衣服就被皇上召见。

皇上见他一身狼狈，骂道："怎么又把自己弄成这样！"

洛丞相很委屈："回皇上，是狗屎的错，不是臣的错。"

"那上次掉水池里呢！"

"是水池的错，不是臣的错。"

"还有上次从台阶上滚下去呢！"

洛平顿了顿："那是皇上您招臣进宫的错。"

# 第十章 离骚

周棠看着殿前争论不休的两人，一个头两个大。

"陛下，兵部的经费已经连续拨了三笔，难道大承没有别的地方需要用钱吗，不能一味满足他们无止境的要求啊。"

"洛卿……"

"洛丞相，这是我军方的事情，恐怕还轮不到你一介文官插手吧。陛下，日前得到北凌上供来的千斤寒玄铁，总不能把它们收在库房里当黄金屯着，要把他们铸造成更多的兵器，就需要经费来冶炼锻造，单是铸造师的聘请费用就耗尽了兵部的余款，臣不得已，才上书再次恳请陛下批准拨款。"

"方卿……"

"胡扯！去年与今年的寒玄铁数量相差无几，为何今年超出预算这么多？难道不是你们兵部将士自己私吞了吗！反之，吏部和户部的经费一再缩减，已经到了入不敷出的地步。陛下您且看看，新晋官员的俸禄实在太低，补给旱区的银两也从十万削减到七万，军事实力固然重要，但也不能拆东墙补西墙！"

"洛……"

"丞相大人，你十日未曾上朝，请你把事情弄清楚了再向陛下谏言！"

"方……"

"太尉大人，你趁我不在擅自呈上施压两部的折子，实乃小人行径！"

"够了！都给我消停点！"周棠终于忍无可忍，"兵部拨款削减两万给户部！吏部把近来的开支明细都交上来让朕过目！就这样，退朝！"

下了朝，周棠那个气啊。小夫子好些天称病不肯上朝，不上就不上吧，他也不想他过于劳累，只要他过得快活就好，最好什么也别烦神。谁知不来则已，一来就跟方晋吵得不可开交，他这是要做什么！本想把洛平叫过来好好问，差了太监去门口堵人，结果回来禀报说洛大人出了殿门就不见踪影了，周棠登时火冒三丈。人呢！人呢！他这都三天半没见着他了！人呢！跟人吵完架就跑，跑哪儿去了！有什么委屈不满找他来说啊！玩失踪算怎么回事！

御花园的半路上碰见襄妃，也就是襄挽公主，温柔又关切地问他为何事动怒。周棠皱眉回说没事，想要绕过回廊，忽而闻见襄妃袖里清香，不由愣了一愣。这一愣，襄妃便跟了上来。

"皇上可是上朝时遇到什么烦心事了？臣妾对政事一窍不通，也不知该怎么给皇上排解忧愁……要不，臣妾给您歌舞一曲解解闷吧。"

"不，不必了，朕还有事。"周棠一愣后就回过神来。方才他闻到的那阵清香，与在小夫子身上闻过的味道有些相像，想来是西昭香料的余味，没什么奇怪的。

洛平不是出了宫门就凭空消失了，而是平时他都走西宫门，这日他走的是东宫门。他先在东宫门处遇到了方晋的轿子，憋着朝堂上那股气，他就是不肯给他让路，在门口僵持了好一会儿，最后方晋无奈退步。他不退不行，后面都堵了半条街了。不过退步之后，他在洛平的轿子经过自己时，意味深长地看了他一眼。洛平回了礼——给了他一记不屑的扭头。方晋怔忡着关好帘子，随着车驾晃悠了几下，闷声笑了起来。

好个洛慕权，这又是玩的哪一出？

洛平抢在最前头出了东宫门，却又不急着回府，反倒吩咐轿夫先行回去，自己在路边等起了人。一旁卖饼的老板见他身着华丽官服杵在店门口，殷勤地上来招揽生意："这位大人，小店刚出炉的老婆饼，香酥可口……"

"老婆饼？"洛平牵了牵嘴角，"挺有意思的，给我包上六个吧。"

"哎好嘞！"老板这厢刚包好，就见此人丢下银钱抄起饼去拦了一顶小轿。

"贺大人，"洛平揖道，"还记得你欠我的人情债吗？那日说好要请我吃一顿香满楼，怎可翻脸不认账？"

贺予之脸都气白了："你不过是帮我打听了下妹妹的消息，我什么时候应承过你香满楼的！你，你这个人……"

洛平失望道："当真不请？哎，枉我还特意给你备了礼。"

贺予之从未如此居高临下地看过这人，见他垂目，睫毛投下一片阴影，面上一红："我也没说不请，只是洛大人你太突然了……"

洛平展颜，笑得温和："那便好了，我们这就去吧。"

小轿子载不动两人，洛平就跟他往香满楼徒步走去。

贺予之支吾道："那个，洛大人你给我备了什么？"

洛平将手里的纸包递给他："刚出炉的老婆饼。"

贺予之瞠目结舌："老老老老婆饼？"

不远处的大理寺官员碰巧见了这一幕，忍俊不禁。少卿问："袁大人，洛丞相这是要做什么？巴结一个小都司？不至于吧。"

袁序摇头苦笑："他？他这是要审犯人了啊。"

秫城天街第一家，五味珍馐香满楼。洛平让小二上了坛三白酒，给贺予之和自己满上："我曾与你父辈同朝为官，算是比你虚长一辈，叫你一声予之可好？"

贺予之抿唇："洛大人想怎么叫就怎么叫，下官哪敢有异议。"

酒水入杯，散发出一阵甜香，洛平没有在意他的刻意疏远，哂然道："不愧是贺家人，要博得你们的好脸色真是不简单。"

"贺家没落，洛大人贵为丞相，要我们的好脸色做什么，秫城里谁不知道当今最有权势的人是你洛慕权，何必跟我在这儿惺惺作态。"

洛平淡淡笑着，执杯敬他酒。所谓伸手不打笑脸人，更何况是大自己好几级的官，贺予之不好推辞，负气咕咚一口全喝了。

"贺家虽然被皇上有意削了权，但是并没有彻底脱离朝政。予之，你的父亲在宁王叛乱时受了牵连，伯父也因此而被罢官，可是皇上并没有赶尽杀绝不是吗，依然让你在朝为官，还把你的妹妹接进了宫里，可以说，大承并不想完全失去贺家的扶持。"

"听洛大人你的意思，是想跟我们贺家攀关系？"贺予之哼了一声，"皇上对你言听计从，我妹妹进宫的事就是你一手安排的，恕我愚钝，实在不知道你有什么必要拉拢我们。"

洛平夹菜饮酒："我知道贺家人骨头硬，都不太看得起我，但我促成皇上纳贺家之女为妃，又在宫门口约你同行共饮，就表明我是拴在一起的蚂蚱。今日朝堂上方太尉与我的争执你也见到了，他为武将我为文官，皇上尚武，我争不过他，所以我需要贺家在京城武将中的人脉，不让他方晋一家独大。"

"哎？你这是……"

"这么跟你说吧，我想要知道曾经与贺家交好的武官中，有哪些中途叛离了你们。"

"你要铲除他们？"

"我只是要提防他们，如果能把他们重新收为己用是最好……"洛平斟上酒，"罢了罢了，不说这些了，今日我就是来蹭吃蹭喝的，说这些未免太无趣了。来，予之，你再陪我喝几杯,早上真是让人气闷。"

贺予之有些动容,一口闷了那杯酒,话匣子就开了:"其实要说那几个忘恩负义之人,大伯是跟我提过的。伯父说,真正害得贺家败落的罪魁祸首就是那些人,但我还要在朝中安身,伯父嘱咐我不要明着与他们作对。"

"唔,你伯父很是明智,当初他托我为你妹妹说话时,对此事也颇为感慨。"

"芝儿入宫,果然是伯父拜托你的?"

洛平与他碰杯:"所以说我早已是你们贺家的同僚了。说吧,是哪几个人害了你们?"

贺予之喝了酒,望着对面人眼中氤氲的暖意,愣愣道:"当时我父亲是领侍卫内大臣,结交的人不少,后来墙倒众人推,其中尤以现任的王宗复提督、赵英总兵、吕如江都统,还有兵部李建侍郎……"

酒过三巡,洛平吃饱喝足,拍了拍贺予之说:"时辰还早,不如予之你陪我去南梦园听听戏?嗱,我们边看戏边吃饼,你看你不吃都浪费了。"

贺予之满脸不豫,忿忿道:"洛大人,这才刚到未时,你食君之禄,没有公事要忙吗!整日花天酒地成何体统!"

他已经开始后悔了,把那些贺家的事告诉这个打着酒嗝的人,怎么看都不靠谱!可是这个人以前不像这样啊,虽然在他心里这人一直是个佞臣,但也不曾做过这么有伤风化的事……什么老婆饼什么南梦园的,真是……真是……

"予之你脸红什么?还是喝得高了?"洛平笑看他,"好了,你忙你的去吧。你与我不同,这么年轻还有的拼,我却要抓紧享乐去了。"

贺予之嘀咕:"你又不是很老。"

洛平晃着步子下楼,醉醺醺地说:"人不老,死得早啊……"


洛平去了南梦园,台上正唱着一首《殿前欢》。戏子水袖一挥,唱到"白云来往青山在,对酒开怀",洛平跟在后面悠悠哼着:"二十年多少风流怪,花落花开……"

一旁有个女侍给他斟酒,洛平伸手去接,一杯饮尽,手里便多了一颗念珠。半块白绢团在里面,洛平展开看了,收好,又往里面重新填了半块,递给那名女侍。芝妃在信中说,襄妃并未有什么特别的举动,只有一次去见国师,许是思念家乡,那日哭得厉害,是被侍卫扶回来的。国师不忍,恳请皇上让他多留几日,也好劝着远嫁的襄妃。洛平回的是,留意襄妃和国师都跟什么人接触,特别是与王提督、赵总兵、吕都统和李侍郎有关的人。

台上唱道:"望云霄拜将台……"

洛平接道:"袖星斗安邦策,破烟月迷魂寨。"

第十章·离骚

梦里那个处心积虑害死他的人，他定要找出来。那一出殿前欢，那一出迷魂寨，他再不会身陷其中。

与此同时，国师拜访方晋。第二盏茶饮罢，国师试探着问："方大人今日似乎心情欠佳，是否是因为那洛丞相？听闻今早你二人在殿前……"

方晋叹道："那个洛慕权，当真小家子气，我跟他本是各司其职，他偏要与我争，也不知要争什么！"

"这几日我留在京城劝慰襄妃，平日无所事事，在市井里听了些闲言碎语，有句话不知当不当讲。"国师欲言又止。

"但说无妨。"

"那洛丞相行事诡谲，似乎与贺家武将牵扯颇深，方太尉还要多加留意啊。"

"真有这事？"

一席话下来，国师言语不多，却把太尉和丞相之间的嫌隙一点点挑了出来，说得方晋大动肝火，他才适时告辞。

待他走后，方晋笑了起来："慕权啊，我总算知道你要玩什么了。只等你把蛇引出洞，我们再来个将相和吧。"

洛平在南梦园厮混到傍晚，带着满身的酒味粉香往回走，嘴里犹自哼哼着："穿花径，穿花径，十二阑干凭……"

半道上迷迷糊糊地被一个人提回了家，那人见他一副软泥样，怒道："穿花径？你一整天不见人影，跑去哪里穿花径了！"

洛平睁开一双明润的眼瞅他，喃喃道："信不信，好一片海棠花径……"

周棠无奈，这些日子里洛平过得放荡，完全是当官当过瘾的模样，整天玩乐犯懒。

周棠鼻尖忽然飘入一股幽幽的香气，很熟悉的味道，以前不觉得，今天让他格外在意。四下嗅了嗅，发现洛平的床帏悬着一只香囊，味道与今日襄妃袖里的味道很像，周棠定下心神琢磨半响，总算回过味来。

数年前在勾凉，洛平的娘亲给了洛平一只保平安的香囊，洛平与他说过，那香囊出自西昭国师之手，香气独特。但他似乎不大喜欢，一直不愿意佩戴。是了，大概这香味有西昭王族的特征，他是为了避嫌吧。小夫子也真是太多心了，他怎么会疑他呢，怎么会……不知怎么的，周棠胸口蓦地一痛。他听见脑海里反问的声音：你真的不会疑他吗？如果你不知道那些事呢？若不是洛平那天夜里跟他说过自己的身世和香囊的来历，恐怕他还会怀疑他是否跟襄挽公主有什么来往。越是让自己掏心掏肺去对待的人，越是无法忍受他的背叛。他记得洛平当时的战战兢兢——他在怕他，从那时起就在怕他的怀疑。想到这里，周棠忽然有些无措。

一颗赭色的念珠在桌上滚动着，渐渐停下，洛平仔细看完绢纸上的字迹，嘴角微弯，眼里却是一片冰冷。吕如江，这个名字让他觉得十分讽刺。贺予之提及此人的时候他还觉得无关紧要，毕竟这个人是周棠入京后，他和方晋共同举荐提拔的人，他没想过吕如江会做出那种事情。然而往往就是这样，越觉得不可能的事，就越接近事实。

当时仅仅是个卫队长的吕如江，背离贺家的原因是不想受宁王的指使，同流合污成墙头草。在周棠大军压境之时，他死守东宫门户，振远将军战死，昭容公主的一曲《落凰》舞罢，眼见是要挡不住了，他也不肯认输。方晋说过，吕如江是他清扫皇宫时遇见的最有骨气的人，他把剑尖戳在他后心上步步相逼，也没能逼得他离开东宫半步。后来，那一把大火烧了东宫数个院落，吕如江在非离宫前被俘虏，方晋惜才，没舍得杀他，事后把昏迷不醒的他交给了洛平。

洛平当时软禁了一批人，这批人都是不肯归顺周棠的忠臣勇将，其中包括他自己的良师益友李元丰。他花了一个月的时间处置他们，有的斩首了，有的罢官了，有的流放了，但更多的是被他劝降的。吕如江，是被劝降的人之一。洛平其实没有对他做什么，他只是告诉他，他的忠诚换来了周衡的逃出生天，而从那一天起，他应该效忠的君王是周棠。他把这番话一遍又一遍地对他说，在他神志不清的时候，在他万念俱灰的时候，在他重新渴望活下去的时候，说到他彻底相信，自己没有别的路可走了。

最终，周棠得到了一名冷硬能干的禁军都统，方晋暗中试探过他的忠心，之后对洛平的本事佩服得五体投地，他说："操纵人心，我再练十年也比不上洛慕权。"

周棠心满意足地嘲笑他："十年？你再活一辈子都比不过他。"

就是这样一个死忠之人，做出通敌卖国的事？若不是芝妃写得确凿，方晋又调查过西昭国师近来的动向，洛平还真的不愿相信。回想着梦里的枉死，洛平笑得凄然。被自己操纵过的人反将一军，他若能早些知晓真相……洛平摇了摇头，罢了，那时候他说的任何话，周棠都不会听的。归根究底，他并不是死在奸人的陷害里。

方晋打着"和解"的幌子往丞相府递了份拜帖，投其所好，邀请洛平去南梦园听戏。洛平心不甘情不愿地答应了，之后听说西昭国师也跟着去了。戏园子里照常热热闹闹，洛平的意思是就在大堂听戏是最有趣味的，方晋费了半天劲才说服他进了雅间。

洛平夹枪带棒道："方大人这是要做什么见不得人的事，非得进雅间？"

方晋神色不豫，国师赶忙充当和事佬："洛丞相多虑了，方太尉不过是图个清静。"

"好吧，清静。"洛平语气不屑，招手唤来小厮斟酒。

"洛大人，雅间也有雅间的好处。"方晋拉过小厮说了几句，小厮点头应了，不一会儿上来一个抱琴的乐女。

方晋："叫什么名字？"

乐女："翠花。"

洛平被酒水噎了一下，好在忍得及时。方晋会享受，逢场作戏也不愿委屈了自己。这女子才不是什么随便叫来的"翠花"，她是方晋府上最受宠的歌姬，洛平是见过的，叫阮儿还是暖儿来着，总之不叫翠花。

趁着戏还没开演，翠花弹琴唱了两句，声音婉转动听，洛平总算没再跟方晋吵架。国师似乎一直有话要跟洛平说，可每每被琴声打断。方晋看在眼里，却不点破，更不帮忙。直到一曲唱罢，国师才逮到机会说话："洛大人，我见你的身形肤色，与我们西昭人颇为相似，眉眼亦有些熟悉之感，冒昧问一下，你家乡何处？"

来了。洛平心里一凛，面上不动声色："国师好眼光，洛某家乡确实在大承西境，听家父说过，似乎祖上第八代与西昭女子通过婚，国师所说的什么熟悉感，大概来自洛某的祖宗八辈吧。"

国师自然知道他在忽悠自己，正要再问，冷不防被掀起的门帘打断了。门口进来一个他的侍从，附耳说了几句，国师脸色凝重地点了点头，拱手告辞："抱歉，今日不能陪两位看戏了，襄妃娘娘有事找我，皇上召我入宫探望。"

方晋起身相送："既如此，在下也不便强留，国师慢走。"

洛平一副懒散样子举杯作别，国师回头瞥了他一眼，匆匆离去。

国师走后，方晋轻吁一口气道："慕权，这下可以好好听戏了。"

洛平道："台下刚开始唱呢，是许公子的《寒梅记》。"

方晋摇头："我今日要听的可不是这个。"

洛平挑眉看他："哦？那方大人想听什么？"

"想听你说一出戏，那出你与我说过的戏。"

"哦，那出戏……"洛平犹豫片刻，一杯酒饮尽，敛眉笑道，"好啊，今日心情极好，便与你仔细说说那出戏吧。"

院外是才子佳人的桥段，咿咿呀呀互诉衷肠，屋内两人对坐着，恍若未闻。翠花素指拨弄着琴弦，悠缓曲调流泻于雅室。洛平拢了拢袍袖，娓娓道来。这出戏说的是，那人毒害皇嗣，篡位谋反……

那天，洛平又一次在朝堂上驳斥了方太尉关于征兵的谏言，依旧没争出什么结果，皇帝宣布了退朝，他在一群武将的指责声中走出宫门。洛平知道，征兵是皇上的意愿，他也知道，皇上是碍于他丞相的面子才没有当众否决他的意见，他还知道，周棠觉得他插手的事情太多了，有时候会嫌他烦。可是他管不住自己，他想让自己的君王成为一代仁君。

前阵子贺家的满门血案已经给皇上带来了不少负面影响，那本《鸠之戾》朝廷越禁就传得越快，手抄本在黑市中进行着买卖，街头巷尾常可听见文人对此事议论纷纷。虽不成气候，可洛平实在担忧。另外，他隐隐觉得周棠近来对他的态度有所改变。他看他的眼神似乎带着戒备，还试探着问过他的家底。洛平不知该怎么解释母亲与西昭的关系，便没有细说。

那一日，周棠嗅到他身上的味道，问他："洛卿，你身上很好闻。"

"唔……"洛平小声应了，只把它当作闲话，没有在意。

他与周棠的关系是从周棠登基后不久开始变的，周棠不再像以前那样喊他小夫子，而是完全用另一种方式对待他。失落自然是有的，不过在他的立场上还能奢求什么呢，他只想陪在他身边，离他最近罢了。月前周棠娶了西昭的襄挽公主为妃，他们之间的关系仍旧如此，所以洛平偶尔会想，可能自己对于周棠而言是不一样的吧。

周棠说："这种香味很特别，闻过一次就不会忘。"

洛平回过神来："香味？什么香味？"

周棠盯着他，这是洛平第一次看见他对自己露出这种冰冷的眼神："洛卿，你身上的味道，跟襄妃身上很像呢。

"洛卿，我可以给你权势，但并不是你做什么我都能容忍，不要再对襄妃有什么妄念，你明白没有。"

"妄念？"洛平不解，望着他道，"没有妄念，一点也没有。"

一瞬间，他惊醒了。

后来，洛平不想违逆周棠的意思，但他还是刻意去接近襄妃了。

四个月后，襄妃有了身孕。周棠很兴奋，虽说他不喜与妃子同房，与襄妃也只有那么一次，但有了自己的孩子还是觉得很欢喜的。他把这份喜悦告诉了洛平，洛平深深躬下身体，祝福着小皇子，眼里却是一片忧愁。当时他正在怀疑，襄妃与某个贺家的余党私通。他甚至怀疑，襄妃肚子里的孩子不是周棠的。

在四个月前的那场中秋宴会上，西昭国师专程为襄妃娘娘送来故乡的问候与赠礼，洛平收买的宫女慧慧听到了他们之间的交谈。慧慧说，国师给了襄妃一包东西，叮嘱她务必在三日内令周棠与她同房，还说那包东西可以略微推迟孩子出生的时间。他们口中提到了一个人，慧慧没有听得很清楚，只听见那人与曾经的领侍卫内大臣有过牵扯，国师希望襄妃与那人的接触更加小心。

洛平有足够的理由去怀疑，但出于大承与西昭两国的邦交考虑，他一直不知该怎么处理。如果告诉了周棠，按他的性子，势必会杀了襄妃——他平生最恨的就是不忠的女人，会让他想起那个带给他诅咒的母亲。而他一旦这样做，西昭与大承的关系必然会变得紧张，甚至破裂成争端的局面。夺皇位和平叛党已经带来了太多杀戮，大承不该在周棠的手中连年战乱，他应当是个坐拥盛世的皇上，而不是个嗜战的暴君。

所以洛平私下见了襄妃，他给她端去了一碗打胎药，对她说："喝了这碗药，你便断了与那人的来往罢。你告诉我他是谁，我可以想办法让他离开，否则你和他，还有你肚子里的孩子都会死。喝了药，你仍旧是大承的皇妃。"

襄妃忽然笑了起来："洛平，你有什么资格来说我？我们身体里都流着西昭王族的血，我不揭穿你，你也不要揭穿我。多年后，坐在这龙椅上的就会是我们西昭的后裔，这有什么不好？"

"我是大承人。"

"是吗？在他发现你身上的香味与我的如此相似之后，你猜他会怎样想呢？"

"我会与他解释清楚。"

"洛丞相，你对皇上果然忠心耿耿。"

洛平抿唇不语。

"他不爱我，我为什么不能去爱别人？那种得不到自己所爱的感觉，你不懂吗？"襄妃用一种复杂的目光看着洛平。

洛平心里猛地一痛，他深吸了一口气，把药碗塞到襄妃的嘴边："你喝了它，我保你平安。"

襄妃猛地把药碗砸在了地上，怒斥道："洛平你好大胆！竟敢毒害皇嗣！就算你再怎么恨我，可我肚子里的皇儿是无辜的啊！"

洛平先是一怔，而后缓缓回过身去，下跪陈情："陛下，臣不是……"

周棠俯视着曾经的小夫子："我早知道你对襄妃不满，你暗中接近她是出于嫉妒吗？我给过你改过的机会了，可是洛卿你还是执迷不悟。"

"你对我好，是想从我身上得到什么？丞相的位子？荣华富贵？是啊，我把这些全都给你了，可你要谋害我的孩子！你不明白吗，我的身边不可能永远只有你一个人，我不再是那个一无所有的小棠了！"

为什么，来得这样巧呢？周棠是被侍卫叫来的，这是场算计，算好了时机，算好了他最卑鄙的那一刻。

洛平直视着周棠眼里的悲愤和失望，忽然什么也不想辩驳了。他跪在那里，他高高在上的君王，已经不在他的视野里。

说到这里，洛平停顿了下来。方晋问他："为何不说了？你故事里说的那个卑鄙丞相和傲慢皇帝后来怎样了？"

虽然洛平把戏里的人物全都改头换面了，但方晋却觉得自己都入了那出戏里。那是一幕幕仿佛近在眼前的画面，他们每一个人的灵魂都看得见。洛平叫小厮又给他温了一壶酒，指着堂下的青衣说："听她唱两句，我喜欢这个角儿，整出《寒梅记》里，就这个叫秦雪的姑娘最有韵味，你听她的流水转高腔……"

秦雪唱着："一树梅花望眷侣，羡煞谁。红尘断处，又见暮色垂。纵酒一杯千金掷，少年头莫回。今朝有尔，今朝醉。"

"仲离，听完这一曲，我再与你接着讲。"

秦雪唱罢，余音绕梁。

洛平放下喝空的酒杯，看到一旁的方晋把扇子合上又打开，打开又合上，不禁笑道："仲离，你怎么也不注意点形象，何至于急成这样。"

方晋暗想，这可真是皇帝不急急死太尉，也不知隔间里面那位是怎么忍得住的："慕权，戏也听完了，你就继续说吧。"

"好。"洛平笑了笑，"上回说到，那丞相想要毒害皇嗣，皇帝虽然震怒，但念着旧情，本不愿过多为难他，奈何祸不单行……"

毒害皇嗣这么大的事，搁在别人身上就直接是杀头的罪，但到了洛平这里，被硬生生压了下去，变成了停职查办。周棠的态度明显是要息事宁人，那些想把事情闹大的人也有些束手无策，如此都扳不倒洛丞相，他们充分认识到此人在皇帝心目中的分量。于是在洛平停职的这一段时间内，他们也没敢有什么异动。

襄妃安心养胎，周棠时常去探望。那天陪她在御花园闲逛时，襄妃望着迟暮的木芙蓉，有些感怀："它们凋零得这样快，真是可惜。"

周棠随口安慰："败了还会开，明年还是能看见它们的。"

襄妃道："明年开就是明年的事了，快要入冬，这花园里头已经没什么可看的了。皇上，要是有一夜花开的庭院就好了，一觉起来就长了满园子，多好啊，您说是不是？"

周棠不以为意："哪有什么一夜花开的庭院，别做梦啦。"

周棠送襄妃回到玉蝉宫，回真央殿时又路过木芙蓉的园子。红花瓣落了一地，无意间踩在脚底下，就烂成了泥，看着确实有些凄楚。也不知怎么的，周棠忽然想见见洛平，就出宫去了丞相府。曾经门槛都要被踏坏的丞相府，如今却是门可罗雀，朝中官员终究是看着皇帝的眼色行事的，现在丞相被停了职，他们为了明哲保身，自然是躲得远远的。

周棠进了府里，就看见洛平坐在轩窗前写着什么，侧脸瘦削了不少，一向白皙的面庞上多了不少胡茬子。他轻轻咳了一声，引得洛平抬头看他："陛下……"

周棠把到了嘴边的"小夫子"咽了回去，问道："你在写什么？"

洛平的桌子上堆了慢慢一摞纸簿，周棠问他："你还在忙《通鉴》吗？不是让你歇下来了？那些补充入库的事情就让翰林院那些人去做好了。"

"闲得无聊，还不如自己找点事做。"洛平匀了匀笔墨，再度提笔。

"你是在怪我吗？"周棠脸色不大好看，"你犯那么大的错，我只是停你的职而已，你还有什么不满意的！"

"臣没有不满意的地方，陛下多虑了。"

见洛平的注意力都在纸上，甚至没有看着他说话，周棠怒了，抢过纸张说："洛卿，你摆这副样子给谁看！"

洛平只得放下笔，叹了口气："陛下，我真的不是对你有什么怨愤。现在这时候，若不拿些书来看，找些字来写，我还能干什么呢？"

周棠把那张划花了的纸扔到地上："说来说去，你就是觉得手里没权了心里憋屈吧。什么没事做，我又没有禁你的足，你去遛遛鸟赏赏花不好吗，只不要多管闲事就行。"

遛鸟？赏花？洛平苦笑，这是要他奉旨玩乐啊。

"是，臣知道了。"

"哎慢着。"说道赏花，周棠突然想起与襄妃的戏言，"洛卿，你说这个世界上有没有一夜花开的庭院？"

"一夜花开？"

"是啊，只需要栽种一个晚上就能开满庭的花，你有没有见过？"

"这……"

"哈，不如这样吧，你不是说没事做吗，我就给你布置个任务。给你一个月的时间，你去找来这样的花。"周棠这样说了，洛平没有异议。他是皇帝，有想要任何东西的权力。

一个月后，在周棠都要把这件事忘记的时候，洛平差人禀报说："陛下，找到了。"

周棠心尖一跳：找到了？还真有这种花？这都初冬了，还能开吗？更重要的是，洛平把他的话放在心上记着，这一点让他非常高兴，其实他觉得这样就很好，洛平在他身边领份闲差，不招惹是非，不劳累过度，这就行了。

襄妃听闻了这件事，挺着肚子也要跟去看。这本来就是她的想法，周棠就带着她去了。到了丞相府，洛平淡淡看了眼周棠身后的襄妃，深深行礼："拜见陛下、襄妃娘娘。"

周棠往院子里扫了一圈，只见到一片肃杀之景，便问："洛卿，你说的满庭芳呢？"

洛平回答："陛下不是要看一夜花开开满园吗？臣邀您过来，就是让您亲眼看见那些花从无到有。侍卫都已布下防卫，陛下和娘娘不如今夜就在微臣府上歇息吧，明日一早，就在这个庭院里，就可以看见了。"

襄妃很是疑惑："洛大人，你这院子里连块土地花坛都没有，如何一夜让它长满？你可别信口开河，这也算是欺君的。"

周棠蹙眉："不过是个游戏，什么欺不欺君。"

襄妃见触动了龙颜，不敢再说。洛平但笑不语。

主卧让给了皇帝和襄妃，洛平便住进了偏厅客房，那里被他改成了一个小暖阁。走进去后，一不留神脚下碰到了什么，发出叮当脆响，洛平赶忙收了脚，再小心地迈步。他躺在床上眯了一会儿，听到二更的梆子响才坐了起来。彼时已经夜深，只有外院来来回回的侍卫巡逻声传来，主卧那边已经熄了灯。于是洛平开始种花。侍卫听见细微的动静，进到院子里来看。只见丞相大人挽着袖口弓着身体忙活，每一步都很仔细，看起来有些辛苦，便问要不要帮忙。

洛平摆了摆手："不用了，我自己来就好。落霜之前做完就行了，你们无须管我，保护陛下的安危最重要。"

清晨，周棠悠悠醒来，不禁有些懊恼。昨夜他本想看着洛平的，可那安神香显然是洛平给他安排好的，一觉睡到天亮，夜里的事他是一概没看到。

襄妃也迷迷糊糊地起来，要伺候周棠穿衣，被让开了："不必了，朕自己来。"

迫不及待地穿戴好，周棠一把推开房门。外面就是丞相府的庭院，他在看到眼前的一切时，瞬间愣住了。昨天还是一片荒芜的地上，现在满满的都是花。有的刚刚绽开，有的已经盛放，花瓣上落着霜，在清晨的阳光里闪闪发亮。襄妃很是惊讶，而周棠的神色很是复杂。地上是数百只瓷碗，每一只碗里开着一朵莲花。只一夜，初冬的庭院里开满了碗莲。捧起一碗，甚至能听见轻微的绽开声。

襄妃不禁赞叹："他们都还是活的，好漂亮！"

洛平说："这是臣月前派人从南莱带回的碗莲，南莱四季如春，妥善处理的话，一夜花开也不是难事。"

周棠却没有再看地上的花。他的眼睛盯着洛平头上凝结的霜，那就像是黑发一夕之间变得花白了。那个人邋邋遢遢地站在那里，袖口潮湿，脸色冻得发青，手里端着一只碗,对着他淡淡地、恭敬地笑。忽然记起当年,他冲过去拽他的手腕,害他打碎了那朵莲花。南莱有那么多的花可以带回来,可是洛平只要了这一种。

"小夫……"

"陛下可还满意吗?"洛平望着手里的碗莲道,"只可惜,大承的天渐渐冷了,这些花最多只能开上一天,比那些木芙蓉还要短暂。不过,世上本没有万全的事,有些花,轰轰烈烈地开那么一次也就够了,不求长久。"

不求长久。

襄妃不明白,怎么就为了那一庭院的花,洛平就重掌丞相大权了。虽然心有不甘,但国师给她的密信中说了,这样反而更好,什么都不掺和的洛慕权,他们还真没有办法扳倒。

洛平去了大理寺,正要细查那个人的时候,却忽然被一道帝诏抓了起来。他重掌大权不到半月,又被捅出了事端,而这一回,连周棠也不保他。先是他在任期间收受的每笔贿赂的账目,再是他与西昭来往的书信,还有他身上的那股味道——西昭皇族特有的香囊的味道。每一项证据都站得住脚,里面真真假假、以假乱真,甚至把洛平的母亲都推到了前台。他从大承的丞相变成了西昭的细作。周棠不得不开始怀疑他。

"你当初为什么要接近我?是因为我最好骗吗?"

"你教我念书,助我夺位,是想让我受控于你,好让你的西昭有机可乘吗?"

"好,我现在动不了襄妃,动不了西昭王族,却还是动得了你的。"

周棠命人把他关进了大理寺,但没有让人对他用刑。他的意思是,洛平招不招随他的便,只不能跑,不能伤,不能死,就先关起来,关得严严实实的。

洛平穿上那身囚服,坐在牢房里出神。大理寺卿袁序好歹与他共事过,找他下棋,洛平心灰意懒地说:"不玩了,不玩了,慢了一步,就被人将死了。"

袁序叹息:"洛大人,你真的是……"

洛平道:"是与不是都不重要了。你没见吗,皇上都没想要查清此事。他烦了,我也累了,所以就这样吧。"

他在大理寺一待数月,过了年,听说周棠的孩子已经办过了满月酒。

那天周棠来看他,是他入狱后唯一见过他的一次。他对他说:"换个地方待着吧,大理寺也是个是非多的地方。"

"去哪里呢?"他问。

"无赦牢。"

"好,那里确实没有什么是非。"洛平惨笑,捱着风湿的腿站起来,"走吧。"

押解的过程中，有人行刺。几个狱卒根本不是那名刺客的对手，洛平的手臂和颈侧都被刺伤，危急时刻有几个人影蹿出来与刺客交锋，刺客不敌，负伤逃脱了，而那几个人把他送进无赦牢后也迅速退去。那几个人是皇上的暗卫，洛平知道。只是他想，何必呢，已经到了这一步，又何必这样呢。皇上还派大夫给他治了伤，之后他被关在坤字牢房中。这一关就是一年多，直到第二年冬天，他才接到释放的免罪谕令。这时间说长不长说短不短，却足以磨灭一个人所有的念想了。

传令的宫人说了一堆，似乎是什么真正的细作抓到了之类的，他没有听得很清楚。那时候他想的只是走出去，再看一眼。他看见外面在下大雪。他看见他曾经的权势和他曾经的君王，都在北面很远很远的地方。他问一个杂役要了一只碗，像个乞讨的人一般，一直往北方走。可惜他最后的祈求，还是被埋在了雪地里。

上苍倒是听到了，给了他重来一次的机会，他说他还是想做官。当然，他也不敢太贪心了，不然贪到最后，又是一无所有……

"慕权，这出戏叫什么名字？"方晋问。

"叫什么？我想想啊……"洛平扶着案几起来，步履有些摇晃，他一边想着门口走，一边悠悠地说，"叫……《当年离骚》吧。"

他走了出去，拉着小厮说要找秦雪讨个香帕做留念。雅室里，隔间的门开了。

方晋道："陛下，洛大人说的这出戏，您觉得如何？"

周棠拾起洛平喝过的酒杯道："我觉得？我觉得那个皇帝和那个丞相都是混账东西，完全比不上我和我的小夫子。"

"是，那是当然。"

"方晋，立即给我去查国师和襄妃。"

"遵命。那陛下你……"

"我去找那个秦雪聊聊民间戏曲。"

"是，陛下，慢走不送。"

洛平一身酒气地跑去勾搭人家青衣，把秦雪吓得直躲，以为又碰上了厚脸皮的登徒子，赶忙叫了南梦园的打手过来袭人。洛平解释自己只是要个香帕，可是没人听，硬是被推到门口，却突然被堵住了去路。秦雪和打手们抬头去看，只见堵路的那人锦衣华服、面如冠玉，看着就是个贵气的公子哥，可比那个醉汉顺眼多了。

秦雪此时也不觉得怕了，挪步上来一福身，软语道："小女子这厢有礼了，不知这位公子有何事？"

周棠看了她一眼，从打手的手里接过东倒西歪的洛平："没事，来带人回家的。对不住，吓到姑娘你了。"

秦雪一愣，尴尬笑道："无妨，公子请便。"

周棠扶稳洛平往外走，进了车驾，洛平揉着太阳穴说："一国之君流连梨园，这可不是小事啊，作为贤相，我该好好劝劝。"

"贤相自己在这里乐不思蜀，我这个皇帝还管不得了？"

"你居然真的在……"洛平弯着嘴角，"国师被你遣走了，就为了要听我说说戏吗？"

周棠冷着脸不说话。

洛平笑说："仲离那个吃里爬外的东西，就知道他不会白请我的客。"

周棠拿下他的手替他揉穴位："吃里爬外？哪边是里哪边是外？我若不这样做，你还要把这出戏在心里捂多久？小夫子，我永远是站在你这边的，你就那么不信任我吗？"

"我说这样的故事，你会信我吗？"

"我不信。"

"是吧……"洛平苦笑。

"我不信那个皇帝会真的那么无情。"周棠说，"没有人会对自己在乎的人做出那么残忍的事，我想，他一定是太蠢了，没有找到更好的出路。"

"更好的出路？那如果是陛下你呢？你能找到吗？"

"我……不知道。"周棠抿唇，"你说的那些，与其说是前生所见，倒更像是现在的预言。我从小就觉得很奇怪，你似乎是无所不知的。可是正因为你无所不知，就总是把所有事情藏在自己心里。你一直在我的身边，但从来不敢多给我一点信任，你是怕我会像故事里的那个皇帝一样吗？"

"小夫子，这次我们一起面对好不好？我们都不要做自以为是的人了，好不好？"

洛平知道自己醉得不轻，醉得整个世界模糊了。

中秋节，真央殿。

周棠掂着手里的小药瓶，对下面的方晋说："方卿啊方卿，朕不久前才特许你进出后宫，你这么快就给我带来这么个玩意儿，存心给朕扣上一顶绿帽子吗？"

方晋躬身："臣不敢。"

周棠道："嗯，你不敢，有人敢。襄妃怀孕了？朕压根就没进过她的房，她怎么就怀孕了？这个药瓶你怎么弄到手的？没被发现吧？"

"臣没有直接与襄妃娘娘接触，而是拜托芝妃娘娘前去串的门。芝妃娘娘的侍女慧慧看到国师交予襄妃这个药瓶，就趁机去偷了出来，用一瓶风寒药丸换的。"

"嗯，拿去给太医验吧。还有，小夫子说最有嫌疑的人是禁军都统吕如江，可朕总觉得有点不对劲，近期不要打草惊蛇，只帮朕盯着就好。"

"是。"

"好了，你下去吧。"

中秋宴刚结束不久，遣走了方晋，周棠忽然觉得一阵空虚。外头高高挂着一轮明月，这偌大的皇宫里，却没有真正能跟他团圆的人。他不甘心，半夜差人到丞相府把刚回去的洛平又叫了过来。

洛平在宴上吃了五个蛋黄月饼，正撑得慌，一来一回就当散步了，可到了真央殿，茶水还没喝上一口，就听周棠说道："你瞒着我……跟芝妃暗通款曲多久了？"

他给吓得胃里一阵痉挛，差点把蛋黄全吐出来。

周棠看他脸都白了，知道自己玩笑开过了头，慌忙递了杯茶水给他："小夫子你别怕，我没有要怪罪你。"

洛平深深看着他的眼睛，确认他真的没有要问罪的意思才接过茶盏，手指尖还在微颤。梦里就是因为与嫔妃牵扯不清才落得那样的下场，直到此时他仍有些心有余悸。

周棠见了他这副杯弓蛇影的模样，心里一阵抽疼："小夫子我错了，你听我说，我在调查国师和襄妃，雨芝那丫头帮了不少忙，我猜一定是你指点她的，所以我只是想问问你当时是怎么安排的。"

说实话其实他心里还是有点疙瘩，因为洛平宁愿求助于一个小丫头也不愿与他坦诚相待。

洛平说："那人与贺家有过关联，就让贺家来把他挖出来，这样是最好的。臣不方便出入后宫，只好拜托芝妃娘娘，当然，也是有条件的，这一点希望陛下能成全。"

"什么条件？"

"等事情了结，请陛下封芝妃为皇后。"

"皇后？！"

"贺家势力都被削得差不多了，秣城里就只剩下芝妃娘娘和她大伯这一脉，能稳住他们的忠心，对大承来说也是一件百利之事。"

"就为了这个，你就让我立她为后？小夫子你不能这样！你不能逼良为娼啊！"

谁要被逼为娼了？洛平抽了抽嘴角："陛下，你总要立个皇后执掌后宫的，而这是臣所力不能及的。"

周棠愣了愣，似乎了解到洛平说得没错。

叹了口气，周棠说：“小夫子，你知道吗，我小时候总想着有一天真正成为皇宫的主人，现在实现了，却发现跟以前没什么不同。这些亭台宫阙还是和以前一个样，里面的人也是一样自私自利，没有人会把这里当成一个家。"

"陛下，高处不胜寒，你如今站在天下最高的地方，哪里会有家？"

"你说得对。"周棠苦笑，"现在我能懂了，当初父皇为何对生我的那个女人那么绝情，又对我那么冷漠，那是因为我和那个女人都背离了他对于至亲的要求。越是在高处，越不能忍受。小夫子，现在这个皇宫里有人同样背离了我，你说我该怎么处置她？"

洛平一怔，犹豫道："襄妃娘娘她……"

"她肚子里有了个野种，正想着怎么瞒天过海。"周棠声音冷冽，"真是人生如戏啊，小夫子，我给戏里的那个丞相报仇好不好？等时机成熟了，我就把这个女人关进无赦牢，跟西昭撕破脸又如何，是他们先做出了无耻之事，我周棠决不会怕他！"

"无赦牢吗……"听到这个这个熟悉的地名，洛平不禁动容。周棠真的是最像他父皇的人了，背叛他的人，他从不会给予宽恕的机会。

"小夫子，小夫子？"周棠唤他回神，"你来陪我赏月吃月饼吧。"他把御膳房特别制作的月饼摆到两人面前，"还记得吗，小时候过中秋你给我带过月饼呢，那种油纸包的，椒盐味的……御膳房真是窝囊，嘱咐了他们半天，做出来的还是这种花里胡哨的东西。"

洛平吃掉的五个腻死人的蛋黄月饼又泛了上来："不，臣不饿，陛下您自己享用吧。"

周棠见他一副要吐的样子，道："小夫子你怎么了？"

洛平摆手表示自己无妨，递给周棠一小块月饼："陛下，以前过中秋，你吃月饼时臣都会给你说几个民间故事，既然你如此怀念那段时光，不如臣再给你说几个故事吧。话说吴刚和后羿在一起之后……"

周棠仰天长叹：小夫子真是天下间最没情调的人了！怎么还把他当小孩呢！

襄妃始终没办法得到周棠的爱慕，眼见着时机要错过了，不由得着急起来，也就是在这时候，她露出了马脚。方晋发现，玉蝉宫的巡夜守卫出现了漏洞。这漏洞太过明显，吕如江作为禁卫军的都统，不可能没有发现这个问题，可这个漏洞就是那么坚挺地存在着，留着一个小孔，让人来去自如。

吕如江与襄妃有私情，这几乎是板上钉钉的事，然而此时提出质疑的，居然是洛平："那个漏洞出现在每个月的月亏时，那个时候吕如江都在城外的训练营地中，能证明他不在场的人一大把。我想，陛下的顾虑不无道理，与襄妃接触的另有其人，吕如江充其量只是个推手。"

"那是谁？国师？"

"国师没必要做这种事。"

"这谁说得准，说不定国师就是老牛吃嫩草，你没见吗，他都多少岁了，看着还是这么年轻，定是在用驻颜术勾搭又一春。"

"仲离，话不能这么说……"

就在两人又要开始争执的时候，周棠发话了："争这些有什么用？先把'玩忽职守'的吕如江抓过来问罪，再慢慢地抽丝剥茧，自然就见分晓。"

洛平和方晋同时躬身："谨遵陛下谕令。"

嚷嚷半天，他们就是想让周棠把这句话说出来。两个人都是官油子，得罪禁军都统的事谁都不想揽到自己身上，齐心协力推给皇上才是正道。周棠下完令也反应过来了，好好好，这两个"贤臣"倒是联手了，原来最入戏的人是他，他竟以为他们像那出戏里一样，是宿敌？

吕如江在大理寺里招了。这是当初洛平让他归顺的地方，这次洛平都没有出马，袁序就从他嘴里挖出了事实。

袁序领着洛平去见人："洛大人，有时候人真的挺厉害的。他是被你洗过脑袋的人，却仍记得自己最在意的事。"

洛平看了供词，在那张纸上寻找吕如江最在意的事，看到其中一行时，忽然就明白了。

吕如江在报复。因为他爱的人死在了周棠的皇位下。他爱的那个人曾住在非离宫，有着皇后的称号却不得景帝的恩宠，人们只知道她是董太师的孙女董云惜，是宁王一派的人，却不知她只是个不谙世事的小姑娘。在熊熊大火吞噬了非离宫的时候，吕如江却身负重伤而昏迷，甚至连去救她的机会都没有，等他醒来，非离宫已成为一片废墟，早就没有活人了。皇帝的女人？凭什么皇帝的女人别人就爱不得了？所以他在发现襄妃与人私会后才没有揭穿，还为他们提供便利。供词到这里，已经说明了一个问题，吕如江不是襄妃肚子里的孩子的父亲。

"那么那个人究竟是谁呢？"洛平看着牢房里的吕如江。

"一个侍卫。我没有与他直接碰过面，我不想牵扯太深。"吕如江一派镇定，"我是玩忽职守，但没有通敌叛国，这两个罪可不一样。"

"你倒是狡猾。"其实洛平很佩服他，这人比他聪明。

话刚说到一半，少卿忽然冲了进来："洛大人，袁大人，出事了！襄妃娘娘那边出事了！快，皇上让你们赶紧去真央殿！"

此时的真央殿十分热闹。地上跪着一个浑身是血的侍卫，边上是梨花带雨的襄妃，方晋扯着破了个洞的袖子说"陛下啊这是工伤"，一干禁卫军把刀架在自己脖子上请罪。

洛平的目光落在那个侍卫身上，顿时一怔。他记得这个人的身影和眼神，那是梦中他被押往无赦牢的路上，前来杀他灭口的刺客。

周棠冷冷地看着那人："挟持朕的妃子，动静闹得这么大，你胆子真不小啊，谁指使你的，或者说你是谁？"

那人扭头不答，周棠一个窝心脚踹他身上，正要补一脚的时候，国师跟跄着奔了进来，凄然道："恳请陛下，饶他一命吧！"

周棠收回了脚。国师毕竟是西昭的重臣，多少得顾念他的面子。于是周棠赐座，遣开不相干的人，让他慢慢说。国师见事情到了无可挽回的地步，只好说出了实情——那名侍卫是他们西昭的三王子奉德，也是西昭目前唯一的皇族继承者。近年来，西昭皇族受到了天谴。皇族人丁日益凋零，先是几个庶出的旁系被迫叛离，之后大王子和二王子莫名亡故，西昭的国运也是一日不如一日，西昭王心急如焚，请求国师推算天命。国师云，西昭星运无芒，气数将尽，唯有借命一途可保平安。

西昭信奉神明，百姓们听闻西昭已到了亡国之时，处处人心惶惶，为了安抚百姓，西昭王决定把神女封为公主嫁到大承来，欲借大承国力绵延神明恩泽。不曾想，天谴依旧没有放过他们，襄挽公主与奉德早有私情，而这感情竟让三王子追到了大承来。

借命，他们想要借大承的气运，却没料到会演变成这样的闹剧。襄妃怀上了奉德的孩子，这让他们措手不及，而此时皇上似乎察觉到了什么，他们不得不想办法逃走。

"哼，什么借命！我西昭的运势为何非要依靠大承！"奉德啐了一口血出来，"襄挽嫁过来，他一日也没有真心待过她，这样的施舍有什么意义！"

国师气急，快步走到奉德面前劝阻他："殿下请不要再说了！此事错在我们，我已送信禀告主上，就交由主上来定夺吧。"

"我还是要先带襄挽……"奉德还要再说，国师轻掸衣袖，散出一阵香气，奉德便晕了过去。

襄挽已被吓得口不能言，国师长叹一声，对着周棠恭敬行礼："陛下，为了两国邦交，请允许我暂且看护襄妃娘娘和敝国王储，待主上示下再做商谈。"

周棠勉强同意了。

事情告一段落，洛平的疑惑也解开了一些：梦里他们为了瞒天过海，不惜栽赃于他，而之后大承国运日渐衰败，想来也是他们所谓的"借命"之果。神明之事他原本不甚相信，但如果真无天命一说，他的大梦一场又如何解释呢。

十五日后，西昭使臣进殿。使臣言辞恳切，请求皇帝宽恕，说愿倾西昭之力赔偿赎罪，只要皇帝放过奉德王子，他们也会接回襄挽公主，从此再不提"借命"一事。

周棠没有急着下定论，问洛丞相的意思。

洛丞相道："西昭一直是我大承的友好邻邦，此事虽说让两国都蒙了羞，但也没有必要因此而终止两国的交情。陛下，臣以为西昭王很有诚意，我们大承也该展现应有的气度。"

"那好，就听洛卿的。"周棠对使臣说，"你们的公主和王储就带回去吧，你看，还附送了一个小的给你们，我们大承果然大方吧。"

"是……是，陛下英明。"使臣擦着汗，战战兢兢地下去领人。

周棠心情很好："洛卿，你只用一出戏就解了如此迷局，当真厉害。你立了大功，说吧，想要什么赏赐？"

方晋轻轻咳了一声，意思是他也立了不少汗马功劳，还受了工伤，希望皇帝陛下也照顾着他一点，可惜周棠完全无视了他。

洛平上前一步道："回陛下，臣斗胆向您讨一位美人。"

"那个……洛卿你要美人？好，朕答应你。"

"陛下，臣要的美人是送给西昭王储的。"

"嗯？啊……"周棠面露疑惑。

"他们想要借大承的命数，虽说事出有因，但也实在歹毒，不给他们点薄惩，怎么说得过去？"洛平解释，"大承大方，但臣一向不大方。襄挽和奉德不是伉俪情深吗，那我们就送一个咱们大承的美人过去和亲，看他们收是不收。"

"小夫子你……果然还是怨恨他们的。"

周棠忽闻禀报，说西昭国师求见。国师？明日西昭一行人就要离京，国师这时候来找他，是何用意？

周棠想了想，召他进来。国师觐见，深深一拜："陛下，深夜造访，实属冒昧，但我主上还有一事要请求您，请您务必听我一言。"

"什么事？你说吧。"

"请陛下给洛丞相一个出使西昭的机会。"

"我为何要让他出使西昭？"

"因为他本就是我西昭皇族后裔，他的母亲是主上的堂姊。如今的西昭，除了奉德王子，他便是最接近王储之位的人了。"

这份诏书周棠草拟了十几遍，写了改改了扔。大太监见他似乎好不容易下定决心了，赶忙给玉玺蘸好了印泥，结果皇帝陛下直接把诏书放烛台上烧了。

大太监：……

周棠："灭火。"

大太监："遵旨。"

在皇上身边这么久了，大太监很了解这位主子的脾性。皇上做事情向来决断，还从没对哪件事这么犹豫过。他虽然不识字，看不懂这诏书上写的什么，不过猜也能猜到，这件事定然与那位洛丞相有关。

西昭国师离开后，皇上已经折腾了一宿，眼见着就要到了早朝时间，大太监不得不出声提醒："皇上……"

周棠叹了口气，提笔又把诏书重写了一遍，终于盖上玺印。像是多看一眼都嫌闹心，随手丢给大太监道："上朝。"

洛平在右边上首第一位恭敬地站着，周棠坐到龙椅上后，目光就没从他身上离开过。他也不说话，就这么阴沉沉地盯着他，把下面的文武百官吓得噤若寒蝉。

方晋不知那两人又出了何事，觉得气氛不太妙，只得出列上奏点什么："启禀陛下，今日西昭的奉德王子和国师便要离京了，微臣是否要送上三五里，聊表尊重？"

这话不说还好，一说刚好触到周棠的逆鳞。周棠冷声道："三五里怎么够？此去西昭路途遥远，方卿你送上百里也无妨。"

方晋一头雾水，看周棠的样子实在不像开玩笑，愣愣答道："是……百里。"

这时周棠才让大太监宣旨——奉天承运皇帝，诏曰：今日特遣丞相洛平出使西昭，与国师等人同行，送如君公主与奉德王子和亲，代表大承与西昭王商讨邦交缔约之事。限三个月内归来。钦此。

洛平有一点讶异，不过没说什么，领旨谢恩了。周棠心里那叫一个不爽，他巴不得洛平说句身体不适之类的借口，那他肯定立刻就把这道圣旨废了。什么一言九鼎君无戏言，如果不是为了早点了断这些事，他才不想让小夫子离开。

洛平匆忙回府收拾了东西，就要与国师他们一起上路了。所谓如君公主，是周棠随便挑出来的达官贵人家的女儿，以公主之名出嫁。但不管怎么说，皇族和亲，排场还是要摆得足足的。

方晋在外面候着，周棠没亲自过来，只一个人在宫里抓心挠肝。实在难受得不行了，又派人送来个锦囊，洛平收下了暂时没有看。洛府里一片鸡飞狗跳，洛小安伸着胳膊要洛平抱，哭得眼泪鼻涕糊了一脸。

洛平无奈，抱着他柔声安慰："小安不哭，爹爹很快就回来，给你带好吃的好玩的……你在家里要乖，要听管家爷爷的话，听见了没有？"

洛小安呜呜地说："我要跟爹爹一起去！"

洛平看他那么伤心，也涌上了些离愁别绪，狠了狠心，他嘱咐管家抱开他："给小安弄点助眠的甜汤喝了，要是再闹，就说……就说坏人哥哥会来抓他。"

管家先生喏喏应了，哄着小安进了屋，洛平这才脱身。

一路向西，方晋果然不折不扣地送了百里，告别时他对洛平说："三个月啊，你猜皇上能不能熬得住？"

洛平淡淡看了他一眼："陛下是大人了，又不是小安，还要爹爹抱的。"

方晋摇头不语。

洛平谢绝了与国师同乘，回到自己的车驾里养神。想起周棠给的锦囊，便拆开来看，这一看他怔住了。

周棠也跟他学得简洁，只说了两句话：一是"令堂已回国陈情，切勿乐不思蜀"，二是"三个月是说给旁人听的，两个月内就可回来了"！

洛平知道此行是为了解决自己尴尬的身份问题，这件事全是人情债，一点也不好处理。周棠给他这么点时间，实在是太着急了点。不过……眼前几乎能浮现出那人跋扈的样子，洛平抿了抿唇，还是笑了出来。

穿过勾凉，刚到西昭，迎接他们的就是如君公主与奉德王子的大婚。西昭王毕竟好面子，对臣民说王子本来就是去大承迎亲的，于是奉德王子不得不携着如君公主接受臣民的祝福，而襄挽是被退回来的公主，只能从偏门秘密进城。

大婚之事办得妥当了，如君成了正牌王子妃，西昭王还说，日后襄挽的孩子出生就过继给如君。这对襄挽来说非常残忍，可是也无可奈何。她这才恍悟，自己跟奉德的那场情，永远只能隐没在暗处。是，奉德爱她，可是有些时候并不是"恩爱"就能满足她的。她想要名分，想得都要疯了。

那日洛平在王宫中见到她时，她只着一身素衣，未施粉黛，曾经的艳丽雍容全然不见了，只剩一个纤弱单薄的身影，立在宫门边呆望着北面。那边是锣鼓喧天，美酒盛宴，只闻新人笑。其实洛平有些同情她，他也遥望过那些求而不得的东西。只是那些东西早已经被大雪覆盖，冻死在记忆里了。

到达西昭一周后，西昭王于后殿中召见洛平，那里是除了国师以外，非王族亲人不能擅入的内宫。在那里洛平见到了自己的家人。他从没见过母亲穿过那样华美的西昭王族服饰，她顶着那个早已过期的"子染郡主"的头衔，一步步迈上宫殿的石阶，从容得一点也不像是离开这里近四十年的人。还有他的父亲、妹妹和妹夫。父亲又胖了些，但精神很不错，远远看见这个当了丞相的儿子就笑眯了眼。洛蘼已嫁作人妇，出落得成熟美丽，她的丈夫是勾凉的一名戍边将领，她嫁过去时洛平仔细查过那人，是个不错的小伙子。洛平承认自己跟西昭王室的那么一丁点血缘关系。只是在这个家里，除了母亲，他们都与西昭格格不入。他们是大承的子民，这一点从未动摇过。

意料之中的，"子染郡主"上来就跪地陈情，震住了全场。她说："嫁鸡随鸡嫁狗随狗，子染是自己选的这条路，从那一天起，子染的荣辱就和西昭没有任何关系了。当然，我的儿女也是，他们姓洛，不姓虞延摩。"

西昭王憋了一肚子动之以情晓之以理的话统统没有说出口，就全都被她堵了回去。他有些黯然地看着洛平，心想，确实，这孩子一点也不像虞延摩家的人，那眉眼那么平淡，那嘴唇那么单薄……倒是洛蘼跟她母亲长得很像，美如画中仙，只可惜，居然也嫁给了个大承人。他扶起子染道："王族人丁凋零，莫不是天命真要亡我西昭？"

子染安慰他："不是还有个小孩要出生吗？他有那么纯正的西昭血统，只要他能活下来，不就证明西昭气数未尽吗？"

"可是……"

"国师早年就预料到会有这样的事态，当年他不惜冒着重罪助我逃脱，其实并不是为了我，而是为了西昭，他想给西昭多留下一些可能性。陛下，西昭不能再故步自封了，先人们那些神明庇佑的言论已经救不了国了。"

"那子染你的意思是？"

"不要再守着所谓的王族尊严，朝中的内戚都该换换血，辅国之位应当能者居之。因为王族的高傲和愚昧，西昭损失了多少忠臣良将？他们的血在神殿里日夜不得安息啊。"话到此处，她也不忘给自己家人谋福利，"而且西昭与大承的通商之路也该拓展了，山匪早已清剿，西昭的通关商路却还是早先那几条，根本就不够。"

西昭王沉吟："说这样的话，若是以前，我肯定把你送去神殿受刑了。不过如今想来……子染你说得没错，是我们西昭太自负了。"

子染趁热打铁："陛下原本的和亲计划失败了，可是大承仍然有意与西昭联姻，这说明大承已经率先示好了。他送来了如君公主，接下来就是要看您的诚意了。"

"我的诚意……"

洛平蹙眉。周棠什么时候跟他母亲勾结上了？居然怂恿母亲去设计自己的故国，这又是在打什么鬼主意？

那日事情没有谈完，子染似乎不急于一时，说是难得回国，想要好好看看，四处游览放松一番，一家人当然都同意了，于是洛平也只好静观其变。

周棠近来心情烦躁得很。他在宫里压根坐不住，晚上睡不着觉，折子看不进去，闲下来又不知道能干什么。那天早上他支开侍卫信步闲走，不知怎么的晃到了浮冬殿。这个偏僻的小院由于他的嘱咐一直有人打扫，可是他登基后诸事繁忙，鲜少再到这里来。此时不经意地面对那扇院门，就勾起了他对这里的许多记忆。他记得小时候一个人坐在床上发呆，记得那些冷掉的饭菜，记得在竹林里迷路的恐惧，也记得那个阴沉的雨天午后，洛平撑着伞来看他，鬓角上悬着一颗晶亮的水珠。然后他在这里的时光，就变得明亮起来……

推开木门，周棠不由得一怔。院子里不知何时多了个小水塘，水塘边居然有一个人。

那人看见他也是一怔，随即赶忙行礼："臣妾拜见陛下。"

"你怎么在这里？"周棠走近问她，看见水塘里长着几株小小的莲花。

"是洛大人让我帮忙打理这里的，他说这莲花须得好好照顾着，到了开花时节，便在傍晚时分把茶叶放进莲蕊中，清晨再取出，如此泡的茶，陛下很爱喝。"芝妃斟酌着答道，"这几日闲来无事，臣妾就仿照着做做，陛下若是喜欢，不妨尝尝看。"

"你倒是有心。"周棠点了点头表示赞赏，莲香茶，他确实喜欢喝，而对于这个芝妃，小夫子也是煞费苦心了，"不用管我，你接着忙你的吧。"

"是。"

见芝妃收集得差不多了，周棠忽然问道，"你想做皇后吗？"

芝妃顿了顿，坦言："想。"

周棠追问："你喜欢朕吗？"

芝妃望着他，笑容明艳："不喜欢。"

得到这么个答案，周棠不禁有些意外："你还真敢说啊，不喜欢朕，又为什么想做朕的皇后？只是为了那些虚名和权力吗？"

"陛下，宫里的女人谁不想坐上皇后的位子？不过理由未必相同。有些女人想要情爱，有些女人想要权势，有些女人两者都想要。"

"你想要的是什么？"

"臣妾只是想要一个安逸的生活。"芝妃说，"贺家从极盛到极衰，荣辱都经历过了，雨芝也懂得了很多。爱上君王太磨人，不如不爱。所以陛下如何待我，雨芝根本就不在意。但皇后之位很重要，因为它能让所剩无几的贺家人安逸地过日子。"

"既如此，朕就让你当上皇后吧。"周棠说，"这是朕与洛卿的约定，今后后宫里接进来的人都归你管。"

"是，臣妾记住了。"芝妃跪地谢恩。

"莲香茶给朕吧，你辛苦了。"

周棠回去自己泡了茶喝，香是香，但总觉得有点不对味。

洛丞相出使西昭一个月时，周棠封了芝妃为后。封后大典过后，他越发觉得日子无聊，已经无聊到难以忍受的地步。实在撑不住了，他想到跑去洛府待着，于是周棠厚脸皮地对朝臣说身体有恙，要歇上个把月，事务都交由方太尉代为处理，之后就躲去了丞相府。方晋一下子成了朝中的顶梁柱，忙得快要抓狂，他现在每天三炷香，就盼着洛平早点回来，救他脱离苦海，否则这日子没法过了。

周棠微服到了丞相府，一进门就见到一幅让他无语的场景。

洛小安光着脚丫满院子跑："呜哇！！！小安要爹爹抱！爹爹！呜呜呜！"

管家跟在后面追："安少爷乖，不要闹了。来，你看这是孙大娘给你带的点心。"

洛小安不理："呜呜呜！小安想爹爹了！爹爹去哪里了，他不要小安了吗！"

管家上气不接下气："安少爷，呼，安少爷别跑了，当心摔着……"

"我要爹爹！"

"安少爷……"

"爹爹快回来！爹爹不回来小安就不吃东西了！"

"安少爷！"管家终于怒了，"你要是再闹的话，我就去喊坏人哥哥来抓你了！"

洛小安霎时收声，被吓得脚下一绊，向前扑到一个人的怀里，抬眼一看，小脸都吓白了，扭头求救："管家爷爷我错了！我乖乖吃饭，呜呜，你让坏人哥哥回去吧……"

管家一见到周棠就跪下去了，他才是被吓坏的那个，哪里还有胆子救他。

周棠轻松制服洛小安的挣扎，抱起他道："朕什么时候成了吓唬小孩子的恶人了？"

管家不住地抹着脑门上的汗："陛下恕罪。那个，那个……是老爷的吩咐，只有这样安少爷才能安分点。"

周棠嫌弃地看着洛小安，拿过管家手上的帕子，粗暴地擦掉了他脸上的鼻涕眼泪。洛小安被他擦得鼻头通红，但是自始至终没敢吱一声。周棠让管家把点心留下，带着洛小安进了屋子，亲自喂他吃东西。洛小安战战兢兢地看他一眼，乖乖吃掉了，就是一边吃着一吧嗒吧嗒掉眼泪。那可怜样连周棠都受不了了，皱眉道："堂堂男子汉，怎么能随便哭！"

洛小安啜嚅道："可是我想爹爹……坏……好人哥哥，你带我去找爹爹吧……"

你还真有脸啊，你刚刚分明想叫我"坏人"吧！周棠压了火气，罢了罢了，跟一个小笨蛋计较什么。

"你爹爹只是到别的国家游玩一趟，见过国王就会回来的，我们乖乖等他就好了。"

"他都去了好久了，是不是国王不让爹爹回来？"

"不可能……吧。"

"爹爹那么厉害，又会当官又会挣钱，人又温柔……"

周棠一顿，是啊，他那么好，而且还跟西昭王族沾亲带故的，万一真的不回来了怎么办！万一西昭王封他个王爷当怎么办！万一他娘也说服不了他怎么办！越想越惊悚，周棠猛地站起，提着洛小安道："走，我们去找你爹爹去！"

"噢！去找爹爹咯！"洛小安高兴起来，吧唧一口亲在周棠脸上。

"你干吗！"周棠被惊到了。

"小安喜欢好人哥哥啊，爹爹说喜欢就可以亲啊！"

周棠脸色发黑："以后不准亲朕听到没有！"

洛小安撇了撇嘴不说话，大眼睛里仍然满是喜悦。他现在知道了，这个大哥哥一点也不可怕，就是脾气凶了点，其实是个好人来着。

管家六神无主地送那两人出府，立刻叫来家丁吩咐道："快，来人，去通知方太尉，就说皇上带着安少爷去西昭找老爷了，快！"

家丁赶紧跑去报信，此时孙大娘买了菜回来，刚巧撞见那一大一小出去。只见大的把包袱让小的背："你是我的小厮，要听话！"

小的吃力地驮着包袱："噢！"

没走几步，大的又嫌小的走得慢，干脆连人带包袱抱了起来："算了算了，你这样要走到什么时候！我们先去买了马车再说！"

孙大娘指着他们对管家小声道："瞧这傻劲，你看看，这两人像不像兄弟？"

兄弟？管家抻着脖子瞅了瞅，哎？好像……是有点像。

子染郡主这一玩就是大半个月，洛平在神殿里待了大半个月。出乎他的意料，西昭的神殿居然比王宫还要大，依山而建，里面供奉着西昭信奉的神明。神殿由国师掌管，神官并不多，只有十来人，但是每日前来祈福求神的百姓很多。

国师告诉洛平："神殿的地下宫殿有三层，第一层放着西昭的宗教中掌管冥界的神像，第二层是西昭王族祖先的灵位，而最下面一层是处置不净之人的监牢。神明和王族的灵位镇着在那里死去的人的魂魄。"

洛平跟着国师了解了不少西昭的文化传说，他终于知道西昭王总是提起的天谴是什么意思，那是前几任国师的预言。当时的第五代西昭王本是个勤恳治国的好皇帝，辅佐他的是第三任国师。第三任国师是神殿中有史以来最有天赋的女子，传说她有一双看透三界世事的青瞳。

西昭王着魔般地迷恋上了这个女子，不惜为她触犯了神殿中的禁忌，烧经书毁神像，以至于那位女国师被逼无奈，将自己关在了地宫第三层，放血自尽，以平息神明的震怒。后来那一代西昭王莫名发了疯病，药石罔效，不久也辞世了。就从那一天起，每一任国师在扶乩占命时都会得到警示，说西昭将要遭遇天谴。而到了这一代，原本兴盛的西昭皇族居然凋零到一脉单传，这让西昭王颇为惶恐，所以才有向大承"借命"一说。

洛平唏嘘："鬼神之说，我不甚相信，但这世上无奇不有，所谓命数，可能也是存在的。"

国师笑道："命数当然存在，要不然我岂会见到你这样的人？"

洛平眸光微闪："国师是何意？"

国师没有急着回答，倒是拿了个罗盘推算起来，半晌，罗盘的指针停了下来。

他说了个日期："丁卯年三月初十。这是你这一生的生辰八字，不是从初生婴孩开始算起的，而是从你醒来开始算起的，我说得对吗？"

洛平心里一凛，丁卯年三月初十，即宣统廿一年的那一天。那天，他迷迷糊糊在翰林院的赏春宴上醒来，见到了幼年的周棠……

国师说："我不知你因何如此，但我知道，你走到了这一步，我们所有人的因缘，都已经不一样了。"


洛平从神殿出来时，听说了一个让他难以置信的消息——大承的君王，抱着个拖着鼻涕的小孩子，寻他来了……现在他们人就在王宫大殿，已经磋商了两个时辰了。洛平赶忙跑过去，周棠也就算了，拖着鼻涕的孩子是怎么回事！

到了大殿门口，他刚巧听见了周棠的总结陈词："总之，只要洛平一日在大承，大承就保西昭平安，一荣共荣，一辱俱辱，可立契约为证。"

他娘亲接腔："展现西昭诚意的时候到了。"

西昭王满面笑容地说："好，好，那就定下契约吧。"

洛平还没反应过来什么事，西昭王的玉玺已经按到了一张羊皮纸上，他匆忙走过去要拿来看："什么契约？陛下？你在干什么！"

可是他的手还没碰到羊皮纸，就被洛小安扑得往后倒去："爹爹！"

洛平勉强站稳，抱住他道："小安乖。"眼神仍是责备地望着周棠——这是个君王该有的样子吗！丢下国事跑过来莽撞行事？

周棠痞兮兮地回看他——没有你这个做丞相的盯着我，我就没办法治国了，所以要用契约让你跟西昭断绝关系。

这边的眼神交锋还没结束，那边又是一声狮吼："什么？平儿你什么时候当爹了，为娘怎么不知道！儿媳妇儿呢！"

洛平一时僵在那儿不知该怎么解释，周棠一步跨到洛母身边，附耳道："是他捡的。"

咔！洛母石化了。

西昭王也来凑热闹："这个娃娃很可爱啊，其实他也算是我们西昭皇族的……"

"别打他主意！"周棠怒而打断，完全是护着自家弟弟的嘴脸，"他不是洛平亲生的！跟你们西昭一点关系也没有！而且他还是个笨蛋！"

"小安不是笨蛋……"洛小安趴在洛平怀里，嘴巴一撇。

"陛下怎能这样说他！"洛平拍抚着小安，低声斥责。

"哼！"周棠不敢对他俩发火，就翻了个白眼给西昭王。

子染锲而不舍："小安是吧，来，奶奶抱。"

洛平扶额："娘……"

那一日的西昭王宫，难得恢复了往日的热闹。方晋上的香还算灵验，皇上和洛丞相总算在三个月期限内回来了。这次出使回来，就好像什么也没发生过一样，洛平依旧是权倾朝野的丞相，周棠依旧是严谨治国的皇帝。不过洛丞相的两本折子被退了回来，这是以前从没有过的事。皇上对洛丞相的谏言可以说是百依百顺。后来方晋出于好奇就问了洛平，那两封折子说的什么。

洛平没有隐瞒："一个是劝他选秀纳妃，一个是我想告老还乡。"

方晋道："前一个不提。后一个……慕权，你不是一心要当丞相的吗？怎么又要告老还乡？"

洛平说："他若不需要我了，我为何不辞官呢……"

方晋总算明白了其中关窍，摇头笑叹："如此威胁我们的皇帝陛下，不愧是老狐狸啊……"

因为此事，周棠专门找洛平谈了一次话。他在案几上铺了一张生宣纸，提笔挥毫写了几个字要洛平来看。洛平上前看了，三个字跃然纸上——平天下。

周棠问他："小夫子，你觉得我写得如何？"

洛平道："陛下小时候便可以把'天下'二字写得极好，如今这三个字更见风骨。

早年的那一丝内敛尽去，笔锋锐利果决，气势如虹，进步了。"

"那你知道这三个字是什么意思吗？"

"意思？自然是平定天下、安乐百姓之意。"

周棠摇了摇头，示意他将手放在宣纸上，一字一顿地指着说："平、天、下，在我的心里。"

洛平抬眼看他，撞进了他幽深的眼眸中。

"小夫子，你再写一次我的名字吧。"周棠说，"我最喜欢看你写那两个字，普天之下，也只有你有资格写下它们。"

洛平接过他硬塞来的笔，刚落笔时竟有些微颤，后来却如行云流水，手腕自如地动了起来。明明那么久没有写过这两个字，可是一点也不生疏。

周棠道："你担心的事都不会发生，一直到我死都不会做任何伤害你的事。"

洛平心中微动，而后却道："陛下，是时候考虑子嗣问题了。陛下倘若没有子嗣，天下不足以安定。"

"怎么可能这么严重！"

"就是这么严重。"

周棠烦躁地说："我以为只有那个西昭王才会担心这种事！子嗣，只要是周家的孩子不就行了！"

"陛下说得对。"洛平忽然笑了，似乎他早就在等这句话，"那就请让臣去为您物色一个小太子回来吧。"

周棠狠狠牙道："你敢算计我？"

"陛下，一言九鼎。"

关于子嗣的问题，洛平其实早就考察过。老四出海去了，一去好几年，别说子嗣了，根本找不到他人。老五花天酒地了一辈子，终于定心了，可是不知道那人是谁。只听说为了追那个相好，他跑到道观里修行去了。老三和老六各有子女，但他们心里对秣城极有阴影，都不愿回京，只愿偏安一隅。

只剩下一个人。那人如今和妻子在秣城里开了北郊酒肆的分店，生意红火，只是老板本人很少在人前露面。他膝下有一个女儿一个儿子，女儿六岁，活泼俏丽，儿子四岁，聪明伶俐。洛平找到他们，与他们说明了情况。那人先是有些犹豫，不过后来还是答应了。

他说："禅院的大师与我说过不少禅理，往日里那些看不开的如今也都看开了。他是个好皇帝，我比不上，但是……"他摸了摸儿子的小脑袋，"也许我的孩子能比得过。"

洛平说："你放心，他不会像你一样被关在那个金铸的牢笼里，他是你们的孩子，自然要成长在你们身边，只是仍要接受宫里的那套教导，不知可否由我来教？"

"咦？洛大哥你亲自教？"

"是啊，这样一来，我便是正经的太子太傅了啊。"

"哈，你这个官迷，何时才会知足啊……"酒盏相碰，发出清脆的声响。

知足？没有什么不知足的了吧，这一生。

周棠立了太子，对外称是皇长孙流落民间的遗腹子。当年的事情已经过去那么久，牵涉其中的人也都不愿重提了，于是这件事就这么定了下来，没人敢有异议。甚至有不明真相的人说，这是皇帝仁慈，不求让自己的子嗣继位，反倒要让大承皇位回归，可见那时候他果然不是有心篡位的。

朝阳宫里整日都很热闹。洛平教导着洛小安和周珉两个小家伙，这两人都不是省油的灯。洛小安无心念书，不过意外地精于驯兽，猫狗鸟獾都是手到擒来，包括难驯的马匹，不出一个时辰就跟他亲得不得了。

秋猎时周棠猎到一只虎，囚在了宫里，闹了好几天不得安生，结果洛小安好奇跑去看了眼，竟然就把它驯服了，甚至可以在御花园遛遛它，后来周棠干脆把那虎赏给了洛小安。

再说周珉。周珉说白了还是个奶娃娃，才刚刚四岁，话都说不利索，最爱干的事就是窝在洛平的怀里啃他手指头，抱着就不肯松口。周棠来看到了，硬生生要把他掰开，结果周珉哭得震天响，洛平哄了好久才好些。就在洛平抱着他转身准备喂点水时，他扭过头，一改刚才楚楚可怜的样子，一边嗝一边冲着周棠做鬼脸，气得周棠要抓狂。不过这孩子也实在太聪明，学什么都快得不得了，教了他三个月，都能背唐诗三百首了，自己还时不时能编个打油的句子出来。他在洛平面前永远是一副讨喜可爱的模样，在周棠面前就是个捣蛋鬼，可以说他把"装可怜"和"耍无赖"的技能发挥到了极致，标准的两面派。

所以周棠每天都很煎熬。他心里酸啊，小夫子明明是他一个人的小夫子，可是现在……罢了罢了，跟奶娃娃和小笨蛋吃醋太不值了。他们还有一辈子慢慢耗呢。

时间的齿轮滚滚前行，但一些事情永远不会有人再知道。

比如那出戏里，周棠知道有人要陷害洛平，却苦于找不到线索，只能将洛平暂时关押大理寺。后来他查到那人与西昭王族有关，并且因为洛平有可能威胁到自己的王储地位，铁了心要杀洛平。于是周棠将计就计，佯装被洛平的身世彻底激怒，把他关进了无赦牢，却不料那人在路上行刺。这让周棠更加小心，无赦牢是当时他能想到的最安全、最受他控制的地方，他想把事情了结之后亲自接洛平回宫，谁承想，洛平竟倒在了雪地里，心神俱灭，连一句告别都来不及说。

那日的雪出奇地大，他见到他时，洛平的身体已经被覆上了一层薄雪。看着他手里握着的那只瓷碗，周棠就觉得自己的心也被冻住了。

头七过去，没有人倾听他的忏悔，碗里的莲花败了。周棠杀了西昭的奉德王子，杀了襄妃，但没有杀襄妃的孩子。因为他总是想着，这个孩子身上至少有一点点血脉，是和洛平一样的。

后来，西昭亡了，大承也没有了正统的子嗣传承，幸而那只是一出戏。

人们所知道的是，大承的三朝元老洛丞相，洛慕权，一生有三部著作——《少年愁》《承天通鉴》，最后一本，是唯一没有现世的一本，名叫《两世莲华万愿休》。

大承朝征和五年。真央殿。隆冬。天空阴沉沉的，云层上似乎有很重的东西要压下来。

洛平抿了一口清茶，寸寸莲香沁入心脾。他走到殿门前，仰头看天，天光把他的瞳孔映成了苍茫的灰色。

周棠合上手里的闲书，来到他身边："小夫子，你说许公子的这本书是喜是悲呢？"

洛平想了想说："无喜无悲，难得他写了本好书。"

"怎么个好法？"

"最后一句好。"洛平轻声念着，"霜天晓月催人老，宴尽时，总相恼。"

谁都想要圆满的人生，只是盛宴将尽，总会有些离骚。取了那杯茶，洛平把它淋在雪地上。

周棠问："小夫子，你在干什么？"

洛平唇畔漾开一抹极淡的笑："在祭雪。"

# 云来去数枝雪

番外

YUN LAI QU SHU ZHI XUE

## 【1】

许复,字子昀。说起他的名和字,大概没几个人认得,但若是说起他的另一个名号,恐怕整个大承无人不知无人不晓,据说就连当今圣上和当朝丞相都拜读过他的作品。没错,他就是著名戏曲小说家——许公子。

坊间很多人说自己是看许公子的小说长大的,他们常常会从箱底拿出一本残破的书来,然后对着书中的情节遥想起自己的青葱岁月。市面上流传着将近一百多本许公子的作品,但其实,只有十六本是真正出自他的手,其余的大多是些无良小说家仿冒的,明眼人一下就能分辨出来哪本是他的真作。

传闻中,许公子是个受过情伤的忧郁男子,年近不惑,却因痴心而不娶,独自守着一方竹苑,洗笔填词,将自己的情意尽付于书墨间,这才写就了那么多感人肺腑的故事来。然而,真正认得他的人见到的是……

"哎哟,我的好姐姐,你就给我腾一间厢房出来吧。"斯文白皙的书生赖在地上,死死抱着一个女人的大腿哀求道,"翠儿姐我求求你了,我只有在你这胭脂坊里才有文思……"

翠儿柳眉倒竖:"呸!放手!老娘这里是歌舞坊,歌舞坊!不是你的书房!你快改改你那个烂毛病,哪有人在歌舞坊还能文思如泉涌的!"

许复委屈道:"这么多年了,我都习惯了。"

翠儿抬脚踹他:"都怪我们平时太惯着你了!滚!有多远滚多远,别耽误老娘做生意!"

许复急了:"别、别啊。翠儿姐,我知道你最近生意好,就让我再待一个晚上可好?就一个晚上,让我把开篇写完了就行!"

"你给我……"

"我跟你换！我想法子帮你揽生意怎么样？"

听到许复这么说，翠儿的脸色稍微缓和了些："你小子又有什么鬼点子了？"

还别说，她家歌舞坊能做成柳巷里名气最大的，有一大半功劳要算在许复头上。到底是小说家，肚子里有数不清的有趣玩意儿。他想的花招总能招揽到生意，胭脂坊的歌舞、游戏、点心的花样和花魁的评选，都是他在幕后出谋划策，客人们在这儿找到的乐子比别家多，生意自然好。

"翠儿姐你先答应给我腾间厢房出来，我再告诉你。"许复讨价还价。

翠儿思量片刻，觉得不能为小利而舍大利，终于还是妥协了："好吧好吧，我让人给你腾去，你快说吧。"

许复嘿嘿一笑，从地上爬起来，凑到她耳边说："是这样的，让每个姑娘准备一张浣花笺，然后……"

## 【2】

一曲绮袖歌舞拉开了胭脂坊今晚的序幕，前来寻欢的恩客进门后发现，歌舞台上垂挂下数十根丝线，每根丝线上绑着一块木牌。

某个华服公子好奇道："这是要做什么？"

一旁的鲤儿巧笑倩兮："一会儿你就知道了。"随即旋身从那名公子身边跳开，只留下一句"要认得奴家哦"，就躲进帷幕，不知到哪里去了。

一时间所有姑娘都消失到幕后，客人们面面相觑。片刻后，姑娘们又从幕后走了出来，与方才不同的是，她们都穿上了一模一样的衣服，连头饰也是一水儿的银簪子，脸上覆着面纱，乍一看根本分不出来谁是谁。

"这是要……"客人们仍旧摸不着头脑。

姑娘们站好了队伍，翠儿这才走了出来向大家说明："听说秣城有个河灯节，有缘人可凭借河灯相知相识，配成眷侣。今日我胭脂坊效仿其法，以笺纸做媒，让大家玩个游戏。同时也向各位客官证明一下，我胭脂坊的姑娘可不是徒有其表的，她们不仅能歌善舞，更是写得一手好字句。

"待会儿姑娘们将把自己写好的浣花笺粘在木牌上，笺纸正面是词句，反面是姑娘的名字，各位客官就请上台来挑选自己中意的句子，挑中了哪个，揭下笺纸念出背后的名字，那位姑娘今晚就只为您一人表演。"

公子哥们都觉得挺有意思，但台下也有大老粗起哄："我不认字！"

翠儿一甩帕子笑道："不认字也没关系，你看着谁眼熟，就选谁贴的笺纸好了嘛。"

"哈哈，那成，那成！"

于是游戏开始了。姑娘们纷纷从袖口中拿出自己的浣花笺，挨个儿上台贴上。十色的笺纸上书有八行蝇头小字，看着极是有趣。

鲤儿把笺纸贴好后，特地旋了半个舞步，才回到帷幕后。那是她刚刚离开那位锦衣公子时跳的舞步，算是一点小小的作弊。今晚她招呼进来的那位公子虽是生面孔，但一看就是个贵人，她可不想错失良机，只希望那人能认得出她来。

鲤儿有点紧张地攥了攥衣袖，忽然愣住了。嗯？这是什么？她从右边袖口中扯出了一张浣花笺。这是……啊！这是她的浣花笺，那贴上去的那张是谁的啊！想明白后，鲤儿顿时欲哭无泪。先前她为了写出更好的诗句，跑去向许复请教。许复随手写了一首让她用，她按着自己的风格改了几句，为了区分自己和许复的，她还给许复那张署了他的名字。结果她匆忙上台，粗心大意之下，居然把许复的错贴了上去。也就是说，今晚没人会念出她的名字了，因为那张笺纸的背后，是许复的名字……

【3】

周杭自到了青州以来，撒了欢地到处玩。对于他这样一个不求长进只求快活的王爷来说，秣城就是个金子做的牢笼，而青州就是个水做的温柔乡。四处游玩到了这座名叫烟桥的小镇，没什么特色风景也没什么特色小吃，起初周杭还觉得有点无聊，后来听说这里有全青州最著名的"柳巷"，便兴致勃勃地趁着夜色去了。

柳巷里到处是梨园歌坊，他人生地不熟，就挑了一处看起来人最多最热闹的地方往里钻，一抬头，就见三个大字——胭脂坊。被一个娇俏的姑娘挽进去，一看那歌舞台上的阵势他就怔住了。凭他多年游戏花丛的经验来看，这地方绝对非比寻常，看来是来对了！不过，这里终归是个俗地，那个浣花笺的游戏，谁给的钱多，谁就可以上去先选。周杭虽然不愁钱，但他这一趟玩乐下来，钱袋里剩得也不多了。加上他一介王爷流连风月场所毕竟不好，不想太惹人注意，便没有去争当那第一个上台选择的。

前面几个纨绔子弟装模作样地选了张笺纸品读一番，之后便牵走了一位姑娘。周杭冷哼一声，什么"好诗好诗"，尽是敷衍，看他们那副胸有成竹的样子，显然是私底下通过气了，完全埋没了这游戏的乐趣。

轮到周杭时，花魁被选走了，不过他一点也不在乎，什么样的花魁他没见过，他就是单纯想玩玩这个游戏罢了。都说字如其人，他倒想试试自己见字猜人的功夫如何。

剩下的二十来个笺纸中，几乎都是些风花雪月的陈词滥调，并不是不好，只是没有什么让周杭眼前一亮的东西。就在他犹豫着要不要下台时，目光忽然定在了挂在边缘的一张笺纸上。他一眼就看出，这张与其他的是不一样的。笺纸上的字隽秀之中多了几分飘逸，一撇一捺都带着柔和的劲道，不张扬，却很出挑，在一群散发着脂粉气的笺纸林中显得格外干净纯粹——

倚楼望月月如钩，

钩不住，少年眸。

折柳寻芳何处有，

有旧梦，化离愁。

铅华洗尽，

陌路天涯难回首，

谁人敢，

自许风流。

周杭看着最后一句，嘴角勾了起来。好一个豁达傲然的女子，她既问了"谁人敢"，他便应了她的质问，"自许风流"！伸手揭下那张浣花笺，翻到背面，周杭念道："许复。"

帷幕后面没有反应，周杭抬高声音："许复姑娘，可否现身一见？"

依然没有反应，周杭又喊了一声："许复姑娘？"

人群开始骚动，翠儿听见动静走了出来："谁？选到了谁？"

周杭耐心地说："许复。"

翠儿一怔，失声叫道："谁？许复？怎么会是许复？！"

此时楼上传来哒哒哒哒的脚步声，只见一个青衫书生探头出来，有些担忧地问："翠儿姐，你叫我？出什么事了吗？"

短暂的沉默后，胭脂坊里爆发出一阵大笑，"哈哈，他选了一位男子！"

许复积极辩解，周杭仍在震惊之中，他发现，自己好像玩过火了。

## 【4】

许复搞清楚状况之后，撒腿就要跑回房，被翠儿拎回来放到周杭面前说："这位客官，不好意思，按照游戏规则，你选的人就是他，你看你是要还是不要呢？"

"翠儿姐你不能这样对……"许复的声音被无情地遏制在翠儿的纤纤玉手下。

周杭思量再三："如果不要的话，退钱吗？"

翠儿充分展露了奸商的嘴脸："客官，你支付的费用是参与游戏的费用，游戏中是你自己选择了他，与我们无关，当然是不退钱的。"

周杭看着许复精彩纷呈的脸色，忽然又想接着玩下去了，于是他故作懊恼说："不退钱？那我还是要吧。"

于是周杭把许复领进了房，就是许复准备挑灯夜战新作的那间厢房。

沉默。两人大眼瞪小眼地看了会儿，许复见他没有什么异状，就提笔蘸墨，接着写了起来。他现在分秒必争，给他的半年期限现在只剩下三个月，而他才刚开始写。

周杭喝完了一壶酒，看他还在若无其事地写，好奇之下凑过去看了两眼："写什么呢，穷酸书生。"

"书。"

"哟，你还写书？"

"嗯。"

"写什么书呀你？"

许复没空理他。

"我花钱可不是为了发呆的，你至少陪我聊聊。"

许复：……

"喂，你写的什么书？杂谈？戏曲？对了，你看过许公子的《天阶凉如水》吗？那叫一个感人啊。里面有一句叫作，层楼俨然……"

"层楼俨然，百里天阶凉如水；孤灯如梦，少年不识情滋味。"

"你知道？"

"我写的。"

周杭扑哧一声笑出来："真的假的啊，你是许公子？"

许复说："我是。"

周杭愣了愣，而后他信了。刚刚那张浣花笺上的词句，的确很像许公子的文笔。作为王爷中游手好闲的典范，他可是许公子的忠实读者，如今见到真人，跟想象中的不太一样，但是……好像也还行。

"哎，你的《蒹葭记》里面有一个情节，我觉得挺有意思的……"

许复被他吵得无心写作，干脆收了纸笔陪他闲聊，两人坐在桌边东拉西扯了小半夜。

## 【5】

许复有生以来第一次陷入了文思枯竭的困境，不为别的，就因为这几天总是被那个纨绔子弟纠缠着，闹得静不下心来。原本经过那天晚上的事，许复是打算再不见那人的。可那人大白天的就来胭脂坊找他，闲得没事拈起他写的小曲儿唱唱。别说，他声音沉郁动听，唱得还不错，有时候许复听着都入了迷。

入迷归入迷，发现新作的进度严重滞后以后，许复脾气上来了，骂道："叫你别来找我了你听不懂吗！没见过你这么碍事的家伙！"

那人忽然一顿："子昀，你嫌我烦吗？"

许复烦躁地用毛笔画花了一张纸："是啊，我就是嫌你烦，你在这边我根本没办法写东西！都说男儿志在四方，我看你一表人才的，整日耗在烟花柳巷成何体统！"

周杭听他这么说也怒了："闭嘴！还轮不到你来教训我！"

"不想听我教训就走！"

"走就走，谁稀罕！"周杭哪里受过这等气，当即摔门而出。

屋子里终于安静下来，许复提起笔怔忡半晌，竟是一个字也没有写下去，墨汁滴在宣纸上，晕了好大一团污迹。浑浑噩噩地挨到傍晚，他仍是只字未写，干脆扔下纸笔，到楼下找几个姐姐陪他喝酒。

周杭回客栈堵了一会儿气，越想越不甘心，心说今晚再去戏弄他一下好了，反正只要肯砸钱，那酸书生还不是会乖乖陪他。想到这里他再度去了胭脂坊，随行的侍从们都很惊讶，王爷从来没在一个地方流连这么久，这是遇到什么天仙似的美人，把王爷迷成这样？

周杭刚到胭脂坊的门口，就见许复坐在厅堂里，桌上珍馐酒水一应俱全。周杭登时什么兴致也没了，也不理热情招呼他的鲤儿，掉头就走。到别家酒楼喝了场闷酒，周杭微醺，也不知怎么搞的，又回到了胭脂坊附近，刚巧看见许复晃着步子出来，走进了一条幽深小巷。周杭鬼使神差地跟了进去，巷子残破阴冷，周杭本以为许复要做什么龌龊勾当，火气更是噌噌往上涨，定睛一看才发现他是回了自己家。堂堂王爷就这么偷偷摸摸地溜进别人院子里，他不知道自己在干什么，肯定是醉糊涂了，他想。

夏夜闷热，屋里的人大概是热得难受，推开了点窗户。

"好啦，你还要在外面站多久。"正当周杭发蒙时，屋内忽然传来许复温和的声音，"跟了我一路了，不知道的还以为你要打劫，进屋来吧，屋里有冰。"

周杭咳了一声进屋，许复见他满脑门的汗珠，给他盛了一碗冰镇绿豆汤："呐，喝点吧。"

周杭接过汤碗，不作声，还是一副赌气的模样。

许复叹了口气："最近我火气大，就煮了点汤水降火。白天的事……是我说话不知分寸，这碗汤就当我赔罪可好？"

"不，不要紧。"绿豆汤的清甜沁入人心，当真是什么火气都被浇灭了。

许复扑哧笑道："其实我并不讨厌你，跟你聊天也很有趣，哎，反正我这几天都无心写作，陪你聊聊也无妨。"

"不用，你不用管我，我喜欢看你的书，也喜欢看你写书的样子。我答应你，只在旁边安安静静地看书，再不吵你了。"

"那……好吧。"旁边有个人看着，按理说多半写不出什么来，这次却是个例外，许复居然下笔如有神。而冰凉碧绿的汤水里，融开了今夜两人的热度。

【6】

之后的半个月，许复蹭不到胭脂坊的厢房，周杭也不再去胭脂坊找他。两人每日在许复家里碰面，一个怡然创作，一个乐得清闲。

"真想不到，你居然是个王爷。"许复感慨，"王爷不都该日理万机为国分忧吗？"

"那些事有我兄弟侄儿他们忙就够了，多我一个不多，再说我志不在此。"周杭哂然，"做个逍遥王爷不好吗？"

"也是。"许复颔首。

"真想不到，你的书卖得那么好，你还是这么潦倒，你的钱用都到哪里去了？"周杭也对着他感慨。

许复笑着说："都用来养女人去啦。"

周杭脸上一僵，沉默下来。他深深地望着许复，想问什么却没有问出口。

"你怎么了？"

"没事。"周杭很快恢复了镇定，从袖中取出了一只小玉坠儿，"这个送你。"

"这是什么？"许复摩挲着那只玉鱼。

"不值钱的小玩意儿。"周杭漫不经心地说。他一点也不想告诉这个人，这是南莱进贡的躅躅玉，他怕万一许复知道这东西价值千金，就又用去"养女人"了。

数日后的一天深夜，周杭睡不着，又去找许复，还没进门，就听见那小小的院子里传来两个人声，而且是一男一女。深更半夜，许复在跟谁说话？

他听见许复说："这块玉是我一个朋友给我的，他说不值钱，我却是知道的，这是上好的躅躅玉，你可拿去当了换钱。"

那女人哑着嗓子道："这怎么使得？"

"没事儿，不用担心，你还不信我吗？"

"哎，我信，我信……"

周杭看见这一幕心里顿时一阵透凉，想不到许复那个穷酸书生竟转手就将玉给了别人。哼，当真不把他这个王爷放在眼里吗！周杭抑制不住怒气，冲进许复家里，抬手就给了他两巴掌："混账！枉我还当你是什么正人君子，如今才知道，你根本是个无节无耻的小人！这样对待朋友送的东西？好啊许复，你真有本事！耍我很好玩是吗！"

许复被他打蒙了："周杭，我没有……"

"那你把那块玉坠拿出来让我看看啊！"

"我……"许复无言以对。

"哼,我周杭就当瞎了眼,对你这种腌臜的人掏心掏肺!你真是枉读了那么多圣贤书!"

"周杭你住嘴!"许复也怒了,涨红了脸骂道,"你有什么资格说我!"

"是,我没资格,我就是个不学无术的王爷!"

砰!这是周杭第二次在他面前摔门而出。这一出,就再也没来过。

## 【7】

周杭许多天没有再出现在柳巷,但是,他也没有离开烟桥镇。他不知道自己为什么留下,明明已经没有什么可玩的了。酒楼茶馆成了他常去的地方,总是有很多人在议论柳巷,在议论胭脂坊,甚至还有人在议论那个穷酸书生。周杭刻意不去听,却不知怎么的,关于那人的事情,竟会自己跑到他的耳朵里来。

这天,他看见一个妇女在茶馆对面的药铺配药,他眼尖,一眼就认出她是那天晚上拿了许复踯躅玉的女人。女人手里牵着个四五岁大的小男孩,向大夫连声道谢:"大夫,谢谢您了,这下我就放心了。"

大夫道:"你家孩子这病着实磨人又耗钱,这么短的时间内筹到这么多钱,也真是难为你了。那天你来的时候,自己也是一身伤啊。"

"那天幸亏遇到贵人了,说起来柳巷的许复真是菩萨心肠,真的,若是没有他,小浩恐怕是过不了这一劫的。"

"这位大姐,请问是怎么回事?能给我详细说说吗?"回过神来的时候,周杭发现自己已经问出了口。

"哎?你是……"

"我是许复的朋友,你听你说起他,好奇之下便来问问。"

"哦,这样啊。"那名女子见他眉目正直气宇轩昂,放下了戒心,"说来惭愧,我是王家从胭脂坊买的小妾,因为出身不大好,在王家受了不少气。老爷不在家,大夫人打我辱我我都可以忍,可我的孩子是无辜的啊……那天小浩突发急病,大夫人顾及自己儿子在王家的地位,愣是不肯拨钱给小浩看病,我实在无法,只得去求许复了。"

"为何去求他?"

"哎,你可能有所不知,那许复在柳巷是出了名的怜香惜玉。不是说他好色,而是他对我们每个人都很尊重。听说他娘亲也是个嫁到官宦之家的舞女,吃过不少苦,最后还被连人带子赶出了家门。许复那小子从小在柳巷长大,怜其母亲的遭遇,所以常常把写书赚来的钱都用来接济困窘的女子。"

"我那天也是急昏了头,小浩看病需要几味名贵药材,我出不起,其实许复也出不起,可他听了我的事后,还是咬牙给了我一块玉,看得出来他很舍不得,但是……哎,我实在是没有办法。等老爷回来,我定要好好谢他。"

听了这话,周杭急急忙忙就往柳巷去,到了许复的住处,没见到人,又去胭脂坊找,说是好几天都没出现了。周杭命人找了整座烟桥镇,还是杳无音信。路过那个女人说起的当铺,周杭说想要买回那块踯躅玉,却被告知已经被赎走。一夕之间,人和玉,都不在了……

【8】

后来,翠儿给整日去胭脂坊买醉等人的五王爷说了句线索。她说:"青州的紫成山上有座紫云观,你与其在这里消磨光阴,还不如上那里去修身养性,改改你那王爷脾气。"

周杭愣愣道:"你都知道了?"

翠儿翻他一个白眼。

"我……哎……"周杭早已悔恨交加。

"行了,你该上哪儿上哪儿去吧,别耽误老娘做生意。"翠儿挥挥手,突然想起什么来,"哦,对了,那小子问我借了三百两,说是赎东西去了,你帮他还我吧。"

"好好,我来还。"周杭二话不说丢下六百两,"剩下的三百两,就当翠儿姐你给我线索的报酬。"

翠儿喜滋滋地收起了银子。

周杭去寻许复,一路追到道观里去了。许复是来紫云观闭关的,对他视而不见,周杭便在厢房门口没日没夜地等。最后许复终究是不忍心,拉开门骂道:"走开走开!你不是嫌我无耻吗,那就看看这清修之地容不容得下我!"

"子昀,我错了,是我无节无耻,你原谅我罢。"

"谁,谁稀罕你原谅!"

有道长实在听不下去了,轻甩拂尘要上前制止两人在此打骂,结果被周杭端出当朝王爷的架子轰走了。

许复被周杭闹得难受,骂道:"滚远点!你一出现我这本书就写不下去了!"

周杭看他的样子就知道他气消得差不多了,觍着脸挤进屋关了厢房的门:"子昀,你又在写什么呢,我看看……咦?《浣花咏玉》?嗯……哎?怎么就卡住了,没关系,我来继续往下写。"

"我不要你写!"

"我保证写得又细致又煽情,就像这样……"

"还给我!"

这一年,许公子一部书也没有出。

远在秩城的皇帝陛下都等急了,他最爱缠着自己的洛丞相一起品读许公子的新作,最爱听他一边数落自己玩物丧志一边闲谈风月,这下少了个乐趣,让他非常不高兴。皇帝甚至派人去查访许公子的下落,得到的回复竟是个离奇的故事,还说许公子被五王爷带去云游四海,外出取材了。

# 丞相缘何不上朝

## 【1】

这日洛平在太学院里等了良久，也没等到前来读书的太子周珉，不禁心生担忧。说起这位太子殿下，那是天不怕地不怕的混世小魔王。小时候他父母还能把他带在身边管束着点，到了读书习字的年纪，周衡夫妇便放心地把孩子丢给了洛平，自己在皇城外面过起了逍遥日子。

小太子住进朝阳宫以来，没有一天不惹事的。他剪过贺皇后的花，撕过户部的账册，偷过珍奇的贡品，甚至还试图烧过真央殿，别说太监宫女不敢管，就连身为一国之君的周棠都治不了他。可他唯独就听一个人的话，那便是当朝丞相、他的太傅——洛平。在洛平面前，他永远是乖巧听话的，从没落下过一堂课，洛平布置的功课他都能按照要求做完，最喜欢腻歪在太傅身边听他讲学看他写字。

周棠曾咬牙切齿地给这孩子下过警告："你要是再敢抱着洛平不撒手，信不信我废了你的太子之位，把你扔出皇宫！"

岂料周珉冲他做了个鬼脸，转头扑倒洛平怀里，撇着嘴哭道："夫子，父皇说他不要我了，呜呜呜，爹娘不要珉儿了，父皇也不要珉儿了，夫子，你不要不管珉儿，呜呜……"

洛平责怪地看了周棠一眼，摸着他的小脑袋轻声哄着："殿下不哭，陛下是在吓唬你呢，珉儿这么乖，大家都不舍得不要你的。"

"他乖？他要是乖的话猴子都能当太子了！小夫子，你不要听他的鬼话！"

"陛下！"洛平见周珉又要哭起来，有些动怒了，"怎么能这样说一个小孩子，他有什么不对的地方慢慢教导就好了，你小时候还不是一样任性？好了，我跟太子殿下要去太学院读书，陛下就不用跟来了。"

"我……"周棠哑口无言,对着周珉示威般的笑脸,他简直要怀疑周衡生这么个儿子是不是来报复他的。

可是今天,那个最爱对他撒娇听他授课的学生没有出现,洛平终于坐不住了,决定去朝阳宫看看是不是出了什么事。

## 【2】

不看还好,一看洛平整颗心都揪起来了。只见原本活泼伶俐的孩子蔫蔫地躺在床上,脸上身上出了大片的红疹,高热烧得脸蛋通红,很难过的样子。

洛平急急问道:"太子殿下这是怎么了?"

太医回话:"洛大人,太子殿下昨夜发了水痘,现下已经服了两帖桑菊饮,待到烧退之后,过几天便会慢慢好起来。"

"哦,那就好,那就好,有劳王太医了。"洛平心下稍定。

"不过,痘疮可能会奇痒难忍,要让人守着不让殿下乱抓,免得落下疤痕。"

"这个我知道。"

"那下官就告退了。"

送走了太医,洛平看着周珉翻来覆去的样子着实心疼,又听他喃喃说着胡话,声如蚊吟,一会儿唤着"爹娘",一会儿唤着"父皇""夫子",更是不忍离去,便在这里陪了半天,傍晚时又叫一个小太监去跟皇上请示,让他今晚留宿朝阳宫。

周棠一听这还得了,心烦意乱地批完几本折子,连忙摆驾朝阳宫。进门时,他还没开口问,就见守在床边的洛平对他做了个噤声的手势。走到床边,周棠瞅了瞅周珉的模样,轻声说:"早前听说他出了水痘,一直没得空来看,怎么样,服过药了吗?"

洛平捏住周珉想要抓挠的手:"适才又服了一帖,太医说不碍事了。"

"哦。"静了半晌,周棠说,"小夫子,你当真只心疼他不心疼我了?"

洛平叹了口气:"陛下,怎么又说这种话。"

"可是你也太重视他了,出个水痘,叫下人看着就是了,何必要你亲自守夜?有这闲工夫,不如来陪陪我看折子,难道我对你不是最重要的吗?"

"陛下,你听我说。"洛平知道周棠又要开始钻牛角尖,温声说,"周珉这孩子,现下是大承唯一的正统继承人,他太早背负了太子的使命,对一个刚满六岁的孩子来说,是不是有些太苛刻了。他的身上,承载了周衡、你和我等等那么多人的期盼,我觉得偶尔纵容一下他的孩童心性也没什么不好。

"他时常撒娇说爹娘不要他了,你也不要他了,这固然是在装可怜,可仔细想来,这孩子一个人住在朝阳宫里,定是有点寂寞的,要不他也不会故意到处惹事。陛下,请你不要把他只看作一个承袭皇位的器皿，至少要让他知道，我们是真心关心他的，好吗？"

洛平的眼里闪着温和的光芒，那带着一点点埋怨，又带着一点点请求的神情，周棠叹道："好吧，你总是有你的道理。"

洛平笑了："陛下也总是肯听道理的。"洛平知他不满，又安抚他，"好了，你也别气了，回去好好休息，明日不是还要处理北方旱灾的事情吗？"

经他提醒，周棠这才想起此事，还有一个运粮官在真央殿等着他召见，无奈之下只得离开："那好，你自己也要好好休息。"

"知道了。"

次日，洛平没有上朝，是皇上亲手准的假。因为周棠晓得，那人定是守着周珉一夜未眠。他哪里舍得让小夫子带着困倦在朝堂上站着，不如直接放他两天假算了。

【3】

周珉的病刚有起色，便要下床玩耍。太监宫女劝不住他，一不留神就让他跑去了翰林院。周珉顶着一脸痘包颐指气使："快告诉我，洛平在哪儿？"

小待诏急忙回答："回太子殿下，洛大人回家休息去了，不在院里。"

"哦，他不在吗？那我自己进去看书。"说着周珉迈步进了文渊阁。

太子殿下要看书，谁敢拦着他，看护文渊阁的侍卫只得放行。文渊阁的书海浩瀚幽深，书架遮天蔽日，越往里越阴暗。周珉走着走着有点害怕，不知从哪儿寻了个烛台点着玩。他个子小，看不到书架上层的东西，就伸手去够，哗啦啦够下来一堆书掉在地上，他也不管，径自翻着自己喜欢的志怪故事看。殊不知，那翻倒下来的书被他放于地上的烛台点燃，很快烧了起来。文渊阁起火，整个翰林院顿时大乱。

侍卫最先冲进去救出太子，之后大家打水灭火忙成一团，此时洛平刚好赶了来，见状立即下令："去把《通鉴》全都搬出来，快！"

"啊！《通鉴》都在里面！"

"快去抢救《通鉴》！"

众人这下意识到了事情的严重性，《通鉴》是集合了大家多年心血的作品，文渊阁虽然不是唯一的藏书之处，却是最全的藏书之处，若是给烧了哪本，那真是天大的损失！

周珉看着大家着急慌乱的样子，知道自己闯了大祸，本想去找夫子护着，发现夫子看他的神色也是前所未有的严厉，顿觉后悔，眼泪都要落下来。

"对不起。"周珉抹着眼泪，"夫子，我知道错了，我真的知道错了！我，我将功折罪好吗？我帮你们灭火！"

说完他就去帮着提水，小小的身体没有多少力气，可是他很认真地在帮忙，脸弄脏了也不管，手弄破了也不怕。洛平望着他倔强的模样，制止了要带走太子的宫女："让他去吧，我们的太子殿下是个有担当的小英雄呢。"他很欣慰，自己教出的学生，都是很好很好的孩子。

火势本也不算大，很快就得到了控制，周珉看着被转移出来的完好无损的《承天通鉴》，这才松了一口气，回头冲着洛平笑，却突然晕倒了。把周珉送回朝阳宫，太医说他只是受了点惊吓，并无大碍。可洛平还是不太放心，又陪了他一夜。

次日，他又没上朝。

## 【4】

不知是不是犯了太岁，这两天总是出事情，周珉这边刚刚安顿好，洛平又接到家中急报，说安少爷在小猎场里遛虎，结果失踪了。洛平急得要死，惨白着一张脸就要去小猎场里寻人。周棠事务缠身无法亲自作陪，便叫了侍卫暗卫一起随行，想想还不放心，又叫方晋去照看着。一群人搜寻了一天一夜，正在绝望之际，忽见林子深处蹿出一个骑虎少年。

少年远远看见洛平，张开手臂从老虎背上一跃而下，兴奋地抱住洛平说："爹爹，虎子猎到四只兔子两只野獾一头小鹿呢，哈哈。"

啪！洛平这一巴掌扇得响亮，把洛小安扇得一怔——爹爹从来没打过他。

"这一巴掌是让你长教训！不是不让你跟虎子玩，我说过多少次了，要注意安全，要有人陪同，你这孩子怎么就是不长记性！万一在林子里迷路了怎么办？万一被野兽伤到了怎么办？你不知道爹爹担心吗！"

"爹爹不要生气了，小安知错了，小安只是想给爹爹打点猎物补补身体，他们说，爹爹最近很辛苦，小安以为，爹爹看到小安有本事了会高兴……"洛小安性子单纯，虽说觉得委屈，但一见爹爹生气伤心的表情就什么都忘了，"爹爹，小安知道自己笨，你不要生小安的气好不好？"

"胡说，小安哪里笨了。"洛平抚着洛小安的脸，那一巴掌打得他心都疼了，"爹爹下手重了，疼不疼？"

"不疼，一点也不疼。"洛小安看他不生气了，又把猎物拿出来献宝，"爹爹我们回去煮着吃吧！"

方晋看着御虎自如的洛小安，对洛平道："不如让我收他做徒弟吧，这孩子虽不聪明，但是个怪才。"

"你自己与他说去，他要是愿意，我也没有意见。"

寻人一直寻到了第二天的晌午，这回，丞相和太尉都没有上朝。

## 【5】

洛小安把虎子送到御用驯兽师那里后，一行人回到丞相府，刚进门就听见一个清脆的声音："什么？我孙子遛虎去了？真不愧是我洛家的孙子啊。"

洛平一个头两个大："娘……"

洛小安甜甜唤道："奶奶。"

子染郡主捏着洛小安的脸蛋说："哟，小家伙看起来伶俐多了嘛。洛平你这是什么表情，不欢迎娘亲来吗？"

"不，娘来了我高兴还来不及。"只是感慨最近的事情怎么这么多。

子染郡主是跟着洛家商队前来秣城游玩的，没待两天就走了。不过这两天里洛平忙着陪她逛街吃饭逗孙子，皇帝索性又准了洛平两天假不上朝。

## 【6】

送走了子染郡主，日子终于有了恢复平静的迹象。这日方晋跟洛平对弈，忽然说了个奇怪的赌注："慕权，这样吧，这一局你若是输了，明日便不去上朝。"

洛平不解其意："这是什么道理？"

"没什么道理，你就说答不答应吧。"不过是想再看看圣上那不满的表情而已。

"好吧，"洛平点头应允，"若是你输了，便要告诉我你是何用意。"

"哈哈，可以。"

结果，方晋以半目险胜。次日，洛平依旧没有上朝。

## 【7】

是夜，周棠微服来到丞相府。

他端坐在床沿，好似坐在龙椅上一般威严："洛卿，这几日休息得可痛快？朕倒要看看，你究竟要旷几天的早朝！"

周棠生气了，洛平却笑了："陛下自己准的假，怎么又怪到臣的头上来了。"

"我那是身不由己！再说今天是怎么回事，你跟方晋用上朝来做赌注？哼，是不是我平时太纵容你们了！"周棠犹自气哼哼的，"小夫子，你自己算算我们多久没见面了，你这几天都没有想过我吗？一点都没有想过我吗？"

"陛下，我们七日未见了。"洛平站到周棠身边，温柔地哄道，"臣很想你。"

# 七年之后

## 【1】

大承朝征和十二年，周棠俨然踏上了明君一途，国事治理得井井有条，整肃官场任人唯贤，苛捐杂税一概取缔，因而深得百姓敬重。身为丞相，肩负着辅佐君王的重担，洛平一身抱负执念，都倾注在了周棠的江山社稷之上。他用上半生为他夺取了江山，下半生，便是用来为他打理社稷的。然而编写完《承天通鉴》之后，洛平忽然发现自己清闲了下来，到他手里的折子基本上都已被皇帝的朱笔批过，该怎样应对也都写得清清楚楚，他所要做的便是检查是否有所遗漏，然后给相关的臣子交代下去。

事实证明，皇帝太勤勉也未必就是好事——君王自己把事情全都揽了过去，还要他这个丞相何用？那"贤相"之名，他又如何担当得起呢？洛平几次跟周棠提起此事，本意是想为他分忧，却总是得到这样一句回复："大事有我做主，小事用不着你劳神，小夫子，你只要安心做你的官就好了。"——弄得洛平又好气又好笑，不知该说他什么好。

不过虽说事务清闲，洛平手中仍是握有实权的，而且忠臣皆知，洛丞相是皇帝唯一的内臣，凡事若能打通他这里的关窍，那么在皇上那边基本上也能畅行无阻了，因此朝野上下对待他从不敢怠慢。

这样的日子说起来也没什么可挑剔的了，只除却一件事。这件事一直以来就是周棠和洛平这一双君臣之间的矛盾，在这一年，这个矛盾被激化到忍无可忍的地步……

早朝过后，众臣散去，仅剩洛丞相一人留下，说有事要与皇上详谈。周棠无法，只得移步真央殿，轻咳一声道："洛卿，别站着了，坐下说吧。"

洛平不去看宫人搬上来的那张软椅，在殿上深深一拜："陛下，臣有事进谏。"

周棠当了这么多年皇帝，唯独在这个人面前端不起架子来："快起来，有什么事你直说就好了。"

洛平并不起身:"臣请求陛下准许臣回乡探亲。"

周棠眉头皱了皱:"好端端的,做什么要回去?"

"陛下,臣老了,就请陛下还臣几天清静日子吧。"

周棠笑得温柔:"老?你哪里老了?"

这话并不是安慰,洛平面貌并不出众,但是当真一点也不显老,分明是将近不惑的年纪,看上去仍旧清隽淡然,好像这些年对他来说不过一瞬,也只有离他如此近的周棠看得见他眼角的细纹。

"要我说,是我老了才对。"周棠道,"我老得整天要跟珉儿和小安他们争风吃醋,小夫子,你知道我现在有多嫉妒他们吗?你的疼宠都分给了他们,还有多少能留给我呢?"

洛平骤然语塞,这么多年下来,周棠已然把装可怜的本事修炼到登峰造极的境界。

洛平避开他的目光,岔开话题:"昨日数位大臣关于北方旱情和滨州海盗的上书陛下可看过了?"

"唔,看过了。"周棠答得漫不经心。

"看过了?那折子呢?臣怎么还没看到?"

"看你太累,就没给你,不是什么大事,小夫子你不用担心。"

"不是什么大事?"洛平正色道,"百姓的疾苦安危不是大事,那不知在陛下眼里,什么才是大事?"

周棠顿觉自己说错了话,连忙讨好道:"对对对,洛卿教训得是,朕这就让人把折子给你送过去,朕要认真听取爱卿的建议。"

## 【2】

这日周棠真的让人送来了几本折子,照例是他朱笔批过的,重点都画了出来,整理得语句简练,条理清晰,如此看来好似两人的身份对调了,倒像他是丞相,洛平是皇帝。

洛平看着那些朱红色的痕迹,嘴角不自主地露出笑意。说不自豪那是骗人的,这是他教出来的孩子,能成为这样一个明事理、有决断的皇帝,他怎会不高兴?

翻了翻折子,洛平没发现周棠的处置有什么不妥,只是根据国库的存量稍微修改了一下索要划拨的赈灾资金和军饷,在翻查账本的时候,他无意间发现了一封信。这是一封私人信件,夹杂在从他自己府上送来的厚厚一摞文书中,看样子是前两日送到他手里的,然而因为这几天总被周棠缠着,疏于理事,洛平直到现在才看到。展开信件,洛平读完后不禁微笑,是他啊……

看了看左手边的上奏文书，又看了看右手边刚拆开的信件，一个想法在洛平心里慢慢成形——既然在朝中无事可做，那不如去体察一下民情，顺便拜访一下故人。想到这里，洛平简单收拾了一下，在案上留下一张笺子，便拿着御赐的令牌趁夜出了宫，回到丞相府，他把刚睡下的洛小安唤醒："小安，爹爹带你出去玩好吗？"

洛小安睡眼蒙眬地一点头："好啊，但是我要带虎子一起去。"

洛平犹豫了："带虎子的话有点麻烦。"

洛小安一听这话就开始撒赖："虎子不去我也不去！我要跟虎子在一起！"

没时间耽搁了，洛平下定了决心："好，那就带上吧，不过你要保证虎子不惹事。"

洛小安立刻笑开："嗯！我保证！"

时隔多年，洛小安已长成俊俏健康的少年模样，虽说谈不上聪明伶俐，但说话做事已基本上跟常人无异，而且大概是傻人有傻福，这孩子跟什么动物都能处得来，他口中所说的"虎子"，就是周棠在一次围猎后赏他的一只吊睛白额猛虎。虎子在洛小安的手底下非常老实，蜷卧在马车里一声不吭，埋着头假寐，像一只贪睡的大猫。父子俩加上一只老虎，就这么连夜踏上了南下的路。而这一切，独自在宫中的周棠还一无所知。他怎么也想不到，在一切稳定下来的第七年，洛平竟然"离家出走"了。

次日，周棠一大早就来洛平在宫中的住处骚扰他，迎接他的只有案上孤零零的一张笺子。就跟从前洛平给他的留书一样，上面寥寥几字，说得轻描淡写：故人来信，臣欲前去一晤。望陛下专心国事，勿念。

"好，好，好……"周棠气得手抖，"好你个小夫子，又给我来这招。故人？我倒要看看，什么故人这么重要？！"

尽管周棠恨不得立刻快马加鞭去找洛平，但身为一国之君，有些事真不是他想丢下就能丢下的。于是这十几天里，他一边把各项事宜交代给太子和方晋，一边调查了洛平的去处。这一查，查得他差点吐血。丞相府中翻出来数封来往书信，字里行间俱是亲昵："上次你说有些咳嗽，好些了没有？我给你捎了点我们定海军治咳嗽的良药。"

"近日迎战海盗，受伤了，不过被将军夸了，还升职了。"

"相信你若看到现在的我，一定会为我高兴的。"

来信者的署名都是同一人，名叫"伯谦"。

周棠脑中瞬间冒出一个念头：丞相要被挖走了！他一怒之下撕碎了所有书信，再也沉不住气，丢下一切琐事，微服去找洛平了。

【3】

洛平带着洛小安，一路乘着马车晃晃悠悠往南走，沿途遇到山水秀丽之地，也会下来游玩一番，当真舒心惬意。这日行至林间，洛小安凑到洛平身旁道："爹爹，虎子好像有点闷，都没精神了，我想带它出去玩玩。"

洛平看了看蔫头耷脑的虎子，的确，这几天可把它憋坏了。现下马车外面是片山林，放它出去玩一会儿也无不可，只要动静别太大就好。

"好吧，我们一起下车休息，小安，你要记得看好虎子。"

"好嘞，爹爹你就放心吧，虎子很听话的。"

驾车的是丞相府的家仆，对那只老虎已经习以为常了，他把车停在林子的僻静处，好让老爷少爷安心休息。谁承想，洛平刚坐下来没一会儿，就听见林子深处传来两声惊呼，伴随着一声虎啸，洛平生怕小安出了什么事，赶紧往那里走去。循声找到洛小安的时候，洛平看见一个中年男子瘫坐在地上，衣角被虎子的一只爪子压着，吓得脸色苍白，显然是被虎子吓到了。

"小安！"洛平略带责备地唤道。小安赶忙拍拍虎子的大脑袋，虎子不情不愿地撤了爪，呼噜了两声表示自己还没玩尽兴。

洛平上前扶起那名男子，拱手道歉："这位兄台对不住，犬子顽皮，得罪之处还望多多见谅。可有伤到哪里？在下自当赔罪。"

那名男子擦了擦脸上的汗，此刻也镇定下来，目光在这对父子和老虎之间打量了一下，勉强笑道："无妨，无妨，不过是受了点惊吓。这位小公子实属了得，竟能驯服猛虎，在下这回也是开了眼界了。"

萍水相逢，洛平与那名男子攀谈了起来，自称洛富贵，家中突遭变故，带着儿子去滨州投奔亲戚。那名男子很是健谈，称自己是临祁人，名叫谢沧海。

洛平疑惑道："临祁？唔，在下自认读过的书不少，去过的地方也不少，可似乎没有听说过这处，还请谢兄赐教。"

谢沧海哂然："哎，不过是个小山头罢了，洛兄没听过实属正常。"

两人都是学识渊博之人，聊起来很是投机，洛小安和虎子在远处撒欢玩耍，不觉天色将晚。洛平起身告辞："谢兄，时候不早了，我和犬子要赶去前面集镇投宿。"

谢沧海道："我也要赶路去了。对了，相逢即是有缘，我们临祁人喜爱钻研玄学，不如让在下给洛兄卜上一卦？"

洛平欣然："也好，那就有劳谢兄了。"

谢沧海从袖中拿出一个奇形怪状的小罗盘，上有一面清澈铜镜，他问了洛平的生辰八字，便开始演算。说来神奇，不久那面铜镜上竟浮现出许多符号，像是某种文字。谢沧海看了一会儿，微微沉吟："镜语上说，洛兄此去恐有些许波澜，犯水忌，不过亦有贵人相助，有惊无险。"

洛平思忖片刻，没有十分在意，躬身谢过，就领着洛小安和虎子上路了。

谢沧海看着他离去的背影，重新凝视那句镜语，轻轻一叹："星盘命数大乱，我下山苦寻数年，没想到竟在这里找到了症结所在。此人逆天改命，虽能许给大承几代盛世，却不知此举将给后世带来多少业报。哎，罢了，后世之事，就让后世之人去劳神吧。"

## 【4】

行行复停停，洛平走了一个多月才到滨州境内。马车在军营前被拦了下来，此时定海军营正在征兵，营口的征兵官见洛平一副文弱书生模样，想都没想直接打发他走："我说这位大哥，你这样的就该老老实实念书考功名，到这儿凑什么热闹啊。"

洛平知他误会了，解释道："不，我不是……"

征兵官这时看到了正从马车上跳下来的洛小安，一副顿悟状："哦，我知道了，你是送你儿子来的吧,过来我看看。"显然征兵任务紧，征兵官只粗略考察了一番就道，"嗯，这小子条件不错，在这儿签个字画个押，这十两银子就可以领回去了。"

洛小安懵懵懂懂地就被人推搡到了画押的案前，完全不知道怎么回事，回头望着洛平惊慌道："爹爹！你们放开我，我不要离开爹爹！"

周围一片哄笑："小家伙还挺认生，别怕，你来我们定海军，不出一个月，定能成为一等一的好儿郎。"

洛平见状也有点急了，他是来访友的，可不是来卖儿子的，当下就要拨开拦着自己的壮汉往里冲。混乱间，一声暴喝响起："干什么呢！吵吵嚷嚷的！"

四周顿时安静下来，垂首相迎："参见将军！"

洛平松了一口气，抬头看见一名身着戎装英姿飒爽的将领，恭敬行礼："臣洛平，见过四王爷。"

"洛平？"周柯先是讶然，随后朗声笑道，"什么风把丞相大人吹到我这儿来了！"

在场众人俱是一凛：丞相？这就是大名鼎鼎的洛丞相？！看不出来啊……

误会得以澄清，洛平随周柯入帐详谈。洛小安打了个呼哨，虎子从马车中一跃而出，吓得一干将士拉弓的拉弓，抽刀的抽刀，结果洛小安翻身骑上虎背，大摇大摆地进了军营。定海军将士再次受到了惊吓：这傻孩子能驯虎？！看不出来啊……

周柯驻扎在滨州十数年，功绩斐然，他开辟出一条海外通商的航道，与桑乔国建立了贸易往来，但也正是因为这条航道，诱发了滨州的海盗猖獗。

周柯问："洛大人可是为了海盗一事而来？是陛下有什么旨意吗？"

洛平摆手笑道："王爷多虑了，洛某这次只是为私事而来。"

"私事？"

"正是，敢问王爷麾下是否有一名小将，名叫……"

"将军将军！"正说着，主帐的帘子被猛地掀开，一个副将模样的青年愣头愣脑地闯进来，看见洛平后微微一愣，随即兴奋道，"我听他们说洛丞相来了，本来还不信……"

"赵刚！"周柯沉声呵斥，"如此不懂规矩，你存心要丢我的脸吗！"

刚闯进来的青年立时蔫了，僵在那儿不敢吱声。周柯见他浑身湿透，也不顾外人在场，继续骂道："你看看你像什么样子！带兵带一半跑回来，这就是你给那群新来的刺头做的榜样？最近海上战事吃紧，你居然还有心思来凑热闹！做事莽莽撞撞，半点都定不下心来，我平时教你的都忘光了是吧，你这样我怎么放心把精锐船团交给你……"

洛平几次想插嘴，奈何周柯骂起人来口若悬河，再者这是人家军营里的事，他也不好插手，只好等他骂完了才道："王爷，这位便是我这次来找的人。"

周柯：……

洛平淡笑："伯谦，这几年你成长不少。"

赵刚闻言嘿嘿一乐："洛大人，您还和从前一样，一点儿都没变。"

周柯望着二人，眉头微蹙。

周棠比洛平出发晚了十来天，但他一路赶得急切，几乎是洛平前脚到，他后脚就赶上了，于是定海军营中又是一阵吵吵嚷嚷。唰的一下，主帐的帘子再度被掀开，周柯看到一脸怒容的皇帝，一点也不意外。

周棠开门见山："他人呢！"

周柯指了指外面："病患营帐。"

周棠又问："伯谦是谁！"

周柯冷哼，放下根本没看进去的军机战报："我也是刚知道那人还有个这么文绉绉的字呢，他现在也在病患营帐，不如我陪陛下一起去看看吧。"

一个皇帝一个王爷，故作矜持地溜到病患营帐外，偷偷摸摸地往里看……洛平正在给一名发着高热的伤患敷冷布巾，喂他喝药，赵刚殷勤地在一旁端盆递碗，两人配合默契，洛平朝赵刚感念地一笑。

咔嚓。周棠脑中的一根弦断了，他冲进去，悲愤地吼道："小夫子，你竟忍心丢下我！"

## 【5】

主帐中的四人各怀心事，洛平见周棠一副控诉他的样子，叹了口气解释道："伯谦是赵永和赵将军之子，安世年间赵将军告老还乡，这孩子胸怀抱负，后来孤身投奔南山军，我便是在那时与他结识的。"

那时候赵刚还是个血气方刚的少年郎，却因为身材瘦小而被人看不起。当时的南山军刚刚组建，将士们都是一身匪气，信奉强者为上，赵刚一直想像他爹年轻时那样，带兵打仗、功成名就，因此无论遭受怎样的欺侮，他硬是咬牙忍着。有一次他被战友按在水缸里，说是只要他坚持的时间够长，他们就喊他一声大哥。这纯粹是无聊的作弄，可赵刚是个死心眼，他憋住一口气，愣是埋着头不起来。结果这一埋竟比其他所有人的时间都长，长到那些作弄他的人都以为他淹死了，硬是把他拽出来他才猛地换了一口气，不过最后那些人也没喊他一声"大哥"。这一幕被刚巧上山找周棠的洛平看见了。

"我看他虽然个头不高，但手脚修长，肌肉匀称，在水下又能憋那么久的气，想来更适合水军的操练，于是就把他推荐到了定海军。"

"是啊是啊，后来我立了功，就当上了校尉，现在又被将军提拔为副将。我能有今天，都是仰仗了洛大人的恩情。"赵刚热切地看着洛平。

周棠峻声问他："你可知道我是谁？"

赵刚挠挠头，想起刚才那声"小夫子"，回答："你是他的学生吧？不过你这学生也太不尊师重道了，哪有你这样吼夫子的。"

周柯抚额："他是我七弟。"

"哦，你还是将军的弟弟啊！"赵刚恍然，赶紧补了一个礼，"这么说你也是个王爷了？末将见过七王爷！"

周棠的脸色已经发青了，洛平见他吃瘪的样子煞是可爱，不由地想起小时候老是受欺负的周棠，露出一丝笑意。

为了保住下属的项上人头，周柯一字一顿地做了总结："赵刚，你听好了，他是洛丞相的学生，我的七弟，当，今，圣，上。"

最后四个字，终于震晕了赵刚。给这边带来这么大的麻烦，洛平向周柯道了歉，之后忽然想到："等等，陛下你到了滨州，那国事怎么办？"

周棠漫不经心道："哦，都交给周珉了。"

"什么？你把国事都推给珉儿了？珉儿……太子殿下他还太年轻……"

"哎呀你就别操心了，那小子不是小孩子了，也该锻炼锻炼他了，再说有方晋看着呢，不会出什么大事的。"

洛平还是不放心，他原以为周棠会把大部分事宜交代给方晋，没想到他竟直接放权给了小太子。洛平想着该早点回去，但此刻周棠反倒不急了："小夫子，难得出来一趟，不好好玩玩怎么对得起自己？"

"可是……"

"对啊洛大人，马上就到望海潮的日子了，你好歹留在这儿看过海潮再走啊。"赵刚兴冲冲地说。

"望海潮？"洛平想了想，"我好像在信里看你提过，说是很壮观……"

"嗯，我跟你提过，我们这儿每年八月的朔月夜都会有大潮，既然来了一定要看看，感受下什么叫气吞山河，什么叫波澜壮阔！"

"我要看。"周棠闲闲地发话了。

"如果你们想看的话，我可以让人在崖顶搭个便于观赏的小屋。"周柯也出言挽留。

盛情难却，洛平只好道："好吧，那就有劳王爷和伯谦了。"

然而就在他们等候大潮的这几日，定海军的巡逻船突然遭到海盗偷袭，几乎全军覆没。面对如此猖狂的挑衅，周柯忍无可忍，即刻率军镇压。

## 【6】

赵刚愣是愣了点，带兵却是一把好手，他是周柯一手培养出来的，在定海军中，除了周柯，唯一能驾驭得了精锐船团的就是赵刚。

这次海盗摆明了要向定海军示威，他们提出要求，今后途经这条航线的每一笔贸易都要分给他们三成的分成，否则就要明抢。这句话彻底惹怒了周柯，不过他在出兵之前还是礼貌性地征求了一下周棠的意见。周棠也对这群海盗的嚣张气焰甚为不满，冷然道："兵权在你手中，随你怎么用，我只要看到他们付出代价就行。"

如此一来，周柯再无顾忌，命赵刚带领精锐船团先行出战，然而战况并没有他们想象中那么乐观。赵刚与海盗周旋了一天一夜，两方皆有伤亡，而且那群海盗不知从哪里搞来一批火炮，竟能进行远距离的攻击，这大概也是他们此次敢于贸然挑衅的底气所在。

第二天拂晓，周柯再也坐不住了，亲自率领一队战船去支援赵刚。两方僵持数日，都已接近弹尽粮绝，可谁都不肯后撤，周柯踏上主战船的甲板，神色冷峻。赵刚站在他身侧，黑色的炮灰和凝固的血液将他的脸遮盖了大半，只露出一双冒着精光的大眼："将军，你快回船舱去，这里太危险了。"

周柯冷笑一声："担心我不如担心你自己。你几日没休息了？接下来的拼死一战，你可撑得过去？"

赵刚梗着脖子道："属下一点也不累！"

周柯转头看他，这张原本细嫩白净的脸已在长期的海上训练中变成了小麦色，而今又被战火镀上了一层黑灰，他忽然觉得有些心疼，这是他亲手塑造的英勇将士。

"去休息，我来督战。"周柯下令。

"将军，我真的不累！你信我，我还能……"赵刚被周柯严厉的眼神狠狠一瞪，声音不由自主地低了下去。

"你要违抗军令？还是要我让人把你绑下去？"

赵刚最后还是被人押进了船舱，周柯闭了闭眼，令旗一挥："排阵，破敌！"

黑暗毫无预兆地袭来，赵刚的身体的确已经到了极限，周柯比他自己还要了解他，他几乎是刚躺下就陷入了昏睡。只是他万万没想到，再次醒来的时候，自己已经睡在了舒适的床铺上，而周柯，定海军的大将，却因重伤而危在旦夕。

赵刚看着脸上毫无血色的周柯，愧疚之情难以言表："将军！都怪我！是我没有尽到保护将军的责任！如果我没有偷懒，如果我坚守岗位……"

"如果你不听他的，这一仗会败得更惨，你只会比他伤得更重，甚至丢了性命。"周棠在一旁冷冷地说，"论排兵布阵，就凭你，比得过我四哥？"

赵刚此时完全听不进他在说什么了，目眦欲裂，提着长刀就要出去跟海盗拼命。

"伯谦！"洛平喝止住他，"四王爷就是因为知道此战必败，才会让你先行避过的。你是他最钟爱的下属，他以命保你，你却要意气用事，辜负他的一片苦心吗！"

赵刚霎时泪流满面，求助地望向他们："那我该怎么办？"

周棠站起身来，拔下周柯的令旗，走出帐外："朕此番御驾亲征，正缺一名深谙海战的副将，你可愿意跟来？"

周棠声音不大，但那一股王者威严压迫在赵刚的胸腔，他似乎刚刚体认到，这人真的是万民景仰的一国之君，周棠的临危不乱让他迅速恢复了冷静。

海风猎猎，周棠一身战铠立于战船之上："众将听令！我乃大承君王周棠，今有海盗抢我百姓钱粮、犯我大承国威，定海军的儿郎们，你们可愿随我一同出战，一雪前耻！"

定海军中立时掀起轩然大波，周棠微服巡查，身份一直保密，因此这会儿突然出现，将士们震惊之余，更多的是不敢置信。

洛平在战船之下，行君臣大礼跪拜，说出的话掷地有声："臣洛平，愿陛下尽诛贼寇，大获全胜！吾皇万岁万岁万万岁。"

洛平的身份是经过周柯肯定的，一时再无人心存怀疑。军营中山呼万岁的声音此起彼伏，皇帝亲临督战，立刻军心大定，士气高昂。

## 【7】

这是定海军此战的第一场大捷。赵刚对周棠的战术佩服得五体投地:"陛下神机妙算、用兵如神,末将自叹弗如!"

周棠语气自负,声音却很虚弱:"用兵如神这句我可以收下,不过神机妙算这句……你给错人了。"

"哎?怎么说?"

"因为此计是丞相大人所献。"

"洛大人?洛大人也懂海战吗?"

"他?他有什么是不懂的?早在我登船之前,他便给了我这一计。"

洛平猜到,海盗连战多日,虽还算神勇,但近期明显保守很多,定是后方补给快要跟不上了,便提议周棠佯装战败,刻意在后方留下些许漏洞,将提供粮草辎重的运输船暴露在海盗面前,如此肥肉,他们定然会抢。他们抢得运输船,自以为得到了战利品,却不知藏在船底的水鬼已分散到他们炮火集中的船体中,伺机用他们自己的炮弹,引爆他们自己的船。

两人正说着,就听一声虎啸,震得人头皮发麻。赵刚崇拜道:"洛大人的儿子亦是一员虎将!一人一虎,勇不可当!他们跟我说了,将军受伤落水,也是那只老虎把他驼回岸上的。"

"是,他们都厉害……"周棠满眼圈圈,脑中不停晕眩,再次吐出一口酸水,"只是千算万算,小夫子没算到……我会晕船……呕……"

洛平苦等数日,捷报频传,得知大军即将凯旋,这才放了心。这一日,刚好是八月大潮的前夕。然而将士们鏖战归来,大多都累得瘫软,哪里还有心思看大潮。唯一有那个闲情逸致的,就是那个登船后就开始吐,躺着吐了好几天的"皇帝陛下"。

是夜,海上云层很厚,月光都被遮住了,黎明将近之时,远处的大潮浩浩荡荡而来。

## 【8】

丞相出走?御驾亲征?滨州闹出这么大的事,任周珉多么聪慧勤恳也稳不住朝中局势,方晋连忙派人来请皇上和丞相回去。告别定海军,周棠与洛平乘坐一辆马车,把洛小安跟老虎排挤到另一辆马车上,一家子悠哉游哉地回去了。

回到皇宫后不久,恰逢洛平生辰,周棠拿了张图纸送给洛平:"呐,贺礼。"

"贺礼?"洛平接过,乍一看上面密密麻麻的线条,像是城防布局图,他还以为周棠送错了。待完全展开后才发现,这竟是……正在建造的皇陵设计图。

洛平一怔:"陛下,这是何意?"

周棠指着图纸上的墓室说:"你对我大承有功……"

洛平蓦地觉得眼前有些花,沉默半晌:"陛下……这不合礼法……"

周棠在灯下笑得温柔:"这无关礼法,我不管别人怎么做,也不管后人怎么说,总之我的陵墓,葬君臣。"

……

大承朝征和四十六年,承宣帝陵,君臣合葬。

这一段历史,无论中途如何重来又变幻,终于在缓缓落下的封墓石后,尘埃落定。

# 四 顾问

## 【1】

周棠没有想到，自己竟然能有幸见到这位大名鼎鼎的法律顾问，而且是在当下最窘迫的时候。

洛平，大承集团首屈一指的金牌"护盾"，曾经轻松解决了让集团股票大幅跳水的公关事件，又一力促成了周氏将竞争对手拆分并购的案子，还参与了董事会惊心动魄的换代变革，可以说，洛平为他父亲宏伟的商业版图立下了汗马功劳，深得倚重和信任。

反观自己——

周棠对自己的定位很清晰，他就是个被随便放养的二世祖。

前有几位兄长励精图治，上赶着瓜分家族资产，后有金贵长孙深受宠爱，在精英教育下等着做继承人，他这个可有可无、不尴不尬的小角色，哪儿还有什么立足之地。父亲周昱不想看他整日无所事事，丢了家里的脸面，索性把他发配到集团的"偏远地带"，丢给他一家经营不善的小破公司，美其名曰"磨炼他的能力"，实际上就是让他自生自灭。

这种明摆着的施舍，他周棠会接受吗？呵，当然会接受。

不然呢？蚊子再小也是肉，好歹也能当个空降总裁，何乐而不为？

于是周棠欣然赴任了。然后他就发现，这公司比他想象中的还要破。破到什么程度呢？员工，因为发不起工资，全解聘了；管理层，两个月前就卷钱跑路了；办公用品，折旧完了拿去抵债了……整个公司，空空如也。因为老板椅也被卖了，周棠只能坐在一个缺了抽屉的矮柜上发呆。

不久后，他见到了两个人。第一个是保洁阿姨。周棠惊讶得合不拢嘴，心想这位阿姨竟如此忠心？公司都这样了，她还在坚守岗位？她在等我吗？她就是我承接公司后的第一名员工吗？我要给她宝贵的0001工号！

保洁阿姨看见他也吃了一惊："哦哟，终于来人啦？你们这间办公室还要吧？下半年的租金和物业费还没交呢，再不交我也不给你们扫走廊了哦。我们老板让我看到人就催一下，大半个月了，总算看到一个人了。"

原来是物业请的保洁。周棠叹了口气，说续不续租还要考虑一下，颓然地打发走了阿姨。

他见到的第二个人，就是洛平。那人着一身剪裁讲究的西装，面上带着温和的笑意，款款走进了他的公司。

周棠愣愣地抬头望着他。洛平递给他一张自己的名片，推了推无框眼镜说："您好，周总，我是慕权律师事务所的洛平，受大承集团周董之托，来给您做法律顾问。"

周棠："……洛律师？"

## 【2】

周棠把公司的印章拿出来，在厚厚一摞材料上敲着，阴阳怪气地感慨："我何德何能，可以让洛律师来做我的第一个员工？"

洛平用自己的笔记本电脑连接着从律所搬来的打印机，有条不紊地打印各种书面材料，规整好了递给他敲章，随口纠正："严格意义上来说，我不是你的员工。"

周棠哼笑："哦，你是我爸的员工。"

洛平瞥他一眼："我也不是你父亲的员工，我只是你们的法律顾问。这么说吧，作为乙方，我就是拿钱办事。"

周棠举起手里的财务报表："你看看，我可没钱给你。"

洛平笑说："没关系，周董给过了。"

周棠又哼了一声："你对他倒是忠心。"

洛平暂时放下手里的活，意味深长地看着他："这家公司再落魄，说到底也是大承集团的财产，周董派你过来主持工作，又派我过来给予协助，自然是还想再救一救，如果能起死回生，那就皆大欢喜，如果就此死透了，那也不算什么。"

这话明摆着是借这家破公司说他现在的处境。

周棠审核着那些资料，垂着眼，敛去了那些野心与锋芒："是啊，可不得救一救嘛。舍得把你借给我，老家伙也算是仁至义尽了，我要是还扶不起来，那就真是一摊烂泥了。"

洛平颔首："所以周总，你不如放开手脚去做，有什么需要我帮忙的，我该帮就帮，赚到钱了给我发发奖金，也不枉我下放这一趟，还费这么多力气，对吧？"

他递过去一份审计报告，周棠信手接过。红色的印章落下，是契约敲定的声音。

【3】

接下来的半个月，洛平协助周棠完善了公司的财务审计资料，办好了工商信息变更手续，捋顺了资产负债情况，规避了相关法律风险，甚至为他草拟了新的公司制度。原本看起来千头万绪的工作，忽然就清晰明了起来。

周棠还顺利招到了真正的第一名员工——助理小曹。小曹是个刚毕业两年的大学生，有一些工作经验，但不算多么精明能干，优点是态度好、肯吃苦，最重要的是对薪酬要求低，所以周棠就让他帮忙做一些跑腿、收发快递和整理文档的工作。

这天小曹去税务局办完事，问周棠还有没有别的交代，周棠看时间也不早了，就让他直接下班回家，自己和洛平留在公司加班。这家公司名下还挂着两个经济纠纷的案件，他们想在重新运营之前解决。

这一忙就忙到了晚上八点，周棠被饥饿打断了思路。他站起来活动两下，看到小曹的桌上放着一张外卖单，是附近新开的简餐店的，上面的食物图片看着还挺诱人的，而且小曹好像连着点了两天他们家的外卖，每次吃着还挺香。周棠想了想，拿出手机点了这家的外卖，顺便给洛平也点了一份。都是家常菜，他记得洛平也没什么特别忌口的。

眼见洛平还在噼里啪啦敲着键盘，周棠过去给他把水杯满上了。不得不说，这位法律顾问确实尽职尽责，有时候比他这个老板还要认真。周棠忍不住说：“休息一下吧，你不饿吗？我叫了外卖。”

洛平点点头：“稍等，还差最后一点就写完了。”

他想到什么，对周棠说：“还记得畅游公司跟我们签的那份补充协议吗？你帮我在左边柜子里找一下，里面有个兜底条款，或许我们可以利用一下。”

"嗯。"周棠打开柜门帮他翻找，"没看到啊，找到原本的协议了，补充协议不在……你是不是放到别的地方去了？"

"应该不会，你看看中间抽屉里呢？"

周棠拉开柜子中间的抽屉："啊，在这儿。"

他取合同的时候，没注意到文件夹里带了一个小东西，刚翻开来，就听见"啪嗒"一声，有什么掉在了地上。两人的目光都落在了那东西上。那是洛平的私章。

【4】

周棠见过洛平用这个章。之前洛平草拟了一份法律文书，但似乎对其中的有些内容不太确定，说要寄给自己的师兄看下，提提意见，当时他就在那份材料上印了私章。周棠瞄了眼，收件人是某法学院的方晋副教授。他觉得挺矫情的，都什么年代了，给别人看个材料还要寄信，直接网上传一下不就行了吗？还要盖私章，搞得这么隆重，不知道的还以为是什么呢。

洛平看出了他的不屑，解释道，毕竟是比较重要的法律文书，纸质档比电子档安全些，他盖私章就相当于加个水印，以免被其他有心人挪作他用。道理是这个道理，只不过周棠还是莫名有点不舒服，这回更是闯了祸，把洛平这枚私章摔坏了一个角。

周棠：……

洛平愣怔后急忙起身："啊，我的章……"

周棠抢在他之前把印章捡了起来，心虚愧疚之下，周棠几乎有点恼羞成怒了："好好的你怎么把章放在文件夹里面，这谁能注意到啊！这下怎么办？要不我赔你一个？我给你找块好石头，重新刻一个行不行？"

毕竟是用了很多年的旧物，洛平有些心疼，但也不至于为此责怪他，很显然周棠不是故意的，虽然话说得不好听，总归也在想办法补偿了。

从他手里接过印章，洛平抹去边缘的碎屑，沾上印泥在废纸上按了一下。纸面上，"平"字的第二横短了一截，右下角的碗莲图案也缺了大半。

洛平笑说："没事，还能用。"

周棠皱眉"嗯"了一声，视线还停留在那枚印章上。这时他的手机开始振动，是外卖到了。

【5】

周棠先吃了外卖，洛平还是坚持要把手里的材料做完再吃。

一小时后，周棠拉肚子了。当他第三次从洗手间扶墙而出的时候，他不得不承认今天的晚饭是有问题的，有气无力地提醒洛平："这菜……有毒……别吃……"

洛平早看出来了，甚至下楼给他买了止泻药，也给自己买了面包和咖啡果腹。

周棠吃了药，还是气不打一处来，掏出手机就投诉了那家店，顺便发语音怒斥小曹："你是什么钢铁肠胃啊！连吃两天那家店的外卖都没事吗！你可坑死我了！"

小曹也很无辜，他之前吃的确实没事啊。

后来店家给周棠退了款，还付了十倍的赔偿。老板挺过意不去的，说是员工疏忽，周棠点的牛腩放到晚上变质了，他们没有发现，下次一定注意。吃了药就好多了，周棠也懒得跟他们计较，这事就算过去了。只是他不禁有点懊恼，自己怎么总是在洛平面前丢人。

从那天起，洛平时常带饭来公司。两个厚实的牛皮纸餐盒，每个都盛装着两荤一素和一份饭，口味鲜香，干净卫生。餐盒上没有印 Logo，周棠觉得好吃，问是哪家的外卖。洛平说自己是在家楼下的私房菜馆买的，老板娘手艺好，每天的菜也都很新鲜，他经常光顾那家店，所以习惯在那儿订饭打包。

这下两人的午饭算是解决了，晚餐和夜宵还是要依靠外卖。没办法，创业阶段就是要吃得苦中苦，总不能像大承集团总部一样，搞个两层楼的员工食堂，每天菜色不重样。

小曹看着他们的午饭很是眼红，委屈地问："为什么没有我的份？"

周棠说他："你那个钢铁肠胃，吃什么不都一样？去去去，吃你自己的外卖去，还好意思让洛律师给你订餐呢？"

小曹嘀咕："你不是挺好意思的嘛。"

【6】

公司就这么开着，日子就这么过着。终于到了更换办公地点的时候。这里的租金太贵了，要想开源节流，把仅剩的钱花在刀刃上，周棠只能另觅他处，把公司搬到相对偏远的地方。物色了很久，他们终于找到了新的安身之处。

洛平陪着他搬家。在空荡荡的办公区域，周棠兴冲冲地规划着未来。

"这里是财务部，这里是行政部，这里是商务中心，这里是总裁办，小曹，你就在我隔壁支个桌子就行了……"来到隔壁的一间房，他大手一挥，对洛平说，"这间专门留给你！法务部！"

洛平笑而不语。还是小曹听不下去了，一语道破："周总，你知道什么叫顾问吗？顾问就是，有事才能请得来，没事人家不管你的。"

周棠理直气壮："我让驻点办公不行吗？"

小曹尴尬道："可以是可以，那你知道洛律师驻点办公的顾问费多少钱吗？"

周棠看向洛平，后者还是笑而不语。

在心里啐了一口，周棠暗道，总有一天，总有一天！

【7】

在他们的不懈努力下，办公室搞好了，人也招聘来了，公司开始步入正轨。

即便有商务专员去跑业务，周棠自己也没松懈下来，他挑起大梁，亲自去跟一条条业务链，多难啃的骨头都愿意去啃，被放了许多次鸽子，吃了好多碗闭门羹，总算有了些许成效，拿下了三个业务，有了不错的开始。

这次的业务是个大单，拿下来这一整年就不愁了，周棠格外重视。然而在应酬的时候，对方突然提出了一个要求，说可以给他们投标的机会，但要求周棠以他父亲的集团的名义来投标。说白了，他们不信任周棠自己的能力，只是想利用他攀上大承集团这棵大树，而此前的所有虚与委蛇，都不过是在遛他罢了。席间周棠再三克制，从友好协商到强硬表态，对方都不为所动。

小曹见事态不对，急忙通知了洛平。洛平赶来帮周棠解围，不料对方见了他就像见到了香饽饽，纷纷劝酒敬酒，说他是周董身边的大红人，要他帮忙牵线搭桥。那个老板仗着醉意，装出一副哥俩好的架势，搭着洛平的肩就要给他灌酒。

周棠本就憋了一肚子气，见到这一幕更是怒火中烧，冲上去就要教训对方。场面登时陷入混乱，酒瓶碎了满地。业务泡汤就算了，为避免惹出更大的事端，洛平急忙拉着周棠和小曹撤离了现场。

三人十分狼狈。小曹没什么大碍，就是衣服被拉扯破了，自己打了车回家。周棠喝了不少酒，本来就有点上头，之后脑门撞到桌子，磕出一个大包，胳膊还被酒瓶碎片划出两道血印，是最惨的那个。洛平被灌的酒不多，脑袋还算清醒，把周棠送到医院消毒包扎，又把他带回了自己家。

忙忙乱乱的，这一夜总算过去了。

【8】

周棠是在洛平家醒来的。他坐起来回了会儿神，又颓丧地躺了下去——业务没谈成，人还挂彩了，又在洛平面前丢人了，他会不会对自己很失望？

"醒了？豆浆油条吃不吃？"洛平靠在门边喊他。

"……吃。"周棠爬起来洗漱吃早饭。

在洛平家里晃荡的时候，周棠莫名觉得违和，具体是哪里违和，因为他的头还有点疼，一时间也说不上来。吃完早饭，两人还是照常去上班。直到路过洛平家楼下的时候，周棠突然茅塞顿开：首先，洛平家的厨房料理台上，堆放了很多崭新的牛皮纸盒子，像是专门定做的；其次，洛平的冰箱里放满了新鲜的蔬菜和肉类，显然是经常在家里开伙的；最后，洛平家楼下，根本没有什么私房菜馆！综上所述，他们经常吃的那些"午饭"，根本不是房菜馆的老板娘做的，而是洛平自己在家做了带过去的！为了掩饰这一点，洛平还放弃了可以循环使用的玻璃餐盒，特地用牛皮纸做的一次性餐盒盛装饭菜。

"为什么？"周棠想问他为什么对自己那么好。

"哦，因为我不想洗碗。"洛平回答。

## 【9】

灌酒事件过后,周棠没有放弃那条业务链,而是更换了合作方。他拿出质量更过硬的产品,给了那家公司的竞争对手,在之后的招标会上狠狠扳回一局。正是这一局,把他的这家小公司从破产边缘彻底拉了回来。

但也就是在那场招标会之后,洛平便不再来他这里上班了。

周昱对这个儿子的表现有些惊讶,特地前来视察。洛平也在随行人员之列。奇怪的是,在周棠上前打招呼的时候,洛平却与他保持距离,客套地说:"周总,好久不见。在这么短的时间内,能凭一己之力挽救这家公司,您真是年轻有为。"

好久不见?不是上周才见过吗?一己之力?不是你帮了我吗?

周棠立刻意识到,洛平在跟他装不熟。在展示自己的工作成果时,他时不时瞥向洛平,可后者一个多余的眼神都没有给他。他压下心中的疑惑,想找洛平询问清楚,但一直没遇到合适的时机。

倒是周昱注意到了他的眼神。周昱道:"小棠的公司好不容易做起来了,也需要一个法务来协助,洛律师这边有没有什么推荐的人选?"

周棠试探着说:"我看洛律师就很靠谱。"

周昱当他在开玩笑:"哈哈哈,洛律师自然是很好的,不过让他到你这儿来,实在是大材小用了吧。"

果然,周棠证实了自己的猜想——洛平根本不是奉命来协助他的,他是瞒着周昱来帮自己的。

洛平看向周棠说:"如果周总需要的话,我来安排吧。"

周棠也装作跟他不熟,客套地说:"劳烦洛律师费心,暂时不用了。"

终于,周棠找到一个时机,在洗手间里堵住了洛平。

"好好的大集团放着不管,跑我这里来吃苦卖力气,你到底图什么?"他问。

"周总,不要想太多,我只是觉得,总有一天,你能够雇得起我。"洛平笑着说,"希望你不要让我失望。"

## 【10】

五年后。

除了手里跟大承集团有关的公司,周棠自己也投资了好几个项目,其中他主控的一家科技企业还上市了。如今的他,已然是冉冉升起的商业新贵。

此刻,他一身正装,迎接了自己新聘请的法律顾问。

在周棠隆重且殷勤的带领下,洛平认识了各个部门的主管,了解了这家上市公司

*四·顾问*

的基本情况，之后，他走进自己的驻点办公室，就在总裁办的隔壁，一玻璃墙之隔。

周棠摆出老板的架子，调侃道："洛律师，你的价格，也不过如此嘛。"

洛平笑着奉承："能与周总共事，何其有幸。"

他参观了自己的办公室，这里跟周棠当初畅想的一模一样。在那张办公桌上，放着一方白玉雕琢的私章。沾上印泥，按在纸上，是他完整的姓名，还有一朵连接着过去与未来的碗莲图样。

〈番外 完〉

图书在版编目（CIP）数据

当年离骚 / 河汉著.—武汉: 长江出版社, 2022.9
ISBN 978-7-5492-8431-3

Ⅰ.①当… Ⅱ.①河… Ⅲ.①长篇小说－中国－当代
Ⅳ.①I247.5

中国版本图书馆CIP数据核字(2022)第137068号

本书经由河汉授权同意，由北京晋江原创网络科技有限公司委托天津漫娱图书有限公司正式授权长江出版社，在中国大陆地区独家出版中文简体版本。未经书面同意，不得以任何形式转载和使用。

## 当年离骚 / 河汉 著

| | |
|---|---|
| 出　　版 | 长江出版社 |
| | （武汉市解放大道1863号 邮政编码：430010） |
| 选题策划 | 漫娱图书　龚伊勤 |
| 市场发行 | 长江出版社发行部 |
| 网　　址 | http://www.cjpress.com.cn |
| 责任编辑 | 钟一丹 |
| 特约编辑 | 郭　昕　买嘉欣 |
| 总策划 | zoo工作室 |
| 装帧设计 | 吴　彦　罗　琼 |
| 印　　刷 | 武汉鸿印社科技有限公司 |
| 版　　次 | 2022年9月第1版 |
| 印　　次 | 2022年10月第1次印刷 |

| | |
|---|---|
| 开　　本 | 710mm×1120mm　1/16 |
| 印　　张 | 20.5 |
| 字　　数 | 400千字 |
| 书　　号 | ISBN 978-7-5492-8431-3 |
| 定　　价 | 48.80元 |

版权所有，翻版必究。如有质量问题，请联系本社退换。
电话:027-82926557(总编室)　027-82926806（市场营销部）